N
S

Hawaiian Arch

Pazifischer
Ozean

MOLOKAI
C. Halawa

Channel

Pa'u
Ric

LANAI
Palaoa Pt.

MAUI

Maalaea Bay

C. Hanamanioa

KAHOOLAWE

Alenuihaha Channel

Zwischenfall ✕
Upolu Pt.

2000

Kiholo
Ridge

Keahole Pt.

Kailua Kona ◉

North Kona
Slump

Jaggar
Seamount

HAWAII
(BIG ISLAND)

Kauna Pt.

South Kona
Slump

McCall
Seamount

Dana
Seamount

● Benthos II
Hauiki Head

Hána Ridge

1000

Kohala
Canyon

Pololu
Slump

Waipi'o
Valley

Mauna Kea ⌂
(Weißer Berg)

Hochebene

Mauna Loa ⌂
(Großer Berg)

Wüste

Kalae
(South Cape)

Apu'upu'u
Seamount

6000

4000

Laupahoehoe
Slump

◉ Laupahoehoe

Hilo
Ridge

5000

Sub-
tropischer
Wald

Puna
Canyon

◉ Hilo

Puna
Ridge

⌂ Kilauea

C. Kumukahi

5000

Apua Pt.

Papa'u
Seamount

Hohonu
Seamount

Lo'ihi

Hot Power ◉
1000 ◉

● Driftstation

4500

W0029971

Waiian Moat

Brandis & Ziemek
Ruf der Tiefe

Katja Brandis & Hans-Peter Ziemek

RUF DER TIEFE

Roman

*Für Christian – ich danke dir für die besten Umkrakungen
der Welt (KB)*

Für Regina, Judith, Jannis und Fips (HPZ)

Brandis & Ziemek – ein Autorenduo mit großer Meeresleiden-
schaft:
Katja Brandis, geboren 1970, ist seit vielen Jahren begeisterte
Taucherin. In den Meeren dieser Welt hat sie unvergessliche
Begegnungen mit Haien, Rochen und Delfinen erlebt. An Land
arbeitet sie als freie Autorin und hat bereits zahlreiche Aben-
teuer- und Fantasyromane für Jugendliche veröffentlicht. Sie lebt
mit Mann und Sohn in der Nähe von München. Mehr über Katja
Brandis auf www.katja-brandis.de
Für *Hans-Peter Ziemek*, geboren 1960, ist die Welt unter
Wasser nicht nur Passion, sondern auch Forschungsgegenstand:
Als Biologe und Professor für Biologiedidaktik an der Universität
Gießen arbeitet er mit seinen Studenten regelmäßig an der Nordsee
und in den Aquarien des Instituts – in denen unter anderem auch
ein kleiner, sehr intelligenter Krake lebt …
Ruf der Tiefe ist der erste gemeinsame Roman von Brandis &
Ziemek.

Prolog

Der kleinen Shelley war es langweilig. Sehr langweilig sogar. Sie hatte eine Sandburg gebaut, wieder zertrampelt, mit Wasser übergossen und zu einem See ausgebaggert. Jetzt waren ihre Finger rosa geschrubbt vom feuchten Sand, ihr war heiß von der Sonne und ihre Mutter las immer noch.

»Wie lang musst du dich noch ausruhen?«, fragte Shelley enttäuscht.

»Noch ein bisschen, Darling, bau doch eine neue Sandburg. Oder schau mal, da drüben sind zwei Mädchen, mit denen kannst du bestimmt spielen.«

Die Mädchen hatten ihr schon einmal die Zunge rausgestreckt und zweimal einen Ball an den Kopf geworfen. »Nee, lieber nicht.« Shelley überlegte. »Darf ich mit der Luftmatratze ins Wasser?«

»Na gut. Aber du bleibst da, wo es flach ist, okay?«

»Okay«, sagte Shelley erfreut, schnappte sich die Luftmatratze und zerrte sie quer über den Strand zum Meer. Das war nicht ganz einfach, weil sie im Zickzack um Leute und Handtücher und Liegestühle und Sonnenmilchflaschen herumgehen musste.

Shelley schob ihre durchsichtige Luftmatratze in die kleinen Wellen, die ihr bis kaum zum Knie reichten und ihre Schienbeine kitzelten. Übermütig warf sie sich auf ihr Boot und fing mit beiden Armen an zu paddeln. Es ging besser, als sie gedacht hatte, und das Wasser war herrlich blau und klar. Sie konnte sogar ein paar Fische sehen, die unter der Oberfläche herumhuschten. Shelley tauchte eine Hand ins Wasser und lachte, als die Fische erschrocken wegflitzten.

Als sie aufblickte, sah sie, dass sie schon ein paar Meter vom Ufer entfernt war. Aber das machte nichts, hier war es immer noch flach, an manchen Stellen standen Leute herum und das Wasser ging ihnen nur bis zum Bauch. Shelley paddelte weiter. Wie schön warm es in der Sonne war, und wenn ihr zu heiß wurde, konnte sie sich nassspritzen oder die Arme ins Wasser hängen. Sie legte den Kopf auf die Luftmatratze und döste ein bisschen.

Es gab Stellen im Meer, die waren nicht hellblau, sondern dunkelgrünblau. Ihre Mutter hatte ihr mal erklärt, dass das manchmal die Schatten von Wolken waren und manchmal Korallen, die am Meeresboden wuchsen und auf die man nicht drauftreten durfte, weil sie spitz wie Nadeln sein konnten. Aber was war das da für ein Schatten dort vorne? Eben war er noch woanders gewesen, da war Shelley ganz sicher. Ja, er bewegte sich langsam. Und er war ziemlich groß. Bestimmt dreimal so groß wie ihre Luftmatratze.

Sie hob den Kopf, stützte die Arme auf dem Gummi ab und blickte sich um. Erschrocken bemerkte sie, dass sie jetzt doch ziemlich weit draußen war, hier stand auch niemand mehr im Wasser herum, nur zwei oder drei Köpfe von schwimmenden Leuten waren zu sehen.

Und dann sah Shelley noch etwas. Es war nicht nur *ein* großer Schatten, dort im durchsichtigen Wasser.

Es waren viele.

Shelley begann zu schreien.

Eins mit der Dunkelheit

Wenn die anderen Taucher außerhalb der Station waren, schalteten sie sofort die Lampen an und verließen sich auf ihren starken Schein, der die kahle Landschaft des Meeresbodens erhellte. Leon hatte immer das Gefühl, dass sie verzweifelt die Finsternis zurückzudrängen versuchten. Doch die Dunkelheit umgab sie, sie konnten ihr sowieso nicht entgehen, und die dünnen Lichtfinger der Kopf- und Handlampen fand Leon eher jämmerlich.

Dadurch entging den anderen mehr, als sie sahen.

Leon mochte die Dunkelheit der Tiefsee. Wenn er allein tauchte oder mit Lucy, dann schaltete er oft die Lampe ab. Die völlige Schwärze machte ihm nichts aus, irritierte ihn nicht – die Dunkelheit umhüllte ihn wie ein Mantel und er fühlte sich geborgen in ihr. Nach einer Weile hatten sich seine Augen an die Umgebung gewöhnt, und er sah das, was die anderen verpassten. Das schwache Leuchten der Tiefseegarnelen. Den glimmenden Punkt, der einen Anglerfisch verriet – über seinem unförmigen Körper hing eine verlängerte Flosse, die einer Angel glich. Mit der wie eine Laterne leuchtenden Spitze lockte er Beute vor sein zähnegespicktes Maul. Das schnelle Blink-Blink eines Blitzlichtfisches, der die leuchtenden Flecken unter seinen Augen buchstäblich an- und ausknipsen konnte, indem er ein Lid darüberschob.

Seine Nachbarn. Sie störten sich nicht an ihm, wenn er sich unter ihnen bewegte. Er war ein Teil dieser Welt.

Tief sog Leon mit Sauerstoff angereicherte Flüssigkeit, von seinem Anzug bereits auf Körpertemperatur angewärmt, in seine Lungen. Schon längst fühlte es sich nicht mehr fremd an, etwas Ähnliches wie Wasser zu atmen – schließlich machten das Fische und Kraken die ganze Zeit, mit ihren Kiemen nutzten sie den Sauerstoff im Meer. Ihm kam es viel seltsamer vor, Luft zu atmen, ein so dünnes Zeug, dass man richtig japsen musste.

Etwas ringelte sich um sein Handgelenk. Lucy war wieder da. Schon bei dieser leichten Berührung spürte er die Kraft, die in den muskulösen Armen seiner Krake steckte – sie war um ein Vielfaches stärker als er. Auch ein Grund, warum er die Tiefe und die Dunkelheit nicht zu fürchten brauchte. Leon tastete nach Lucys Gedanken, spürte den Kontakt mit ihr wie eine freundliche Wärme, die ihn umhüllte. *Und, was gefunden?*, erkundigte er sich.

Mein Freund, ein paar Krusten gibt es von hier nicht weit, da werden sie sich freuen!

Leons Puls beschleunigte sich. *Führst du mich hin?*

Ja, komm! Lucy berührte noch einmal seinen Arm, wies ihn in die richtige Richtung, und Leon schwamm, ohne zu zögern, in die Dunkelheit hinein. Er hatte nicht das Gefühl, hier blind zu sein – Lucys Augen, mehr als dreimal so groß wie seine eigenen und perfekt an die Tiefsee angepasst, sahen für ihn. Und für den Notfall hatte er immer noch die Navigationsfunktion an seinem DivePad, einem speziellen Tauchcomputer, den er am Handgelenk trug.

Er zweifelte nicht daran, dass es tatsächlich Mangankrusten waren, die seine Krake gefunden hatte – wenn Lucy den

Boden mit den Armen abtastete, konnten ihre Saugnäpfe die Stoffe des Bodens riechen und schmecken. Hoffentlich war es eine große Erzlagerstätte, die Lucy entdeckt hatte; sie brauchten dringend einen Erfolg. Das bisherige Feld JT-203 war schon fast ausgebeutet und die Anfragen der Zentrale wurden immer drängender, die Blicke des Projektleiters immer anklagender. Wieso findet deine Krake nichts?, hieß dieser Blick. Was machst du falsch, Leon?

Bevor er es sich versah, war er schon dabei, sich in Gedanken zu rechtfertigen, und es kostete ihn Mühe, die lautlose Diskussion abzuwürgen. Das war ein Nachteil der Dunkelheit und der Stille hier unten. Es gab viel Raum zum Nachdenken, und wenn man nicht aufpasste, liefen die schlechten Gedanken Amok und vergifteten den ganzen Kopf.

Neulich hatte er eine kleine Ewigkeit lang darüber nachgegrübelt, wieso jemand eine Plastikbox mit der Aufschrift *Schokolade* unter der Decke seiner Schlafkoje versteckt hatte. Erst hatte er gedacht, es könnte ein Geschenk sein, aber der Behälter war leer. Sollte das so eine Art Vorwurf sein, dass er zu viel Schokolade aß? Oder eine Racheaktion? Wenn Ellard, sein Ausbilder, das Ding zufällig gefunden hätte, wären ihm peinliche Fragen sicher gewesen. Die Rationen der jungen Taucher enthielten sorgfältig ausgewogene Nährstoffe, und die seltenen Lieferungen mit Süßigkeiten, die von der Oberfläche zu ihnen kamen, wurden streng kontrolliert. Aber wer auf der Station wollte ihm schaden? Sein Kumpel Julian bestimmt nicht. Vielleicht Billie? Sie war eigentlich sehr nett, aber neulich hatte sie ihn so seltsam von der Seite angeschaut. Oder Tom …?

Algenschleim! Mach den aus deinem Kopf, schimpfte Lucy. *Da sind wir, da!*

Jetzt musste Leon doch die Lampe einschalten. Ja, da waren sie. Aufgeregt blickte er sich um. Eine dicke graue Mangankruste überzog den Hang, es war ein ganz neues Feld. Das würde eine gute Ernte werden, dieses hässliche Zeug enthielt Metalle im Wert von vielen Hunderttausend Dollar: Mangan, Kobalt, Nickel und Platin. Metalle, die an der Oberfläche der Erde kaum noch zu finden waren.

Leon zog Werkzeug aus seinem Gürtel und löste einen großen Klumpen aus dem Boden, der später in der Station analysiert werden konnte. Durch die hauchdünne Oberfläche seines Anzugs fühlte er das Gestein, als hielte er es in der bloßen Hand. *Das ist ganz schön schwer, hilf mir doch mal!*

Hast du schlechten Fisch im Bauch?, stichelte Lucy. *Soll ich dir einen guten fangen? Oder eine Meeresschnecke? Soll ich?*

Kannst du selber essen, Lästermaul, schickte Leon zurück. *Los, jetzt pack schon mit an!*

Das tat sie dann auch, ringelte zwei ihrer rötlich braunen, dicht mit Saugnäpfen besetzten Arme darum und hob den Brocken mühelos in seinen Sammelbeutel. Leon schickte ihr einen lautlosen Dank und speicherte die Koordinaten seines Standorts auf dem DivePad. Zwanzig Meilen nördlich der größten Hawaii-Insel, die alle nur Big Island nannten.

Dann war es Zeit, sich über die Ultraschall-Sprechverbindung zu melden; nach den nervigen letzten Wochen freute er sich schon auf eine gehörige Portion Lob und Dank.

»Station Benthos II, Leon hier. Benthos II, bitte melden.« So zu sprechen wie an Land ging in der OxySkin nicht, doch das DivePad übersetzte seine Mundbewegungen in hörbare Sprache.

»Leon – na endlich.« Es war Ellard und er klang gereizt. »Wie schön, dass du dich auch mal meldest. Und wieso bist du wieder so lang draußen geblieben? Zwei Tage sind das jetzt!«

»Schon zwei Tage?« Leon heuchelte Überraschung. Sollten sie ruhig denken, dass einem hier unten das Zeitgefühl verloren ging.

»Wir müssen reden, Leon, wirklich, so geht das nicht weiter. Es gefällt mir nicht, dass du sogar da draußen schläfst, das ist …«

Langsam wurde das Gespräch unangenehm, wie so oft in letzter Zeit. Zum Glück hatte Leon diesmal einen Trumpf, den er ausspielen konnte. »Ach übrigens, Ellard – wir haben was gefunden …«

Bingo. Ellard sprang sofort auf das Thema an. »Ein neues Feld?«

»Ja, sieht gut aus. Wird uns wieder ein paar Wochen lang beschäftigen.«

»Welche Tiefe?«

»Etwas über achthundert Meter.«

»Perfekt!« Leon hörte die Erleichterung in Ellards Stimme. »Glückwunsch! Soll ich ein Tauchboot schicken, das euch abholt?«

Komm schon jetzt! Schwimmen wollen wir, schwimmen, drängelte Lucy. *Oder Verstecken spielen bitte, bitte, jetzt!*

Heute nicht, leider. Leon wusste, dass sie sein ehrliches Bedauern spüren würde. In Gedanken zu lügen ging einfach nicht. *Wir müssen zurück. Sonst kriege ich noch mehr Ärger.*

»Nee, lass mal, wir brauchen kein Tauchboot«, sagte er zu Ellard und verabschiedete sich.

Leon warf einen Blick auf sein DivePad, das ihm den Weg

zurück zu seiner Heimatstation wies, schaltete die Lampe wieder ab und ließ dafür seinen Scooter an. Der knallgelbe, eineinhalb Meter lange Torpedo war ein praktisches Fortbewegungsmittel für mittlere Entfernungen, und Leon fand es sehr entspannend, sich davon durchs Wasser ziehen zu lassen. Selbst mit dem Scooter würden sie einen halben Tag für die Rückkehr brauchen. Aber das war kein Problem – die Atemluft konnte ihm nicht ausgehen, er holte sich ja alles, was er brauchte, direkt aus dem Meer. Die gesamte Oberfläche seines OxySkin-Anzugs zog pausenlos Sauerstoff aus dem Wasser und gab dafür das ausgeatmete Kohlenstoffdioxid ab.

Lucy glitt neben ihm dahin. Sie konnte voranschießen wie eine Rakete, indem sie Wasser in die weiche Höhle ihres Körpersacks aufnahm und schnell wieder ausstieß. Dabei wölbte und streckte sie die fast zwei Meter langen Arme, ihr ganzer Körper wogte. Leon fand, dass sie einen sehr eleganten Schwimmstil hatte. Doch lange hielt sie das Tempo nicht durch; meist saugte sie sich nach ein paar Minuten am Scooter fest und ließ sich ebenso mitziehen wie ihr menschlicher Partner.

Leon kannte die Gegend und wusste, dass sie sich nun am Rand des Kohala Canyons entlangbewegten. In dieser Unterwasserschlucht fiel der Meeresboden bis auf viertausend Meter ab. Es wäre kein Problem gewesen, quer darüberzuschwimmen – man bewegte sich einfach weiter geradeaus, schwerelos über den schier endlosen Abgrund hinweg. Oft fiel es Leon in solchen Situationen schwer zu sagen, wo oben und unten war, aber das störte ihn nicht weiter, er war es gewohnt. Doch jetzt wollte er am Sockel der Insel entlang zurückkehren, vielleicht war ja heute sein Glückstag und er entdeckte noch mehr Mangankrusten. In fünfhundert Meter Tiefe, knapp über dem Meeresboden, wandte er sich nach Norden.

Der erste Hinweis darauf, dass es vielleicht doch kein Glückstag werden würde, kam von Lucy. Es waren nur Gedankenfetzen, die Leon auffing. *Kawon ... sie kommen hoch ... rotes Wasser ... großviele sind es!*

Was?, hakte Leon irritiert nach. *Was ist rotes Wasser?* Lucy nahm Farben nicht mit den Augen wahr, sondern mit anderen Sinnen – sie spürte sie eher. Leon hatte nie herausgefunden, ob seine Partnerin mit den Farbworten, die sie ab und zu benutzte, wirklich das Gleiche meinte wie ein Mensch. »Kawon« dagegen verwendete sie immer mal wieder, damit bezeichnete sie andere Wesen ihrer Art.

Da! Sie kommen! Lucys Gedanken waren so heftig, dass Leon instinktiv den Scooter stoppte und seine Lampe einschaltete. Es lohnte sich, so etwas hatte er noch nie gesehen. Der Lichtstrahl erhellte unzählige etwa handlange Körper im nachtschwarzen Wasser um sie herum. Kalmare! Eng mit den Kraken verwandt, aber zehnarmig. Es war ein Schwarm von vielleicht sogar tausend Tieren und er hatte es richtig eilig. Die Kalmare schossen noch schneller durchs Wasser als Lucy vorhin.

Die sind auf der Flucht, stellte Leon verdutzt fest. *Was ist da vorne los, jagt ein Pottwal?*

Eine Welle des Unbehagens schwappte aus Lucys Gehirn auf ihn über. *Nicht Pottwal – rotes Wasser!* Ihre Arme ringelten sich um ihn, verkrampften sich um eins seiner Beine.

Leon wurde nervös. Ihm dämmerte, wie seine Partnerin auf das »Rot« kam. Rot waren die Warnsymbole auf der Außenseite von Benthos II und ein rotes Licht begann zu

13

rotieren, wenn in der Station Alarm ausgelöst wurde. Rot hieß Gefahr.

Hastig drehte er sich im Wasser um die eigene Achse, ließ den Schein in Richtung Meeresboden wandern, versuchte zu erkennen, was genau Lucy so bedrohlich fand. Auf den ersten Blick sah er nichts Besonderes, nichts, was die Kalmare erschreckt haben könnte. Vielleicht war es nur ein kleiner Erdrutsch gewesen – Kalmare und Kraken waren ängstliche Tiere.

Doch dann fiel ihm auf, dass er schon länger keinen Fisch mehr gesehen hatte. Auf dem Meeresboden vor ihm entdeckte er zwar ein paar Muscheln und Seesterne; aber auf den zweiten Blick erkannte er, dass sie alle tot waren. Da vorne lag der Kadaver eines Stelzenfischs – normalerweise konnten solche Fische mithilfe ihrer drei langen, spitzen Bauchflossen auf dem Meeresboden stehen und warteten so auf Beute.

Weit und breit nur Leichen!, schickte Leon beunruhigt zu seiner Partnerin hinüber – und merkte plötzlich, dass ihm das Atmen schwerfiel. Er musste immer mehr Flüssigkeit einsaugen und wieder ausstoßen, damit sein Körper genug Sauerstoff bekam. Schnell kontrollierte er die Einstellungen seines Anzugs, doch an der OxySkin lag es nicht.

Du hast recht, irgendetwas stimmt hier nicht mit dem Wasser, durchzuckte es ihn, aber von Lucy kam keine Antwort mehr, sondern nur noch ein panisches *Weg hier, weg, Leon, schnell, komm!*

Sie löste sich von ihm und sauste davon.

»Ich glaube, heute wird das Nobu seinem Ruf gerecht.« Carimas Mutter schnitt mit eleganten, präzisen Bewegungen ein Stück des Gelbflossen-Thunfischs mit Jalapeño-

Pfeffer ab und schob es sich in den Mund. »Hm, ja, nicht übel. Sehr zart.«

Carima konnte sehen, dass ihre Mutter schon halb vergessen hatte, dass ihre Tochter bei ihr war. Ihr Blick war nach innen gewandt, wahrscheinlich lief in ihrem Kopf gerade eine hochprofessionelle Analyse sämtlicher Zutaten ab. Oder sie dachte schon darüber nach, wie sie das Ganze in ihrem eigenen Vier-Sterne-Restaurant auf den Cayman Islands nachkochen und variieren würde.

Carima war genervt. Sie hatte nicht darum gebeten, in einen Luxusschuppen wie das Waikiki Parc Hotel geschleift zu werden, eine gemütliche Hütte am Strand hätte ihr viel besser gefallen. Und wahrscheinlich erwartete ihre Mutter auch noch Dankbarkeit für das Essen in diesem Edelrestaurant mit den protzigen Kronleuchtern, in dem man pro Person locker hundertzwanzig Dollar loswurde. Dabei aß Carima am liebsten ganz einfache Spaghetti und fürs Kochen interessierte sie sich nicht besonders. Ihre Mutter hatte auch nie versucht, es ihr beizubringen.

Lustlos zerlegte Carima mit der Gabel ihr Sashimi und ertränkte es in Sojasoße. Nach der Scheidung hatte ihre Mutter nicht einmal gefragt, ob Carima bei ihr wohnen wollte – stattdessen war sie ans andere Ende der Welt gezogen, um ihre Träume zu verwirklichen. Carima hatte Jahre gebraucht, um sich damit abzufinden, dass sie nicht Teil dieser Träume gewesen war, doch immer wieder kam die Bitterkeit in ihr hoch. Diesmal, weil Ma Jeremy nicht mitgebracht hatte – warum eigentlich? Drei Jahre war er jetzt alt und sie kannte ihn so gut wie nicht. Gerade zweimal hatte sie ihn gesehen, dabei war er ihr Bruder! Okay, Halbbruder. Aber er gehörte zur Familie und sie hatte sich auf ihn gefreut.

15

Fehlanzeige. Keine Ferien mit kleinem Bruder. Möglicherweise wollte Ma nicht, dass Carima sich mit ihm anfreundete. Konnte ja sein, dass Jeremy sie tatsächlich mochte – dass er sie ab und zu in München besuchen wollte. Gott bewahre.

»Könntest du bitte mal ein fröhliches Gesicht machen? Einmal nur?« Offensichtlich hatte ihre Mutter doch bemerkt, dass Carima da war.

Na klar, aber gerne. Carima lächelte strahlend. »Na, wie schmeckt dir dein vom Aussterben bedrohter Fisch? Kann man den jetzt doch schon in Aquafarmen züchten?«

Ihre Mutter verzog den Mund und legte die Gabel hin. »Dir schmeckt es also nicht. Schade. Wäre nett, wenn du mir nicht auch den Appetit verderben würdest.«

Carima legte noch ein Lächeln nach. »Ich glaube, ich würde nach dem Essen gerne noch ein bisschen fernsehen, wenn du nichts dagegen hast.«

Ihre Mutter ließ sich nichts anmerken, aber Carima wusste, dass sie jetzt innerlich aufstöhnte. Nur zwei Wochen verbrachten sie jedes Jahr miteinander und Carima wollte einfach nur fernsehen? Außerdem suchte Carima immer Sendungen aus, von denen sie wusste, dass ihre Mutter sich dabei zu Tode langweilen würde.

»Anderes Thema«, sagte ihre Mutter und seufzte. »Wollen wir morgen wieder zusammen tauchen gehen?«

Carima tat so, als würde sie zögern. »Okay«, sagte sie betont gleichgültig, obwohl sie wusste, dass ihre Mutter sie durchschaute. Die Leidenschaft fürs Tauchen war eines der wenigen Dinge, die sie beide gemeinsam hatten. Gestern waren sie im glasklaren Wasser des Meeresschildkröten-Schutzgebiets getaucht, das direkt vor Waikiki Beach lag;

16

dort ging es bis auf vierzig Meter runter und es gab sogar ein interessantes Wrack. Ein tolles Erlebnis, und Carima musste zugeben, dass es eine gute Idee ihrer Mutter gewesen war, diesmal in Hawaii Urlaub zu machen. Obwohl die Tickets wahrscheinlich ein Vermögen gekostet hatten. Autobenzin stand derzeit bei zwei Euro fünfzig pro Liter und die Preise für Flugzeugtreibstoff zwangen viele ihrer Klassenkameraden inzwischen zu Urlaub am Bodensee statt in Kuba.

»Diesmal haben Papa und ich uns eine Überraschung für dich ausgedacht«, sagte ihre Mutter und nippte an ihrem Cocktail.

Papa und ich? Was, wie? Seit wann sprechen die sich denn ab? Irritiert wartete Carima ab, was jetzt kam. Doch einen Moment musste sie sich noch gedulden, denn gerade trat der Koch des Nobu, ein älterer Japaner, an ihren Tisch. Er und ihre Mutter fachsimpelten einen Moment lang über Filetsteak mit Wasabi und andere Geschmackskombinationen, die man wahrscheinlich nur mit Mühe herunterwürgen konnte. Dann kam Jill, die Bedienung, mit der Rechnung und zog mit Mas Kreditkarte wieder ab.

»Also.« Endlich wandte ihre Mutter sich wieder Carima zu und schenkte ihr ein schwachsinnig breites Lächeln. »Dein Vater hat seine Kontakte spielen lassen. Wir dürfen mit ein paar Profis tauchen ... und zwar so tief, wie du garantiert noch nie warst. Fünfhundert Meter.«

»In die Tiefsee?« Carima war nicht sicher, ob ihr der Gedanke gefiel. Was gab es da unten schon zu sehen? Öden Meeresboden und mit viel Glück ein paar Fische. Kein Vergleich mit einem lebendigen Korallenriff. »Äh, tolle Idee, aber könnten wir dann als Nächstes wieder zu den Meeresschildkröten?«

Ihre Mutter warf ihre Serviette auf den Tisch und schob ihren Stuhl zurück. »Wie du willst«, sagte sie knapp, steckte ihre Kreditkarte wieder ein und marschierte ohne einen Blick zurück aus dem Restaurant.

Betont locker stand auch Carima auf, zog ihr violettes Kapuzen-Sweatshirt über und tat so, als sei es ganz normal, dass ihre Mutter sie einfach sitzen ließ.

Auf einmal fühlte sie sich schrecklich müde.

Für einen Notruf über die Ultraschall-Verbindung war keine Zeit. Auf Benthos II würden sie auch so an seinem schnellen Herzschlag merken, dass etwas nicht stimmte – Sensoren in der OxySkin überwachten seine Körperfunktionen und meldeten sie an die Station weiter.

Leon tat es Lucy nach und sah zu, dass er hier wegkam. Er jagte den Motor des Scooters hoch, und das Gerät schoss so abrupt voran, dass Leon nach vorne gezerrt wurde. Das schwarze Wasser flutete gegen sein Gesicht und er duckte sich über den Rumpf des Torpedos. Doch so schnell ihm der Scooter sonst vorkam, diesmal schien er voranzukriechen wie eine Seegurke. Leon half mit kräftigen Flossenschlägen nach und versuchte Lucy einzuholen, die schon ein Stück voraus war.

Ein Fehler. Die Anstrengung und sein hämmernder Puls machten alles nur noch schlimmer, weil er dadurch mehr Sauerstoff verbrauchte. Und sein Anzug fand in diesem Teil des Meeres anscheinend keinen Nachschub. Noch nie war das passiert! Instinktiv versuchte Leon mit weit geöffnetem Mund, mehr von der Atemflüssigkeit einzusaugen, die in seinem Anzug zirkulierte. Seine Brust hob und senkte sich krampfhaft. Trotzdem fühlte es sich an, als schließe sich ein eiserner Ring, der immer enger wurde, um seinen Hals. Was war mit diesem Wasser los, diesem roten Wasser, wie Lucy es genannt hatte? Da war nichts mehr drin, was einen am Leben erhalten konnte!

»Leon – alles in Ordnung?« Das war Ellard. Doch Leon war gerade nicht fähig zu antworten. An seinem Werkzeuggürtel hing ein kleiner Behälter mit einem Notvorrat sauerstoffgesättigter Atemflüssigkeit. Ja, das hier war eindeutig ein Notfall! Er brauchte das Zeug, und zwar jetzt! Leon bremste den Scooter etwas, um die Hand von den Haltegriffen nehmen zu können, dann tastete er nach dem Auslöseknopf des Vorrats, fand ihn, drückte. Wartete auf den erlösenden Schwall, der in seine Lungen strömte. Doch nichts passierte. Verzweifelt hämmerte er den Daumen auf den Knopf, wieder und wieder. Nichts! Anscheinend hatte sich das Ding verklemmt.

Ich ersticke! Verdammt, ich ersticke!

Angst brannte in seinem Körper, füllte seinen Kopf wie ein roter Nebel. Doch das harte Training siegte. Leon rang die Panik nieder und hielt den Atem an. Er drehte den Scooter bis zum Anschlag auf und legte alle Kraft, die er hatte, in peitschende Flossenschläge. Er musste hier weg, nichts anderes war jetzt wichtig! Vielleicht konnte er es doch noch schaffen, dieser Todeszone zu entkommen, auch ohne den Notvorrat …

»Leon! Melde dich!«

Zu spät merkte Leon, dass er zu heftig Gas gegeben hatte. Durch den Ruck glitten seine Hände von den Haltegriffen des Scooters ab. Der Torpedo riss sich los und sauste, von Leons Gewicht befreit, in die Dunkelheit davon. *Shit!*

Wahrscheinlich hatte das Ding schon wieder gestoppt;

wenn keine Hände die Haltegriffe berührten, dann wurde automatisch der Motor gedrosselt. Doch selbst wenn der Scooter nur zwanzig Meter entfernt driftete – das war jetzt zu weit, viel zu weit. So weit schaffte er es nicht mehr.

Leon war schwindelig, sein Körper begann zu kribbeln, und er wusste, dass er gleich ohnmächtig werden würde. Er hatte nur noch eine Minute, höchstens.

Sechzig Sekunden Leben.

Plötzlich war Lucy neben ihm, zerrte ihn weiter. *Jetzt komm! Nicht so lange brauchen!*

Leon ließ es geschehen. Sein ganzer Körper fühlte sich schwach und matt an, und sein Geist glitt einfach weg, er konnte nichts dagegen tun. Das helle Oval eines Gesichts schwebte vor sein inneres Auge, kurze helle Haare leuchteten in der tropischen Sonne, ein jungenhaftes Lachen echote in seinem Kopf … Tim, der nun schon so lange sein Vater war … Tim … und da waren auch seine Eltern, verschwommen nur, wie auf einem unscharfen Foto … das Bild kippte, strudelte weg, und dann war da wieder nichts als Schwärze, die ihn zu verschlingen drohte.

Schwach versuchte Leon noch einmal zu atmen, musste würgen, versuchte es noch mal – und fühlte, wie der eiserne Ring um seinen Hals sich ein klein wenig lockerte. Konnte das wirklich sein, war hier wieder Sauerstoff im Meer? Gierig keuchte er die Flüssigkeit ein, die sein Anzug ihm lieferte, und schon bald schrie sein Körper nicht mehr, jammerte nur noch ein wenig vor sich hin. Auf seinem DivePad blinkten alle möglichen Warnmeldungen, doch Leon ignorierte sie. Ihm war noch immer schwindelig, hoffentlich ging das in ein paar Minuten vorüber.

Was war das?, fragte er Lucy und ihre Antwort war klein

und kläglich, der winzige Funke eines Gedankens. *Weiß nicht. Schrecklich ist das.*

Leon tastete nach seinem Sprechgerät, schaltete es ein. »Ellard? Hörst du mich?«

»Was passiert da bei dir, Leon? Dein Puls war vor einer Minute über hundertneunzig!«

Leon bewegte schwach die Lippen und die Computerstimme seines DivePads übersetzte es als Flüstern. »Ich glaube, jetzt könnten wir doch ein Tauchboot gebrauchen. Wär toll, wenn ihr euch beeilen würdet.«

Dann ließ er sich treiben und versuchte seinen noch immer rasenden Herzschlag zu beruhigen. Zum ersten Mal konnte er sich vorstellen, warum andere Menschen die Dunkelheit der Tiefsee so finster und bedrohlich fanden.

Zwei Welten

Sie versprachen ihm, dass die *Marlin* – eins der großen Tauchboote der Station – ihn aufnehmen würde. Es war zufällig nur ein paar Meilen entfernt, weil es gerade Besucher von der Oberfläche abgeholt hatte.

Zuerst hörte Leon ein Summen, das sich im ganzen Wasser ausbreitete, dann sah er die Lichtpunkte von Bordlampen in der dunklen Unendlichkeit. Größer, immer größer wurden die Lichter, und schließlich kam das Tauchboot vor ihm zum Halten, ein gewaltiges Geschöpf aus Metall und Glas, an dessen Seiten Steuerpropeller kreisten. Scheinwerfer blendeten Leon, metallene Greifarme schienen sich ihm entgegenzurecken. Durch die große durchsichtige Halbkugel an der Vorderseite der *Marlin* konnte er Menschen erkennen – aha, Patrick saß am Steuer. Er hatte Leon gesehen und fragte mit einem Taucher-Handzeichen, ob bei ihm alles in Ordnung sei. Leon bog Daumen und Zeigefinger zu einem O, um das Zeichen zu erwidern. Ja, alles okay. Jetzt schon.

Kommst du zurecht?, fragte er Lucy und strich über ihre weiche Haut. *Ich bleibe ganz nah bei dir.*

Zögernd löste sie die Arme von ihm, glitt zum Tauchboot und heftete sich mit den Saugnäpfen an eine geschützte Stelle der Außenhülle. *Schwimm gut, schwimm weit!*

Bis bald. Erleichtert näherte sich Leon der *Marlin* und

schlüpfte in die Schleuse, die sich für ihn öffnete. Nun kam der unangenehme Teil – einer der Gründe, warum er es nicht besonders mochte, ins Trockene zurückzukehren. Er deaktivierte seine OxySkin, was bedeutete, dass der Kreislauf der Flüssigkeit im Anzug stoppte. Für ein paar Momente konnte Leon jetzt nicht atmen, und er spürte, wie die Angst von vorhin wieder in ihm hochstieg.

Ruhig, ganz ruhig. Gleich bist du so weit. Rasch trennte Leon mit einem Spezialwerkzeug die Anzughaut um seinen Kopf herum auf. Jetzt musste er nur noch die Flüssigkeit in seiner Lunge – einen Stoff namens Perfluorcarbon – loswerden. Auch nicht gerade angenehm. Er beugte sich vor und hustete und würgte die Flüssigkeit aus. Das »Fluo« – wie er und die anderen Taucher das Zeug nannten – klatschte in die Auffangschale und verschwand in einem Behälter. Leon rang nach Luft, japste, versuchte sich wieder mit dem fremden Element anzufreunden. Er hatte das Gefühl, dass es ihm jedes Mal schwerer fiel. Durch die Anstrengung verkrampften sich seine Halsmuskeln.

Erschöpft streifte er sich den teuren Hightech-Tauchanzug herunter und löste vorsichtig dessen Verbindung zu der Kanüle in seiner Armbeuge. Zum Glück tat das nicht weh, außer wenn sich die Einstichstelle an seiner Vene mal wieder entzündet hatte. Leon rieb sich die kurzen, dunklen Haare mit einem Handtuch trocken und zog einen Overall mit ARAC-Logo über. Inzwischen konnte er auch wieder klar sehen; es dauerte immer ein paar Sekunden, bis seine Augen es schafften, sich auch ohne die automatischen Linsen des Anzugs scharf zu stellen.

Das Erste, was er sah, war, dass die innere Schleuse des Tauchboots sich schon geöffnet hatte. Oh Mann, hatte etwa

23

jeder beobachten können, wie er das Fluo ausgespuckt und sich fast komplett ausgezogen hatte? Patrick, dieser Bastard! Hätte er die Schleuse nicht geschlossen lassen können?

Patrick grinste breit und zwinkerte ihm zu. Die anderen beiden Menschen im Tauchboot grinsten nicht, sie starrten nur. Eine dünne blonde Frau, die in einen von Patricks riesigen, echt neuseeländischen Wollpullis gehüllt war. Wahrscheinlich hatte sie vergessen, ein paar warme Sachen nach hier unten mitzunehmen. Neben der Frau saß ein Mädchen etwa in seinem Alter. Leon streifte sie mit einem kurzen, verlegenen Blick. Glatte honigblonde Haare, die ihr hübsches ovales Gesicht umrahmten, braune Augen. Vielleicht ein bisschen rundlich, besonders um die Hüften. Was machten die beiden hier, wollten sie etwa runter auf die Station? Es kam doch sonst nicht vor, dass irgendwelche Touristen bei ihnen vorbeischauten.

»Hi«, sagte das Mädchen und lächelte ihn an.

»Hallo«, sagte Leon und musste es dann noch einmal wiederholen, weil seine Stimme am Anfang immer etwas heiser und atemlos klang. Er fühlte, wie er rot wurde. Dass er immer noch in der Schleuse stand, bemerkte Leon erst, als Patrick dröhnte: »He, Octoboy, setz dich und mach's dir bequem, wir fahren weiter. Alles in Ordnung mit dir?«

»Äh, ja. Nicht viel passiert.« Das stimmte zwar nicht ganz, immerhin wäre er beinahe draufgegangen. Aber irgendwie war es nicht der richtige Zeitpunkt für eine dramatische Geschichte. Er konnte sie Ellard und den anderen immer noch erzählen, wenn er und Lucy daheim angekommen waren.

Leon legte seine Flossen, die OxySkin und seinen Werkzeuggürtel in den Gepäckbereich. Dann zog er sich auf einen Sitz in der äußersten Ecke des Tauchboots zurück und war

24

froh darüber, dass sich das Mädchen und die Frau, wahrscheinlich ihre Mutter, wieder auf den Blick durch das große vordere Bullauge konzentrierten. Leider gab es da draußen nicht viel zu sehen, nur das endlose Schwarz der Tiefe.

»Wieso hat er dich Octoboy genannt?« Das Mädchen wandte sich zu ihm um. Ihr Englisch hatte einen eigenartigen Akzent, einen, der ihn an Tim erinnerte. Kam sie etwa auch aus Deutschland?

»Ich arbeite mit einem Oktopus – einer Krake«, erklärte Leon verlegen. »Im Wasser sind wir fast immer zusammen.«

Er sah, dass sie das komisch fand. Oder es sich jedenfalls nicht richtig vorstellen konnte. »Ist das so was wie dein Haustier?«

Entsetzt schüttelte Leon den Kopf. »Nein, nein, wir sind Partner.« Er zögerte. Durfte er ihr überhaupt davon erzählen? So richtig viel Wert legte der Konzern nicht darauf, dass sich das mit den Mensch-Tier-Partnerschaften herumsprach, solange alles noch ein Experiment war. Aber es hatte ihn auch niemand von der ARAC ausdrücklich gebeten, den Mund zu halten. »Wir helfen uns gegenseitig. Im Meer ist das eine Menge wert.«

Das Mädchen spähte neugierig nach draußen. »Wie heißt dein Krake? Und wo ist er jetzt? Ich sehe ihn gar nicht …«

Lucy hatte sich selbst einen Namen gegeben, doch diesen Namen auszusprechen hatte Leon noch nie geschafft, er war auch mehr ein fremdartiges Gefühl oder ein Bild als ein tatsächliches Wort. Deswegen hatten sie sich auf »Lucy« geeinigt, und das war auch der Name, den er jetzt Carima nannte. »Es ist ein Weibchen. Deshalb sage ich auch lieber *die* Krake. Sie ist hier hinter uns«, fügte er hinzu und deutete auf eine Stelle der Außenhülle.

25

»Aber wird sie denn nicht weggespült, wenn wir so schnell fahren?«

Leon musste unwillkürlich lächeln. »An ihren Armen sind ziemlich große Saugnäpfe. Sie gegen ihren Willen abzureißen, wenn sie sich an einer glatten Fläche festklammert, schafft man nicht mal mit einem Brecheisen.«

Das Mädchen gab auf, nach Lucy Ausschau zu halten, und drehte sich wieder zu ihm um. »Sag mal, wie alt bist du eigentlich?«

»Sechzehn«, erwiderte Leon und hoffte, dass die Fragestunde allmählich beendet war.

»Wow, nur ein Jahr älter als ich«, meinte das Mädchen und schien irgendwie beeindruckt.

Zum Glück kamen in diesem Moment ein paar handtellergroße rote Atolla-Quallen in Sicht, keine Armlänge waren sie vom Tauchboot entfernt und versuchten sich unruhig pulsierend davon zu entfernen. Staunend glotzten die beiden Besucherinnen nach draußen. Natürlich schaltete Patrick sofort die Scheinwerfer des Tauchboots aus: Atolla-Quallen, die sich bedroht fühlten, waren ein toller Anblick, sie glitzerten in einem wahren Feuerwerk aus blauen Blitzen. Das lockte Beutegreifer aus der ganzen Umgebung herbei, doch genau das war Sinn der Sache – die Neuankömmlinge würden mit etwas Glück denjenigen verjagen, der die Qualle angegriffen hatte. »Lebende Alarmanlagen« hatte Ellard die Atollas mal genannt.

Leon hatte schon viele Atolla-Quallen gesehen, und nach einem kurzen Blick wandte er sich der Seitentasche des Sitzes zu, in der normalerweise immer ein paar Müsliriegel oder Traubenzuckerstücke deponiert waren. Na also, da waren sie. Gierig schlang er zwei der Riegel herunter. Es war gut und schön, dass sein Anzug für ihn Plankton aus dem Meer aufbereitete, aber ständig durch einen Schlauch in seiner Armvene ernährt zu werden war nicht wirklich ein Genuss. Außerdem verbannte der Riegel den leicht chemischen Geschmack des Perfluorcarbons aus seinem Mund.

Eigentlich war er müde, und er wusste, dass ihnen eine lange, eintönige Fahrt zur Station bevorstand. Aber Leon schaffte es nicht, einzuschlafen, während diese Fremden da waren. Sie machten ihn nervös. Schließlich tat er so, als würde er schlafen, und so mussten sie sich mit ihren Fragen an Patrick wenden.

»Was bringt es eigentlich, mit Flüssigkeit zu tauchen?« Die Stimme des Mädchens. »Ich meine, es geht doch auch prima mit Pressluft, Edelgasen und so …«

Patrick schnaubte. »Aber nur bis zu einer bestimmten Tiefe, dann ist es aus. Richtig tief, weit unter tausend Meter, kommt man nur mit Flüssigkeit, sonst wird einem durch den Druck die Lunge zerquetscht. Das Problem ist: Eigentlich können nur Kinder richtig gut Flüssigkeit atmen. Schließlich lebt jedes Baby im Bauch der Mutter neun Monate lang praktisch im Wasser und schnauft es ab und zu ein, damit sich die Lunge richtig entwickelt. Jugendliche können dieses Atmen noch lernen, so ein alter Knacker wie ich hätte keine Chance. Aber ich bin ja auch nur ein einfacher U-Boot-Pilot. Wie sagte schon Jean-Jacques Rousseau: ›Der höchste Genuss besteht in der Zufriedenheit mit sich selbst.‹«

Leon fand, dass Patrick manchmal arg weit heraushängen ließ, dass er Philosophie studiert hatte. Aber es funktionierte auch diesmal.

»Sie kennen sich in der Philosophie aus?«, fragte die blonde Frau beeindruckt.

Patrick schlug einen bescheidenen Ton an. »Na ja, ich habe mich fünf Semester lang damit beschäftigt. Tatsächlich ist das hier eine meiner letzten Fahrten, dann gehe ich zurück an die Uni.«

Soso, dachte Leon. Diesen Spruch hörte er jetzt auch schon seit vier Jahren!

Dass er tatsächlich eingeschlafen war, merkte Leon erst, als ihn eine Hand am Arm berührte. Leon fuhr hoch wie von einem Steinfisch gestochen, sein Puls donnerte in seinen Ohren. »Mann, bist du schreckhaft«, sagte das blonde Mädchen und lächelte. »Wir sind da. Nur für den Fall, dass du aussteigen möchtest.«

Sein Kumpel Julian hätte wahrscheinlich mit einem witzigen Spruch gekontert. Leon fiel natürlich nicht rechtzeitig etwas ein, also nickte er nur und faltete seinen langen, schlaksigen Körper vom Sitz hoch, klemmte sich seine Sachen unter den Arm und schob sich durch die Schleuse nach draußen.

Neugierig spähte Carima durch das Frontfenster, als sie sich Benthos II näherten. Schemenhafte Umrisse traten aus dem Dunkel hervor, nur von schwachem blaugrünem Licht erhellt. Soweit sie erkennen konnte, sah die Station aus wie ein Seestern mit sechs Armen, nur dass diese Arme größer waren als die Waggons eines Zuges und nicht direkt auf dem Meeresboden ruhten, sondern auf Metallstützen.

Patrick drosselte die Motoren und ließ die *Marlin* näher an die Station herangleiten. Jetzt erkannte Carima an den Außenseiten hier und da Bullaugen aus nach außen gewölbtem Glas, grüne Lämpchen beleuchteten codierte Beschriftungen: *DL-1, COM-L, SO/N*. Was auch immer das bedeutete.

»Man sieht ja kaum etwas«, beklagte sich ihre Mutter. »Wieso stellt ihr nicht mal ein paar ordentliche Scheinwerfer auf?«

Was für eine dämliche Bemerkung. Wer konnte sich so was noch leisten, bei den immer höheren Strompreisen? In manchen Städten wurde inzwischen sogar nachts die Straßenbeleuchtung abgeschaltet. Carima wunderte sich nicht darüber, dass Patrick lachte. Doch seine Antwort überraschte sie. »Weil wir mit den ordentlichen Scheinwerfern unsere Nachbarn völlig durcheinanderbringen würden«, sagte er. »Für die Tiere hier unten ist Licht nicht einfach etwas, mit dem man besser sehen kann, es hat immer irgendeine Bedeutung. Deshalb können auch mehr als drei Viertel der Tiere, die hier unten leben, in irgendeiner Form selbst leuchten.«

»Wozu ist das denn gut?« Carima war fasziniert. Die Fahrt hier runter war viel interessanter, als sie gedacht hätte.

Patricks verschmitzte braune Augen richteten sich auf sie. »Zum Beispiel als Kontaktanzeige. Wie soll man hier unten jemanden finden, der zur eigenen Art gehört und sich paaren will? Da hilft nur fleißiges Leuchten.« Schon hatte er sich wieder abgewandt. Wie zu Beginn der Fahrt wirkte er hoch konzentriert, mit winzigen Bewegungen eines Joysticks steuerte er das Tauchboot. »Seht ihr? Da vorne ist die Schleuse, da müssen wir hin.«

Sie glitten in Zeitlupe an einem riesigen Logo des ARAC-Konzerns vorbei, das auf der Oberseite der Station prangte – dunkel erinnerte sich Carima, dass die Abkürzung ARAC für »Aquatic Resources Analysis Corporation« stand und dass die Firma irgendetwas mit Meeresrohstoffen zu tun hatte.

29

Im Funk quäkten Stimmen, die Carima kaum verstand, und Patrick antwortete in knappen Sätzen – dann änderte sich sein Ton, er redete wieder mit ihr und ihrer Mutter. »Allerdings können manche Raubfische diese Lichtsignale nachmachen, und wenn die einsamen Herzen hoffnungsfroh zu ihnen geschwommen kommen – haps! Gemein, was?«

Ein kurzer Ruck ging durch das Tauchboot. Patrick lehnte sich sichtlich zufrieden in seinem Sitz zurück und fuhr mit beiden Händen durch seine widerspenstigen rotbraunen Haare. »Geschafft – wir sind da. Herzlich willkommen am tiefsten bewohnten Ort der Erde.«

»Moment, ich gebe Ihnen Ihren Pulli zurück.« Nathalie Willberg begann, sich die dicke Wolle über den Kopf zu streifen. Carima sah, dass ihre Arme von Gänsehaut bedeckt waren. Seit ihre Mutter nicht mehr in München, sondern auf den Cayman Islands lebte, war sie eine richtige Frostbeule geworden. Pech, dass ihr der Fleece-Pullover, den sie auf den Ausflug mitnehmen wollte, noch vor Beginn der Tauchfahrt mit den Worten »Synthetische Kleidung kann gefährliche Funken verursachen!« freundlich, aber bestimmt abgenommen worden war. Zum Glück hatte Carimas violettes Sweatshirt die Prüfung bestanden.

»Behalten Sie das Ding ruhig, solange Sie da sind.« Patrick grinste. »Blau gefrorene Besucher sind ja kein wirklich schöner Anblick. Und ich als Neuseeländer bin's kalt und feucht gewohnt. Alles kein Problem.«

»Das ist aber sehr nett von Ihnen.« Ihre Mutter wirkte erleichtert. Auf dünnen, weichen Überziehschuhen tappten sie und Carima zur Schleuse; auch ihre normalen Schuhe hatten sie nicht mit hinunternehmen dürfen, weil man mit

denen im Tauchboot versehentlich gegen einen der hoch-
sensiblen Schalter treten konnte. Carima konnte sich nicht
daran erinnern, wann sie das letzte Mal so dermaßen kalte
Füße gehabt hatte. Kein Wunder, dass der Pilot zwei dicke
Paar Socken übereinander trug.

Als Carima ihren Rucksack holte, merkte sie, dass der
Junge immer noch schlief. Er sah erschöpft aus. Wie hieß er
noch mal? Ach ja, Leon. Als sie ihn vorsichtig weckte, zuckte er vor ihr zurück, als wäre sie dieser gefräßige Fisch, von
dem Patrick erzählt hatte. Ohne ein weiteres Wort schob er
sich in die Station und verschwand in irgendeinem Gang.
Schade, jetzt konnte sie ihn nicht mal fragen, wo seine Krake nun hinschwimmen würde. Sie musste wieder daran denken, wie er in der Schleuse auf den Boden gespuckt hatte.
Mann, was für ein Freak. War er überhaupt ein richtiger
Mensch?

Ein paar Minuten später hatten sie sich alle aus dem
Tauchboot hinausgezwängt und standen in einem kleinen
Vorraum, umgeben von Kunststoffkisten mit kryptischen
Beschriftungen, blau lackierten Gasflaschen und anderem
Krempel. Carima beäugte alles neugierig, während Patrick
sämtliche mitgebrachte Fracht auslud. Dann folgten sie und
ihre Mutter Patrick durch einen schmalen Gang, der hinter
dem Vorraum begann. In der Luft lag ein metallischer Ge-
ruch, und das war kein Wunder, denn nicht nur sämtliche
Wände und Türen waren aus beige gestrichenem Metall, sogar der Boden, über den sie tappten, bestand aus geriffeltem
Stahl.

»Was passiert eigentlich, wenn eine dieser Wände ein
Leck hat?« Ihre Mutter klang nervös. »Der Druck hier unten ...«

31

Ja, der Druck. Er war in dieser Tiefe fünfzig Mal höher als in einem Autoreifen. Carima blickte instinktiv zur Decke. Was für ein seltsamer Gedanke, dass jetzt Tausende von Tonnen Wasser – oder waren es Millionen? – auf ihnen lasteten. Auf der Fahrt hier herunter hatte Patrick vergnügt eine leere Plastikflasche in den offenen Sammelkorb des Tauchboots gelegt und sich geweigert, zu verraten, wofür das gut sein sollte. Als sie mit der *Marlin* in die Tiefe fuhren, war die Flasche nach und nach zerquetscht worden wie von der Faust eines Riesen – der jämmerliche Rest hätte in einen Fingerhut gepasst. Kein sehr beruhigendes Experiment!

»Ach, keine Sorge, die Außenhülle der Station ist doppelwandig.« Patrick winkte ab. »Wir hatten vor zwei Jahren nur mal einen kleinen Wassereinbruch in den Labors. Zum Glück gab es fast keine Verletzten.«

»Oh«, murmelte Carima. Anscheinend war das ganz in der Nähe passiert, denn gerade gingen sie an einer Tür vorbei, auf der *Laboratory 01/S/BN* stand. Die nächste Tür war offen und Carima erhaschte einen Blick auf ein paar Tische mit Geräten, ein Mikroskop und ein paar Aquarien. Dann ging es weiter in einen gebogenen Gang, von dem aus seltsam geformte Türen – runde Öffnungen in der Wand, die erst auf Knöchelhöhe begannen – in die verschiedenen Arme des Seesterns führten.

Patrick hatte ihren Blick auf die runden Türen bemerkt. »Die nennt man Schotts. Im Notfall können sie alle automatisch geschlossen werden und riegeln jeden Bereich druckdicht ab.« Ein paar Meter weiter kündigte er an: »Da sind wir. In diesem Modul befinden sich fast alle Quartiere.« Er stieg durch das Schott und öffnete eine Tür am Ende des Moduls. »Hier werdet ihr wohnen.«

Das Zimmer, das er ihnen mit großer Geste präsentierte, wirkte kahl und nicht sehr gemütlich. Es gab darin zwei Kojen, von denen eine gerade an die Wand geklappt war, einen Tisch von der Größe eines Gästehandtuchs – ebenfalls hochklappbar natürlich – und daneben ein fest installiertes Computerterminal. »Ein Gemeinschaftsbad ist gleich nebenan. Lunch gibt's um 11.30 Uhr drüben in der Messe. Also dann, bis später!« Patrick winkte noch einmal und verschwand wieder im Gang.

Sie waren allein.

»Tja, nicht gerade das Waikiki Parc«, sagte ihre Mutter mit einem schiefen Lächeln und ließ sich auf die Koje fallen.

»Hast du das erwartet?«, sagte Carima, inspizierte die Bettdecke – oje, schrecklich dünn, und dabei wurde ihr nachts so leicht kalt – und musterte dann die beiden gerahmten Fotografien an den Wänden. Die eine zeigte eine Art Erdbeere mit Fangarmen am spitzen Ende, die andere das Pokemon Pikachu, beide auf schwarzem Hintergrund. Carima beugte sich näher, um die Bildunterschriften lesen zu können. Unter der Erdbeere stand *Schmuck-Kalmar*, unter dem Pokemon *Dumbo-Tintenfisch*. Dumbo – war das nicht dieser fliegende Elefant von Disney? Versuchte hier jemand, die Besucher der Station zu veralbern?

Ihre Mutter packte doch jetzt allen Ernstes ihren Waschbeutel aus und kramte in ihren Schminksachen. Womöglich wollte sie jetzt erst mal eine warme Dusche nehmen oder so was. Wenn sie nicht in einer Küche stand, war sie manchmal unglaublich langsam und umständlich.

»Räum doch mal deine Sachen in den Schrank«, sagte sie jetzt auch noch und Carima starrte sie an. Einräumen? Sie würden gerade mal eine Nacht bleiben und ihr gesamtes

Gepäck bestand aus einem Rucksack pro Person! Sie verzichtete auf eine Antwort und sagte stattdessen: »Ich sehe mich mal ein bisschen um.« Bevor ihre Mutter etwas erwidern konnte, war Carima schon durch die Tür geschlüpft und ging mit schnellen Schritten den Gang entlang. Kaum war ihre Mutter außer Sicht, fühlte Carima sich befreit. Als sei eine Schicht aus Blei von ihrer Seele abgebröckelt.

Sie folgte dem Gang, der halbkreisförmig an der Außenseite der Station entlang verlief, und kam noch einmal an den Laboren vorbei, dann an einem Trakt mit der Aufschrift *Medical Center H/A*. Wieder ein langer Flur mit vielen Türen. Eine davon stand halb offen, und Carima sah eine asiatisch aussehende Frau, die gerade damit beschäftigt war, dem schlaksigen jungen Taucher von vorhin Blut abzunehmen. Im Profil wirkte sein Gesicht scharf geschnitten, das ließ ihn irgendwie erwachsen aussehen.

Ein drahtiger grauhaariger Mann sprach mit dem Jungen, und Carima hörte, dass seine Stimme beunruhigt klang. Auch der Junge wirkte ernst, fast grimmig. Carima spitzte die Ohren, verstand aber leider nichts, die beiden unterhielten sich zu leise.

Die Ärztin und der Grauhaarige hatten anscheinend Carimas Schritte nicht gehört – diese dünnen, weichen Stationsschuhe hatten echte Vorteile –, doch der Junge schien aus dem Augenwinkel etwas gesehen zu haben. Er wandte den Kopf und ihre Blicke trafen sich. Grüne Augen hatte er, das war ihr schon im Tauchboot aufgefallen. Auf den zweiten Blick sah der Freak eigentlich ganz interessant aus. Es war schwer, seinen Blick zu deuten, und Carima wusste nicht einmal, ob er sie erkannt hatte.

Verlegen und mit klopfendem Herzen stahl sie sich davon. Ein paar Meter weiter kam ein Schott mit der Aufschrift *To Main Lock* – aha, hier ging es zur Hauptschleuse. Carima schlüpfte hindurch. Einen Moment lang lehnte sie sich gegen eine Wand, während ihr Herzschlag sich wieder beruhigte, und sah sich einfach nur um. Hey, das sah spannend aus hier. Überall Regale mit Tauchausrüstung, zwei Unterwasserroboter von der Größe einer Einfamilienhaus-Mülltonne und mehrere Tiefsee-Tauchanzüge aus Metall, mit einer gewölbten Sichtscheibe am Kopfteil und Greifzangen dort, wo bei einem Menschen die Hände saßen. Eine Art knallgelbe Ritterrüstung.

Und da war auch die große Schleuse, durch die kam man aus der Station heraus. Erst auf den zweiten Blick bemerkte Carima das Mädchen im Overall. Es hatte hellbraune Haare, die es zu einem Pferdeschwanz zusammengebunden trug, und eine sportliche, fast jungenhafte Figur. Es starrte aus einem Bullauge, klebte förmlich daran, und machte schnelle Gesten mit beiden Händen. Zeichensprache. Unterhielt sie sich etwa mit einem anderen Taucher dort draußen? Vorsichtig, um sie nicht zu stören, ging Carima näher heran – und hielt den Atem an. Im Wasser schwebte ein Auge, etwa doppelt so groß wie das eines Menschen. Noch eine Krake? Nein, denn gleich darauf war das Auge verschwunden und ein faltiger, grauer Körper glitt vorbei, dann sah sie eine riesige Schwanzflosse auf und ab schlagen. Oh mein Gott, das war ein Wal! Das Mädchen hatte sich gerade mit einem Wal unterhalten! Anscheinend mit einem Pottwal, so einen hatte Carima schon mal im Ozeaneum Stralsund gesehen, allerdings nur als lebensgroßes Modell.

Was für eine seltsame Welt das hier unten war. Und wer war das Mädchen? Noch eine von denen, die beim Tauchen

Flüssigkeit atmeten? Jedenfalls war sie jung, Carima schätzte sie auf etwa siebzehn.

Das Mädchen hatte sie jetzt ebenfalls bemerkt. Sie lehnte sich gegen einen der metallenen Tauchanzüge und blickte Carima neugierig an. »Hi. Kommst du aus der San Diego School of the Sea? Ich hab gar nicht mitbekommen, dass sich noch jemand qualifiziert hat.«

Verdutzt schüttelte Carima den Kopf. Was für eine Schule? »Nein, wir sind hier zu Besuch und bleiben nur bis morgen. Ich, äh … bin Carima.«

»Benedetta – nenn mich Billie«, erwiderte das Mädchen und warf noch einmal einen Blick durch das große Bullauge. »Und das da eben war Shola. Sie ist ein junges Pottwalweibchen.«

Das Schott auf der anderen Seite des Raumes öffnete sich und ein Junge schlüpfte herein. Lässig schlenderte er zu ihnen hin, die Hände in den Taschen seines blauen Overalls. Er hatte sehr blasse Haut und große hellblaue Augen, was sein Gesicht ein bisschen kindlich wirken ließ, doch sein Körper war der eines Athleten und gar kein übler Anblick. »Hey«, sagte der Junge und hob grüßend eine Hand. »Endlich mal Besuch! Erzähl, wer bist du und was machst du in der großen weiten Welt über dem Wasserspiegel?«

Billie lachte. »Carima, das ist Julian. Er redet zum Glück nicht immer so.«

Carima lächelte. Anscheinend waren nicht alle der jungen Taucher schüchtern – wie schön! »Was ich so mache … tja, ich lebe in Europa, werde gezwungen, zur Schule zu gehen, und ab und zu gehe ich ins Kino, in die Disco oder – wenn die Sonne scheint – ins Freibad …« Sie stockte. Mit fasziniertem Blick hingen die beiden an ihren Lippen.

36

»Disco …« Sehnsüchtig blickte Billie Julian an, dann wieder Carima.

Carima wurde klar, dass es nichts von dem, was sie erwähnt hatte, hier unten gab. Und die Sonne schon gar nicht. »Äh, ihr müsst nicht zur Schule?«

»Aber nein, wir sind und bleiben edle Wilde.« Julian grinste und setzte sich auf einen Tauchroboter, als sei es nur irgendeine Kiste, die im Weg herumstand. »Jetzt mal im Ernst, wir haben Lernprogramme und einen Tutor. Aber ich vermute, wir lernen andere Sachen als ihr. Habt ihr auch Meeresbiologie und Geologie auf dem Lehrplan? Nee, oder?«

Carima schüttelte den Kopf. »Dafür haben wir Geschichte, Kunst und so was.«

»Gibt's bei uns auch als Wahlfach«, mischte sich das Mädchen mit einem Hauch von Trotz in der Stimme ein. »Hat sich nur keiner ausgesucht. Ich habe aber einen Kurs in Journalismus belegt.«

»Europa … das hat was. Tradition. Kultur. Kunst.« Julian ließ die Augen nicht von ihr und Carima erwiderte den Blick fröhlich. Sah aus, als würde es hier unten in der Station doch noch ganz lustig werden!

»Haha, als hättest du irgendeinen Schimmer von Kultur oder Kunst, Julian«, ätzte Billie. »Von Rochen verstehst du eindeutig mehr. Und die interessieren unseren Besuch vom Land möglicherweise nicht besonders.«

»Doch, klar interessieren mich die«, sagte Carima. »Sag bloß, du arbeitest mit einem Rochen!«

»Und ob. Mein allererster Partner war sogar ein Manta, ein Riesenrochen«, legte Julian los. »Noch nicht ausgewachsen und schon dreieinhalb Meter groß von einer Flossen-

37

spitze zur …« Es knackte in einem Lautsprecher direkt über ihnen.

»Achtung«, ertönte eine Männerstimme mit einem Akzent, der Carima an Urlaube in Schweden und Norwegen denken ließ. »Ab sofort Bereitschaftsstufe Gelb. Um elf Uhr allgemeine Versammlung in der Messe. Ich wiederhole, um elf Uhr allgemeine Versammlung.«

Die beiden Jugendlichen reagierten sofort, die Plauderei war von einem Moment auf den anderen vergessen. Julian und Billie wechselten einen Blick und gingen mit schnellen Schritten davon. Verdutzt blickte Carima ihnen hinterher. »He! Was ist denn?«

»Komm mit, wenn du magst«, rief Julian.

Carima fragte nicht länger, sondern hastete ihnen nach. Es war ihr ganz recht, dass Julian und Billie sich nicht mehr nach ihr umschauten. Beim schnellen Gehen fiel es besonders auf, dass sie hinkte.

Auf dem Trockenen

Leon hatte Lucy ein paar Krebse spendiert und wusste, dass sich seine Partnerin damit in ihre Höhle unter der Station zurückgezogen hatte. Er spürte das Gefühl warmer Zufriedenheit, das sie durchdrang. Ihre Gedanken waren nur noch ein leises Murmeln. *Zu Hause jetzt wieder. Gut zu Hause versteckt. Großviel wohl. Gut versteckt. Essen.*

Ruh dich aus, du hast es dir verdient, sandte er zu ihr hin und ließ sich aus dem Kontakt gleiten, als Julian und Billie die Messe betraten; einen Moment später kam noch Tom dazu. Irritiert sah Leon, dass sie das blonde Mädchen, das mit der *Marlin* angekommen war, im Schlepptau hatten. Durften Fremde überhaupt an einer Bordversammlung teilnehmen? Wenn nicht, dann würde sie gleich jemand höflich bitten, in ihrem Quartier zu warten.

Staunend blickte das Mädchen sich in der Messe um, und instinktiv schaute Leon selbst nach oben, zu der großen Plexiglaskuppel, die sich keine drei Meter über den Stühlen und Tischen wölbte und einen Blick in die Tiefsee freigab. Ja, wahrscheinlich war es ganz schön beeindruckend, wenn man das alles zum ersten Mal sah.

Raunen und Flüstern erfüllte den Raum, denn die meisten der vierzehn Besatzungsmitglieder waren schon eingetroffen und warteten ungeduldig auf die Neuigkeiten. Bereitschaftsstufe Gelb – das hatte es schon lange nicht mehr gegeben, und nur ganze drei Mal, seit Leon mit zwölf Jahren hierhergekommen war.

Am Tisch neben ihm hatte sich John McCraddy, der Tierarzt der Station, breitgemacht, er trug seine hässliche grüne Gummischürze, die – so lautete zumindest das Gerücht – noch aus der Terrierzucht seiner Eltern stammte. Er versuchte, möglichst leise mit Greta Halvorsen, der norwegischen Biologin, zu streiten und natürlich ließ sich Greta nicht aus der Ruhe bringen. Einen Tisch weiter sah Leon Paula Norris, die kräftige Bordingenieurin; sie hatte die runden, sommersprossigen Arme verschränkt und ihr blonder Zopf hing ihr über den Rücken. Neben ihr zappelte Louie Clément, der Anzugtechniker und OxySkin-Spezialist, herum und redete nervös gestikulierend auf sie ein. Ob er den Anzug schon untersucht hatte, mit dem der beinahe tödliche Unfall passiert war?

Billie setzte sich neben Leon und Tom schnappte sich blitzschnell den zweiten Stuhl. »He, Leon, rück mal ein Stück, wir haben Besuch.« Schwungvoll machte sich Julian daran, für das blonde Mädchen eine zusätzliche Sitzgelegenheit heranzuziehen. »Das ist übrigens Carima.«

Leon streifte Carima mit einem schnellen Blick. Es überraschte ihn nicht weiter, dass Julian guter Laune war – sein Freund und Zimmergenosse beklagte sich ständig darüber, dass es nicht mehr Mädchen auf der Station gab. Wahrscheinlich würde er heute Abend endlos darüber fantasieren, ob und wie er die Neue rumkriegte. Doch seine Chancen standen schlecht – bei der medizinischen Untersuchung vorhin hatte Matti Kovaleinen, der Kommandant von Benthos II, erwähnt, dass die Gäste nur bis morgen bleiben würden. Oder reichte das Julian etwa?

Aus dem Augenwinkel bemerkte Leon, dass die Mutter des Mädchens auf der anderen Seite des Aufenthaltsraumes saß und mit Ellard und Patrick plauderte. Carima beachtete sie nicht und behielt stattdessen neugierig Kovaleinen im Auge; er schloss gerade die Tür zur Brücke und wandte sich der versammelten Besatzung zu. Er hatte den drahtigen Körper eines Marathonläufers, wirre graue Haare und eine nüchterne, freundliche Art. Wahrscheinlich hätte er als Physikprofessor durchgehen können, doch wenn er über sein Lieblingsthema redete, die Besiedlung des Meeres, dann wirkte er eher wie ein Prediger. Leon mochte sein herzliches Lächeln und hatte immer das Gefühl gehabt, dass er eine schützende Hand über die vier Jugendlichen an Bord hielt.

»He, den habe ich vorhin schon mal gesehen«, sagte das Mädchen, und Julian flüsterte irgendetwas zurück, vielleicht erzählte er ihr, dass Kovaleinen aus Finnland stammte und dort mit einer berühmten Fernsehmoderatorin verheiratet war, worauf man ihn aber besser nicht anspreche.

»Es gibt Neuigkeiten«, sagte Kovaleinen und seine blaugrauen Augen blickten ernst. »Ein paar von euch haben es vielleicht schon mitbekommen, was auf der Insel Maui passiert ist, nur ein paar Meilen von uns entfernt.«

Leon war irritiert. Wovon redete Kovaleinen da? Ging es bei dieser Versammlung etwa gar nicht um seinen Unfall?

»Vor ein paar Stunden haben Touristen an einem der Strände von Maui eine Menge ungewöhnlicher, sehr großer Fische bemerkt. Inzwischen ist klar, um was für eine Art es sich handelt – *Regalecus glesne*. Ungefähr zwei Dutzend von ihnen, zwischen drei und fünf Meter lang.« Kovaleinen warf einen grimmigen Blick in die Runde. »Sie wirkten verwirrt und kamen den Badenden sehr nahe, statt ihnen auszuweichen. Ein kleines Mädchen ist anscheinend vor Schreck von seiner Luftmatratze gefallen und wurde im Wasser treibend gefunden; zum Glück konnte es wiederbelebt werden. Und ein älterer Mann ist gestorben: Herzanfall.«

Schockiert blickten sich Leon und die anderen an. *Regalecus glesne* – Riemenfische! Sie wirkten wie silberne Riesenschlangen, und in den letzten Jahrhunderten waren sie von Seefahrern oft genug für solche gehalten worden, da sie bis zu elf Meter lang werden konnten. Doch trotz ihrer Größe waren Riemenfische harmlos und verbrachten ihr Leben normalerweise als Einzelgänger in großer Tiefe. Was hatten sie gemeinsam im Flachwasser zu suchen?

Leon musste an das kleine Mädchen denken, das beinahe ertrunken war – ob es jemals wieder den Mut haben würde, ins Wasser zu gehen?

»Möglicherweise gibt es einen Zusammenhang mit dem gefährlichen Zwischenfall, den Leon Redway gerade erst überlebt hat«, fuhr Kovaleinen fort, und Leon zuckte zusammen, als er seinen Namen hörte. Verblüfft wandten sich die anderen Jugendlichen ihm zu. »Du hast uns nichts davon erzählt!«, zischte Billie vorwurfsvoll.

»Wann denn?«, schoss Leon leise zurück. »Ich bin doch erst vor einer halben Stunde zurückgekommen.«

Kovaleinen gab eine kurze Zusammenfassung dessen, was in der Nähe des Kohala Canyon geschehen war, und Louie Clément ergänzte, dass es sich – bis auf das klemmende Ventil des Notvorrats – anscheinend nicht um eine Fehlfunktion der OxySkin gehandelt habe. Vor Aufregung war seine Stimme ganz hoch geworden und er tat Leon leid. Obwohl Louie der Meinung war, es sei unverantwortlich,

Jugendlichen Tauchanzüge im Wert von 100 000 Dollar pro Stück anzuvertrauen, war er im Grunde seines Herzens ein netter Kerl.

»Die Ursache für diese seltsamen Zwischenfälle liegt also anscheinend in der Tiefsee selbst«, schloss Kovaleinen. »Greta, Urs und Paula, bitte schickt möglichst viele unserer Gleiter zu dem Ort, an dem Leon die Probleme gemeldet hat. Sie werden das Wasser analysieren – vielleicht finden wir dadurch schon eine mögliche Ursache.«

»Geht klar«, sagte Paula und drehte sich ihren blonden Zopf, in dem erste graue Haare zu sehen waren, um den Finger. Auch Urs, der Geologe mit dem Schweizer Akzent, und die Biologin nickten.

Die Gleiter auszuschicken hielt Leon für eine gute Idee. Diese Maschinen, die aus dem deutschen Meeresforschungsinstitut IFM-GEOMAR stammten, waren etwa einen Meter lang und sahen aus wie gelbe Modellflugzeuge, komplett mit Tragflächen. Sie konnten selbstständig und sogar gemeinsam im Schwarm den Ozean erkunden und auch in großer Tiefe Daten sammeln. Dabei verbrauchten sie nur so viel Energie wie ein Fahrradlicht.

»Bis dahin gilt für alle unsere Besatzungsmitglieder, die Flüssigkeit atmen, ein striktes Tauchverbot«, beendete Kovaleinen seine kleine Rede. »Ich muss nicht noch mal betonen, dass die Tiefsee noch immer weitgehend unerforscht ist, und ich möchte weitere ungute Überraschungen gerne vermeiden.«

Striktes Tauchverbot. Die Worte echoten durch Leons Kopf und im ersten Moment bekam er vor Entsetzen kein Wort heraus.

»Keine Tauchgänge mehr? Aber was ist mit unseren Part-

43

nern?«, rief Julian. »Sie erwarten, dass wir zu ihnen nach draußen kommen!«

»Ihr müsst sie so gut wie möglich von hier drinnen aus betreuen. Oder ihr geht mit den Panzertauchanzügen raus.«

Julian murmelte einen Fluch. »Na, ich weiß ja nicht, ob Carag das gut findet, wenn ich ihn als summendes gelbes Metallmännchen besuche. Hoffentlich haut er mir nicht ab. Er ist nun mal dumm wie Brot im Vergleich zu Lucy und Shola.«

»Ach, ich würde mir nicht so viele Sorgen machen«, mischte sich Tom ein, der mit dreizehn Jahren der Jüngste von ihnen war. Und zu seinem Ärger ließ ihn seine Stupsnase sogar noch jünger aussehen. »Carag ist doch viel zu faul, um selbst zu jagen. Solange er von dir Futter bekommt, wird er bei der Station bleiben.«

Inzwischen hatten die Wissenschaftler begonnen, untereinander über die Vorfälle und mögliche Ursachen zu diskutieren.

»Was ist mit diesem seltsamen Sonar-Echo, das wir ungefähr um die Zeit von Leons Unfall bemerkt haben?«, fragte Greta Halvorsen. »Habt ihr es inzwischen identifizieren können?«

Leon horchte auf. Was für ein Sonar-Echo? Er hörte zum ersten Mal davon.

Julian lehnte sich zu Carima hinüber und erklärte ihr wahrscheinlich, dass man mit Sonar- und Echolotgerät den Meeresboden und Objekte im Wasser sichtbar machen konnte – das Ganze funktionierte mithilfe von Schallwellen, die ein spezielles Gerät ins Meer hinausschickte. An Bord wurden die zurückkehrenden Echos dann zu einem Bild zusammengesetzt. Nach diesem Prinzip orientierten sich

44

auch Fledermäuse in stockdunklen Höhlen sowie Delfine und Pottwale im Meer.

Kovaleinen runzelte die Stirn. »Nein, wir konnten das Echo bisher nicht identifizieren. Aber ich glaube auch nicht, dass dieser Sonarkontakt für uns wichtig ist. Er kam aus Richtung Lo'ihi und war ein ganzes Stück von Leons Standort entfernt. Vielleicht war es einfach ein Wal.«

Leon hörte aufmerksam zu. Ein Sonar-Echo … konnte das vielleicht menschlichen Ursprungs gewesen sein? Aber außer den Leuten von Benthos II mit ihren eigenen Tauchbooten war doch hier in der Gegend niemand unterwegs.

Doch es fiel Leon schwer, sich auf diese Frage zu konzentrieren, er fühlte sich wie betäubt. Nicht mehr ins Wasser, für wer weiß wie lange! Das war wie eine Verbannung. Schon jetzt hielt er es kaum mehr aus in der Station, sein Körper fühlte sich bleiern an nach der Schwerelosigkeit im Wasser, seine Lungen schmerzten, das Licht kam ihm viel zu grell vor, und es war so anstrengend, ständig reden zu müssen. Außerdem vermisste er Lucy. Nur in ihrem gemeinsamen Element konnten sie wirklich zusammen sein …

»Leon? Leon! Ich hab dich was gefragt.« Billie stupste ihn mit dem Ellenbogen an. »He, du bist ja völlig fertig. War's sehr schlimm dort beim Canyon? Jetzt erzähl endlich.«

Da Kovaleinen die Versammlung gerade offiziell beendete, nickte Leon und begann zu berichten. Mit ernsten Gesichtern hörten die anderen zu und sagten ihm netterweise nicht, dass das Ganze auch seine Schuld gewesen war. Er hätte vor dem Tauchgang den Notvorrat überprüfen müssen und hatte es vergessen.

Auch das blonde Mädchen, Carima, lauschte und blickte ungläubig drein. »Du bist heute früh fast gestorben? Wissen deine Eltern eigentlich, wie gefährlich deine Arbeit hier ist?«

Die Frage tat weh. Nein. Ja. Natürlich. Es gab so viele Antworten darauf. Einen Moment lang trafen sich ihre Blicke. Wie fremd ihm dieses Mädchen war. In ihrer Welt lief man höchstens Gefahr, von einem Vorstadtbus überfahren zu werden.

Leon schob seinen Stuhl zurück und stand auf. »Ich muss Tim anrufen«, murmelte er und ging zum COM-Raum hinüber, der sich nur ein paar Schritte entfernt befand. Vielleicht – hoffentlich – erklärten die anderen Carima inzwischen, was es mit seinen Eltern auf sich hatte.

Er setzte sich in eine der Kabinen und loggte sich ein. »Ihr Guthaben beträgt dreiundzwanzig Minuten Gesprächszeit«, informierte ihn das Hologramm einer lächelnden Frau. Leon nickte und tippte Tim Reuters Verbindungscode ein. Fast sofort sah er Tims Gesicht in 3-D auf dem Bildschirm; dem Hintergrund nach war er gerade in der ARAC-Zentrale in San Francisco. In dem Regal neben Tim stapelten sich Konferenzberichte und Werke über Meeresbiologie in Deutsch und Englisch. Auf einem Bücherstapel thronte ein Modell der *Marlin*. Auch das Einweckglas mit winzigen konservierten Leuchtkalmaren auf Tims Schreibtisch war ein vertrauter Anblick, die Dinger standen schon seit Jahren da. Sie leuchteten längst nicht mehr – das konnten nur lebende Tiere. Im Hintergrund erkannte Leon Fotos von Tim und seiner aktuellen Flamme Charlene beim Gleitschirmfliegen in den Anden und beim Tauchen in der Karibik. Zufrieden stellte er fest, dass an der Wand noch immer deutlich mehr Tim-und-Leon-Fotos vertreten waren als Bilder von Charlene.

»Hey, wenn das nicht mein Löwenjunges ist«, sagte Tim
und um seine sommerblauen Augen erschienen Lachfalten.

»Bald wirst du mich anders nennen müssen«, sagte Leon
und lächelte zurück. »Ich bin so gut wie ausgewachsen.«

Der Name hatte sowieso nie richtig gepasst, auch wenn
Leon »Löwe« bedeutete. Löwen konnten, soweit Leon
wusste, nicht schwimmen. Immerhin, es war ein besserer
Spitzname als »Octoboy«.

Doch es war nicht die rechte Zeit, um herumzualbern.
Leon erzählte vom rätselhaften Auftauchen der Riemenfische, von den Mangankrusten, die er entdeckt hatte, und
von seinem Unfall. Verblüfft näherte Tim sein Gesicht der
Kamera, sodass Leon eine Detailansicht seines Dreitagebar-
tes bekam. »Klingt heftig. Ist wirklich alles okay mit dir?«

Leon nickte und Tim drehte nachdenklich einen Stift
zwischen den Fingern.

Sie diskutierten noch eine Weile über die Ereignisse, doch
gerade als Leon danach fragen wollte, was es sonst für Neuigkeiten gab, meldete Tims Computer drei neue dringende
Mails. »Ich wette, du wirst gerade offiziell informiert, was
hier los ist«, sagte Leon und seufzte, weil er wusste, dass
Tim die Mails sofort lesen musste und ihr Gespräch damit
beendet war.

Es hatte keinen Sinn, Dinge wie »Ich vermisse dich« zu
sagen, damit konnte Tim nichts anfangen. Er war ein No-
made und selten für längere Zeit am selben Ort. Nur die
Frage »Wann bist du mal wieder in der Gegend?« war erlaubt.

»Wenn ich so höre, was du erzählst, dann würde ich sagen – sehr bald«, erwiderte Tim und schielte zur Seite, anscheinend hatte er die Mails schon geöffnet. »Wir sollten

47

das alles schleunigst klären. Am besten, wir verlegen eins unserer Forschungsschiffe in eure Nähe. Die *Thetys* ist gerade im Pazifik, nicht weit von euch entfernt. Ich glaube, sie könnte sogar morgen schon bei euch sein. Und ich selber nehme den nächsten Flug nach Honolulu. Muss nur noch packen. Okay?«

»Cool«, sagte Leon erfreut und legte seine Handfläche auf den Bildschirm. Tim tat in Kalifornien das Gleiche, und einen Moment sah es fast so aus, als berührten sich ihre Hände. Ihr altes Ritual. Doch diesmal war Leon abgelenkt. Konnte das sein – zitterte Tims Hand? Nein, das war bestimmt nur Bildschirmflimmern; es gab häufig Ärger mit dem Glasfaserkabel, das Benthos II und die Oberfläche verband.

Vielleicht trinkt Tim mal wieder zu viel, dachte Leon besorgt. Als Leon etwa zehn gewesen war, hatte sein Adoptivvater sich an einem ganz normalen Abend drei bis vier Whiskys eingeschenkt. Doch wirklich betrunken schien Tim selten zu sein und irgendwann hatte er den Whisky wieder aufgegeben. Von einem Tag auf den anderen.

Als Leon in die Messe zurückkehrte, war es Essenszeit, und die anderen standen schon in der Schlange vor der Küchentheke, um sich ihren Lunch abzuholen. Leon reihte sich ein, er hatte plötzlich rasenden Hunger.

Wie immer teilte Samuel, ein kräftiger Hawaiianer, mit unbewegtem Gesicht das Essen aus. Billie und Julian hatten im Laufe der Jahre schon alles versucht, um Sam ein Lächeln zu entlocken – vergeblich. Vielleicht hasste er seinen Job. Doch einige Indizien sprachen dagegen. Patrick hatte einmal einen Blick in ein abgegriffenes Album werfen dürfen, in dem Sam Fotos aller U-Boote verwahrte, auf denen er während seiner Zeit bei der Navy gefahren war – und Benthos II nahm in diesem Album einen Ehrenplatz ein. Auch wenn die Station nicht im Dienst des Militärs, sondern eines Konzerns stand und einem U-Boot in etwa so ähnlich sah wie ein Seestern einer Makrele.

Selbst der Plan mit der Postkarte hatte nicht geklappt. Soweit auf der Station bekannt, war Sams einziges Hobby seine Postkartensammlung. Alle paar Tage traf per Tauchboot wieder eine aus einem entlegenen Winkel der Welt ein und wurde von Sam sorgfältig an einer Wand der Küche befestigt, die schon über und über gepflastert war mit Ansichten aus aller Welt. Tom – der aus Großbritannien kam – hatte seine Eltern mal gebeten, Sam eine Postkarte aus England zu schicken. Das hatte ihm ein Danke eingebracht, ein ziemlich warmes sogar, aber mehr auch nicht.

Jetzt sprach das fremde Mädchen Sam lächelnd an. Ihr Gegenüber runzelte die Stirn und schickte einen düsteren Blick zurück. Leon spitzte die Ohren.

»Sam? Ich habe mal gehört, dass Samuel in Hawaiianisch Kamuela heißt«, sagte das Mädchen. »Soll ich Sie nicht lieber Kamuela nennen?«

Ungläubig sah Leon, wie Sams Mundwinkel langsam, aber unaufhaltsam nach oben strebten. Diese Fremde hatte es tatsächlich geschafft! Und auch ihrer Mutter schien es leichtzufallen, einen guten Draht zum männlichen Mädchen-für-alles von Benthos II zu finden. Über Sesamöl und die richtige Verwendung der Taro-Wurzel fachsimpelnd verschwanden Sam und die Besucherin in der Küche. Verdutzt blickte Leon hinter ihnen her und vergaß beinahe den Teller in seiner Hand, auf dem sich ein dampfendes Fischfilet in Kokos- und Algensoße befand.

49

»Mann, auf die Idee hätten wir auch kommen können.«
Tom verzog ärgerlich den Mund. »Wahrscheinlich ist er
von seinem hawaiianischen Opa immer so genannt worden.
Und jetzt ist ihm das Herz aufgegangen, und wenn Carima
will, kriegt sie vielleicht sogar *Schokolade* von ihm.«

»Sei nicht dämlich – sie lebt *oben* und kann sich jederzeit
alle Schokolade kaufen, die sie will. Das ist nichts Besonderes für sie.« Billie seufzte. »Aber es stimmt, Sam hat welche.
Vollmilch. Mit Macadamia-Nüssen. Neulich habe ich ihm
welche geklaut und wäre beinahe erwischt worden. Auf der
Flucht musste ich die Dose leider unter deiner Koje verstecken, Leon.«

Leon verzog das Gesicht und nahm einen Schluck Algen-
saft mit Ananasgeschmack. So war das also gewesen. Die
Grübelei darüber, was die leere Dose bedeuten sollte, hätte
er sich sparen können. »Und dann hast du sie netterweise
dort vergessen. Ohne ein Stück für mich drinzulassen.«

Ihm fiel auf, dass Julian den Blick nicht von Carima ließ.
»Ist sie nicht heiß?«, flüsterte er und zwinkerte Leon zu.
»Du wirst schon sehen, bald wird sie gar nicht mehr weg-
wollen.«

Nicht nur Leon hatte es gehört, auch Billie. In ihrem Gesicht passierte etwas, einen Moment lang wirkte es starr und
noch ein wenig blasser als sonst. Dann straffte sie die Schultern, hob eine Augenbraue und sagte: »Was genau meinst du
damit, DiMarco?«

Vielleicht war doch etwas dran an dem Gerücht, dass sie
in Julian verliebt war. Wenn sie über ihn redete, glänzten
ihre Augen manchmal auf seltsame Weise.

»Na, ich wette, die faszinierende Welt der Tiefsee wird
Carima genauso wenig kaltlassen wie uns, wenn wir sie ihr

erst mal richtig nahebringen«, erklärte Julian mit unschuldigem Blick. Billie tat Leon leid. Wie Julian ihm einmal ausführlich erklärt hatte, war Billie für ihn auf irgendeine Art tabu. Was vermutlich daran lag, dass sie alle drei hier auf der Station praktisch zusammen aufgewachsen waren. Seine Schwester küsst man nicht.

»Kaltlassen ist wahrscheinlicher«, sagte Tom trocken. »Bei den zwei Grad Wassertemperatur, die wir hier zu bieten haben.«

Und dann hielten sie alle vier den Mund, weil Carima gerade auf ihren Tisch zusteuerte.

Carima aß alles auf. Auch, weil die anderen sie beobachteten. Das Essen schmeckte nicht so schlimm, wie es aussah. Und die Kantine ihrer Ganztagsschule härtete einen in solchen Dingen enorm ab. Fleisch und Fisch gab es dort nur selten, dafür immer häufiger ein Zeug namens Deeleit, so eine Art künstliches Fleisch. Das Zeug kam ursprünglich aus Asien und war jetzt auch in Deutschland ein echter Renner – offiziell deshalb, weil es gut schmeckte und kein Tier dafür sterben musste. In Wirklichkeit wohl eher, weil es so billig war.

»Sagt mal, diese Fotos in meiner Kabine … dieser angebliche Dumbo-Tintenfisch«, meinte Carima zwischen zwei Bissen. »Den gibt es nicht wirklich, oder?«

»Klar gibt's den«, sagte der sommersprossige, rothaarige Junge, dessen Namen Carima gerade vergessen hatte. »Ich habe neulich mal wieder einen trompeten hören, das machen sie ständig. Und die Biester nerven auch echt, weil sie Taucher hassen. Sie pirschen sich von hinten an dich an, spucken dir Tinte ins Gesicht und tröten dir ins Ohr.«

Carima beobachtete den Jungen genau, während er redete, doch er verzog keine Miene und schien es völlig ernst zu meinen. »Echt, das machen sie?«

»Ja, klar, nicht nur Tom hat so was erlebt. Meine ganze OxySkin war voll Tinte«, erzählte Billie empört. »Ich musste sie dreimal durch die Waschmaschine schicken.«

Jetzt legte auch Julian noch eins drauf. »Und du solltest mal sehen, was los ist, wenn Dumbos sich paaren. Die wühlen den Grund so auf, dass du's noch in einer Meile Entfernung siehst.«

»Hey, jetzt sag bloß, du hast das alles nicht gewusst? Was lernt ihr eigentlich in der Schule?« Tom schüttelte tadelnd den Kopf und Carima kam sich langsam ziemlich dämlich vor. Ja, wieso eigentlich hatte sie sich nicht mal die Mühe gemacht, sich ein bisschen über die Tiefsee schlauzumachen, bevor sie hierhergekommen war? Nur, weil der ganze Ausflug eine Idee ihrer Mutter gewesen war?

»Vielleicht hat sie einfach in der Schule nicht aufgepasst«, schob Billie nach, es klang hämisch.

Der andere junge Taucher, auf dessen Overall der Name *Redway* eingestickt war, hatte schweigend und mit gesenktem Blick gegessen. Seinen Vornamen hatte Carima nicht vergessen: Leon. Jetzt blickte er auf und wandte sich an Carima. »Das brauchst du alles nicht zu glauben«, sagte er zu ihr und ein Lächeln huschte über sein Gesicht. »Es gibt Dumbo-Tintenfische wirklich, aber sie sitzen meistens auf dem Grund herum und machen gar nichts. Wenn sie sich mal bewegen, dann drehen und wenden sie sich ewig, bis sie losschwimmen. Die Dinger, die bei ihnen wie Ohren aussehen, sind ganz einfach Flossen. Und das alles gehört echt nicht zur Allgemeinbildung.«

52

Carima warf Leon einen dankbaren Blick zu. Währenddessen freuten sich die anderen über ihren gelungenen Witz. Billie prustete vor lauter Lachen ein paar Fischstückchen auf den Tisch. »Wenn wir unsere OxySkins wirklich in die Waschmaschine stecken würden, dann würde Louie, der Anzugtechniker, uns *umbringen*«, keuchte sie, als sie sich wieder erholt hatte. »Die Dinger werden von mikroskopisch kleinen, sich selbst organisierenden Bauteilen geschaffen. In einem Stück, ohne Nähte. Ist alles Nanotechnologie. Von der hast du bestimmt schon mal gehört.«

Carima nickte stumm. Billie konnte ganz schön besserwisserisch sein, aber okay, vielleicht wäre es an Land umgekehrt gewesen.

Ein Mann trat an ihren Tisch und von einem Moment auf den anderen war es vorbei mit der Heiterkeit. Wieder so ein abrupter Stimmungswechsel. Neugierig musterte Carima den Neuankömmling. Es war ein breitschultriger junger Mann mit raspelkurzen Haaren, fast militärisch-straffer Haltung und entschiedenem Blick. »Das war eine gute Erklärung, Billie«, sagte er freundlich. »Und warum habe ich dann gerade eine Mitteilung bekommen, dass du bei deinem Chemie-Aufbaukurs nur fünf Punkte erzielt hast?«

»Ich geb mir Mühe, okay?«, sagte Billie verlegen. »Aber Shola war schwierig in letzter Zeit, und ich fand es einfach wichtiger, mich um sie zu kümmern. Sie kann das Hol-Gegenstand-Kommando jetzt schon sehr gut.«

»Das ist Ellard, unser Ausbilder«, flüsterte Julian Carima ins Ohr. Prompt wandte sich der Blick des Mannes ihm zu. »Und von dir, Julian, ist schon seit längerer Zeit ein Aufsatz über den Großen Pazifischen Müllstrudel fällig. Bis heute Abend möchte ich den in meinem Postfach haben.«

53

»Ja, Sir. Aber wir haben doch heute Training, oder?«

»Natürlich. Und?«

Als Ellard weg war, ächzte Julian: »Mann, diesen Aufsatz hab ich völlig vergessen. Billie, hilfst du mir? Sonst krieg ich das Ding nie rechtzeitig fertig.«

»Na klar. Wie immer.« Plötzlich blickten Billies blaue Augen kühl. »Ich habe gerade einen Artikel für die *Sunday Post* über genau dieses Thema geschrieben – wenn du den ein bisschen umstrickst und schlechter machst, glaubt dir Ellard vielleicht, dass er von dir ist.«

»Äh, ja.« Julian sah zu Carima hinüber und zog eine Grimasse. Carima lächelte aufmunternd zurück. »Pazifischer Müllstrudel? Ist das auch ein Witz?«

»Leider nein«, antwortete Billie. »Drei Millionen Tonnen Plastikmüll, die zwischen Kalifornien und Hawaii in kreisenden Meeresströmungen Karussell fahren – wahrscheinlich bis in alle Ewigkeit. Ein dichter Teppich, der inzwischen so groß ist wie Mitteleuropa. Ein schönes Beispiel dafür, was wir Menschen mit dem Meer machen.«

Carima war sprachlos. Und auch Leon sagte nichts mehr und stand auf, um seinen Teller wegzubringen.

»Immerhin hat das Tauchverbot den Vorteil, dass du mal wieder am Training teilnehmen kannst«, meinte Julian zu ihm.

Fragend blickte Carima zu Leon hoch. Der junge Taucher sah verlegen aus. »Ihr wisst, dass ich immer mitmache, wenn ich gerade Zeit habe.«

»Schon gut«, meinte Billie. Als Leon verschwunden war, wandte sie sich wieder Carima zu. »Er ist in einer ganz anderen Liga als wir. Wenn's um das Meer geht, kann ihm kaum jemand an Bord noch was beibringen. Und wie er mit Lucy zusammenarbeitet … das ist einfach unglaublich. Sie scheinen sich instinktiv zu verstehen. Die beiden haben mehr Bodenschätze gefunden als wir alle zusammen.«

»Ich habe aber schon zwei neue Tierarten entdeckt«, trumpfte Tom auf, während die anderen sich erhoben und begannen, den Tisch abzuräumen.

Carima wollte gerade anfangen zu staunen, als Julian seufzte und sagte: »Ja, das ist schön, Tom. Aber Leon ist, soweit ich mich erinnere, schon bei dreißig.«

Lucy wusste noch nichts von dem Tauchverbot. Leon traf sich am großen Sichtfenster bei der Hauptschleuse mit ihr, hier kam nicht so oft jemand vorbei. Sofort schwamm Lucy mit eleganten Bewegungen auf ihn zu und heftete sich mit Dutzenden von Saugnäpfen zugleich an der Scheibe fest. Die Unterseite ihres Körpers hatte eine zart rosaweiße Farbe. Leon sah, dass sich an einigen ihrer Saugnäpfe gerade die Haut erneuerte, die alte Oberfläche fiel in durchsichtigen Schichten ab.

Ich darf nicht mehr ins Meer, teilte Leon ihr halb niedergeschlagen, halb wütend mit. *Sie machen sich Sorgen wegen dem, was beim Canyon passiert ist.*

Ihre Enttäuschung durchdrang seine Gedanken, vermischte sich mit seinen eigenen Gefühlen und verstärkte sie noch, bis er den Tränen nahe war. Das war der Nachteil an ihrem engen Kontakt. Leon war froh, als Lucy das Thema wechselte.

Gut gefressen? Meine Krebse sind schmacklich.

Leon musste lächeln. *Ja, ich habe gut gefressen. Ich glaube, es war Leuchtsardine.*

Mmmh, schickte Lucy zurück. *Kein Fressen für Kawon.*

55

Zu flink! Anscheinend musste sie beim Thema Fressen noch an etwas anderes denken, denn er spürte, wie ihre Stimmung sich verdüsterte. *Shola schwimmt so nah, sehr nah! Sie schickt starke Klicks! Ich habe Angst, großviel Angst!*

Kann ich verstehen. Leon runzelte die Stirn. *Ich werde Billie sagen, dass sie strenger mit Shola sein soll. Es geht nicht, dass sie dich belästigt.*

Das Pottwalweibchen schaffte es nur mit Mühe, Lucy nicht als Beute zu betrachten – Kalmare und Kraken waren ihre Lieblingsspeise. Bisher hatte es erstaunlich wenig Ärger gegeben, da Lucy einen Ortungs-Chip trug, dessen Signale Shola wahrnehmen konnte. Tödliche Verwechslungen waren ausgeschlossen. Aber es sah so aus, als sei Shola zurzeit schwer in Versuchung. Mit ihren Klicks und deren Echo konnte sie Objekte orten, aber auch Beutetiere betäuben.

Jemand kommt, warnte ihn Lucy plötzlich, und tatsächlich, schon öffnete sich das Schott. Wie praktisch, dass Lucy so gute Augen hatte. Und sie spürte – obwohl sie keine Ohren hatte – die Vibrationen von Schritten in der Station.

Leons Puls beschleunigte sich, als er das Mädchen von der Oberfläche erkannte. Carima. Er war noch nicht sicher, was er von ihr halten sollte. Dass er sie vorhin verteidigt hatte, als die Neckerei der anderen allmählich gemein wurde, war mehr ein Reflex gewesen. Er ertrug es einfach nicht, wenn jemand gehänselt wurde – von wem auch immer und so witzig es auch wirken mochte.

Langsam kam Carima näher, und Leon bemerkte zum ersten Mal, dass sie leicht hinkte. Irgendetwas war mit ihrem linken Bein los. Doch er hatte nicht vor, sie danach zu fragen.

Immerhin, sie zuckte nicht zurück, als sie Lucy sah. Und

auch Lucy war Fremden gegenüber nicht besonders scheu, neugierig ringelte sie Carima die Spitzen ihrer Arme entgegen und tastete über das Glas im vergeblichen Versuch, Kontakt mit ihr aufzunehmen. *Riechschmecken durchs Fenster geht nicht*, beschwerte sie sich und lugte mit ihren kleinen Augen, deren Pupillen horizontale Balken waren, ins Innere der Station. *Wer ist das?*

»Was für Augen«, sagte Carima. »Wie ein Wesen aus dem Weltraum sieht sie aus.«

Sie heißt Carima und ist zu Besuch hier, erklärte Leon seiner Krake und suchte gleichzeitig nach Worten, um Carima zu antworten – witzigen, interessanten Worten. Doch zwei Unterhaltungen gleichzeitig zu führen war einfach zu viel und schließlich stammelte er nur: »Ja, irgendwie schon.« Wahrscheinlich wirkte er gerade wie ein kompletter Idiot. Ausgerechnet vor diesem selbstsicheren Mädchen.

Was sagt sie?, drängte Lucy und Leon übersetzte es ihr. Prompt musste er erklären, was genau der Weltraum war.

Sag ihr, rauskommen soll sie, zusammen schwimmen wir, wies ihn Lucy an.

Leon seufzte und tat, wie ihm geheißen. »Sie hätte gerne, dass du rauskommst und mit ihr schwimmst – aber das geht wegen des Tauchverbots natürlich nicht«, sagte er und wagte einen kurzen Seitenblick auf Carima. Sie beobachtete Lucy fasziniert durch das Sichtfenster und Leon begann sich wieder etwas zu entspannen. »Für Kraken ist der Tast- und Geschmackssinn sehr wichtig«, fuhr er fort. »Wenn sie dich kennenlernen wollen, klettern sie auf dir herum und schmecken dich mit ihren Saugnäpfen.«

Carima lachte auf. »Prüfen sie dabei auch gleich, ob jemand fressbar ist?«

57

»Im Prinzip schon«, sagte Leon, doch als Carima sich ihm zuwandte und er ihren Gesichtsausdruck sah, sprach er hastig weiter. »Aber keine Sorge, Kraken sind für Menschen nicht gefährlich. Es kann höchstens vorkommen, dass sie einem Taucher unabsichtlich das Mundstück rausziehen oder so. Und als Lucy klein war, hat sie mal einen meiner Ausbilder gebissen. Ist aber seither nicht mehr passiert.«

»Gebissen?!«

»Ja. Kraken haben einen Schnabel. Sieht aus wie der von einem Papagei. Das ist eine praktische Sache, um die Schalen von Krebsen zu knacken.«

»Aha. Und was ist passiert, als sie den Typen gebissen hat? War der Finger ab?«

»Quatsch. Er hatte nur einen blauen Fleck. Damals war Lucy ausgebreitet noch nicht mal so groß wie ein Regenschirm.« Leon erwähnte nicht, dass es gut gewesen war, dass der Biss damals nicht durch die Haut gegangen war – der Speichel von Kraken war giftig. Sie nutzten das Gift, um das Fleisch ihrer Beute zu verflüssigen und anschließend mit ihrer Raspelzunge aus Schale oder Panzer herauszuschlecken. Nein, das erzählte er ihr lieber nicht, das klang wie aus einem der billigen Horrorfilme, die die Bordärztin Chung manchmal in ihrer Kabine anschaute.

Carima beugte sich näher an das Glas, bis sie Auge in Auge mit Lucy war. »Ich werde sehr gerne zu ihr kommen, wenn sie verspricht, mich nicht zu beißen. Aber ich muss erst um Erlaubnis fragen, ob ich mal rausdarf aus der Station. Kannst du ihr das sagen?«

»Mach ich.« Wenn andere Leute in der Nähe waren, benutzte Leon Handzeichen, damit es so aussah, als verständige er sich auf die gleiche Art mit Lucy wie Billie, Tom und

Julian mit ihren Tieren. In der künstlichen Sprache Dolslan, die eigentlich für die Verständigung mit zahmen Delfinen entwickelt worden war. Einmal hatte er versucht, Tim gegenüber anzudeuten, wie Lucy und er sich wirklich unterhielten, doch Tim hatte es für einen herrlichen Witz gehalten. Seither hatte Leon nicht mehr darüber gesprochen.

Ich beiße nicht Menschen. Wieso muss sie fragen? Ist sie ein Jungtier wie du? Inzwischen klebte Lucy mit allen acht Armen an der Scheibe. *Sag ihr, ihre Augen sehen aus wie kleine Glaskalmare.*

Leon verschränkte die Arme. *So einen Mist sage ich ihr nicht! Willst du, dass ich mich noch mehr blamiere?*

Fasziniert legte Carima eine Hand mitten auf das Bullauge. »Was macht sie eigentlich jetzt gerade?«

Leon schaute hin. »Wieso? Sie macht gar nichts.«

»Doch. Sie bläst Wasser aus oder so.«

»Ach, das meinst du. Sie atmet.« Leon suchte kurz nach Worten. »Sie saugt Wasser in ihre Körperhöhle – dort sitzen die Kiemen – und pustet es anschließend durch diese runde Öffnung da wieder aus. Den Siphon. Wenn sie Wasser sehr schnell ausstößt, kann sie dadurch davonsausen wie eine Rakete.«

Was redet ihr?, drängelte Lucy.

Sie wollte wissen, wie du atmest.

Drei Herzen habe ich, sag ihr das!

Okay. Wenn du unbedingt herumprahlen willst, dann erzähle ich ihr das auch noch. Es irritierte Leon ein bisschen, dass sich seine Krake so gut mit diesem Mädchen verstand. Hätten die beiden sich von Kopf zu Kopf unterhalten können, wären sie bestimmt sofort in ein echtes Mädchengespräch abgetaucht.

»Sind Kraken wirklich so intelligent, wie man sagt?«, fragte Carima jetzt.

Diese Frage war leicht zu beantworten. »Oh ja. Das macht es auch so schwer, sie in Aquarien zu halten – sie machen ständig Unsinn«, berichtete Leon. »Ich habe von einer Krake gehört, die nachts aus ihrem Becken geklettert ist und in den benachbarten Aquarien die Fische weggefangen hat. Dann ist sie in ihr eigenes Bassin zurückgekehrt und hat ganz unschuldig getan. Wenn die feuchte Spur auf dem Boden nicht gewesen wäre, wären die Pfleger nie darauf gekommen, was passiert ist.«

»Ganz schön hinterlistig!«

»Na ja. Eher raffiniert.« Voller Zuneigung legte Leon die Hand gegen die Scheibe, hinter der Lucy gerade ungeduldig herumzappelte.

»Leon und Lucy – das passt schon vom Klang zusammen«, meinte Carima. »Ihr seid ein perfektes Paar.«

Ein perfektes Paar. Sie hatte es nicht ironisch gesagt, sondern leichthin, als Kompliment vielleicht sogar. Und doch erschreckte die Bemerkung Leon, sträubte sich etwas in ihm dagegen …

Schon sprach sie weiter. »Hat deine Krake eigentlich schon mal in einem Film mitgespielt? In *Fluch der Karibik 7* wäre sie bestimmt der Hit gewesen.«

»In was?«

»Du kennst *Fluch der Karibik* nicht? Aber ihr habt doch sogar einen Kino-Raum auf der Station, hat mir Julian erzählt, und ihr könnt jeden beliebigen Film runterladen, von Büchern ganz zu schweigen …«

Leon spürte, wie sein Gesicht heiß wurde. Verdammt, lief er jetzt etwa rot an? »Ja, schon, aber öfter als einmal die

60

Woche kommen wir eigentlich nicht dazu, irgendwas zu gucken. Zu viel zu tun.«

»Einmal die Woche Fernsehen?« Ungläubig blickte Carima ihn an. »Und dann auch noch winzige Zimmer und mieses Essen – sag mal, wieso bleibst du überhaupt hier, das ist doch kaum besser als im Knast!«

Kaum besser als im Knast? Einen Moment lang war Leon sprachlos. Und er kam auch nicht mehr dazu, etwas zu antworten, denn in diesem Moment kündigte Lucy an, dass noch jemand kam. Leon wandte sich um.

»Ach, hier bist du, Darling!«, rief die zierliche blonde Frau, die gerade durch das Schott stieg. Kaum hörte Carima die Stimme ihrer Mutter, richtete sie sich auf und plötzlich war ihr Gesicht abweisend und kühl. Leon erschrak fast.

»Kannst du mich nicht mal eine Minute in Ruhe lassen?«

»Was heißt hier in Ruhe lassen?« Die grauen Augen der Frau wirkten von einem Moment auf den anderen hart wie Kieselsteine. »Du bist einfach verschwunden und hattest nicht mal die Freundlichkeit, mir beim Lunch Hallo zu sagen. Eigentlich war das hier als gemeinsamer Ausflug gedacht!«

Niemand beachtete Leon, er stand dabei, hörte zu und wünschte sich an einen anderen Ort. Am besten nach draußen, wo er allein mit Lucy und seinen Gedanken war und alles einen Sinn ergab.

»Ach, du hattest doch schon Freunde gefunden, Ma, da wollte ich nicht stören.« Carima wandte sich wieder dem Bullauge zu, doch Lucy war – erschrocken von dem, was sie in Leons Gedanken spürte – gerade dabei, in ihre Höhle zurückzukehren. Draußen erstreckte sich nur noch der Boden der Tiefsee, der hier in der Gegend felsig und kahl war.

61

Die blonde Frau seufzte. »Interessiert es dich, Carima, was ich dir eigentlich sagen wollte?«

»Nein, nicht sonderlich.«

»Ich sage es dir trotzdem. Wenn du magst, können wir nachher mit Shahid und Jeremy reden. Professor Kovaleinen hat uns erlaubt, den COM-Raum zu benutzen.«

Carima zuckte die Schultern. »Mal sehen. Vielleicht komme ich rüber.«

Mit einer gemurmelten Entschuldigung machte sich Leon aus dem Staub.

Das Training am Nachmittag, das diesmal nicht draußen, sondern vor dem großen Sichtfenster stattfand, erschien Leon frustrierend und sinnlos, auch wenn er sein Bestes gab, es sich nicht anmerken zu lassen. Er, Julian, Tom und Billie besprachen mit Ellard, wie weit ihre Schützlinge waren und was für Probleme es gab, dann folgten ein paar praktische Übungen. In Dolslau-Gesten erteilten sie ihren Partnern durchs Fenster Anweisungen und ließen sie mehrmals wiederholen, was noch nicht so gut klappte. Lucy erledigte ihre Aufgaben in kürzester Zeit und verkroch sich dann schlecht gelaunt unter einem überhängenden Felsen. Sie spürte, dass Leons Kopf zum Bersten voll war, im Geiste war er immer noch dabei, Carima Antworten entgegenzuschleudern. *Ich bleibe hier, weil ich verdammt noch mal dieses Leben gewählt habe, weil es das Faszinierendste ist, das ich mir vorstellen kann! Und diese Bemerkung über den Knast, die war dermaßen daneben, dass du …*

»Aufgepasst, hier kommt Margaret!«, johlte Tom und riss Leon aus seinen Gedanken. »Hey Baby, zeig, was du kannst!«

Toms Partnerin war ein zwei Meter langer Tiefseekalmar mit einem torpedoförmigen Körper, der von großen Flossen an den Seiten des Körpers vorangetrieben wurde. An zweien ihrer zehn Arme saßen zitronengroße Leuchtorgane. Die Wildheit, mit der Margaret sich auf Köder stürzte, war beeindruckend, und insgeheim bewunderte Leon Tom für seinen Mut, überhaupt mit ihr zu arbeiten. Selbst wenn Margaret, die sehr schnell schwimmen konnte, sich wunderbar für Erkundungsaufgaben eignete – Leon legte keinen Wert darauf, ihr im Dunkeln zu begegnen.

Jetzt kam Lucy doch noch aus ihrer Nische hervor und strebte auf das große Sichtfenster zu. *Viellange wir haben nicht Verstecken gespielt. Bitte jetzt, bitte ja?* Manchmal marschierte sie auf ihren vielen Armen über den Boden wie ein Landlebewesen, doch diesmal sah es eher so aus, als fließe ihr skelettloser Körper wie eine Flüssigkeit, so geschmeidig kroch sie voran.

Schon gut, schon gut, machen wir. Leon zwang sich, die düsteren Gedanken aus seinem Kopf zu verbannen. *Gib mir nur ein paar Minuten, um mir einen Hardsuit zu organisieren. Du weißt ja, wir dürfen nicht mit den OxySkins raus.*

Doch wie sich herausstellte, war Julian ihm zuvorgekommen und hatte zwei der Panzertauchanzüge reserviert. Für sich und Carima. »Irgendjemand muss ihr doch die Landschaft hier zeigen«, behauptete er und eine halbe Stunde später sah Leon die zwei in ihren knallgelben Metallpanzern draußen herumkapriolen und Julians Rochen aus der Greifhand mit Fischstücken füttern. Aufgeregt flatterte Carag, ein Tiefwasser-Stachelrochen, um die beiden herum wie ein zweieinhalb Meter großer fliegender Pfannkuchen. Mit zusammengekniffenen Lippen schaute Leon zu.

»Der ist ja völlig neben der Spur«, sagte Billie bitter. »Bildet der Idiot sich etwa ein, sie damit beeindrucken zu können? Diese verwöhnte reiche Tussi? Ich wette, die hat schon beim Tauchen auf den Malediven Rochen gefüttert, und das ist doch viel cooler, als sich in so eine Metallbüchse zu zwängen.«

Leon blickte Billie verdutzt an. »Ist sie denn reich?«

»Anscheinend hat ihr Dad eine Menge ARAC-Aktien und die sind nicht gerade ein Schnäppchen.« Billie lehnte sich gegen das Schott und kreuzte die Arme vor der Brust. »Hat mir übrigens Patrick verraten – er hat ihre Mutter beim Lunch ein bisschen ausgequetscht. Ach, und hast du mitgekriegt, was für Sonderwünsche die junge Lady hatte? Eine dickere Bettdecke, einen Internetanschluss für ihren Laptop … und dieses Lächeln, das sie draufhat, wirkt anscheinend Wunder, denn sie hat das alles sogar bekommen!«

Leon antwortete nicht. Ihm war elend zumute, und was Billie erzählte, rauschte zum größten Teil an seinen Ohren vorbei. Wo war die Nähe hin, die er sonst so oft zu den anderen gespürt hatte? Wenn sie zu viert am runden Tisch im OceanPartner-Modul saßen und sich gegenseitig bei den Hausaufgaben halfen … wenn sie beim Küchendienst herumalberten … wenn sie sich für ihre Geocaching-Ausflüge wilde Storys ausdachten … wenn einer von ihnen aus den Ferien auf dem Festland zurückkam und sie sich spät in der Nacht heimlich die mitgebrachten Schätze teilten.

Hoffentlich kehrte dieses Mädchen – ob reich oder nicht, ob verwöhnt oder nicht – möglichst bald wieder nach oben zurück! Vielleicht wurde dann endlich wieder alles so wie früher.

Freaks

Leon wollte nur eins – raus ins Meer, mit nichts als seiner OxySkin am Leib, eins werden mit dem Meer, mit der Dunkelheit. Doch das ging nicht. *Verdammter Mist!*

»Hey, alles in Ordnung?« Billie legte ihm den Arm um die Schultern und drückte ihn; das machte sie manchmal und dabei kam sie ihm noch mehr als sonst wie eine ältere Schwester vor.

»Ja – alles klar«, stieß Leon hervor; dann behauptete er, noch Physik und Chemie lernen zu müssen, und verzog sich in das Quartier, das er und Julian miteinander teilten.

Leon und Lucy. Ein perfektes Paar. Die Bemerkung hatte sich in ihm festgesetzt wie ein schlechter Nachgeschmack in seinem Mund. Leon warf sich auf seine schmale Koje und starrte zur Stahldecke von Benthos II hoch. Er schottete sich nicht oft gegen Lucy ab, doch diesmal tat er es, und zum Glück begriff sie, dass es keinen Sinn hatte, ihn zu drängen. Sanft wie eine Feder, die über seine Seele strich, zog sie sich aus seinem Kopf zurück.

Leon suchte in sich nach der Wut von vorhin und fand nur Verwirrung und Scham. Nein, diese Neue war weder besonders blöd noch unsensibel. Wahrscheinlich hätte jeder andere von *oben* genauso auf ihn reagiert. Wie Carima ihn wohl sah – als eigenartigen Typen, ein bisschen irre, mit nichts als Fischen im Kopf und keinem Schimmer vom normalen Leben? Und das Schlimmste daran war, es stimmte. Er war von der San Diego School of the Sea, einem Meeres-Internat, direkt auf die Tiefseestation gekommen und nach vier Jahren in Benthos II war seine Erinnerung an *oben* sehr fern, fast unwirklich. Die gelegentlichen Ausflüge mit Tim hatten daran nicht viel geändert. Kino, Musik, Bücher, Politik? Null. Nichts. Es war ewig her, dass er zuletzt die Nachrichten geschaut hatte. Er kannte sich auf den Galapagos-Inseln aus, hatte in den Kelpwäldern vor der kalifornischen Küste mit Seelöwen gespielt, war im Tauchboot auf fünftausend Meter Tiefe gewesen und in der OxySkin immerhin auf tausend – na und? Wen zum Teufel interessierte das schon? Garantiert niemanden von *oben*, der das Meer nur als hübsche silbrige Fläche kannte oder als Geplätscher, in das man kurz mal den Zeh reinsteckte.

Wie Carima ihn angeschaut hatte! Ja, zu allem Übel sah er wahrscheinlich auch noch seltsam aus. Zu groß, zu schlaksig, zu blass. Wenn er die OxySkin trug, fühlte er sich anders, ausgeglichen, vollständig. Aber wahrscheinlich wirkte er darin wie ein Alien. Nicht mal seine Augen sahen noch menschlich aus. Ausdruckslose schwarze Spiegel blickten zurück, wenn er sich zufällig im Glas eines Bullauges sah. Hightech-Linsen mit Restlichtverstärkern eben.

Er wollte nicht mehr über all das nachdenken, es tat zu weh, doch die Gedanken droschen unaufhaltsam auf ihn ein. Carima hatte recht, was war das eigentlich für ein Leben hier unten? Andere Jungen seines Alters trafen sich längst mit Mädchen, hatten vielleicht sogar schon *Sex* – und er? Fehlanzeige. Er hatte noch nie ein Mädchen geküsst. Seine Gefährtin, seine beste Freundin, war nicht mal ein Mensch. Einen Moment lang sah er Lucy im Geiste so, wie sie ei-

66

nem Menschen von *oben* erscheinen musste: ein knochenloses Wesen mit einem warzig-faltigen Hautsack als Körper und acht sich windenden Armen, deren Saugnäpfe nur darauf warteten, zuzupacken. Ein Monster. Ein Geschöpf, dem man höchstens auf seinem Teller im Restaurant gerne begegnete, aber dann bitte ein paar Nummern kleiner. Ja, irgendwann mal – bei einem Urlaub mit Tim in Deutschland – hatte er »Calamari« auf einer Restaurantkarte gelesen und prompt war ihm schlecht geworden.

Die Tür des Quartiers schwang auf, Julian war zurück. Fröhlich pfeifend schälte er sich aus dem heizbaren Thermo-Overall, den man im Hardsuit tragen musste. Ein Geruch nach Schweiß und ungewaschenen Füßen stieg Leon in die Nase. »Das war der Wahnsinn«, erzählte Julian. »Carag hat ihr sofort aus der Hand gefressen, und dann hatten wir auch noch Glück und haben einen schneeweißen Kraken gesehen, kaum so lang wie meine Hand, natürlich fand Carima den total süß, und dieses Anglerfisch-Weibchen war da, du weißt schon, das unter der Station lebt und das du manchmal fütterst … He, was ist eigentlich los mit dir?«

Leon stützte sich auf einen Ellenbogen und schaute Julian an. Er fühlte sich so durcheinander und angeschlagen wie nach seinem Unfall in der Nähe des Kohala Canyons. »Sag mal, Julian, sind wir Freaks?«

»Klar, wieso auch nicht?« Julian lachte. »Immerhin, wir sind die coolsten Freaks auf dieser Seite des Pazifiks. Was ist, kommst du mit zum Essen?«

»Ja«, murmelte Leon und überwand sich, aufzustehen.

Carina machte es Spaß, Zeit mit Julian zu verbringen. Wie sich herausstellte, wohnte seine Familie in einem herunter-

67

gekommenen Viertel in Los Angeles und dachte, er sei in so einer Art Sport-Internat. »Ich glaube, sie wollen es gar nicht so genau wissen – der größte Teil der Familie lebt von dem, was ich hier verdiene«, erzählte Julian grinsend.

Carima war beeindruckt. »Aber musst du nicht fürs College sparen oder so was?«

»Ich schlag mich schon so durch«, sagte Julian und seine Augen verloren den heiteren Schimmer, wurden nüchtern, fast hart. Aber nur einen Moment lang, dann begann er eine witzige Geschichte darüber, wie dämlich er sich in seiner ersten Zeit auf der Station angestellt hatte. Sein Gesicht war ganz nah vor ihr, und Carima dachte darüber nach, wie es wohl wäre, ihn zu küssen. Einfach so, aus Spaß, um zu sehen, wie er dann dreinschaute. Sie wettete, dass es ihm gefallen würde, dass er nur darauf wartete.

Aber dann tat sie es doch nicht, und es fiel ihr auch schwer, sich auf seine Geschichte zu konzentrieren. Sie war fast erleichtert, als Julian sich schließlich an seinen Aufsatz setzen musste und verabschiedete.

Ihr Gewissen stach sie. Hatte sie Leon vorhin gekränkt mit dem, was sie gesagt hatte? Hoffentlich nicht. Kein toller Vergleich, das mit dem Knast – wieso war ihr das bloß herausgerutscht? Wenn man die Station gewohnt war, konnte man es hier unten bestimmt ganz kuschelig finden. Auch ohne Fernsehen. Immerhin, Musik gab es. Irgendwo sang eine Frau laut und falsch vor sich hin. »*Help me if you can, I'm feeling down … and I do appreciate you being 'round … help me get my feet back on the ground … won't you pleeeease pleeeease help me …*«

Irgendwann hatte sie das schon mal gehört. Ihr MP3-Player hätte es innerhalb von Sekunden analysiert, ihr den

Titel genannt und das Original vorgespielt, aber leider hatte sie das Ding nicht dabei. Neugierig schaute Carima nach, von wem der Lärm stammte, und stieß in einer Nische des Medical Center auf die stämmige Bordingenieurin mit dem blonden Zopf, wie hieß die noch mal? Paula. Sie trug Hosen mit einer Menge Taschen und ein ärmelloses Top, das an der Schulter den Blick auf ein Herz-Tattoo mit der Aufschrift *John forever* freigab. Hoch konzentriert schraubte sie an etwas herum, das wie ein Holzhäuschen von der Größe einer Telefonzelle aussah. Komplett mit Fenster.

»*But every now and then I feel so insecure – I know that I just need you like I've never done before*«, dröhnte es Carima in den Ohren und spontan klopfte sie an die Außenseite des Häuschens. »Das klingt, als würden Sie Hilfe brauchen«, frotzelte sie.

Ein sommersprossiges Gesicht mit zwei blauen Augen grinste zu Carima hoch. »Na klar, Hilfe kann man immer gebrauchen. Du kannst mir mal den Phasenprüfer reichen.«

»Den was?« Carima hob die Hände, verzog entschuldigend das Gesicht und deutete mit dem Kinn auf das Holzhäuschen. »Was ist das? Irgendein wertvolles Ausrüstungsstück?«

»Schön wär's. Mit Schiffsausrüstung kenn ich mich aus, ich bin schon auf allem gefahren, von der Luxusjacht bis zum Containerfrachter.« Paula stemmte die Fäuste gegen die Hüften. »Aber nein, das ist Mattis verdammte Heimsauna. Eigentlich ist das Ding auch prima zum Aufwärmen, hier unten kommt man leicht ins Frieren. Leider ist das Teil meistens kaputt. Miese Qualität. Wenn es nicht ausgerechnet dem Kommandanten gehören würde, hätte ich das Ding schon über Bord geworfen.«

69

Carima bekundete ihre Anteilnahme und fragte Paula, ob sie Leon gesehen hätte. Doch die Bordingenieurin schüttelte den Kopf. »Vielleicht im OceanPartner-Modul, da hocken die Jungs und Billie manchmal zusammen an ihren Laptops und lösen irgendwelche Fernlern-Aufgaben. Oder … ach nee, es gibt ja bald Essen. Schau am besten mal in der Messe nach.«

Doch in der Messe war Leon auch nicht, dort standen nur ein paar Wissenschaftler herum und diskutierten anscheinend über das, was gerade im Meer rund um Hawaii geschah. Einer der Wissenschaftler, ein schmächtiger Kerl, der – bis auf sein schütteres Haar – wie siebzehn aussah, lächelte ihr zu. Das musste der Typ sein, von dem ihr Julian erzählt hatte, der Geologe Urs. Er war nicht sehr beliebt auf der Station, weil er sich oft über die Arbeitsbedingungen und über die jungen Leute beschwerte. »Sie suchen bestimmt Ihre Mutter, oder, Fräulein Carima?«, sagte der Geologe in Deutsch mit lustigem Schweizer Akzent. »Die ist im COM-Raum und spricht mit ihrem Mann.«

Carima lächelte strahlend zurück. »Wie schön für sie.« Sie fühlte den verdutzten Blick des Geologen auf sich, als sie sich umdrehte und auf den Weg nach draußen machte. Doch dann hörte sie, ganz leise, ein Kind plappern, und einen Moment lang fühlte sich ihr Herz an, als werde es wie die Plastikflasche unter dem Druck der Tiefsee zu einem fingerhutgroßen Klumpen zusammengepresst.

Das musste Jeremy sein.

Ihr Bruder Jeremy!

Sie konnte jetzt mit ihm reden, endlich einmal. Sonst hatte ihre Mutter immer gesagt, es bringe nichts, mit ihm zu telefonieren, er sei noch zu klein. Ob er sie überhaupt erkennen würde? Carimas Füße wollten sich einfach nicht bewegen.

Sag ihm zumindest mal Hallo. Wie soll er dich denn erkennen, wenn du dich vor so was drückst?

Langsam begann sie auf den COM-Raum zuzugehen. Die Tür war halb offen und Carima schob sie auf. Dann lehnte sie sich an die Wand der Kabine, in der ihre Mutter gerade saß, und warf einen Blick auf den Bildschirm. Shahid, der widerlich gutmütig und nett aussah, hatte ein Kind mit dunkelblonden Strubbelhaaren auf dem Schoß. Carima war geschockt – war das wirklich Jeremy? Er sah anders aus als auf den Fotos, die sie schon mindestens tausendmal angeschaut hatte. Hätte sie ihn auf dem Spielplatz gesehen, inmitten anderer Kinder, wäre sie an ihm vorbeigegangen.

»Und was haben die Monster dann gemacht?«, fragte ihre Mutter gerade lachend, doch dann bemerkte sie, dass Carima eingetroffen war, und wandte sich schnell um. »Schau mal, wer da kommt, Jeremy!«

Jeremys Gesicht und seine Hände waren meistens unscharf, weil er sich so schnell bewegte. Er spielte mit irgendwas, war das ein Gummimonster? Sah eklig aus. Mit einem elektronischen Knurren taumelte es auf den Monitor zu und fiel dann anscheinend auf den Boden. Jeremy hechtete hinterher und verschwand aus dem Bild.

»Jerry!«, sagte Shahid und seufzte. »Schau doch mal, wer da ist.« Ein kurzes Lächeln in ihre Richtung. »Hallo, Carima. Gefällt's dir da unten?«

»Hi«, sagte Carima und zwang sich dazu, zurückzulächeln. »Ja, ist toll hier. Wie geht's?«

Doch Shahid hatte gerade beide Hände voll zu tun und keine Zeit für eine Antwort. Jeremy wurde wieder auf den

Schoß gehievt und warf einen kurzen, uninteressierten Blick auf Carima, dann packte er das Gummimonster mit beiden Händen und tat so, als wolle es den Monitor auffressen. Die Webcam wackelte kurz.

»Sagst du Carima Hallo, Schatz?«, sagte ihre Mutter, ihre Stimme klang angestrengt.

Letzter Versuch, dachte Carima und rief laut: »Hi, Jeremy!«

Aber Jeremy guckte gerade nach unten. Eine Sekunde später hopste er wieder aus dem Bild. Carima stieß sich von der Wand ab, an der sie gelehnt hatte, und ging einfach davon. Ihre Augen prickelten. Doch sie wollte nicht weinen, nicht jetzt, nein, das ging nicht. Ihre Mutter rief ihr etwas hinterher, es hatte irgendetwas mit ihrem Vater zu tun, doch in Carimas Kopf war nur ein weißes Rauschen, das alle anderen Geräusche verschluckte.

In der Messe fand sich gerade die Besatzung zum Abendessen zusammen. Bevor Carima flüchten konnte, drückte ihr jemand einen vollen Teller in die Hand, und irgendwie landete sie an einem Tisch mit Patrick, Paula und zwei anderen Leuten, die sie nicht kannte. Julian fand keinen Platz mehr bei ihr und zog ärgerlich wieder ab.

»Stell dir vor, ich habe es geschafft, die Sauna zu reparieren«, erzählte Paula und kaute mit offenem Mund auf einem Stück Brot herum. »Und prompt hat der blöde Kiwi da« – sie warf einen düsteren Blick in Patricks Richtung – »so heftig an den Knöpfen herumgedreht, dass sie wieder den Geist aufgegeben hat.«

Patrick grinste. »In jedem Dinge muss die Absicht mit der Torheit auf die Waagschale gelegt werden«, erwiderte er würdevoll. »Shakespeare, *König Heinrich IV.*«

»Was genau meinst du damit?« Paula verschränkte die Arme. »Dass es nur Blödheit war und keine Absicht, dass du das Ding kaputt gemacht hast?«

Als Carima sah, wie sich die beiden anschauten, hätte sie wetten können, dass sie hin und wieder miteinander im Bett landeten.

Doch das interessierte Carima gerade nicht besonders. Nichts interessierte sie, sie wollte nur allein sein. Gab es auf dieser verfluchten Station einen Ort, an dem man für sich sein konnte? Wenn sie sich in ihrer Kabine einschloss, dann kam unter Garantie genau in diesem Moment ihre Mutter und hämmerte gegen die Tür.

Nach dem Essen trug Carima ihren Teller weg, verteilte ein hohles Lächeln nach rechts und links und fragte sich, wie lange sie noch durchhalten konnte. Jedes Mal wenn sie an Jeremy dachte, dann füllten sich ihre Augen mit Tränen. Ein falscher Blick, ein falsches Wort, und sie würde ganz einfach Rotz und Wasser heulen, hier vor all diesen Leuten, die sie wahrscheinlich für ein oberflächliches Dummchen hielten. Nein, auch ihren Vater anzurufen schaffte sie jetzt gerade nicht, der Ausflug zu Benthos II war seine Idee gewesen, und sicher war es nicht ganz einfach gewesen, das zu organisieren – er verdiente eine fröhliche Hier-ist-es-toll-Botschaft aus der Tiefe. Helfen konnte er ihr sowieso nicht.

Als Julian und die anderen Jugendlichen gerade in eine andere Richtung blickten und ihre Mutter in der Küche verschwunden war, um Samuel alias Kamuela Gesellschaft zu leisten, schlüpfte Carima aus der Messe und irrte durch die Station. Vorbei an Labors, Kabinen und summenden, nach Maschinenöl und frischer Farbe riechenden Technik-räumen. Bloß niemandem begegnen, bloß mit niemandem sprechen müssen. Schon jetzt liefen ihr Tränen über die Wangen, salzig wie Meerwasser auf ihren Lippen. Und dann das Wunder – das Schott zum Lagermodul ließ sich öffnen. Jenseits davon … Stille. Eine bläulich grüne Notlampe erhellte schwach verschiedene Lagerräume, die meisten von ihnen voll mit gestapelten Kisten, Plastiktonnen, metallenen Gasflaschen. Es roch nach Kunststoff und Sperrholz.

Carima rollte sich hinter zwei Kisten auf einem Stapel Plastikplanen zusammen. Kalt und ungemütlich war es – genau richtig, sie wollte gar nicht, dass es bequem war.

Und dann ließ sie einfach los.

Wie unwirklich sich Benthos II auf einmal anfühlte. Leon ging durch die Gänge, durch die Räume, die Labors und sah sie mit den Augen eines Fremden.

Kaum besser als im Knast, pochte es in ihm und auf einmal erschien ihm die Station unerträglich eng. Am liebsten hätte er um sich geschlagen, wäre zur Hauptschleuse gerannt, zur dunklen Unendlichkeit, nach der er sich sehnte. Er fragte sich, wie lange er das Tauchverbot noch aushalten würde. Warum fanden sie nicht endlich irgendetwas heraus? Wo blieben die Daten der Gleiter? Wann traf die *Thetys* ein, wann kam Tim?

Mein Freund, was ist? Vielkalt sind deine Gedanken. Ist etwas nicht gut? Lucys Stimme, ganz klein und verloren.

Ja, antwortete Leon müde. *Mir ist gerade eisig kalt. Manchmal fängt man an, über sein Leben nachzudenken … und dann fühlt man sich, als würde man von einer Strömung davongerissen …*

Leons Schritte stockten. Ein Geräusch. Leise war es, es übertönte kaum das ewige Rauschen der Klimaanlage. Aber es war ein Geräusch, das nicht hierhergehörte. Sofort waren all seine Sinne in Alarmbereitschaft – in dieser Tiefe durfte man keine Kleinigkeit ignorieren, jedes leise Zischeln, jede Luftdruckschwankung konnte bedeuten, dass es dem Ozean gerade an irgendeiner Stelle gelang, in Benthos II einzudringen. Und dann kam es auf jede Sekunde an.

Doch als er genauer hinhörte, kam er sich dämlich vor. Blödsinn, das war kein Leck in der Hülle, sondern ein leises Schluchzen.

Billie? Nein, nicht Billie. Er hatte sie eben noch in der Bibliothek gesehen, wo sie dabei war, sich aus der Datenbank der Station einen Fantasy-Schmöker auf ihr Lesegerät zu ziehen. Dann blieb nur eine Möglichkeit – Carima. Anscheinend hatte sie sich im Lagermodul verkrochen. Gut, dass er es rechtzeitig gemerkt hatte, sonst wäre er womöglich auf der Suche nach dem angeblichen Leck dort hineingeplatzt. Beim bloßen Gedanken daran wurde ihm unwohl und ein leises Gefühl von Panik kroch in ihm hoch.

Was zum Teufel machte man, wenn man ein weinendes Mädchen traf? Ein einziges Mal hatte er Billie heulen sehen, als sie während einer Stationswache eingeschlafen war und Matti Kovaleinen sie zusammengestaucht hatte. Es war entsetzlich peinlich gewesen, sie so aufgelöst zu sehen. Damals hatte er einfach so getan, als merke er nichts, um sie nicht noch mehr in Verlegenheit zu bringen.

Ja, das war wohl auch jetzt das Beste. Nichts wie weg. Wahrscheinlich war Carima froh, wenn niemand sie ansprach – das war ja der Sinn an der Sache, wenn man sich verkroch.

Leon ging weiter den Gang entlang. Doch das schlechte Gefühl in seinem Inneren schwand nicht, im Gegenteil, es verstärkte sich. Er war nie ganz sicher gewesen, ob er damals bei Billie das Richtige getan hatte. Julian war es schließlich gewesen, der ihr den Arm um die Schultern gelegt und das Wunder vollbracht hatte, Sam eine heiße Milch mit Honig für sie abzuschwatzen.

Das ist Freundesein?, flüsterte Lucy in seine Gedanken und das Herz wurde Leon schwer. *Ja, das ist es wohl.*

Nicht deine Freundin ist das Mädchen von oben, stellte Lucy fest. *Oder?*

Nein. Wir sind uns gestern zum ersten Mal begegnet. Er seufzte. *Aber vielleicht ist das die falsche Art, es zu sehen … vielleicht kommt es einfach darauf an, ob sie Hilfe braucht.*

Leon blieb stehen, atmete tief durch und drehte um.

Im Lagermodul herrschte eine angenehme Dunkelheit, nur erhellt von einigen grünblauen BioLumis-Lampen. Er hörte das Schluchzen jetzt deutlich, weit konnte Carima nicht mehr weg sein. Langsam tastete sich Leon zwischen ein paar Behältern mit Chemikalien zur Herstellung der OxySkins hindurch, kletterte vorsichtig über die Ersatzbatterie eines Tauchboots und sah schließlich auf einem Stapel Planen den Umriss von Carimas Körper. Wirr hingen ihr die Haare in die Stirn, und als sie alarmiert den Kopf hochriss, sah er, dass ihr Gesicht nass war, als käme sie gerade erst vom Tauchen.

»Verschwinde!«, schleuderte sie ihm entgegen und drehte sich weg.

Leon wusste selbst nicht genau, warum er trotzdem blieb. Jetzt aufzugeben fühlte sich falsch an. Schweigend schüttelte er den Kopf und setzte sich im Schneidersitz auf einen Stapel Membranen für die Meerwasser-Entsalzungsanlage.

»Bitte. Geh.« Jetzt weinte sie wieder. Es kostete Leon

all seine Kraft, es auszuhalten. Schweigend blieb er neben ihr sitzen und wartete. Und schließlich, nach langen Minuten, wischte sie sich eine Haarsträhne aus dem Gesicht und blickte ihn an.

»Leon? Hast du eigentlich … Geschwister?«

»Nein.« Leon räusperte sich, der Klang seiner eigenen Stimme kam ihm ungewohnt vor. So ging es ihm oft, wenn er viel in Gedanken mit Lucy gesprochen hatte. »Ich glaube, meine Eltern wollten nur ein Kind. Sie haben viel gearbeitet – mein Vater war Biologe, meine Mutter Tauchmedizinerin. Übrigens haben sie die Technik des Flüssigkeitstauchens mit entwickelt.«

Verlegen verstummte er; so viel hatte er eigentlich nicht reden wollen. Sie war es doch, die ihm erzählen sollte, was los war. Doch anscheinend beruhigte es sie, wenn er sprach, ihre Stimme klang etwas gefasster. »Sie sind tot, nicht wahr?«

»Ja. Es war ein Bootsunfall. Ich war neun damals. Tim, ein Freund meiner Eltern, hat mich bei sich aufgenommen. Und du, ich meine, hast du einen Bruder oder eine Schwester?«

Sie lachte auf, es klang bitter und traurig. »Mein Bruder Jeremy ist drei. Ich kenne ihn kaum. Vorhin wollte ich mit ihm skypen, aber er hat mich nicht mal angeschaut. Und ich saß einfach nur da und fragte mich: Ist er taub? Oder hyperaktiv? Anscheinend habe ich ihn einen Dreck interessiert.«

»Das muss scheußlich gewesen sein. Ich kenne mich nicht mit Kindern aus, aber ich glaube, wenn sie klein sind, können sie sich noch nicht so gut konzentrieren. Bestimmt lag es nicht an dir.« Leon lehnte sich gegen die Wand, langsam begann er sich zu entspannen.

»Meinst du?«

77

»Na klar. Wenn er älter ist, wird er wahrscheinlich zu dir aufschauen.« Leon erinnerte sich an etwas, das ihm Julian erzählt hatte und das irgendwie in seinem Gedächtnis hängen geblieben war. »Wieso lebst du nicht bei deiner Mutter?«

»Sie wollte es nicht. Aber ich würde es sowieso nicht aushalten, sie treibt mich in den Wahnsinn. Dafür ist mein Vater echt okay. Er war früher Tornado-Pilot bei der Bundeswehr, und als er zu alt dafür wurde, hat er mit Immobilien angefangen. Es hat geklappt. Alles, was er macht, macht er gut.« Stolz hatte sich in ihre Stimme geschlichen.

Leon konnte sich ihren Vater sofort vorstellen – Menschen wie ihn kannte er einige. »Ist das nicht anstrengend? Weil er erwartet, dass du auch so bist wie er selbst?«

»Ja. Schon. So habe ich es noch gar nicht gesehen, aber es stimmt.« Sie seufzte. »Gute Noten sind ihm wichtig, und auch bei den Sachen, die ich eigentlich zum Spaß mache, soll ich mein Bestes geben, Durchhänger sind nicht erlaubt. Aber woher weißt du das?«

»Hier auf der Station ist es auch so. ›Wenn du was machst, dann mach's richtig.‹ Einer von Ellards Sprüchen.«

»Vielleicht würde es Papa glücklich machen, wenn ich perfekt wäre. Aber ich schaffe es einfach nicht. Und manchmal kommt mir schon der Versuch sinnlos vor. Was ist mir dir, versuchst du es noch?«

Wie gut es sich anfühlte, in dieser grün schimmernden Dunkelheit mit Carima zu reden. Es war, als seien die Gesetze der Welt ein paar kostbare Minuten lang aufgehoben, als gebe es keine Mauer zwischen ihnen, die sie trennte.

Leon ließ seinen Kopf gegen die Wand zurücksinken. »Ja. Aber wohl nur, weil es mir so leichtfällt. Ich glaube, das macht Ellard ein bisschen Angst. Immer wieder setzt er mir Grenzen, und das regt mich auf, aber wahrscheinlich hat er recht.« Er schwieg einen Moment, dachte nach über das, was Carima ihm erzählt hatte. »Du lächelst so viel. Man könnte meinen, es geht dir gut – aber das stimmt nicht.«

»Nein. Aber das ist ganz allein meine Sache.« Einen Moment lang klang ihre Stimme schroff, und Leon fürchtete, dass sie jetzt aufstehen und gehen würde. Doch sie tat es nicht und einen Moment später fügte sie leise hinzu: »Bei dir ist es doch genauso. An dich kommt keiner ran, oder? Nur lächelst du nicht. Du machst dicht. Sagst einfach nichts mehr.«

»Ja. Ich kann manchmal nicht anders.« Einen Moment lang kehrte in ihm die hilflose Bitterkeit über sich selbst zurück, doch das Gefühl wich schnell. Er hatte sich getäuscht – Carima verurteilte ihn nicht. Und diesmal würde er nicht »dichtmachen«, wenn er es irgendwie verhindern konnte.

»Das mit dem Lächeln wirkt meistens.« Ihre Stimme klang sehr verletzlich, und Leon ahnte, dass sie all das noch nicht vielen Menschen erzählt hatte. »Einmal hat mich in der Schule ein Mädchen eine Schleimerin genannt. Aber ich habe mir nichts anmerken lassen. Gar nichts. Und das war … wie ein magischer Panzer. Sie dachte, dass sie mir nichts anhaben kann, und dadurch war es nicht ganz so schlimm.«

»In Wirklichkeit war es aber schlimm, oder?«

»Natürlich. Ich fühlte mich wie ein Wurm, auf den gleich alle drauftreten.« Sie zögerte lange. »Und ich weiß immer noch nicht, ob etwas Wahres dran ist. Wahrscheinlich schon, sonst hätte es nicht so wehgetan. Bin ich eine Schleimerin?«

»Nein. Aber es ist vielleicht so, dass du auf sehr nette Art immer das zu bekommen versuchst, was du haben willst.« Leon fragte sich, wie Carima darauf reagieren würde, dass er so ehrlich zu ihr war. Doch hier in der Dunkelheit hatte nichts anderes Platz als die Wahrheit.

»Ja.« Auf einmal klang sie sehr müde. »Es ist schwer, damit aufzuhören. Meistens funktioniert es ja.«

»Vielleicht brauchst du es gar nicht, das Lächeln.« Es gab so vieles, was Leon durch den Kopf ging, mehr, als er jemals aussprechen konnte. Aber er musste es versuchen. »Du hast nicht versucht, mich zu irgendetwas zu überreden. Ich bin freiwillig hier.«

Bisher hatte sie ihn nicht angesehen. Doch jetzt strich sich Carima das Haar aus der Stirn und wandte ihm das Gesicht zu, sodass sie sich im Halbdunkel in die Augen blickten. Leon erkannte, dass ihr wieder Tränen über die Wangen liefen. Am liebsten hätte er einfach die Hand gehoben und diese Tränen weggewischt.

»Gibt es eigentlich etwas, wovor du Angst hast?« Jetzt flüsterte sie.

Natürlich, es gab Geschöpfe in der Tiefsee, denen er auf keinen Fall begegnen wollte. Auch ein Leck in der Station oder eine Fehlfunktion seiner OxySkin waren keine angenehme Vorstellung. Doch er spürte, dass es nicht das war, was Carima meinte. Leon schloss die Augen und horchte in sich hinein. »Ja. Es gibt etwas. Ich habe Angst, dass Tim sich beim Gleitschirmfliegen den Hals brechen könnte. Trotz der Sache mit meinen Eltern scheint er zu denken, dass er selber unsterblich ist. Und ich habe Angst um Lucy.«

»Wieso denn das?«

»Normalerweise leben Kraken nur ein bis drei Jahre,

Lucy ist eine Ausnahme. Ihr Erbgut ist irgendwie künstlich verändert worden. Sie soll wesentlich älter werden, vielleicht sogar fünfzehn bis zwanzig Jahre. Wenn das wirklich gelingt, wäre das eine Riesensache für die ARAC, vorsichtshalber haben sie sich Lucys Gene patentieren lassen. Aber was ist, wenn es nicht klappt?« Schon beim Gedanken daran krampfte sich Leons Herz zusammen. »Es kann genauso gut sein, dass sie schon nächstes Jahr zu nisten beginnt. Und sobald ihr Nachwuchs auf die Welt kommt, ist Lucys Leben zu Ende. Kraken und Kalmare pflanzen sich nur ein einziges Mal fort.«

Leon hörte, dass Carima scharf die Luft einsog. »Was für ein Gedanke … Wenn du ein Kind haben willst, dann musst du bereit sein, dafür zu sterben. Wie alt ist Lucy jetzt?«

»Knapp vier. Kraken und Kalmare wachsen unglaublich schnell. Als ich Lucy bekommen habe, war sie nur so lang wie mein Zeigefinger. In den ersten Jahren musste ich sie noch beschützen, wenn wir im Meer unterwegs waren. Tja, jetzt ist es oft umgekehrt.« Plötzlich war ihm aus irgendeinem Grund selbst zum Heulen zumute und seine Stimme schwankte, er konnte es nicht verhindern.

Er fühlte, wie Carima nach seiner Hand tastete, und im ersten Moment erschrak er. Doch er zuckte nicht vor der Berührung zurück und ihre Finger verschränkten sich fest. Ein Gefühl durchströmte Leon, das er nicht kannte und nicht einordnen konnte – aber schön war es, ja. Sehr schön.

Still hielten sie sich eine Weile an der Hand, bis Carima flüsterte: »Sie werden sich fragen, wo wir sind. Am besten, wir gehen nacheinander.«

Leon ging zuerst. Er fühlte sich ausgeglichen wie selten zuvor und wie von selbst schlich sich ein Lächeln auf sein

Gesicht. Während er sich den Gang entlangbewegte, spürte er zum ersten Mal, seit er das Lager betreten hatte, Lucys Berührung in seinen Gedanken. Wortlos teilte er seine Freude mit ihr.

Halb hatte er damit gerechnet, dass ihm auf dem Weg zum OceanPartner-Modul und seiner Kabine jemand begegnen würde, dass er irgendeine Geschichte würde erfinden müssen darüber, wo er gewesen war. Doch im OceanPartner-Modul entdeckte er niemanden, sämtliche Quartiere waren leer. Wo waren Julian, Billie und die anderen abgeblieben?

Auf der Brücke, der Kommandozentrale von Benthos II, wie sich herausstellte. Gedrängt voll war es dort. Auf einem der großen Bildschirme hatte Matti Kovaleinen die Nachrichten eines lokalen Fernsehsenders eingeblendet. Leon stellte sich hinter Ellard, John McCraddy und Louie Clément, um zuzusehen. »… *haben sich Tausende von Menschen an den Stränden zusammengefunden, um das ungewohnt starke Meeresleuchten rund um die Hawaii-Inseln zu beobachten.*« Verblüfft ließ Leon die Fernsehbilder auf sich wirken.

Ein Meer, das bei jeder Bewegung im Wasser hell aufblitzt, Wellen mit leuchtenden Konturen. Hingerissen staunende Menschen, manche schwimmen in diesem neuen, glitzernden Meer, lichtumflossene Körper in der Dunkelheit. Andere tauchen nur die Hände ins Wasser, schöpfen fließendes blaues Licht. Ein Schwenk über den Strand: Hunderte von dunklen Gestalten, Liebespaare halten sich eng umschlungen und alle blicken hinaus auf diese unerwartete Schönheit. Dann in Großaufnahme Gesichter, denen ein Mikro entgegengestreckt wird.

»In Tahiti gibt's das auch, da habe ich das mal gesehen, aber nicht so stark, längst nicht so stark. Es sind irgendwelche Algen, die das machen, oder?«

»Einfach magisch! Es ist wie eine Botschaft der Natur oder ein Geschenk Gottes.«

»Herrlich, anders kann man es nicht sagen. Wunderschön!«

Ja, schön war es. Doch Leon konnte den Anblick nicht genießen – er hatte ein schlechtes Gefühl bei der ganzen Sache. Ein Geschenk Gottes? Warum sollte Gott etwas mit einem besonders starken Meeresleuchten zu tun haben? Etwas, das sein Vater einmal gesagt hatte, kam ihm in den Sinn. *Nichts im Ozean geschieht ohne Grund, Leon.*

Wenn er an irgendetwas glaubte, dann an das. Sie würden den wahren Grund für dieses Leuchten herausfinden müssen – und Leon war alles andere als sicher, ob er ihnen gefallen würde.

83

Todeszonen

Vielleicht dachten sie, dass die Neue mit ihrer Mutter zu weit entfernt saß, um zu hören, was sie untereinander redeten. Doch Carima hatte gute Ohren.

»Hast du gesehen, was sie isst? Das ist *Ananasjoghurt!*«

»Nee, oder?«

»Doch. Schau auf das verdammte Etikett. Sam hat ihn ihr einfach gegeben.«

»Ich wusste nicht mal, dass er Ananasjoghurt *hat!*«

»Warum genau schaut ihr jetzt *mich* an? Mir hat Carima zwar gesagt, dass sie immer Joghurt zum Frühstück isst, nichts anderes, aber ich habe nur gegrinst und mir gedacht, tja, Mädchen, hier wird da nichts draus, außer, Patrick hat zufällig ein Paket in der *Marlin* oder der *SeaLink* mitgebracht.«

Aus dem Augenwinkel beobachtete Carima Leon. Er hatte schweigend gelauscht, doch jetzt hob er den Kopf. »Ja, wirklich, das ist ein schwerwiegendes Problem«, sagte er todernst. »Vielleicht sollten wir dazu eine Diskussionsrunde an Bord einberufen.«

Verblüfft blickten die anderen ihn an – und dann grinsten sie plötzlich alle.

»Du hast recht, lass uns über was anderes reden«, meinte Billie. »Hab ich euch eigentlich schon erzählt, dass ich heute mit der *Marlin* fahre und eine Woche lang von oben aus trainiere? Ist alles mit Ellard besprochen. Shola braucht das mal wieder und hier kann ich ja sowieso nicht ins Wasser.«

Danach gab es genug anderen Gesprächsstoff und irgendwelche Sonderwünsche von Tiefsee-Touristinnen waren kein Thema mehr.

Danke, Leon, dachte Carima und tauchte den Löffel in ihren Joghurt. Sie bekam morgens wirklich nichts anderes runter. Es wäre auch okay gewesen, nur einen Tee zu trinken, doch dann hatte Kamuela ihr wortlos den Joghurt zugeschoben, und war sie vielleicht eine Heilige oder so was? Natürlich hatte sie das Ding genommen.

Carima wagte noch einen Blick zu Leon hinüber und zufällig blickte auch er gerade in ihre Richtung. Als niemand hinsah, tauschten sie ein kurzes Lächeln, und Wärme stieg in Carima auf, breitete sich in ihrem ganzen Bauch aus.

»Wenigstens gibt's eine Süßwasserdusche – Salz klebt immer so auf der Haut«, sagte ihre Mutter und biss in das pappige, graubraune Brot, das es hier zum Frühstück gab. Woraus auch immer das Zeug bestand, Weizen war es vermutlich nicht. Julian hatte erzählt, dass die ARAC auch mit neuen Nahrungsmitteln experimentierte.

»Ja, soweit ich mitbekommen habe, gibt's hier an Bord eine Meerwasser-Entsalzungsanlage«, meinte Carima. Solange sie bei neutralen Themen blieben, schafften sie es manchmal, um einen Streit herumzumanövrieren.

»Die *Marlin* fährt um elf Uhr ab – magst du bis dahin noch Wolfgang anrufen?«

Mit ihrem Vater zu sprechen, hätte sie fast vergessen. Carima nickte abwesend. Um elf Uhr Abfahrt! Nur noch drei Stunden blieben ihr auf der Benthos II. Carima versuchte, ihre verworrenen Gefühle zu sortieren, und kam nicht

weit. Denn in diesem Moment hoben alle Menschen um
sie herum den Kopf und blickten hoch zu der Kuppel, die
den Blick ins Meer freigab. Drei Torpedos, im Halbdunkel
nur schemenhaft zu erkennen, zogen in ruhiger Formation
durch das dunkle Wasser über sie hinweg. Waren das diese
Gleiter, von denen in der ersten Versammlung die Rede gewesen war?

Irgendwo flog ein Schott auf, Carima hörte die Stimmen
einer Frau und eines Mannes, die aufgeregt diskutierten,
dann platzten zwei Wissenschaftler in die Messe, die Frau
rief etwas, was Carima nicht verstand, und dann wurden auf
einem Monitor an der Wand zwischen Messe und Brücke
plötzlich Bilder angezeigt.

Es waren Fernsehbilder eines Nachrichtenkanals. Ein
Strand unter postkartenblauem Himmel, doch Urlauber
waren keine in Sicht, es liefen nur ein paar Gestalten in weißen Schutzanzügen herum, die Proben nahmen. Und das
Meer … Carima schauderte. Es hatte sich rot verfärbt, nein,
eher ein hässliches Rotbraun, wie geronnenes Blut. Jetzt
brachten sie Luftaufnahmen, von einem Hubschrauber aus
gefilmt, da sah man es besonders deutlich. Was war dort geschehen? Womöglich ein Tankerunglück – oder waren vielleicht Chemikalien ausgelaufen?

Und die Farbe war nicht einmal das Schlimmste, sondern
die vielen toten Fische. Silbrige Leiber überall auf dem Sand.
Was auch immer das für eine Brühe war, darin lebte nichts
mehr. Entsetzen und Trauer krochen in Carima hoch. Es
war noch nicht lange her, dass sie all diese Tiere unter Wasser dabei beobachtet hatte, wie sie am Riff mit ihren An-
gelegenheiten beschäftigt waren. Doktorfische versuchten
ihre Auserwählten mit einem Balztanz zu betören, ein Pa-

86

pageienfisch schoss umher und knabberte mit seinem harten Schnabel Korallen an, ein Drückerfisch kontrollierte, ob auch niemand sein Revier missachtete, ein Igelfisch blies sich empört zu einer stacheligen Kugel auf, weil jemand gewagt hatte, ihn zu stören … und jetzt? Alle tot, nur noch stinkender Müll, der entsorgt werden musste.

»Soweit wir wissen, sieht es überall um Maui und Big Island herum so aus«, sagte Matti Kovaleinen grimmig. Der drahtige grauhaarige Kommandant hatte sich halb auf eine Konsole gesetzt. »Fast alle Strände sind gesperrt. Dort oben herrscht Ausnahmezustand.«

»Greta, wissen die Kollegen an Land schon, was dafür verantwortlich ist?«, fragte Ellard.

Die angesprochene Wissenschaftlerin antwortete, eine schmale Frau mit langer Nase und ironisch blickenden braunen Augen, an deren Overall der Name *Halvorsen* eingestickt war. »Den ersten Ergebnissen nach haben wir's mit Zooplankton aus der Tiefsee zu tun – winzige Tierchen, viele von ihnen sieht man nur unter dem Mikroskop«, ergänzte sie mit Blick auf Carima und ihre Mutter. »Natürlich sind die jetzt alle komplett abgestorben. An der Oberfläche haben sie nichts zu suchen, sie können dort nicht auf Dauer überleben. Vorher haben sie noch mal geleuchtet, ein letztes Mal, das muss es gewesen sein, was gestern Abend los war. Wie ihr seht, ist die ganze Suppe den Fischen nicht gut bekommen.«

Wie seltsam das ist, ging es Carima durch den Kopf. *Hier unten hocken wir auf dem Grund des Meeres, sozusagen mittendrin, und kriegen nichts von dem mit, was oben geschieht.* Und doch – anscheinend lag der Schlüssel zu dem, was mit dem Meer passierte, hier unten. Dort, wo Leon beinahe in der ewigen Dunkelheit erstickt wäre. Im Nachhinein bekam Carima bei diesem Gedanken eine Gänsehaut. Denn jetzt war es nicht mehr irgendjemand, der beinahe gestorben wäre – sondern dieser Junge, der sich gestern einfach geweigert hatte, sie allein zu lassen, als alles um sie herum zusammenstürzte.

»Habt ihr die Daten der Gleiter schon?«, brummte Patrick. »Bevor ich nicht weiß, was los ist, fahre ich mit der *Marlin* nicht ab. Hätte gerade noch gefehlt, dass ich 'ne Ladung toter Leuchtsardinen in die Steuertriebwerke bekommen oder so was.«

Der dünne Schweizer Geologe hockte schon vor einem Computer. »Wir sind gerade dabei«, sagte er nervös. »Die ersten Gleiter sind jetzt in der Geräteschleuse. Noch ein paar Minuten, dann wissen wir mehr. Greta, holst du die Wasserproben rein?«

Niemanden hielt es noch an seinem Platz. Überall in der Messe standen halb leer gegessene Frühstücksteller herum; ein Teil der Besatzung war zu Labor und Schleuse geeilt, auch Leon. Carima folgte den anderen Besatzungsmitgliedern durch das Schott zur Brücke, die gleich nebenan war Dort scharten sie sich um die Computer und mit der Teetasse in der Hand schaute ihnen Carima neugierig über die Schulter. Sie zuckte zusammen, als plötzlich Julian neben ihr stand. »Jetzt versuchen sie gerade, eine Verbindung zu den Gleitern herzustellen und die Daten abzurufen«, sagte er. »Echt spannend, was du hier alles geboten kriegst, was?«

Spannend? So nannte er das Massensterben um Hawaii herum? Was für ein Idiot. Carima antwortete nur mit einem kurzen Nicken, ohne Julian anzusehen. Und ihre Mutter? Ungläubig sah Carima, dass sie dabei war, die Teller abzuräumen und mit Kamuela zu schwatzen. Bei der war ja wirklich überhaupt nichts mehr zu retten. Womöglich heckten die beiden gerade neue Rezepte aus …

»Habe ich dir eigentlich schon meine E-Mail-Adresse gegeben? Ja, wir haben tatsächlich E-Mail hier unten.« Julian kritzelte etwas auf einen Zettel und drückte ihn ihr in die Hand. Carima steckte ihn ein und schaffte ein kurzes Lächeln dabei.

»Schaut euch das an. Da kommen die ersten Messwerte.« Aufgeregt beugten sich Matti Kovaleinen und Urs Walter über die Grafik, die sich gerade auf dem Bildschirm aufbaute. Für Carima sah es so aus wie ein bunter Flickenteppich, der vielleicht eine Spur zu grell geraten war und in dem überall Zahlen und Daten eingetragen waren. Ein großer violetter Bereich zog sich quer durch das Bild. »Wir haben die Bereiche mit unterschiedlicher Sauerstoffverteilung unterschiedlich eingefärbt«, erklärte Urs. »Grün ist alles, wo die Gleiter viel Sauerstoff im Wasser gemessen haben, gelb eingefärbt sind die Bereiche mit etwas weniger Sauerstoff …«

»Und violett?«, fragte Carima, unwillkürlich hatte sie die Stimme gesenkt. Ihr Tee war kalt geworden und sie stellte ihre Tasse irgendwo ab.

»So gut wie kein Sauerstoff. Eine Todeszone. Dort lebt nichts mehr.«

»Das heißt, dieser große violette Bereich da …?« Leons Stimme – er war aus der Schleuse zurückgekommen. Carima drehte sich nicht zu ihm um. Es war nicht nötig, sie spürte ihn auch so neben sich.

»Der Rand des Kohala Canyons«, sagte Kovaleinen zu ihm. »Wärt ihr tiefer in diese Zone hineingeraten, hätten wir dich und Lucy nie wiedergesehen, Leon.« Sein Zeigefinger fuhr die Umrisse des Gebiets nach. »Nun wissen wir wenigstens, wo die Grenzen verlaufen.«

Jetzt sah Carima Leon doch von der Seite an, sie wollte sehen, wie er reagierte. Er nickte einfach, nachdenklich ruhte sein Blick auf dem Bildschirm. Er wirkte ruhig, völlig beherrscht … und erwachsen auf eine Art, wie ihre Klassenkameraden es noch längst nicht waren. Im Licht der Monitore sah sein blasses Gesicht scharf geschnitten und eckig aus. »Gut«, sagte Leon. »Dann spricht ja nichts mehr dagegen, dass ich wieder mit der OxySkin ins Meer kann.«

Carima schüttelte ungläubig den Kopf. Es war nicht zu leugnen – dieser Kerl war total irre! Machte es irgendwie süchtig, Flüssigkeit zu atmen?

»Halb so schlimm, die ganze Sache – Sauerstoff ist ja nicht alles, wir können die Mangankrusten, die Leon und Lucy gefunden haben, mithilfe von Robotern abbauen«, meinte Urs, doch niemand ging darauf ein.

Als weitere Daten von den Gleitern eintrafen und sich eine Karte nach der anderen auf dem Bildschirm aufbaute, verstummte auch Urs und starrte mit ungläubigem Staunen auf die Messwerte. Nicht nur rund um den Kohala Canyon, auch auf anderen Karten fanden sich violette Flecken. Es war ein unheimlicher Anblick. Leise sprach Kovaleinen über die Ultraschall-Verbindung mit der Oberfläche und begann dann, die Daten an die ARAC und andere Forscherkollegen weiterzuleiten. Im Hintergrund diskutierten die anderen Besatzungsmitglieder, und Begriffe, die Carima noch nie gehört hatte, flogen hin und her.

»Was geschieht dort unten?«, fragte Billie nervös.

»Eins ist klar, diese Todeszonen sind der Grund, warum

zurzeit immer wieder Tiere aus der Tiefsee im Flachwasser auftauchen«, sagte ein vierschrötiger Mann, an dessen Overall der Name *McCraddy* stand.

»Tja.« Greta Halvorsens Stimme klang milde sarkastisch. »Damit sind wir aber noch nicht viel schlauer. Jetzt sollten wir möglichst flink herausfinden, warum es diese Todeszonen überhaupt …«

Ganz plötzlich hob Leon die Hand, sein Gesicht war angespannt. Einen Moment lang schien er in sich hineinzulauschen. Greta unterbrach sich und auch die Diskussionen auf der Brücke und in der Messe verstummten. Jetzt war es völlig still auf der Station, bis auf das Flüstern der Klimaanlage.

»Da kommt was auf uns zu«, sagte Leon knapp, ging mit schnellen Schritten zu einer Konsole und sagte zu Kovaleinen: »Besser, Sie lassen alle Schotten in der Station schließen, Sir.«

Verständnislos glotzte Carima ihn an. Doch Kovaleinen reagierte sofort. Schon war er bei einem der Bedienpulte, seine Finger huschten über die Tastatur. »Reaktor-Notabschaltung ist eingeleitet«, meldete eine mechanische Stimme. »Schotten dicht in Modul 1 … in Modul 2 … in Modul 3 …«

Eine dicke matt glänzende Metallbarriere schob sich vor die drei Zugänge der Brücke, riegelte sie vom Rest der Station ab. Wie unheimlich – jetzt waren sie hier drin eingesperrt. Carima musterte die Konsole, auf die Leon sich konzentrierte, genauer. Gerade begann dort auf einem Messinstrument ein roter Balken zu tanzen. Was bedeutete das? Carima öffnete den Mund, um jemanden zu fragen – doch dann fiel ihr Blick auf die Teetasse, die sie gleichgültig auf einem der Tische abgestellt hatte, und ein eisiger Schreck durchfuhr sie. Auf der Oberfläche des Tees formte sich ein Wellenring, so als habe jemand ein Steinchen in die Tasse geworfen. Da! Schon wieder kräuselte sich der Tee.

Und dann spürte Carima es selbst. Die ganze Station vibrierte. Schwach drang aus der Küche das Geräusch von klappernden Tellern herüber, das Geschirr tanzte in den Schränken!

»Ein Seebeben?«, entfuhr es Carima und Julian nickte beklommen.

»So ist es – Stärke 3,8 bisher«, stellte Matti Kovaleinen fest, seine Stimme klang wachsam. Ungeduldig trommelte er mit den Fingern auf die Konsole.

»Schotten dicht in Modul 4 …«

Sechs Seestern-Arme, Module genannt, hatte Benthos II – so viel wusste Carima inzwischen. Also waren zwei davon noch nicht gesichert. Um Himmels willen, wie lange dauerte das denn noch? Und jetzt blinkte auf einem der Monitore auch noch eine Fehlermeldung auf.

»Schott 5-B in Modul 5 blockiert, ich wiederhole, Schott 5-B nicht geschlossen!«

Über die Bord-Sprechanlage scholl ein Strom deftiger Flüche mit australischem Akzent. Paula.

Ein heftiger Ruck ging durch die Station, dann noch einer. Carima verlor den Halt und fand sich in einer Teelache auf dem Boden wieder. Ein Laptop stürzte ihr entgegen, traf sie schmerzhaft am Oberschenkel, rutschte auf dem Boden weiter und knallte gegen eine Metallwand. Unterlagen, Speichersticks, ein Handfunkgerät und eine Packung Taschentücher wirbelten durch die Luft.

Auf einen Schlag wurde es dunkel und Alarmsirenen

kreischten durch die Benthos II. Jemand fluchte, aufgeregte Stimmen redeten durcheinander, Billie, McCraddy, Urs. Jemand trat beim Vorbeihasten auf Carimas Hand. Vor Schmerz schossen ihr Tränen in die Augen. Warum musste das mit dem Seebeben ausgerechnet in der kurzen Zeit passieren – zwei lächerliche Tage! –, die sie hier unten war? Würde sie jetzt sterben? Nein, nein, das konnte nicht sein!

Wieder Paulas Stimme: »Matti, wir haben einen Wassereinbruch im Lagermodul, Raum 3!«

»Verdammt. Und ist Schott 5-B jetzt endlich zu?«

»Nein, das Ding klemmt immer noch. Wenn wir in dem Bereich ein Leck haben, müssen wir evakuieren.«

Ein Wassereinbruch? Und das in der Tiefsee, wo ein unvorstellbarer Druck auf der Station lastete! Die große Plexiglaskuppel, die sich über der Messe wölbte, fiel Carima wieder ein. Oh Gott, diese Kuppel! Wenn sie aus irgendeinem Grund einen Riss bekam, dann war vermutlich alles aus.

Die Messe! Carima dachte an ihre Mutter und plötzliche Panik überkam sie. War Nathalie noch in der Küche? Die lag direkt neben der Messe, war sie dort überhaupt sicher? Hatte ihre Mutter das Seebeben rechtzeitig bemerkt, war sie irgendwohin geflüchtet? Ein Schluchzen stieg in Carima auf, doch sie unterdrückte es und begann stattdessen instinktiv auf Händen und Knien in Richtung der Tür zu krabbeln, die zur Messe führte. Aber ihre Finger stießen nur auf kalten Stahl, das Schott.

Eine schwache blaugrüne Notbeleuchtung glomm auf, Carima sah wieder etwas. Auch das Vibrieren hatte aufgehört. Carima blickte sich um und erschrak unwillkürlich. Jemand hockte keine zwei Handlängen vor ihr und blickte ihr ins Gesicht. Leon!

93

»Carima«, sagte er hastig. »Bist du verletzt?«

Ihre Hände waren zerschnitten von Glasscherben auf dem Boden, und ihr Oberschenkel schmerzte dort, wo der Laptop sie getroffen hatte. Auch ihr linkes Bein, das schlechte, aus dem die Ärzte erst vor einem halben Jahr ziemlich viele Metallstifte rausgeholt hatten, tat weh. Doch Carima schüttelte den Kopf. »Nein, alles in Ordnung.«

In diesem Licht erschienen Leons Augen fast schwarz. »Hör zu. Paula und ich, wir gehen gleich raus, um das Leck von außen abzudichten. Alles halb so schlimm, okay?«

»Meine Mutter! Sie ist noch in der Küche.«

»Kein Problem. Wie es aussieht, ist nur ein Teil des Lagers geflutet.«

Ausgerechnet das Lager. Womöglich genau der Raum, in dem sie sich gestern versteckt hatte, in dem sie geredet hatten. Wie nur hatte Leon wissen können, was für eine Gefahr der Benthos II drohte? Er hatte es als Erster gemerkt – und anscheinend nicht zum ersten Mal, denn Kovaleinen hatte seine Warnung nicht infrage gestellt, keine Sekunde lang! Carima öffnete den Mund, doch Leon kam ihr zuvor.

»Falls wir uns nicht mehr sehen, dann wollte ich dir nur noch sagen …« Er stockte, wandte den Kopf; jetzt hörte Carima es auch, der Kommandant der Station rief nach ihm. Hastig sagte Leon: »Pass auf dich auf, okay?« Einen Moment lang lag seine Hand auf ihrer Schulter, eine flüchtige Berührung, die auf ihrer Haut zu brennen schien. Dann stand er auf und wandte sich Kovaleinen zu. Leon besprach sich kurz mit ihm und verschwand dann durch das Schott zur Hauptschleuse, das sich hinter ihm wieder schloss.

Carima brachte kein Wort heraus. *Falls wir uns nicht mehr sehen … was sollte das heißen?* Heiße Angst stieg in

ihr auf. Rechnete Leon etwa damit, dass er nicht zurückkommen könnte?

Eine Hand streckte sich ihr entgegen und Carima ergriff
sie mechanisch, ließ sich hochziehen. Es war Patrick. »Hab
eben mit Kovaleinen geredet«, brummte er. »Pack deine Sachen, in fünf Minuten fahren wir mit der *Marlin* ab. Los,
los, Bewegung!«

Jetzt dämmerte Carima, was Leon gemeint hatte. Er hatte
geahnt, dass die beiden Touristinnen jetzt schnellstmöglich
nach oben gebracht werden würden … und er, er würde
bleiben. Wohin sollte er auch sonst – das hier war sein Zuhause.

Kovaleinen entriegelte das Schott, das zur Messe führte,
und Sam kam mit ihrer Mutter herein. Erleichterung über-
schwemmte Carima und einen Moment lang hielten sie sich
einfach fest. »Ich hätte dich nie hierherunter bringen dürfen …«, stammelte ihre Mutter. »Ich …«

Schon war die Stimmung wieder verflogen. »Ist doch
egal«, unterbrach Carima sie, sie hatte keine Lust, sich
irgendwelche Selbstbeschuldigungs-Orgien anzuhören. Es
gab jetzt wirklich Wichtigeres.

Sie hasteten hinter Patrick her, erst zu ihrer Kabine, wo
sie fahrig ihre Besitztümer in die Rucksäcke stopften, dann
zum Anlegeplatz der *Marlin*. Carima fühlte sich wie betäubt. Es ging alles so schnell, so furchtbar schnell! Und sie
hatte kein einziges Wort herausgebracht, als Leon sich verabschiedet hatte. Der Gedanke machte Carima ganz krank
und schließlich hielt sie es nicht mehr aus.

Kurz vor dem Labortrakt, an dessen Ende die *Marlin*
vertäut war, stoppte sie. Keine fünf Meter entfernt war der
Zugang zur Hauptschleuse.

»Einen Moment noch, ich komme gleich«, sagte Carima spontan und bog zur Hauptschleuse ab. Wie durch ein Wunder war die Notverriegelung des Schotts aufgehoben, es glitt vor ihr zurück.

Carima stockte. Summend beförderte der Deckenkran einen der kleinen Tauchroboter zur Schleuse. Doch das war es nicht, was ihren Blick anzog. Sondern die hochgewachsene, schlanke Gestalt, deren ganzer Körper von einer eng anliegenden silbrig schwarzen Haut bedeckt war. Nur der Hals lag noch frei, doch schon führten die Finger der Gestalt ein kleines Gerät darüber und die schwarze Haut schloss sich ohne eine einzige Naht. Etwa in der Gegend des Schlüsselbeins war ein durchsichtiger Schlauch befestigt, gerade begann eine bläuliche Flüssigkeit hindurchzuschießen.

Die Gestalt hatte wohl gehört, dass jemand die Schleuse betreten hatte, denn einen Moment lang wandte sie Carima das Gesicht zu. Ein Gesicht, das nur noch eine silbrige Fläche war, mit dunklen Spiegeln anstelle der Augen und einer Ausbuchtung dort, wo der Mund hätte sein sollen …

»Was stehst du hier rum? Los, komm!« Ihre Mutter zerrte sie davon und Carima ließ es geschehen. Einen Wimpernschlag später hatte sich das Schott hinter ihr geschlossen.

Vor zwei Jahren war es ein kleines Leck gewesen, nur so groß wie ein Fingernagel, doch das Wasser war unter solchem Druck durch die Öffnung in die Station geschossen, dass der dünne Strahl scharf wie eine Klinge Robsons Handgelenk durchtrennt hatte. Wer wusste, wie groß das Leck diesmal war!

Paula war schon in der Schleuse und dabei, in den Hardsuit zu klettern. »Hey, danke, dass du mitkommst, Leon.

Der pure Luxus, jemanden zu haben, der mir die Werkzeuge in die Klaue drückt.«

»Keine Ursache. Hauptsache, wir kriegen das Ding dicht.« Rasch zog sich Leon aus, warf den Overall beiseite und schlüpfte in eine seiner OxySkins, die sorgfältig getrocknet und gereinigt bereitlagen. Glatt und weich fühlte die dünne Membran sich an, doch er war zu nervös, um das Gefühl zu genießen, im Geiste ging er schon die Checkliste durch, hakte sie Punkt für Punkt ab. Das Spray nicht vergessen, das seinen Rachen betäubte und den Hustenreflex unterdrückte – Batteriecheck – Werkzeuggürtel vollständig – Ultraschall-Sprechverbindung aktiviert – alle Membranen des Anzugs durchlässig und funktionstüchtig?

Gleich bin ich bei dir, Lucy.

Ja, bitte schnell, bevor wieder das Wackeln kommt!

Sag mir wieder rechtzeitig Bescheid, okay? Sobald du etwas spürst.

Mach ich!

Schließlich war alles bereit. Leon hielt den Atem an, versiegelte die Membran über seinem Gesicht und begann den Anzug mit dem vorgewärmten, sauerstoffreichen Fluo zu füllen. Der erste Atemzug, der die Flüssigkeit in seine Lungen strömen ließ, war immer der schwerste. Selbst nach all den Jahren fühlte es sich ein bisschen an wie Ertrinken und ohne das Spray hätte sich sein Körper instinktiv gegen diese Zumutung gewehrt.

Jetzt erst bemerkte Leon Carima, sie stand in der offenen Schleuse und starrte ihn an. Oh, nein! Dass sie ihn so sah, war fast so, als hätte sie ihn nackt überrascht. Er hätte etwas sagen können, ein Computer lieh ihm ja seine Stimme, während er die OxySkin trug. Doch er brachte kein Wort heraus, zu deutlich konnte er in ihren Augen sehen, wie fremd er ihr jetzt war. Vielleicht hätte ein einfaches »Hallo« gereicht, den Bann zu brechen … aber dann war Carima schon wieder weg, ihre Mutter hatte sie fortgezerrt.

In seiner Magengrube war ein dumpfer Druck. Leon bemühte sich, ihn zu ignorieren, und vollendete seine letzten Checks. Paula war schon in der Schleuse und winkte ihm ungeduldig mit der Greifhand, nachzukommen; in der anderen trug sie das Werkzeug, das sie fürs Unterwasserschweißen brauchte. Leon nickte, zog seine Flossen an und schlurfte ihr hinterher. An Land war er in voller Ausrüstung etwa so elegant wie ein Pinguin auf dem Eis. Doch kaum hatte sich die Schleuse mit Wasser gefüllt – er spürte es als angenehm kühlen Schwall –, war seine Stunde gekommen. Er schwebte wieder. Von einem Moment auf den anderen war er völlig ruhig, wie von selbst fokussierte sich sein Geist. In der Schwerelosigkeit des Wassers rollte er sich zusammen, spannte seine Muskeln an … und als die äußere Schleusentür aufging, stieß er sich ab und schoss mit kraftvollen Flossenschlägen ins offene Meer hinaus. Endlich, endlich wieder frei!

Leon drehte eine Pirouette, um einen Blick auf die Umgebung zu werfen, dann ließ er Paula hinter sich und jagte voran in Richtung des beschädigten Lagermoduls. Er spürte, dass Lucy neben ihm schwamm, elegant wie eine Tänzerin, und einen Moment lang fühlte er sich mit allem in Einklang. Mit sich, der Welt, mit Lucy. So fühlte sich Glück an, so und nicht anders!

Zwanzig Meter weiter rauschte die *Marlin* mit laut summenden Elektromotoren vorbei und zog nach oben. Dem fernen Himmel entgegen, an den man hier unten manchmal nur mit Mühe glauben konnte.

Sprachlos

Wie sich herausstellte, war die Station nur leicht angeschlagen – schon nach einem Tag hatten Paula und Louie das Leck abgedichtet, das Lager wieder freigepumpt und alle anderen Schäden beseitigt. Ein großer Teil der Ausrüstung, der unter Wasser gesetzt worden war, hatte das kalte Bad unbeschadet überstanden. Auch an der Oberfläche, auf den Inseln, waren nur geringe Schäden durch das Beben gemeldet worden.

Und doch wollte das schlechte Gefühl Leon nicht verlassen. Ein Seebeben – ausgerechnet jetzt, wo das Meer verrückt zu spielen schien? Wie hing das alles zusammen? Er war nicht der Einzige, den das beschäftigte, die Wissenschaftler der Station arbeiteten inzwischen rund um die Uhr; ständig waren sie mit dem kleinen Tauchboot der Station, der *Cisco*, unterwegs. Auch die Gleiter und beide Tauchroboter waren im Einsatz. Julian, Tom und er waren oft im Wasser, um zu helfen – Matti Kovaleinen hatte das Tauchverbot vorübergehend aufgehoben.

Trotz all dieser Geschäftigkeit fühlte Leon eine Leere in sich, die nichts füllen konnte, und selbst seine Freude darüber, wieder im Meer sein zu können, verflog bald. Lucy mühte sich, ihn aufzuheitern.

Komm, Seegurken necken, schlug sie vor. Manche Arten dieser trägen schlauchartigen Wesen, die überall in der Tiefsee über den Sand- und Schlammboden krochen, begannen zu leuchten, wenn man sie anstupste.

Nein danke, schickte Leon schlecht gelaunt zurück. *Seegurken, das sind doch nur Müllschlucker – lassen wir sie einfach ihren Job machen.*

Ein Seufzer wehte durch seine Gedanken. *Du vermisst sie?*

Wen? Billie? In einer Woche ist sie doch wieder hier.

Mein Freund, du weißt wen. Vor dir selbst verstecken ist nicht gut.

Okay. Ja. Lucy hatte recht. Er konnte genauso gut zugeben, dass Carima ihm fehlte. Es schien unmöglich, seine Gedanken an sie in den Griff zu bekommen, und das irritierte ihn. Was war eigentlich mit ihm los?

So viele Fragen in seinem Inneren, es wurden immer mehr. Wie sehr hatte es sie schockiert, ihn in der OxySkin zu sehen? War sie gut angekommen an der Oberfläche, was machte sie jetzt? Wie dachte sie über ihre Zeit an Bord von Benthos II, war sie froh, dass sie dem kalten Keller der Ozeane entkommen war? Wann würde sie nach Deutschland zurückfliegen? Und wie lange würde es dauern, bis sie ihn vergessen hatte?

Erst als Lucy seine Hilfe brauchte, schaffte es Leon, sich zusammenzureißen. Wieder einmal stand die »Prozedur« an, eine tierärztliche Untersuchung, die seine Partnerin nur mit großem Widerwillen über sich ergehen ließ. Auch diesmal war es höllisch schwer, sie überhaupt durch die kleine Schleuse des Medical Centers nach drinnen zu locken. Obwohl es Kraken eigentlich nichts ausmachte, das Wasser eine Weile zu verlassen.

Ich will nicht, ich will nicht, neinnein, scheußlich! Ihre

100

Gedanken schnitten durch seinen Geist, und es kostete Leon Mühe, sie auszuhalten.

Komm schon, meine Kleine. Sei tapfer. Wird bestimmt nicht so schlimm. Ich werde die ganze Zeit über an deiner Seite bleiben.

Tapfer! TAPFER! Blöde Worte, bedeuten nichts! Hartnäckig klammerte sich Lucy mit den Saugnäpfen an der Außenseite der kleinen Schleuse fest.

Leon seufzte. *Tut mir leid, Lucy, ich werde sie in Zukunft vermeiden, aber jetzt KOMM schon, sonst wird McCraddy sauer!*

Als er Lucy eine Stunde später endlich an Bord hatte und sich sämtliche acht Arme seiner Krake in dem flachen Stahlbecken des Tierarztraums ringelten, fühlte sich Leon seelisch völlig erschöpft. Er ließ die Hand über Lucys glänzenden Körper gleiten. Ihre Haut hatte sich grau gefärbt, doch das bedeutete nicht, dass sie krank war – wie ein Chamäleon passte sie ihre Farbe dem Untergrund an, fast alle Kraken und Tintenfische beherrschten diesen Trick.

McCraddy nickte zufrieden, als er hereinkam und Lucy sah, doch Leon war weniger glücklich. Hätte der Tierarzt nicht mal etwas anderes anziehen können als diese scheußliche grüne Gummischürze, auch wenn sie sich vielleicht beim Reinigen von Hundezwingern bewährt hatte? Lucy hasste den Geruch und Geschmack von Gummi, das Ding musste eine Qual für ihre feinen chemischen Sinne sein.

»So, legen wir los«, sagte McCraddy kurz angebunden, trug noch etwas in ein Formular ein und schob sich einen Nikotin-Kaugummi in den Mund, weil er anscheinend immer noch seinen Zigarillos nachtrauerte. Wenn er sich um Billies Pottwal Shola kümmerte, dann leuchtete aus seinen

Augen eine jungenhafte Begeisterung, doch für Lucy hatte er selten ein freundliches Wort übrig. Leons Theorie war, dass McCraddy Weichtieren nicht viel abgewinnen konnte. Wahrscheinlich dachte er, dass ein Tier, das mit Schnecken verwandt war, unmöglich so intelligent sein konnte wie ein Wal.

Doch immerhin – dass er ein guter Tierarzt war, stand außer Zweifel. Sogar in der Forschung hatte er schon mitgemischt, soweit Leon wusste. McCraddys wuchtiges Gesicht mit der großen Nase war ruhig und konzentriert, während er Lucys innere Organe mit Ultraschall überprüfte, sie auf Parasiten untersuchte und eine Blutprobe nahm. Fast durchsichtig und leicht bläulich war dieses Blut – die Blutkörperchen enthielten nicht wie beim Menschen Eisen, sondern Kupfer.

»Sieht bisher alles gut aus«, sagte McCraddy schließlich. »Nur da vorne hat sie eine leichte Verletzung, wahrscheinlich ist ihr beim Seebeben ein Stein auf den Arm gefallen, oder?«

Lautlos fragte Leon nach und gab zur Auskunft: »Nein, sie hat sich an einem Seeigel gestochen.«

»Wie auch immer. Das haben wir gleich.« Der Tierarzt sprühte die Stelle mit einem Betäubungsmittel ein, nahm den Kopf des tragbaren medizinischen Lasers und richtete den Lichtstrahl auf die kleine Verletzung, die sich innerhalb von Millisekunden schloss.

Lucy war keineswegs dankbar. *Nicht es ist nötig, morgig ist alles gut*, ätzte sie, und Leon wusste, dass es stimmte, ihr Körper heilte auch von selbst sehr schnell. Als Jungtier hatte Lucy mal einen ihrer Arme an einen Hai verloren – innerhalb von drei Wochen war das Ding von selbst nachgewachsen, heute war dieser Arm von den anderen nicht mehr zu unterscheiden.

Jetzt kam der schlimmste Teil der Untersuchung, der, vor dem sich Lucy am meisten fürchtete – die Entnahme von Zellen aus ihrem Kopf. Inzwischen war Greta Halvorsen hereingekommen, sie war es, die diesen Teil der Untersuchung leitete.

Beruhigend streichelte Leon seine Krake, während McCraddy ein Betäubungsmittel injizierte. Dann schob Greta langsam und vorsichtig eine lange Nadel in Lucys Kopf.

Weg will ich, weg, weg!, jammerte Lucy mit starren Augen, und Leon musste die Zähne zusammenbeißen, um nicht einfach die Faust auf den Schleusenknopf zu knallen und sie fliehen zu lassen, hinaus ins dunkle Meer. Ihre Angst und ihr Schmerz schwappten auf ihn über, bis ihm selbst Tränen in den Augen standen. Das passierte jedes Mal bei der »Prozedur« und vermutlich hielten McCraddy und Greta ihn deswegen schon längst für einen Waschlappen.

Mit fasziniertem Blick hielt Greta das Glasgefäß mit der Zellprobe gegen das Licht. »Wunderbar. Ist ja wieder bestens gelaufen. Ich bringe das Zeug gleich mit der *Cisco* hoch, damit sie es analysieren können.«

Und endlich konnte Lucy zurück ins Meer. Ohne ein Wort des Abschieds glitt sie davon, und wie jedes Mal hatte Leon das Gefühl, dass er sie im Stich gelassen hatte. Er wusste, dass er die nächsten Stunden nicht damit rechnen konnte, dass sie seine Gedanken erwiderte.

»Wir haben einen neuen Film runtergeladen – magst du mitschauen?«, fragte Julian und knabberte an einem gegrillten Hähnchenschenkel – aha, es war also mal wieder Sonntag,

da gab es meist ein etwas besseres Essen als sonst. »*Abyss II.*
Soll supercool sein. Vielleicht wird sogar wieder mit Flüssigkeit getaucht, weißt du noch, wie schräg das im ersten Teil
war? Die hatten das Fluo doch tatsächlich rosa eingefärbt.«

»Nee, keine Lust«, wich Leon aus, und selbst Julians
Hinweis, dass die hübsche Tochter von Angelina Jolie mit-
spielen würde, konnte ihn nicht umstimmen. Gleich nach
dem Essen verkündete er, dass er sich in seiner Kabine ausruhen würde. Tom hatte erzählt, dass Louie gerade dabei
war, eine neue OxySkin für ihn herzustellen, weil er aus der
alten mal wieder herausgewachsen war. Sehr praktisch, dass
Louie dadurch nicht wie üblich ein Adlerauge auf die alten
Skins haben würde.

Leon zog sich in einem leeren Labor um und schaltete die
Sensoren im Anzug ab, die seinen Herzschlag, seine Körpertemperatur und anderes überwachten. Sonst hätten diese Daten, die automatisch an die Benthos II weitergeleitet
wurden, verraten, dass er draußen war. Unbemerkt schlüpfte Leon aus der kleinen Taucherschleuse neben dem Wohn-
modul. Normalerweise wurde es auf der Brücke von einer
Kontrollleuchte angezeigt, wenn jemand die Station ver-
ließ, doch Leon wusste, dass diese Funktion bei der kleinen
Schleuse defekt war und Paula seit Tagen genervte Mails mit
der Bitte um Ersatzteile an die ARAC schickte. Wahrscheinlich konnten sie ihn auf dem Sonar oder den Außenkameras
entdecken, wenn jemand wirklich darauf achtete, doch heute hatte Chung, die koreanische Bordärztin, Brückenwache,
und die las vermutlich einen ihrer heiß geliebten Western,
anstatt auf die Bildschirme zu achten.

Im Meer fühlte er sich ein bisschen besser. Erschöpft und
niedergeschlagen ruhte sich Leon im dunklen Wasser rund

um die Station aus, ließ sich einfach treiben. Die Strömung hier in der Gegend war schwach, er konnte ruhig einschlafen und musste sich keine Sorgen machen, dass er an einem völlig anderen Ort aufwachen würde.

Es war herrlich ruhig und friedlich hinter unten, nichts erinnerte mehr an das Beben gestern. Um die Station herum gruben sich ein paar Seegurken nimmermüde auf der Suche nach fressbaren Krumen durch den Boden; ein räuberisches Manteltier, das wie ein durchsichtiges, aus dem Boden aufragendes Maul ohne Körper aussah, wartete vergeblich auf Beute, und eine Asselspinne, deren unglaublich dünne Beine so lang waren wie Leons Arm, stakte in Zeitlupe vorbei. Die Seeigel, an denen sich Lucy gestochen hatte, waren inzwischen auf ihren winzigen Füßchen weitergewandert.

Einige Bullaugen der Station waren erleuchtet und von einer Wolke aus winzigen Ruderfußkrebsen umgeben: Licht lockte sie an, sie schwärmten um jede Lampe herum, als sei es ein Gott, den sie anbeteten. Leon hielt sich von den Fenstern fern, schloss die Augen eine Weile und dämmerte weg. Als er sie wieder öffnete, stellte er fest, dass er schräg über der Station driftete, in der Nähe von Ellards Kabine. Wasser leitete Geräusche gut, und Leon konnte hören, dass darin gesprochen wurde – nach einem Moment wusste er auch, wem die leisen Stimmen gehörten: Ellard und dem Kommandanten. Gerade wollte er sich mit langsamen Flossenschlägen weiterbewegen, als seine Ohren das Wort »Prozedur« auffingen. Neugierig, wenn auch mit schlechtem Gewissen, begann er zu lauschen.

»... warten schon ungeduldig auf die Probe ... konnten die Zellen isolieren ... sehr vielversprechend ...« Das war die Stimme von Kovaleinen.

»… keine Zeit zu verlieren … weitere Kraken mit dieser genetischen Ausstattung züchten … hoffentlich ebenfalls …«

Was war sehr vielversprechend? Leon war beunruhigt. Hatten sie etwa entdeckt, welche Talente Lucy in Wirklichkeit hatte, dass zwischen ihr und ihm eine besondere Verbindung bestand? Nein, es ging um irgendwelche Zellen …

Lautlos und so gut wie unsichtbar in der Dunkelheit bewegte sich Leon näher an die Kabine heran. Jetzt konnte er deutlich hören, was gesprochen wurde. Enttäuscht vernahm er, dass Ellard und der Kommandant schon wieder das Thema gewechselt hatten.

Doch als er lauschte, was die beiden besprachen, verflog seine Enttäuschung – stattdessen fühlte es sich an, als habe der Stachel eines Rochens ihn mitten ins Herz getroffen.

Ein Versorgungsschiff hatte Carima und ihre Mutter auf der Insel Maui abgesetzt, und dann, nach einem kurzen Wirleben-noch-Anruf bei Carimas Vater und der neuen Familie ihrer Mutter, waren sie weitergeflogen nach Big Island, auf die größte der Hawaii-Inseln, wo sie schließlich völlig erschöpft in ihrem Hotel eingetroffen waren.

Jetzt, am nächsten Morgen, kam ihr alles sehr unwirklich vor. Das Hotelzimmer war luftig-hell und bequem, die Betten erschienen Carima nach der Enge ihrer unterseeischen Kabine so groß wie ein Fußballfeld. An der Wand hingen Monitore, die einem gerahmten Bild täuschend ähnlich sahen; ihre Mutter hatte darauf widerlich geschmackvolle Blumenaquarelle eingestellt. Sonnenstrahlen zeichneten eine leuchtende Spur darüber. Die Vorhänge neben der offenen Balkontür bauschten sich im Wind. In Benthos II war es trotz der Klimaanlage immer irgendwie feucht und kühl gewesen, wie hielten die Leute dort es nur aus, niemals die Sonne zu sehen, niemals den Wind zu spüren? Ja, es war gut, zurück zu sein an der Oberfläche! Und doch … etwas fehlte. Es fühlte sich an, als sei ein Teil von ihr unten geblieben in der Station.

»Wir sind der Unterwelt entkommen«, scherzte ihre Mutter, die gerade dabei war, umständlich ihre teuren Cremes, Peelings und Dusch-Essenzen im Bad aufzubauen. Die mussten immer »Bio« sein, was eigentlich ein Witz war, weil ihre Mutter ansonsten fröhlich alles ignorierte, was mit dem Thema Umwelt zu tun hatte. »Jetzt können wir wieder zur Erholung übergehen.«

Carima wälzte sich im Bett herum und zog die Decke zum Kinn hoch. »Ja. Bestimmt sind die Strände inzwischen nicht mehr gesperrt. Wir könnten sogar mal schnorcheln gehen, wir dürfen uns nur nicht an den toten Fischen stören.«

»Wir finden schon noch einen Strand, der offen ist.« Die Stimme ihrer Mutter klang gepresst. »Außerdem habe ich nach diesem Seebeben gerade ein bisschen die Nase voll vom Meer. Big Island hat noch eine Menge anderer Sachen zu bieten. Anscheinend ist der Kilauea gerade aktiv, man kann ganz nah heranfahren und zusehen, wie die Lava aus dem Krater fließt.«

Carima gab auf. »Gute Idee«, sagte sie. Im Moment hatte sie nicht die Kraft, um sich mit ihrer Mutter anzulegen. Dazu war ihr Kopf noch zu voll mit Bildern – Leon in seiner OxySkin, mit Augen wie ein Wesen der Tiefsee; seine Krake, am Fenster in der großen Schleuse haftend, die Saugnäpfe groß wie der Boden eines Trinkglases; das blaugrüne Notlicht der Brücke kurz nach dem Beben. Und in ihren

107

Ohren hatten sich Echos gefangen und wollten einfach nicht weichen.

Geflüsterte Gespräche mit Billie auf dem Weg nach oben.

»Wieso könnt ihr überhaupt mit einer OxySkin nach draußen, die ist doch hauchdünn, was ist mit dem Druck? Alle anderen Taucher brauchen in dieser Tiefe Panzertauchanzüge.«

»Den Panzer braucht man nur, wenn man den Druck der Oberfläche mitnehmen will und die gewohnte Luft. Wenn man so wie wir ganz eintaucht ins Meer, dann macht einem das Gewicht des Ozeans nichts aus. Das Geheimnis ist, dass Menschen zum größten Teil aus Wasser bestehen. Wasser und andere Flüssigkeiten werden nicht zusammengepresst wie Luft.«

»Sorry, du hast mich gerade abgehängt. Versteh ich nicht.«

»Machen wir ein Experiment. Stell dir mal vor, du hast zwei Luftballons. Einen davon pustest du auf, den anderen füllst du mit Wasser.«

»Okay. Ich sehe die Dinger deutlich vor mir. Hab beide schon zugeknotet. Was jetzt?«

»Jetzt legen wir die Ballons in den Sammelkorb eines Tauchboots und nehmen sie mit nach unten – weit nach unten. Und, was meinst du, wie sehen die beiden jetzt aus, wenn ein paar Tausend Tonnen Meer darauf drücken?«

»Hm. Der mit der Luft ist wahrscheinlich nur noch so groß wie ein Smartie. Und der mit dem Wasser … lass mich raten: Er hat sich kaum verändert?«

»Genau. Warst du beim Tauchen schon mal in vierzig Meter Tiefe?«

»Nee, aber in dreißig.«

»Auch gut. Du hast da unten bestimmt gemerkt, dass

du kurzatmiger geworden bist. Das liegt daran, dass deine Lunge – die mit Luft gefüllt ist – kleiner geworden ist, weil sie in dreißig Meter schon ein bisschen zusammengepresst wird. Wenn man ungeschützt runtertauchen würde in die Tiefsee, würden alle Hohlräume im Körper, die mit Luft gefüllt sind, vom Druck zerquetscht.«

»Ah, so langsam hab ich's. Ihr atmet Flüssigkeit, also kann eure Lunge nicht zusammengedrückt werden. Aber hat man im Körper nicht noch andere gefährliche Hohlräume?«

»Doch. Stirn- und Nasenhöhle und so was. Die werden so wie die Lunge mit Perfluorcarbon geflutet, wenn wir tauchen. Tja, dann gibt es noch das Ohr jenseits des Trommelfells. Bei normalen Menschen ist da auch Luft drin.«

»Was meinst du damit, *bei normalen Menschen*?«

»Als wir im Meeres-Internat für die Tiefsee ausgewählt worden sind, mussten wir operiert werden. Julian, Tom, Leon und ich.« Ein verlegenes Lachen. »Wir sind sozusagen an unsere Umgebung angepasst worden.«

Carimas Blick wanderte zu Billies Armbeuge. Ihr war schon aufgefallen, dass allen Flüssigkeitstauchern eine Venenkanüle gelegt worden war, diese Dinger kannte sie aus ihrer Zeit im Krankenhaus ziemlich gut. Carima hatte nicht gewagt zu fragen, wozu die gut waren. Und jetzt das. Zurechtoperiert. Gruselig! Sie hatte davon gelesen, dass immer mehr Leute sich freiwillig irgendwelche Implantate einpflanzen ließen, mit denen ihre Körper noch besser funktionierten, aber getroffen hatte sie so jemanden noch nie.

»Aber wir können immer noch hoch, das siehst du ja an mir«, fuhr Billie fort. »Es ist nicht so, dass wir gezwungen wären, unten zu bleiben.«

Ein langes Schweigen, in dem nur das leise »Tschirp«-Geräusch des Sonars und Patricks Funkgespräche mit der Oberfläche die Stille durchdrangen. Carima kratzte sich am Ohr und stellte fest, dass sie einen ihrer Ohrringe verloren hatte. Vielleicht lag er hier irgendwo im Tauchboot. Carima tastete herum, fand nichts. Oder hatte sie ihn in der Station verloren? Mist!

Sie war so in Gedanken versunken, dass sie fast erschrak, als Billie auf einmal sagte: »Darf ich dich was fragen, Carima?«

»Äh, ja klar, was denn?« Carima wurde nervös. Hatte Billie etwa gemerkt, dass sie und Leon zusammen im Lager gewesen waren? Dass sie danach vertrauter miteinander umgingen als vorher? Oh Mann, womöglich dachte sie, dass zwischen ihnen irgendwas gelaufen war.

Billie blickte sie nachdenklich an. »Kommt es dir nicht manchmal seltsam vor, immer *Luft* zu atmen? So ein entsetzlich dünnes Zeug?«

Carima war zu verblüfft gewesen, um sofort zu antworten, und dann hatte Patrick ihnen mal wieder ein unglaublich eigenartig aussehendes Tier gezeigt, das gerade am Tauchboot vorbeischwamm. Sie und Billie waren nicht mehr dazu gekommen, sich weiter zu unterhalten.

Und jetzt lag sie hier, in diesem Hotelzimmer … und musste wieder an Leon denken. An seine Ruhe und Konzentration dort auf der Brücke, kurz vor dem Beben. Schön war sein Gesicht in diesem Moment gewesen. Und der Moment, als sie ihn bei der Abfahrt der *Marlin* im Wasser bemerkt hatte. Noch nie hatte sie jemanden so schwimmen sehen, mit solch müheloser Kraft und Eleganz.

Ganz und gar in seinem Element.

Ihre Mutter blickte auf sie herab und lächelte plötzlich. »He, woran denkst du? Du hattest gerade einen ganz abwesenden Blick.« Aber sie wartete gar nicht erst auf eine Antwort, sondern fragte gleich weiter: »Hast du gar keinen Hunger? Ich wette, die haben beim Frühstücksbüfett mindestens drei Sorten frischen Joghurt.«

»Kann es sein, dass du wirklich immer nur ans Essen denkst?«, murmelte Carima und schlurfte ins Bad, um zu duschen.

Leon konzentrierte sich darauf, was in der Kabine besprochen wurde, und vergaß die Welt um sich herum, während er lauschte.

»… gerade Neuigkeiten von Benthos I bekommen, aus der Karibik. Casey Davidson, einer der jungen OxySkin-Taucher, hat jetzt endgültig aufgegeben.«

»Verdammt. Was war der Grund, sind die Abwehrreflexe seines Körpers noch stärker geworden? Was sagt der Stationsarzt?«

»Körperlich ist Casey völlig gesund. Er hat nur einfach die Fähigkeit verloren, Flüssigkeit zu atmen. Und das nach mehr als tausend Stunden unter Wasser.«

Jetzt sprach wieder Ellard. »Das ist bitter. Wie alt ist Casey jetzt?«

»Siebzehn. Er hat relativ spät angefangen, mit vierzehn.«

»Das klingt nicht gut.« Die Besorgnis in Ellards Stimme war deutlich zu hören. »Wie sieht's mit den anderen Stationen aus? Gab es nicht auf Benthos III einen ähnlichen Fall? Wie hat sich die Sache dort entwickelt?«

»Schlecht. Rogers musste Laura – sie ist achtzehn – inzwischen aus dem Programm nehmen, und jetzt hat das

111

Mädchen sich entschieden, ganz auszusteigen und Psychologie zu studieren.«

»Das ist nicht ihr Ernst!«

»Ellard, es ist keine Sünde, Psychologie zu studieren. Eine meiner Töchter – die mittlere, Anna-Carlotta – macht es auch.« Kovaleinen seufzte. »Sorgen bereitet mir, dass es bei uns womöglich auch bald anfängt. Benedetta ist schon siebzehn. Shola wird vermutlich keine andere Betreuerin akzeptieren, und ich brauche Ihnen nicht zu sagen, wie wertvoll sie für uns ist. Ihre Fähigkeit, Manganknollen in großer Tiefe zu finden …«

»Bei diesen beiden sehe ich keine Gefahr, dass sich das Team komplett auflöst. Pottwale atmen Luft und tauchen von der Oberfläche aus in die Tiefsee – notfalls können wir die beiden in Zukunft von oben aus einsetzen.«

Leon war schwindelig, die Welt schien sich um ihn herum zu drehen. *Er hat nur einfach die Fähigkeit verloren, Flüssigkeit zu atmen.* Es war das erste Mal, dass er von so etwas hörte – wieso wusste niemand davon? Julian, Billie, Tom … niemand hatte ihnen etwas davon gesagt, dass manche der jungen Taucher auf den anderen Stationen Probleme hatten!

Ein eisiges Kribbeln durchlief seinen Körper. Er selbst war auch schon sechzehn. Hatte er nicht neulich mehr Schwierigkeiten gehabt als sonst, als es ums Einatmen des Fluos ging? Nein, nein, das ohnehin zähe Zeug war nicht richtig verdünnt gewesen, ein Fehler von Louie. Oder hatte Louie das nur behauptet, um ihn zu beruhigen? Wer auf dieser verdammten Station sagte ihm eigentlich noch die Wahrheit?

»Die Zukunft wird es zeigen«, sagte Ellard und seufzte. »Soweit ich mitbekommen habe, sind die OxySkins sowieso

112

nur eins von mehreren Experimenten, noch ist offen, welches sich längerfristig bewährt. Die ARAC erforscht auch noch Nanoteilchen, die Sauerstoff aufnehmen und Kohlenstoffdioxid abgeben können.«

»Ich hab's gehört. Respirozyten. Wenn man sie massenhaft ins Blut verabreicht bekommt, kann man theoretisch vier Stunden lang ohne Tauchgerät unter Wasser bleiben, weil man in dieser Zeit nicht zu atmen braucht ...«

In Leons Kopf herrschte Chaos. Nur eins von mehreren Experimenten? Nanoteilchen im Blut? Er blickte nicht mehr durch. Fest stand nur eins: Lucy war kein Wal, den man genauso gut von der Oberfläche aus einsetzen konnte – Kraken lebten auf dem Meeresgrund. Im schlimmsten Fall, wenn er keine OxySkins mehr benutzen konnte, würden er und Lucy höchstens noch irgendwo dort zusammen schwimmen können, wo das Meer nicht so tief war, wo man gewöhnliche Tauchgeräte benutzen konnte. Doch Benthos II würde er verlassen müssen, wahrscheinlich für immer. Wenn er die Tiefsee jemals wiedersah, dann nur durch das dicke Plexiglas eines Bullauges.

Auf einmal fiel es Leon schwer zu atmen – und diesmal war es weder die Schuld seiner OxySkin noch des Wassers in der Umgebung.

Lügen

»Gestern waren wir den ganzen Tag am Starnberger See, haben uns für den Tag ein Boot gemietet und am Ufer gepicknickt«, erzählte Carimas Vater munter, seine Augen leuchteten. »Hannah war als Studentin im Ruderverein, du hättest mal sehen sollen, was sie alles aus dieser Nussschale herausgeholt hat! Aber morgen werden wir quitt, dann ist eine Radtour dran, und unter hundert Kilometer kommt sie mir nicht davon. Obwohl – wenn ich mir Hannahs Waden so anschaue, dann glaube ich, sie packt das …«

Carima lächelte und nickte. Es war ein seltsames Gefühl, eine Stiefmutter zu haben, die nur zehn Jahre älter war als sie selbst und viel sportlicher, aber daran hatte sie sich schon gewöhnt – Hannah war ein Glücksgriff, da war sie sich mit ihrem Vater einig. Sie war witzig und offen, herzlich und alles andere als dumm. Carima hatte sich noch nie mit ihr gestritten, es machte einfach Spaß, mit ihr zusammen zu sein. Hannah hatte sie zum Skilanglauf und zum Inlineskaten überredet und das Argument, dass ihr Bein das vielleicht nicht mitmachte, einfach nicht gelten lassen.

Trotzdem fühlte es sich eigenartig an, dass ihr Vater jetzt so schöne Tage daheim verbrachte. Er schien seine tochterlose Zeit richtig zu genießen. Noch kein einziges Mal hatte er gesagt, dass er sie vermisste, also tat er es vermutlich nicht. Und dabei hatte er ihr schon oft gesagt, sie sei der

114

wichtigste Mensch in seinem Leben. Tja, was Eltern halt
so daherreden, wenn der Tag lang ist. Vielleicht glauben sie
selbst daran und merken gar nicht, dass ihre Taten ihre Worte Lügen strafen.

»Aber jetzt erzähl doch noch mal, wie es auf Benthos II
war – ich will schließlich auch sicher sein, dass die ARAC
mein Geld und das der anderen Investoren nicht verschwendet!« Ihr Vater lachte herzlich, doch Carima lief es kalt den
Rücken herunter. Hatte die Besatzung der Station sie und
ihre Mutter so empfunden, als Kontrolleure? Oh Gott, hoffentlich nicht!

Carima berichtete, was sie alles erlebt hatte, und schilderte noch einmal das Seebeben, über das sie auch schon einen
kurzen Beitrag in den Fernsehnachrichten gesehen hatten.
»Zum Glück hat jemand von der Besatzung das Beben
ziemlich früh gespürt, sonst wäre es wahrscheinlich übel
ausgegangen für uns.«

Schon wieder musste sie an Leon denken. Er ließ sich einfach nicht aus ihrem Kopf verbannen.

»Und, wie kommst du mit Nathalie klar?«, fragte ihr
Vater. »Das Seebeben hat sie ein bisschen aus der Bahn geworfen, scheint mir, und man hört ja gerade so einiges aus
der Gegend von Hawaii. Ist bei euch auch wirklich alles in
Ordnung?«

»Ja, ja, alles klar«, sagte Carima. *Nur dass das Meer gerade durchzudrehen scheint.*

Sie musste an die seltsamen Tiefseegeschöpfe denken, die
an dem Strand vor Maui aufgetaucht waren, an Leons beinahe tödlichen Unfall und die violett markierten Todeszonen,
an das Meeresleuchten, das dann so widerliche Folgen gehabt hatte, all die toten Fische am Strand. Nein, das alles

wollte sie jetzt nicht erzählen, ihr Vater sollte sich keine Sorgen um sie machen müssen.

»Na, dann ist's ja prima.« Ihr Vater begann aufzuzählen, welche Bergwandertouren er mit Hannah plante. Carima lächelte und wünschte ihm viel Spaß.

Als sie zu ihrer Mutter zurückschlenderte, die schon in der Lobby wartete – heute wollten sie zu diesem Vulkan –, stieß ihre Hand in der Tasche ihres Kapuzen-Sweatshirts auf einen zerknitterten Zettel. Sie zog ihn heraus und las, was darauf gekritzelt war: *Julian.DiMarco@ARAC-benthos-II.com*

Nachdenklich starrte sie auf die Adresse. Und hatte eine Idee.

Leider musste ihre Mutter noch einen Moment länger auf sie warten.

Diesmal blieb Leon nicht lange draußen, ihm war nicht mehr danach zumute. Lucy antwortete noch immer nicht. *Hey, Saugnapf, so lange beleidigt zu sein ist eine Charakterschwäche, hast du das eigentlich schon gewusst?*, schickte er in ihre Richtung, doch sie blockte ab, zog sich vor der Berührung seines Geists zurück. Und das war schlimm, denn seit er das Gespräch zwischen Ellard und Kovaleinen belauscht hatte, fühlte er sich wie an diesem Tag an der Nordküste der Hawaii-Insel Oahu, als er und Tim sich beim Surfen überschätzt hatten. Gefangen in einer starken Brandung, in der Gewalt meterhoher Brecher, die ohne Unterlass auf sie herabdroschen. Nur dass es diesmal Gedanken waren, die ihn quälten.

Wieso hatte Ellard ihnen nicht ganz offen und ehrlich gesagt, welche Probleme es bei den anderen Stationen gab?

Konnte Leon ihm überhaupt noch vertrauen? Allein der Gedanke war bitter, denn eigentlich mochte er James Ellard. Streng war er, okay, das war normal bei einem ehemaligen Marinetaucher, der die Disziplin der Navy gewohnt war. Aber Ellard war auch immer sehr fürsorglich gewesen – manchmal so sehr, dass Tom ihn hinter seinem Rücken eine Glucke nannte. Oft benahm sich Ellard weitaus väterlicher als Tim – und dennoch hatte er ihnen etwas verschwiegen, das so wichtig war …

Es war lange nach Mitternacht, als Leon in die Station zurückkehrte, doch zu spüren war davon in der ewigen Dunkelheit wenig, auch am Tag drang kein Lichtschimmer bis in diese Tiefe. Es kam Leon oft genug widersinnig vor, dass sie sich in der Station trotzdem nach dem Rhythmus der Oberfläche richteten. Normalerweise mussten die Jugendlichen der Station spätestens um halb elf im Bett sein, Ellard überwachte die »Licht aus«-Zeit minutengenau. Doch am Wochenende durften sie so lange aufbleiben, wie sie wollten. Sowohl Julian als auch Tom waren noch wach und studierten gerade die Übersichtskarte mit den sauerstoffarmen Zonen.

Leon warf einen kurzen Blick darauf und prägte sich die Lage der violetten Flecken ein. Sein gutes Gedächtnis war ihm schon oft nützlich gewesen, und nebenbei sorgte es auch noch für ganz passable Noten, ohne dass Leon sich beim Lernen allzu sehr anstrengen musste.

»Seit heute, null Uhr, gilt sicherheitshalber wieder ein Tauchverbot für uns«, berichtete Julian mürrisch. »Ellard wollte es dir selbst sagen, aber er konnte dich nicht finden – könnte sein, dass du deswegen Ärger kriegst. Du warst gerade draußen, oder?«

Leon nickte, setzte sich und lehnte sich apathisch gegen eine Wand. Er brachte es nicht über sich, die anderen nach dem Film zu fragen, den sie sich angeschaut hatten, er konnte an nichts anderes denken als an das, was er gerade erfahren hatte. *Er hat nur einfach die Fähigkeit verloren, Flüssigkeit zu atmen.*

»Und, irgendwas Interessantes gesehen?« Tom fragte beiläufig, doch Leon wäre beinahe zusammengezuckt. Gesehen nicht, aber gehört. Vielleicht würde ihnen Ellard ja noch offiziell mitteilen, was in den anderen Stationen geschehen war. Womöglich hatte er nur damit gewartet, bis es bessere Daten, mehr Informationen gab. Aber was war, wenn ihr Ausbilder die Sache weiterhin geheim hielt? Sollte er selbst den anderen sagen, was Kovaleinen und Ellard ihnen verheimlichten?

»Ich glaube, unser Octoboy hat gar nichts gesehen, sondern nur mit seinem Weichtier gespielt«, stichelte Julian, und Leon verging die Lust, in naher Zukunft mit ihm irgendwelche Geheimnisse zu teilen.

Er ignorierte Julian, stand auf und ging seine Mails checken. Wenn sein Freund in einer solchen Stimmung war, konnte er ein echter Mistkerl sein, und dann brachte es gar nichts, mit ihm zu streiten.

Im COM-Raum war es dunkel und ruhig. Leon wählte einen Computer aus und bekam schnell eine Verbindung – zum Glück hatte das Seebeben das Glasfaserkabel zur Oberfläche nicht beschädigt. Drei neue Nachrichten: die erste von Billie mit Neuigkeiten von Shola und einer neuen Geocaching-Geschichte, die zweite von Tim, in der er ankündigte, dass die *Thetys* am nächsten Vormittag in Hawaii eintreffen würde, und die dritte von … tja. Es war eine Mail inklusive Anhang von einer LadyShimounah, in der Betreffzeile stand einfach »Hi!«. Garantiert Spam, mit schönen Grüßen von irgendeinem russischen Virenprogrammierer. Weg mit dem Dreck.

Erst in dem Sekundenbruchteil, als die Mail im elektronischen Mülleimer verschwand, fiel ihm auf, dass der Anhang aus zwei Bildern mit den Bezeichnungen *tief_unter_wasser1* und *waikiki_beach* bestand. Moment mal! War die Nachricht etwa doch für ihn gewesen? Und wie holte er das Ding jetzt zurück? Oder war es endgültig weg? Shit!

Es dauerte eine Weile, bis er Tom – der nebenbei auch das Computer-Genie von Benthos II war – überredet hatte, ihm zu helfen. »Das kostet dich aber den nächsten Nachtisch«, kündigte Tom gleich an.

»Meinetwegen«, brummte Leon.

»Und vielleicht könntest du auch noch meine Meeresbiologie-Hausaufgaben …?«

»Hey, das erfüllt so langsam den Tatbestand der Erpressung. Hilfst du mir jetzt oder nicht?«

Tom schaffte es tatsächlich, die Mail zurückzuholen, doch dann klickte der kleine Mistkerl blitzschnell darauf, um sie zu öffnen.

»He! Das ist *meine* Post, verdammt noch mal!« Leon schob Tom vom Hocker. Doch es war schon zu spät. Sie hatten beide gesehen, dass die Nachricht von Carima stammte. Tom machte sich grinsend aus dem Staub, wahrscheinlich um die Neuigkeiten brühwarm an Julian weiterzutratschen.

Doch als Leon las, was Carima geschrieben hatte, vergaß er seinen Ärger.

Hi Leon,

*wir sind gut wieder oben angekommen und jetzt sitze ich
in einem Hotel an der Kona-Küste von Big Island und
denke an euch. Ich wollte dir nur noch einmal sagen, wie
spannend ich es bei euch fand. Was ihr macht, ist außerge-
wöhnlich, und ich weiß gar nicht, warum ich darüber noch
keine große Reportage in der* Time *oder so gelesen habe???
Wie geht es dir und Lucy? Ich würde mich wirklich freuen,
wenn du mir zurückschreibst!*

So, und jetzt gehe ich ein paar Vulkane anschauen ...

Carima

*PS: Ach ja, falls du mal an Land bist, dann meld dich doch
einfach. Meine Handy-Nr. ist 0049-177-8769372.*

Der Anhang waren zwei 3-D-Fotos, eins von ihm und Lucy
vor dem großen Fenster der Hauptschleuse, das andere von
Carima am Waikiki Beach in Honolulu. Ihre Haare glänzten im Licht, als seien sie aus Sonnenstrahlen geflochten.
Leon ahnte, warum sie ihm gerade dieses Bild geschickt
hatte und nicht ein anderes. Auf diesem hier hatte sie nicht
das strahlende Lächeln aufgesetzt, mit dem sie die Leute so
gerne blendete und auf Abstand hielt. Stattdessen blickte
sie nachdenklich übers Meer hinaus. Vielleicht hatte sie gar
nicht gemerkt, dass sie fotografiert worden war.

Leon atmete tief durch. Wenigstens ein kleiner Licht-
blick an diesem ansonsten scheußlichen Tag. Das »denke
an Euch« am Anfang klang vorsichtig, doch sie fragte nicht
etwa nach Julian und den anderen, sondern nur nach ihm
und Lucy. *Ich würde mich wirklich freuen, wenn Du mir zurückschreibst!* Und sie hatte ihm sogar ihre Handynummer
gegeben. Woher hatte sie eigentlich seine E-Mail-Adresse?

Sie hatte sich tatsächlich die Mühe gemacht, sie herauszufinden.

Schnell tippte er eine Antwort, erzählte, dass Lucy sich gerade schmollend unter irgendeinen Stein verzogen hatte, erklärte, dass die ARAC gar nicht scharf auf Publicity bei einem experimentellen Projekt war, fragte, wie sie auf ihren Nick gekommen war – LadyShimounah klang ein bisschen nach Fantasy, vielleicht hätte Billie gewusst, worauf er sich bezog. Doch dann zögerte er. Sollte er Carima schreiben, dass er an sie gedacht hatte?

Ja, verdammt, das stimmte schließlich.

Nein, lieber nicht! Sie würde ja denken, dass er sich in sie verknallt hatte oder so etwas … und er war sich selbst nicht ganz sicher, was er fühlte. Vermutlich war es einfach nur peinlich, wenn er so was in die allererste Mail schrieb. Sie kannten sich schließlich kaum.

Er ließ den Satz weg und drückte schnell auf *Senden*. Dann machte er sich gähnend auf den Weg zu seiner Kabine, um den Rest der Nacht wie jeder andere Bewohner der Station in seiner Koje zu verbringen. Fast ohne nachzudenken, streckte er dabei geistige Fühler aus. *Lucy? Geht es dir gut?* Und zu seiner Erleichterung spürte er sie diesmal, es kam ein schlichtes *Ja* als Antwort.

Hör zu, es tut mir leid. Ich will nur, dass du gesund bleibst. Dafür ist ein Tierarzt da. Er tut dir nicht mit Absicht weh.

Im Meer tut man weh, wenn man fressen will!

Leon verzog das Gesicht. *Unter Garantie möchte dich auf Benthos II niemand verspeisen. Glaub mir, uns schmecken Algensalat und Müsliriegel besser.* Es war keine Zeitverschwendung, das noch einmal zu betonen. Unter Kraken kam es durchaus vor, dass man einander verzehrte.

Inzwischen war er an seiner Kabine angekommen. Das Außendisplay der Tür informierte ihn in knallroten Buchstaben vom Tauchverbot, das für die OxySkin-Taucher galt; anscheinend hatte Ellard ganz sichergehen wollen, dass er es zur Kenntnis nahm. Grimmig bestätigte Leon, dass er die Nachricht gelesen hatte, und an der beigen Metalltür erschienen wieder sein und Julians Name, kombiniert mit einer Karikatur aus der Feder von Greta Halvorsen: zwei Jungen und eine Krake, die auf einem Rochen ritten und dabei ganz und gar nicht vorankamen, weil die Krake sich mit einem Arm ängstlich an der Station festklammerte.

Julian streifte sich gerade sein Schlafshirt über, eins, das noch das Logo der San Diego School of the Sea trug. »Na, was hat sie geschrieben?«, fragte er betont gleichgültig.

»Im Moment ist sie in einem Hotel in Kona«, sagte Leon genauso beiläufig. »Sie fand es spannend bei uns.«

»Ach. Anscheinend war es ihr nicht so wichtig, dass ich sie sogar mal im Hardsuit mit rausgenommen habe, während du dich ja überhaupt nicht um sie gekümmert hast.« Julian fuhr sich mit beiden Händen durch die Haare. Er wirkte nervös, sein ganzer Körper war angespannt. Auch ihm schien es nicht gutzutun, dass er nicht ins Wasser durfte. »Hätt ich mir denken können. Eine Tussi von der Oberfläche eben. Oberflächlich, haha!«

Oh Mann, der Witz war *richtig* schlecht gewesen. »Du meinst, jemand wie Billie hätte dir ein Dankeschön-Präsent geschickt und dich eingeladen, sie in Kailua-Kona zu besuchen?« Leon streifte seinen Overall und das schwarze T-Shirt darunter ab und holte seinen Waschbeutel aus dem Schrank. Wo zum Teufel hatte er seine Zahnbürste hingetan? Ach so, in den Ultraschallreiniger …

»Wieso nicht?« Julians Lippen waren nur noch ein Strich. »Aber eine einfache Mail hätte es auch getan.«

»Ich wette, die schreibt sie dir noch.«

Unvermittelt fuhr Julian herum. Es war Leon ein wenig unheimlich, wie Julian ihn auf einmal musterte. Und was war das für ein eigenartiger Zug um seine Mundwinkel? »Weißt du eigentlich, dass sie mich geküsst hat?«, sagte Julian, seine Stimme war ein raues Flüstern. »Deswegen rege ich mich jetzt auf, dass sie mir nicht schreibt. Verstehst du?«

Leon hatte das Gefühl, dass in ihm alles zum Stillstand kam. *Das ist nicht möglich. Nein. Nein!* Er merkte, dass Julian ihn genau beobachtete, und versuchte, sich nichts anmerken zu lassen. »Aha. Wann soll das denn gewesen sein? Schnell noch vor der Abfahrt oder was?«

»Nein, vorher, ganz spät am Abend.« Jetzt wirkte Julian fast schon heiter. »Ah, du hast was verpasst. Die Kleine hat's echt drauf …«

»Vergiss es, das nehme ich dir nicht ab«, sagte Leon schroff, doch Julian grinste nur und begann, in einer seiner Schubladen zu kramen. Schließlich holte er einen kleinen Gegenstand daraus hervor, glänzendes Silber, geformt wie ein Wassertropfen. Moment mal, war das nicht einer der Ohrringe, die Carima getragen hatte?

»Siehst du?« Julian grinste breit. »Das hier hat sie verloren – in meiner Koje.«

Leon stand noch immer mitten im Zimmer. Ein kühler Luftzug streifte seine nackte Brust, als Julian sich in der engen Kabine an ihm vorbeidrängte. Wie ein Idiot stand er da und fühlte sich auf einmal wieder linkisch, blass und vor allem unendlich naiv.

Spät am Abend – das hieß, es musste nach ihrer Begegnung im Lager passiert sein. Und er hatte sich eingebildet, dass es danach so etwas wie eine Vertrautheit, eine besondere Nähe zwischen ihnen gegeben hatte. Ja, alles eingebildet!

Carimas Tränen – die waren echt gewesen, kein Zweifel. Er hatte ihr die Selbstzweifel ausgeredet, und danach hatte sie sich so, wie es aussah, mit frischem Lebensmut Julian in die Arme geworfen! Machten das Mädchen so, war das ein Spiel, das er einfach nicht verstand?

Besser, ich vergesse sie. Und zwar so schnell wie möglich.

Leon knüllte sein T-Shirt zusammen, schleuderte es in eine Ecke, stopfte den Waschbeutel in den Schrank zurück und zog sich den Overall wieder über. Seine Gedanken eilten zu Lucy.

»Wo gehst du hin?«, rief ihm Julian erschrocken hinterher.

»Nach draußen!«, brüllte Leon zurück, und es war ihm vollkommen egal, dass wahrscheinlich jeder, der sich gerade in diesem Modul aufhielt, es hören konnte.

»Leon, das kannst du nicht machen! Ellard hat dich schon ein paarmal gewarnt, und wenn er dich diesmal schon wieder ... Mann, der wird doch ... und außerdem geht da draußen irgendwas Komisches vor, und du ...«

Doch Leon hörte schon nicht mehr hin.

Fünf Minuten später stand er in der Schleuse und das dunkle Wasser hieß ihn mit Lucys Stimme willkommen.

124

Big Trouble

Ein kurzes Aufblitzen roter Glut, dann wälzte sich die Lava ins Meer. Zischend stieg Dampf auf, als sich das flüssige Gestein schlagartig abkühlte, nein, es war nicht nur Dampf, das waren irgendwelche anderen Gase, jedenfalls stank es ganz schön. Carima war froh, dass sie fünfzig Meter von dem Lavafluss entfernt stand, zusammen mit einem Dutzend anderer Touristen, die den Ausbruch ehrfürchtig und fasziniert beobachteten.

»Alle Hawaii-Inseln sind durch Vulkanausbrüche entstanden und noch heute verändert sich Big Island durch seine Feuerberge ständig«, erzählte ihr Tour-Guide, ein älterer Mann mit dem bronzefarbenen Teint der Hawaiianer. »Im Jahr 1990 hat es nicht nur das Fischerdorf Kalapana erwischt, sondern bei Kaimu auch unseren schönsten schwarzen Sandstrand – er ist jetzt unter zwanzig Meter Lava begraben. Es kostet eine Stange Geld, die Straßen in der Umgebung offen zu halten, weil die Vulkangöttin Pele immer wieder andere Pläne mit ihnen hat als wir.«

»Vielleicht stört es sie, dass niemand mehr an sie glaubt«, meinte ein amerikanischer Tourist, der bestimmt eine halbe Tonne wog. Immerhin, sein rot-orange gemustertes Hawaii-Hemd war nicht ganz so grell wie manche andere, die es auf den Inseln zu sehen gab und die fast schon Augenschmerzen verursachten.

Der Guide lächelte nicht, als er den Blick des Mannes erwiderte. »Woher wissen Sie denn, dass niemand mehr an Pele und die anderen unserer Götter glaubt? Gehen Sie mal an den Rand des Kraters, in dem Pele angeblich wohnt: Viele Menschen meines Volks legen dort noch immer Opfergaben ab.«

Carima schoss ein Foto von ihrer Mutter vor dem Hintergrund des Vulkanausbruchs, überprüfte es und runzelte die Stirn. Was für ein widerlich künstliches Lächeln auf Nathalies Gesicht – sie hatte vergessen, die Smile-Funktion der Kamera auszuschalten. Also noch mal das Ganze. In der Zwischenzeit war die Kamera automatisch ins Internet gegangen und fragte jetzt, an wen sie das Bild verschicken sollte. Genervt klickte Carima auf *Nicht senden*.

»Wie sieht Pele denn aus? Würden wir sie erkennen, wenn sie hier vorbeikäme?«, erkundigte sie sich dann beim Tour-Guide und blickte hoch zum schneebedeckten Gipfel des Mauna Loa, aus dessen Flanke der Vulkan Kilauea entsprang.

Der Guide wandte sich ihr zu. »Vielleicht, wenn Sie genau hinsehen würden. Der Legende nach erscheint sie den Menschen oben auf den Gipfeln als wunderschöne junge Frau – und hier an der Küste als hässliche Alte. Deswegen sagen wir hier auf Hawaii: Sei immer freundlich zu fremden alten Frauen, es könnte Pele sein!«

Nathalie Willberg lachte. »Das ist aber eine schöne Legende. Hoffentlich glauben viele Leute daran und sind nett zu alten Frauen.«

Der Guide begann zu erzählen, dass zwanzig Prozent der Elektrizität auf Big Island mithilfe von Vulkankraft erzeugt wurde – durch heißen Dampf aus der Erde, der Turbinen an-

126

trieb. Doch Carima hörte nicht mehr zu. Ihr Blick schweifte zum Meer, wieder einmal. Eine leichte Brandung leckte gegen die kantigen schwarzen Felsen des Ufers. Konnte es wirklich sein, dass weit, weit in der Tiefe, unter dieser glitzernden Oberfläche, Menschen lebten und arbeiteten? Würde eine Antwortmail von Leon da sein, wenn sie ins Hotel zurückkehrten? Und warum war das ihr überhaupt so wichtig? Klar, er hatte schöne grüne Augen, doch das war es nicht. Eher war es seine Art, die ihr gefallen hatte. Leon war scheu und doch auf eine seltsame Weise stark. Irgendwie … intensiv. Nichts an ihm war halbherzig.

Die Rückfahrt erschien Carima endlos lang. Ihre Mutter plapperte wie so oft ohne Unterlass über irgendetwas – darüber, was man mit den Macadamia-Nüssen, die hier auf Big Island angebaut wurden, alles anstellen konnte, ob sie eine Nussplantage besichtigen sollten oder lieber doch nicht. Carima nickte hin und wieder und dachte an andere Dinge. Zum Beispiel an Daniel. Vor einem Jahr hatte sie sich in ihn verliebt, bei einem Auftritt seiner Band *Vampire Daddys* beim Schulfest. Doch sie hatten seither höchstens ein Dutzend Mal miteinander gesprochen, denn leider hing Daniel ziemlich oft mit Roxy, der Sängerin der *Vampire Daddys* herum, einer hirnlosen Schnalle, die in Wirklichkeit Anneliese hieß. Vor ein paar Monaten war Carima klar geworden, dass es mit Daniel nie etwas werden würde. Sie wartete auf den Stich, den es ihr jedes Mal gab, wenn sie an ihn dachte. Doch diesmal geschah einfach – nichts. Konnte es wirklich sein, dass es nicht mehr wehtat?

»So, jetzt bist du aber dran.« Carima zuckte fast zusammen, als die Stimme ihrer Mutter sie aus ihren Gedanken riss.

»Erzähl mal – wie geht es deinem Bein, macht es dir noch oft zu schaffen?«

»Nein. Damit ist alles okay.« Es war jetzt zwei Jahre her, dass ein besoffener Autofahrer sie gerammt hatte, als sie eines Abends nach Hause geradelt war. Irgendwie hatten die Ärzte ihr linkes Bein wieder zusammengeflickt, doch dieser Monat im Krankenhaus war die Hölle gewesen. Und trotz all der Reha und Therapie war das Bein noch immer verkürzt. Wahrscheinlich war dieses verdammte Hinken das Erste, was den Leuten an ihr auffiel. Und ja, es tat manchmal weh – aber nur beim Laufen, im Wasser hatte sie keine Probleme. Dort vergaß Carima manchmal selbst, dass mit ihrem Bein etwas nicht stimmte, und sie spürte, dass durch das Schwimmen die Kraft darin zurückkehrte. *Leons Welt tut mir gut*, dachte sie und musste über den seltsamen Gedanken lächeln.

Ihre Mutter verstand das Lächeln falsch. »Schön, dass es endlich geheilt ist. Und, wie läuft's in der Schule?«

»Gut«, sagte Carima. Sie hatte gerade nicht viel Lust, Auskunft über ihr Leben zu erteilen.

»Geht's auch ein bisschen ausführlicher?«

»Meine Noten sind okay, nur in Chemie hatte ich vier Punkte. Ich komme mit den Lehrern gut klar, außer mit unserer Deutschlehrerin, die uns alle zu Tode langweilt mit ihren Interpretationen und Erörterungen. Besser so?«

Ihre Mutter seufzte. »Ich weiß nicht mal, wer deine Freunde sind. Mir kommt es so vor, als wäre ich völlig abgeschnitten von deinem Leben.«

»Das ist ja auch so«, sagte Carima knapp. »Dir war doch klar, dass es so kommen würde, oder etwa nicht? Hast du halt in Kauf genommen.«

128

»Sag doch nicht so was, Cari! Und bitte schreib mir in Zukunft öfter, ja? Dann weiß ich auch, was bei dir gerade so los ist.«

Carima schwieg. Manchmal hatte sie den Verdacht, dass ihre Mutter die Wahrheit nicht aushalten konnte. Oder zumindest war sie nicht bereit, sie zuzugeben. Nicht vor Carima und auch nicht vor sich selbst. Irgendwann einmal würde sie sich einen Witz erlauben und ankündigen, dass sie zu ihrer Mutter auf die Cayman Islands ziehen wollte.

Nur, um mal zu sehen, was dann passierte.

Das Gewicht der Welt schien von Leon abzufallen, als er in die Dunkelheit hinausschwamm. Und da war auch schon seine Partnerin, sie umschlang ihn mit allen acht Armen, »umkrakte« ihn, wie Julian es gerne nannte. Lucys Begeisterung, ihn zu sehen, fühlte sich an wie Sonnenschein in seiner Seele. Es war herrlich, dass sie wieder zusammen waren, und einen Moment lang überließ sich Leon einfach dieser Freude, kitzelte Lucy zwischen den Augen und strich über die weiche Haut ihres Körpermantels. Aus reiner Gewohnheit hatte sie, um sich zu tarnen, ihre Farbe dem Untergrund angepasst, und der war in diesem Fall seine schwarz-silbrige OxySkin. *Partner-Look*, dachte Leon und musste grinsen.

Es dauerte nicht lange, bis Lucy spürte, was ihn beschäftigte. *Kuss? Was ist das? Etwas zum Fressen?*

Äh, nein. Das ist nur so eine Art Ritual, erklärte Leon. *Menschen drücken die Lippen gegeneinander, um sich zu zeigen, dass sie sich mögen.*

Von Lucy kam eine Welle des Erstaunens zurück. *Komisch. Genauso komisch wie das, was ihr nennt Schlafen!*

Warum Menschen die Hälfte der Zeit anscheinend ohne Bewusstsein herumlagen, hatte er ihr nie so erklären können, dass sie es verstand. Kraken schliefen nicht wirklich, sie ruhten nur. Zwar fielen auch manche Arten von Meerestieren nachts in einen tiefen Schlaf und lagen dann wie tot in irgendeinem Versteck, doch die meisten Bewohner der Ozeane konnten sich das nicht erlauben – die Wahrscheinlichkeit, in dieser Zeit gefressen zu werden, war viel zu hoch.

Das Tauchverbot kam Leon wieder in den Sinn und er blickte zurück zur Station. Beim Gedanken, dass er einen direkten Befehl missachtet hatte, wurde ihm nun doch mulmig zumute. Julian hatte recht – was hatte er sich dabei gedacht? Doch er sah keine Alarmlichter an der Station, und niemand schien ihm mit der *Cisco* oder einem der Hardsuits folgen zu wollen, um ihn zurückzuholen. Auch auf seiner Ultraschall-Verbindung herrschte Stille. Konnte es sein, dass niemand etwas von ihrem Streit und seinem Tauchgang mitbekommen hatte? Möglich war es; im OceanPartner-Modul lebten nur die Taucher und Ellard, die Quartiere der restlichen Besatzung befanden sich neben dem Labormodul.

Was war mit Ellard? War er womöglich noch in der Besprechung mit Kovaleinen und hatte dadurch nichts mitbekommen? Schlief er schon? Oder zog er sich gerade auf seinem MP3-Player Bruce Springsteen oder ein Hörbuch rein, wie oft am Abend? Dann gab es eine Chance, dass Leon noch mal davonkam. Denn gepetzt hatte Julian sicher nicht, das war nicht seine Art.

Leon dachte darüber nach, ob er umkehren sollte. Schnell durch die Schleuse schlüpfen, den Anzug wegräumen und so tun, als sei nichts geschehen. Vielleicht konnte er jetzt noch zurück, ohne dass es auffiel, dass er überhaupt draußen gewesen war. Schließlich war es mitten in der Nacht, wahrscheinlich arbeiteten nur die Wissenschaftler noch und das taten sie auf der anderen Seite der Station ...

Lucy spürte seine Gedanken und klammerte sich mit mehreren Armen an Leons Brustkorb fest. *Bitte bleib, bitte, bitte! Wir schwimmen tief und weit und das wird großviel Spaß machen!*

Es rührte ihn, wie verzweifelt sie klang. Jedes Mal wenn sie Streit gehabt hatten, war Lucy nachher besonders anhänglich. Vielleicht hatte sie ebenso viel Angst, ihn zu verlieren, wie er, dass sie irgendwann starb.

Nein, auch er wollte Lucy und das Wasser jetzt nicht wieder verlassen, alles in ihm wehrte sich gegen den Gedanken. Seit er hier draußen war, fühlte er sich besser, der Tumult in seinem Inneren hatte sich etwas gelegt. Carima gehörte nicht in diese Welt und auch die Gedanken an sie verloren hier draußen ihre Kraft. Wenn sie Julian tatsächlich geküsst hatte, war das ihre freie Entscheidung gewesen. Wieso hatte er sich überhaupt so aufgeregt? Es war ja nicht etwa so, dass er sie zuerst geküsst hätte. Nichts verband sie, außer dieser Erinnerung an geflüsterte Worte im Lagermodul. Sie waren sich fremd und würden es wohl immer bleiben, denn dass sie sich jemals wiedersahen, war unwahrscheinlich.

Leon entschied sich. Er würde eine Stunde mit Lucy im Meer verbringen und dann in die Station zurückkehren. Solche kurzen Ausflüge, dieses ständige An und Aus der OxySkin, waren zwar eine Quälerei für seinen ganzen Körper und besonders für seine Lungen, doch diesmal kam es nicht infrage, gleich zwei Tage am Stück draußen zu bleiben.

Ohne Worte, nur durch den Austausch von Bildern, debattierte er mit Lucy, wohin sie schwimmen sollten, und sie entschieden sich schließlich, ein Stück den Abhang hinunterzutauchen. Mit den Hardsuits kam man dort nicht weit, sie waren nur bis sechshundertfünfzig Meter Tiefe zugelassen, doch mit der OxySkin waren auch größere Tiefen kein Problem. Auf der Karte hatte Leon gesehen, dass es in der Umgebung der Station keine Todeszonen gab. Zumindest bisher nicht. Dieses ganze Tauchverbot war völlig übertrieben.

Schwankende grünblaue Lichtpunkte kamen Leon aus der Richtung der Station entgegen, und er ahnte schon, wer das war. *Aha, wir bekommen Besuch! Könnte das Rosemarie sein?*

Könnte, ja könnte. Ich weiß, sie wartet schon sehnsüchtig!

Nur keine Eifersucht, meine Liebe, erwiderte Leon amüsiert. *Du weißt, mein Herz gehört nur dir.*

Rosemarie war alles andere als eine Schönheit, jedenfalls für menschliche Augen. Sie hatte einen kurzen, plumpen Körper, über dem Kopf ein Anhängsel mit Leuchtspitze und direkt darunter ein gewaltiges Maul voller glasharter, spitzer Zähne. Zum Glück war sie nur etwa zweimal so lang wie Leons Hand, sonst hätte es diese wunderbare Freundschaft zwischen ihnen vermutlich nie gegeben.

Leon schaltete seine Tauchlampe auf Rotlicht und ließ sie aufleuchten. Ja, es war tatsächlich Rosemarie, mit hektisch wackelndem Körper schwamm sie ihm entgegen. Im Gegensatz zu anderen Anglerfischweibchen hatte sie es nicht mehr nötig, ihre weiblichen Reize zu betonen: Sie hatte schon ein Männchen gefunden und würde sich nie wieder von ihm trennen. Wie alle männlichen Anglerfische war auch ihr Auserwählter winzig und hatte sich wie ein Parasit an ihren Bauch geheftet, bis sein Blutkreislauf mit ihrem verschmolzen war. Rosemaries ganz persönliches Spermienpaket.

Das Rotlicht, das Leon voll auf sie gerichtet hatte, störte Rosemarie nicht im Geringsten. Wie fast alle Tiefseetiere konnte sie nur blaues, grünes und weißes Licht wahrnehmen, nicht aber rotes. Es gab so etwas hier unten, fernab des Sonnenlichts, normalerweise nicht. Wahrscheinlich hatte das Anglerfischweibchen Leon auch nicht gesehen, sondern durch seine Bewegungen im Wasser gespürt.

Ich fürchte, diesmal wird sie schwer enttäuscht sein von mir, dachte Leon. Er war so hastig aus der Station aufgebrochen, dass er nicht daran gedacht hatte, Futter mitzunehmen. Und so machten er und Lucy sich aus dem Staub, bevor Rosemarie merkte, dass sie sich umsonst angestrengt hatte.

Es war schwer zu übersehen, dass im Meer irgendetwas Ungewöhnliches geschah. Er hatte selten so viel Meeresschnee gesehen – wenn das so weiterging, kam man sich hier unten vor wie in einem Schneesturm. Das hieß vermutlich, dass an der Oberfläche besonders viele Algen abgestorben waren, die jetzt als kleine weißliche Flocken in Richtung Tiefseeboden rieselten.

Trotzdem war es ein Genuss, draußen zu sein. Wie immer hielt Leon Ausschau nach neuen Arten; die Chancen, in dieser fast unerforschten Wildnis ein der Wissenschaft noch nicht bekanntes Tier zu entdecken, waren groß. Wenn er bei seinen Ausflügen ein Wesen entdeckte, das er nicht einordnen konnte, fotografierte er es mit der Minikamera an seinem DivePad und fing es vorsichtig ein, um es zur

Station zurückzubringen. Gewöhnlich machten sich dann entweder Greta Halvorsen oder John McCraddy hocherfreut daran, das Erbguts des Tieres zu isolieren und durch einen DNA-Barcoding-Scanner zu schicken. Ein Vergleich mit einer Datenbank ergab sehr schnell, ob Leons Fund neu war oder schon bekannt. Bis das Tier dann schließlich einen Namen bekam und wissenschaftlich beschrieben wurde, dauerte es Jahre – aber das machte Leon nichts aus. Wichtig war, dass er nur noch fünf neue Arten entdecken musste, bevor er einer von ihnen selbst einen Namen geben durfte. Hätte es seinen Eltern gefallen, dass ein Tiefseewesen nach ihnen benannt werden würde? Bestimmt.

Lucy und er waren ein Stück den Abhang hinuntergetaucht und alberten gerade herum, als Lucy ein kurzes *Vorsicht, jemand ist da!* auf ihn abschoss. Leon hielt mitten in der Bewegung inne. Zu spät, er war schon in das Wesen hineingerauscht – und es hatte ihn mit bläulich glimmendem Schleim bespuckt. Das Zeug haftete an seiner OxySkin, sodass Leon jetzt aussah wie eine Leuchtboje. Ärgerlich versuchte er die Substanz von seinem Bein abzustreifen, denn Licht zog hier unten ruck, zuck irgendwelche Raubtiere an. *Shit! Jetzt will ich aber wissen, wer das war!* Er hatte einen Tintenfisch im Verdacht. Hier unten gaben sie keine schwarze Tinte von sich, wenn sie sich erschreckten – das wäre in der Dunkelheit völlig sinnlos gewesen – sondern eine Leuchtflüssigkeit.

Im Schein seiner Lampe, die er diesmal auf das weiterreichende Weiß geschaltet hatte, sah er ein Wesen, das ein bisschen so aussah wie eine stachelige Ananas. Aha, ein Vampirkalmar, kaum dreißig Zentimeter groß und über und über mit Leuchtorganen bedeckt. Seinen Namen verdankte er nicht seinen Fressgewohnheiten, sondern der Haut zwischen seinen Armen – beim Schwimmen schien er den wallenden Umhang eines Graf Dracula zu tragen. Das kam jetzt gerade nicht richtig zur Geltung, weil das arme Tier sich vor Schreck Mantel und Arme in seiner Abwehrhaltung über den Kopf gestülpt hatte.

Leon knipste die Lampe wieder aus. Er wusste, dass er aufpassen musste, solange er hier mit Leuchtschleim markiert durch die Gegend schwamm. Prompt spürte er, wie etwas ihn ins Bein zwickte. Ein Viperfisch, wie sich herausstellte; ein junger, nur etwa fünfzehn Zentimeter lang. Zum Glück waren seine langen, dünnen Zähne, die weit über sein Maul hinausragten, nicht durch die OxySkin gedrungen. Mit schnellen Flossenschlägen zog das Tier wieder ab. *Such dir kleinere Beute*, schickte Leon ihm hinterher und von Lucy kam eine Welle der Heiterkeit. Doch es gab hier unten andere Geschöpfe, die gefährlicher waren als der Viperfisch und denen er ungern begegnen wollte.

Besser, wir kehren um, teilte er Lucy mit. *Ich muss sowieso zurück – hoffentlich hat noch niemand gemerkt, dass ich draußen war.* Auf einen Schlag war seine heitere Stimmung dahin und ungebeten traten Bilder vor sein inneres Auge: Carima, die Julian küsste; Julian, der über ihre Haare strich – bestimmt waren sie seidig weich –, dessen Hände begannen, ihren Körper zu erkunden ...

Leon zwang sich, die Bilder zu unterdrücken. Alles, was mit Carima zu tun hatte, war jetzt nicht gerade sein Hauptproblem. Er versuchte sich vorzustellen, welche Quittung er von Ellard für seine Verfehlung bekommen würde. Ein paar Strafdienste? Doppelte Hausaufgaben, bis ihm der Kopf rauchte? In Zukunft strengere Überwachung? Auch im Moment begleitete Ellard ihn und die anderen oft in der *Cisco*, wenn sie draußen unterwegs waren. Leon war das eher lästig, hier draußen musste ihm niemand das Händchen halten.

Schwimmen wir schnell. Lucys Gedanken klangen beklommen.

Hast du irgendetwas bemerkt?

Ja. Ich weiß nicht, was. Es ist großviel flink.

Gut, gab Leon knapp zurück. *Dann ist es jedenfalls keine der großen Quallen. Wer mag die schon?*

Lucy klang leicht empört. *Nicht ich! Mehr Arme als Kawon haben die!*

Nur kein Neid. Wahre Schönheit liegt nicht in der Anzahl der Arme.

Leon schwamm schneller und sog das sauerstoffreiche Perfluorcarbon in seine Lungen. Immerhin, das funktionierte tadellos, mit dem Wasser hier war alles in Ordnung. Während des Schwimmens richtete er das mobile Sonar seines DivePads aus und betrachtete das Diagramm auf dem erleuchteten Bildschirm, um herauszufinden, wo und in welcher Tiefe sich unter ihm der Meeresboden befand. Es war eine Art akustische Landkarte und hier unten sehr nützlich. Das Echo verriet ihm, dass tatsächlich etwas hinter ihm herschwamm. Vielleicht ein Kammzähner, einer dieser braun gefärbten, bis zu fünf Meter großen Tiefsee-Haie. Manchmal waren sie einfach nur neugierig, aber eben nicht immer.

Auf seinem DivePad sah Leon, dass der grüne Punkt der Station näher rückte – sie waren nur noch ein paar Hundert Meter von ihrem Zuhause entfernt. Doch das konnte ganz schön weit sein, wenn einem irgendetwas auf der Spur war.

Während des Schwimmens tastete Leon nach seiner Lampe und leuchtete hinter sich, doch das Rotlicht reichte nicht weit genug, und dem weißen Licht wich das Wesen anscheinend aus.

Leon schwamm jetzt, so schnell er konnte, kraftvoll zerteilten seine Beinflossen das Wasser. Hoffentlich hielt Lucy das Tempo noch eine Weile durch. Kraken ermüdeten beim Schwimmen schnell, weil ihr Blut nicht so viel Sauerstoff transportieren konnte wie das der Menschen.

Da, jetzt konnte er Benthos II sehen! Die Station war gut zu erkennen, viele der Bullaugen waren erleuchtet. Waren er und Lucy etwa so lange draußen geblieben, war es schon Morgen? Dann war die Chance, dass er unbemerkt wieder hineinschlüpfen konnte, gering.

Da, da ist es! Ein schriller Laut in seinen Gedanken, und dann fühlte Leon auch schon eine Druckwelle, er wurde zur Seite geworfen und irgendetwas riss an seinem Bein, genau dort, wo der Leuchtschleim auf seinem Anzug haftete. Instinktiv rollte Leon seinen Körper zu einer Kugel zusammen, doch kurz vorher sah er noch das Aufblitzen eines zitronengroßen Leuchtorgans. Moment mal, das kam ihm bekannt vor! Leon rollte sich auseinander, ergriff seine Lampe. Einen Sekundenbruchteil lang erfasste das Licht große Glotzaugen, zwei schwingende Flossen und einen Fangarm mit krallenbewehrter Keule am Ende. Ein Raubkalmar der Art *Taningia danae*, und zwar unter Garantie nicht irgendeiner. *Verdammt – das ist Margaret, und das blöde Vieh hat mich angegriffen! Hat sie mich zu spät erkannt oder ist sie genauso durcheinander wie alle anderen Meerestiere zurzeit?*

Weh tut dir was? Lucy spähte aus einem Versteck unter der Station heraus.

Nee, ich bin nicht verletzt. Wütend drückte Leon eine Signaltaste auf dem Gerät an seinem Handgelenk und ein akustisches und optisches Rufsignal schallte und blitzte durchs dunkle Meer. Nur Sekunden später war Margaret wieder da und tat so, als sei sie zahm wie ein Kätzchen. Leon machte sich daran, sie auszuschimpfen, so gut wie es mit Handzeichen eben ging. Das Problem war, Margaret beherrschte nur zehn Kommandos – Shola war inzwischen bei rund vierzig. Mehr als ein *Nein. Nein. Nein. Mensch. Stopp!* kam bei der Strafpredigt also nicht heraus. Mit ausdruckslosen Augen beobachtete ihn der Kalmar.

Ein Warnhinweis seiner OxySkin lenkte Leon ab. *PFC PRESSURE LOW*, blinkte sie eindringlich. Dort wo Margaret ihn mit einem ihrer krallenbewehrten Fangarme getroffen hatte, hatte der Anzug ein Leck und das lebenswichtige Perfluorcarbon trat aus. Mit einem saftigen Fluch und einem kurzen Abschiedsgruß an Lucy machte sich Leon auf den Rückweg in die Station.

Dort wurde er schon erwartet, wie sich herausstellte – von Kovaleinen, James Ellard und Louie Clément. Ein Blick in ihre Gesichter machte Leon klar, dass er diesmal in ernsten Schwierigkeiten steckte.

Schweigend warteten die drei Besatzungsmitglieder, bis er seinen Anzug abgelegt hatte, den Louie mit empörten Rufen in Empfang nahm und eilends zur Reparatur brachte. Dann begann Ellard zu sprechen.

»Ich fürchte, diesmal ist es mit einer einfachen Ermahnung nicht mehr getan, Leon. Es ist keine Kleinigkeit, einen direkten Befehl zu missachten. Und es ist keineswegs das erste Mal, das wissen wir beide. Das bedeutet, du stehst ab sofort unter Arrest.«

Arrest? Was genau bedeutete das? Verkrampft stand Leon da, versuchte Ellards Blick auszuhalten und gleichzeitig wieder normal zu atmen. Diese scheußlich dünne Luft!

Jetzt war es Matti Kovaleinen, der das Wort ergriff. »Die Chefin selbst will mit dir sprechen – an Bord der *Thetys*. Pack deine Sachen. Um fünf Uhr Bordzeit, also in einer Stunde, fährst du mit der *Marlin* ab.«

»Nach oben?«, fragte Leon geschockt.

»Ganz genau«, sagte Ellard scharf. »Nach oben!«

Oben

Bei ihrem Ausflug zu der Macadamia-Plantage war Carima nicht richtig bei der Sache und ihre Mutter merkte es. Auf der Rückfahrt fragte sie: »Wie wäre es, wenn wir morgen noch mal tauchen gehen?« Sie hatte wieder diese gespielte Fröhlichkeit angeschaltet, die genauso echt wirkte wie eine Kroko-Handtasche aus Plastik.

Carima wollte den Kopf schütteln. Nein. Zu viele seltsame, traurige und furchterregende Dinge hatten sich im Wasser rund um Hawaii abgespielt. Doch dann hörte sie sich selbst »Ja, gute Idee!« sagen. Verblüfft horchte sie in sich hinein, versuchte herauszufinden, woher dieses Ja gekommen war, was sich in ihr verändert hatte. Bisher war das Tauchen ein netter Zeitvertreib gewesen, mehr nicht, doch jetzt ... etwas war anders geworden. Es war wie ein Ruf, den nur sie hören konnte, der durch ihren Bauch vibrierte wie die Basstöne auf einem Rockkonzert. In Gedanken sah sie das Meer vor sich, tief und dunkel und geheimnisvoll, und sie wusste, dass sie Angst davor haben würde, und doch sehnte sie sich danach. War es das, was Leon spürte, nur noch hundertmal stärker?

»Wir könnten diesen Nachttauchgang mit Manta-Rochen machen, den sie in Kona anbieten«, schlug ihre Mutter vor. »Die Veranstalter locken mit starken Scheinwerfern Plankton an, und so gut wie immer kommen Mantas, um sich daran satt zu fressen. Und flattern dabei mitten zwischen den Tauchern hindurch.«

»Wie cool!«, entfuhr es Carima. »Oh ja, lass uns das machen.« Einen Moment lang lächelten sie sich beide voller Vorfreude an. Ganz spontan.

Aus irgendeinem Grund erinnerte Carima sich plötzlich an die schrecklichen Minuten des Seebebens – und daran, wie viel Angst sie um ihre Mutter gehabt hatte. Auf einmal hatte sie Lust, dieser Frau neben ihr, die ihr manchmal so fremd war und manchmal so unerträglich vertraut, etwas Nettes zu sagen. *Hey Ma, übrigens – danke für diesen Urlaub. Tut mir leid, dass ich manchmal so nervig bin wie ein Seeigel in deinem Schuh.* Irgendwas in der Art.

Sie öffnete den Mund, doch sie hatte zu lange gewartet. »Ach Mist, wir müssen schon wieder tanken.« Ihre Mutter achtete nicht mehr auf sie, hieb wütend mit der flachen Hand aufs Lenkrad. »Und hier auf Hawaii ist alles sogar noch teurer als anderswo. Egal was. Essen, Sprit, Papiertaschentücher!«

Die Freude sickerte aus Carima heraus. »Na ja, schließlich müssen sie das meiste Zeug vom Kontinent herbringen«, sagte sie gleichgültig.

»Sag mal, könntest du vielleicht mal das Fenster zumachen? Es zieht mir schon die ganze Zeit in den Nacken.«

»Wieso sagst du dann erst jetzt was?« Schon hatte ihre Mutter es wieder geschafft, Carima auf hundertachtzig zu bringen.

Die nächsten Kilometer über schwiegen sie. Bis sie endlich, fast schon in Kona angekommen, eine Tankstelle fanden. Während ihre Mutter bezahlte, schlenderte Carima durch den Laden und blätterte die Zeitschriften durch, bis ihr Blick von der Titelseite des *Honolulu Star Bulletin* angezogen wurde. Den gab's noch gedruckt, was zwar altmodisch, aber ganz praktisch war.

Quallen-Angriff!
Schwärme gefährlicher Quallen vor der Küste von Maui,
Lāna'i und Moloka'i aufgetaucht – zwanzig Menschen
schwer verletzt im Krankenhaus.

Hastig suchte Carima ein paar Münzen in den Taschen ihrer Shorts zusammen, kaufte sich die Zeitung und überflog den Artikel. Daraus wurde schnell klar, dass keiner so recht wusste, um was für eine Quallenart es sich handelte; sie war nie zuvor ein Problem gewesen. Ein Wissenschaftler äußerte die Vermutung, dass die Tiere aus der Tiefsee stammen könnten, und gab Tipps, was man tun sollte, wenn man versehentlich eine der Quallen berührt hatte. »Wir haben einstweilen die Strände gesperrt«, verkündete dazu der Gouverneur. »Aber es besteht kein Grund zur Besorgnis, bald werden Wind und Strömung die Tiere wieder auf den offenen Ozean hinaustreiben.«

Doch viele der Quallen waren offensichtlich nicht mehr in der Lage, davonzuschwimmen – das Foto neben dem Artikel zeigte in Overalls vermummte Helfer, die Glibberwesen in Säcke schaufelten.

»Sweet Jesus!« Ihre Mutter las über Carimas Schulter hinweg mit. »Das sieht ja übel aus. Schon wieder so was! Vielleicht sollten wir das mit dem Tauchen doch besser sein lassen.«

»Es stand nichts von Big Island in dem Artikel«, erwiderte Carima trotzig.

Ihre Mutter seufzte und sagte nichts mehr.

Während sie zu ihrem Hotel zurückfuhren, überflog Carima ohne großes Interesse den Rest der Zeitung. Ex-Präsident Obama erholte sich gut von dem zweiten Attentatsversuch, ein Foto zeigte, wie seine Nachfolgerin ihn am Krankenbett besuchte; in Afrika kämpften mehrere große Firmen angeblich mit Waffengewalt um ein neu entdecktes Vorkommen des Metalls Titan; die UN diskutierte über Hilfsprogramme für die Angestellten der allmählich zusammenbrechenden Fischerei-Industrie; schon zehntausend Niederländer hatten das Angebot angenommen, die durch den steigenden Meeresspiegel überfluteten Gebiete zu verlassen und sich in den östlichen Bundesländern Deutschlands anzusiedeln; eine Art von Öko-Sekte namens »No Compromise« fand immer mehr Anhänger, besonders unter Jugendlichen ...

»Wieder daheim«, sagte ihre Mutter und parkte den Wagen. Daheim? Na ja, jedenfalls waren sie zurück im Hotel, in dieser Luxusoase mitten an der kargen Vulkansteinküste. Ihre Mutter stellte sich unter die Dusche und Carima ging ihre Mails checken. Ein paar Nachrichten von ihren Freunden in Deutschland ... und eine Antwort von Leon! Carima fühlte ihr Herz schneller schlagen, als sie auf *Öffnen* klickte. Toll, dass er zurückgeschrieben hatte, also hatte sie seine Mail-Adresse richtig erraten; gut, dass sie sich seinen Nachnamen gemerkt hatte. Ihre Finger flogen über die Tastatur, als sie ihm eine Antwort schrieb. Wie seltsam, dass sie das Gefühl hatte, ihm alles sagen zu können – sie kannten sich doch kaum. Hoffentlich meldete er sich bald wieder. Auch von Julian war eine Mail gekommen, eine Antwort auf den kurzen Dank, den sie ihm geschickt hatte.

*Freut mich, dass das Schwimmen mit Carag dir gefallen
hat. Ist schon sehr ärgerlich, dass sie mir jetzt schon
zum zweiten Mal einen Rochen zugeteilt haben. Denen
kann man nur sehr begrenzt etwas beibringen. Wieso
konnten sie mir nicht einfach auch einen Pottwal oder
einen Kraken geben?*

Nachdenklich schloss Carima seine Nachricht wieder. War
Julian eigentlich Leons Freund – oder sein Konkurrent?

Spät in der Nacht stand Carima noch einmal auf und zog
sich lautlos Shorts, Sandalen und das dicke hellblaue Sweatshirt an. Kaum jemand war noch unterwegs, ganz allein wanderte sie durch die mit sorgfältig angelegten Rasenflächen,
Palmen und Blumenbeeten gestaltete Anlage. Lämpchen an
den Rändern des Weges verbreiteten ein weiches Licht.

Am Strand angekommen, duckte sich Carima unter dem
rot-weißen Absperrband hindurch. Weicher, kühler Sand
unter ihren Füßen. Hier gab es keine Lampen mehr, nur die
kalten Lichtpunkte der Sterne.

Carima setzte sich in den Sand, schlang die Arme um den
Körper, um sich zu wärmen, und blickte auf den Ozean hinaus. Ja, sie spürte den Ruf noch, doch er war nicht mehr
so eindeutig wie zuvor, mischte sich ständig mit Bildern aus
Benthos II und mit der Einsamkeit, die eisig und unaufhaltsam in ihr hochstieg.

Das Meer war eine endlose schwarze Fläche und das leise
Zischeln der Wellen eine Melodie, die nichts versprach.

Leon sah Julian und Tom noch einmal kurz vor der Abfahrt.
Es war nur Zeit für ein paar hastige Worte.

»Bitte komm bald zurück, Leon!«, sagte Tom. Unter seinem roten Schopf wirkte sein Gesicht auf einmal sehr kindlich. »Hier unten ist es einfach nicht das Gleiche ohne dich! Erst ist Billie weg, und jetzt auch noch du und Lucy …«

»Billie kommt in ein paar Tagen zurück – und bestimmt darf ich auch wieder herkommen, wenn die Chefin mir meine Strafpredigt verpasst hat«, versicherte ihm Leon mechanisch und versuchte ein Lächeln. Es klappte nicht besonders gut.

»Es tut mir so verdammt leid, Leon«, sagte Julian. Er wirkte blasser als sonst. Jetzt trat er näher … und zog Leon einfach in seine Arme. Im ersten Moment war Leon völlig verblüfft, doch dann entspannte er sich und drückte Julian an sich. Hatten sie sich überhaupt schon einmal umarmt? Er konnte sich nicht daran erinnern.

»Ich wollte nicht, dass so etwas passiert.« Julians Stimme klang erstickt. Zu mehr kam er nicht, denn Patrick rief ungeduldig »Auf geht's!« aus dem Cockpit der *Marlin.* »Komm schon, Octoboy, bringen wir's hinter uns. Die Chefin lässt man nicht warten.«

»Wir reden drüber, wenn ich wieder da bin«, sagte Leon hastig zu Julian und umarmte schnell auch noch Tom, wenn er sowieso schon dabei war. Dann duckte er sich durch die Schleuse ins Tauchboot, den Seesack mit seinen Besitztümern über der Schulter und die schwarze Segeltuchtasche mit seiner OxySkin-Ausrüstung in der Hand. Durch das große gewölbte Sichtfenster der *Marlin* suchte er unruhig nach Lucy, sandte seine Gedanken aus, um sie zu erspüren. *Wo bist du? Beeil dich, es geht gleich los!*

Ja, da war sie, sie glitt über den Boden auf die *Marlin* zu, drapierte sich kokett in den vorderen Sammelkorb des Tauchboots und blickte Patrick und ihn mit ihren seitlich ge-

145

schlitzten Augen an. *Großviel gemütlich hier drin*, behauptete sie, vielleicht versuchte sie, Leon aufzuheitern. Doch er war einfach nur froh, dass er sie überhaupt mitnehmen konnte hoch aufs Schiff – Tiefseefische mit einer Schwimmblase ertrugen solche heftigen Druckwechsel schlecht und starben auf scheußliche Art, wenn man sie in einem Netz hochholte. Doch die Körper von Kraken enthielten keine Hohlräume und Lucy war schon mehrmals an der Oberfläche gewesen, ohne Schaden zu nehmen.

Patrick schloss die Luke und ließ die Steuerpropeller an, um das Tauchboot von der Station wegzumanövrieren. Dann betätigte er ein paar Knöpfe, um Ballastwasser über Bord zu pumpen und die Tanks mit Pressluft zu füllen. Kaum war die *Marlin* in den freien Aufstieg übergegangen, schaltete Patrick einen Moment lang die Sprechverbindung ab und schob sich das Headset in den Nacken. Dann wandte er sich Leon zu; seine sonst so verschmitzten Augen blickten mitfühlend. »Hey, nimm's nicht so schwer, Leon. So was geht vorbei. Wie sagte schon Churchill? ›Es ist ein großer Vorteil im Leben, die Fehler, aus denen man lernen kann, möglichst frühzeitig zu machen.‹«

Leon grinste schief. »Und die, aus denen man nicht lernen kann, macht man besser später?«

Patrick musste lachen. »Besonders die tödlichen, ja. Ich frage dich jetzt nicht, warum du so blöd warst und rausgeschwommen bist, in Ordnung?«

»Danke«, sagte Leon und merkte, wie seine Lebensgeister einen Moment lang zurückkehrten. »Und ich frage dich nicht, wann du vorhast, weiter zu studieren, okay?«

»Jetzt werd nicht frech, Kleiner! Ich mach das schon noch irgendwann! Genauer gesagt ist das hier eine meiner letzten

Fahrten, weil ich mich nämlich nächstes Semester wieder in Auckland einschreibe, und dann kann ich mich endlich wieder mit Descartes, Kant und Aristoteles beschäftigen statt mit Meeresgewürm!«

Was sagt der Bootmensch?, erkundigte sich Lucy.

Leon zog eine Grimasse. *Ach, nichts, nichts!*

Doch Patricks Versuche, ihn aufzuheitern, hielten nicht lange vor. Je höher sie kamen, desto elender war Leon zumute und in seinem Magen ballte sich ein schmerzender Knoten. Befehlsverweigerung! Arrest! Wieder stand Leon der Ausdruck, mit dem Ellard und Kovaleinen ihn angeblickt hatten, vor Augen. Wütend? Ja, sie waren wütend gewesen – aber mehr als das. Enttäuscht.

Sie waren enttäuscht von ihm.

Leon stützte den Kopf in die Hände. Wieso um alles in der Welt war er nicht einfach in der Station geblieben oder wenigstens sofort zurückgekehrt? Seine Gedanken wandten sich Tim zu. Inzwischen war er sicher schon an Bord der *Thetys*, er hatte ja geschrieben, dass er mit einem Linienflug in Honolulu angekommen war und mit dem Hubschrauber weiterfliegen würde zum Schiff. Hatte er schon mitbekommen, was sein Adoptivsohn getan hatte? Ja, bestimmt hatte Kovaleinen ihn längst informiert. Würde auch Tim enttäuscht sein, wenn sie sich wiedersahen?

Patrick schien zu spüren, wie es Leon ging, denn er ließ ihn in Ruhe, streifte ihn nur hin und wieder kurz mit einem Blick. Erst als sie nur noch hundert Meter tief waren, fragte er: »Und, kannst du dich noch an die Chefin erinnern? Hast sie ja schon mal gesehen, oder?«

Apathisch nickte Leon. Ja, er hatte Fabienne Rogers, die »Chefin«, schon einmal getroffen, bei den Auswahlverfahren vor vier Jahren. Sie hatte entschieden, dass er und dieses damals kaum handlange, eher putzig als beeindruckend wirkende Krakenweibchen die große Chance verdienten. Und Rogers' Entscheidungen waren in der ARAC so endgültig, als sei sie nicht einfach eine hochrangige Managerin, sondern Gott persönlich. Und so war sie ihm damals auch erschienen, wie eine unnahbare Göttin, in deren Hand sein Schicksal lag.

Er wollte sich nicht einmal vorstellen, was sie jetzt über ihn dachte. Würde er mildernde Umstände bekommen? Erinnerte sich noch jemand daran, dass er die Station vor dem Seebeben gewarnt hatte? Zählte es jetzt noch etwas, dass er Mangankrusten im Wert von etlichen Millionen Dollar entdeckt hatte? Dass er und Lucy unter Wasser so gut wie jeden Auftrag erfüllen konnten, den sie bekamen?

Der Tiefenmesser der *Marlin* zeigte achtzig Meter. Es war schon deutlich heller geworden um sie herum, nach und nach wandelte sich die Farbe des Wassers von Tiefschwarz zu Azur, bis schließlich das durchscheinende Blau des offenen Ozeans sie umgab. Sonnenstrahlen stachen wie helle Lanzen durch das klare Wasser, verloren sich in der Tiefe. Ein Schwarm junger Barrakudas jagte in der Nähe – silberne Nadeln, die Seite an Seite blitzschnell die Richtung wechselten wie durch die unsichtbare Kraft eines Magneten.

Leon atmete tief durch und versuchte, dieses Bild in seinem Herzen zu bewahren.

Bald oben. Schon wurde die *Marlin* von den Wellen gewiegt, ein sanftes Schaukeln, das es in der Tiefsee nicht gab. Eingeschüchtert klammerte sich Lucy an der Seite des Tauchboots fest.

Alles in Ordnung? Wie fühlst du dich?, fragte Leon.

Hell, so hell! Scheußlich hell!

Da gewöhnst du dich schnell wieder dran. Am besten, du schwimmst jetzt zum Schiff und schlüpfst durch die Ocean-Partner-Schleuse, die wird gleich für dich geöffnet. Die Rogers hat gesagt, du sollst an Bord. Wir treffen uns dort, okay?

Ja. Lucy zögerte noch einen Moment, dann glitt sie aus dem Sammelkorb, stieß einen Wasserstrahl aus und schoss davon zum dunklen Rumpf der *Thetys*, den Leon schemenhaft neben dem Tauchboot erkennen konnte. Die Schiffsschraube sah jetzt, wenn sie stillstand, aus wie eine riesige Blüte aus Metall.

»Alles bereit, ihr könnt uns an den Haken nehmen!«, sagte Patrick über Funk und die in das schwarze Neopren eines Tauchanzugs gekleideten Beine eines Helfers zappelten vor der Plexiglaskuppel vorbei. Ein metallisches Knacken und Quietschen, dann war der Haken der Winde auf der Oberseite des Tauchboots befestigt. Schaumiges grünes Meerwasser schwappte gegen das große vordere Sichtfenster, dann war da auf einmal der Horizont, sie schwebten, wurden hochgehoben. Draußen rief jemand Kommandos, ein kurzer Ruck, dann hatte der Kran sie auf dem Deck des Forschungsschiffs abgesetzt.

Patrick entriegelte die Luke, er und Leon kletterten von Bord und blinzelten beide ins Tageslicht. Eine kleine Gruppe von Besatzungsmitgliedern und Wissenschaftlern erwartete sie schon. Freundliche Gesichter, neugierige Gesichter. Immerhin. Kein Exekutionskommando.

Leon setzte den Fuß auf das schwankende Deck und musste sich an einer Verstrebung der *Marlin* festhalten, damit er nicht durch die Gegend torkelte. Lucy hatte recht, es war grell hier, und ohne seine spezielle »Surface«-Sonnenbrille hätten seine Augen wahrscheinlich sofort angefangen zu tränen. Außerdem war ihm schwindelig – hoffentlich wurde er nicht gleich wieder seekrank, das letzte Mal auf der *Thetys* hatten sie hohen Seegang gehabt und das hatte ihn ziemlich mitgenommen. Sein Herz setzte einen Schlag aus. Da war Tim – Leon erkannte ihn schon an der schlanken, durchtrainierten Gestalt und der Art, wie er dastand, locker, in perfekter Balance. Dr. Tim Reuter. Und nein, Tim schaute nicht enttäuscht drein wie Ellard und Kovaleinen, im Gegenteil, er strahlte über das ganze Gesicht. Wenn sich Tim freute, dann zeigte er es, und in diesem Moment liebte Leon ihn dafür noch ein bisschen mehr.

»Mann, du bist tatsächlich noch gewachsen«, sagte Tim und umarmte Leon fest. »Wenn du so weitermachst, passt du bald nicht mehr ins Tauchboot, und was dann?«

»Dann verzichte ich einfach auf die blöden Boote und tauche hoch«, erwiderte Leon lächelnd und setzte die Tasche mit seiner OxySkin vorsichtig auf dem Deck ab.

Die *Thetys* war ein großes Forschungsschiff, mehr als hundert Meter lang, und zurzeit war ihr Arbeitsdeck, auf dem wegen der beiden Kräne ohnehin nicht viel Platz war, vollgepackt mit Ausrüstung. Leon stand fast direkt neben einem sechs Meter hohen Tiefsee-Lander, einer Art Turmgerüst aus Metall, an dem Messgeräte und Vorrichtungen zur Probenentnahme angebracht waren. Man konnte den Lander auf den Meeresgrund herablassen, wo er auf seinen Stelzen stand und in ein paar Tausend Meter Tiefe Messungen vornahm, bis er aus dem Kontrollzentrum den Befehl bekam, wieder aufzusteigen. Gerade schwärmten ein paar Wissenschaftler um den Lander herum und testeten die Geräte, anscheinend sollte das Ding bald über Bord befördert werden.

150

Tim folgte seinem Blick, »Du siehst, wir nehmen es ernst, was gerade in Hawaii passiert. Wir werden mit dem Lander mal einen genaueren Blick in den Kohala Canyon werfen. Aber jetzt komm, wir bringen dein Zeug in deine Kabine und dann kümmerst du dich erst mal um Lucy. Wie geht es ihr?«

Leon nickte und streckte einen Gedankenfühler nach seiner Partnerin aus. Sie war gut durch die Schleuse gekommen und wartete tief im Bauch des Schiffs auf ihn. Ein Schwall von Unsicherheit und Furcht schwappte ihm entgegen, ja, er musste dringend zu ihr. »Sie war länger nicht mehr auf einem Schiff und es ist ihr alles ein bisschen unheimlich.« Doch er wollte mit Tim nicht nur über Lucy reden, es gab etwas, das er dringend wissen musste. »Wann muss ich zu Fabienne Rogers?«

Inzwischen waren sie auf dem Weg ins Innere des Schiffs und stiegen eine Treppe hoch ins erste Aufbaudeck, wo die Kabinen der Wissenschaftler waren. Mit einem tiefen Seufzer wandte sich Tim ihm zu und fuhr sich abwesend durch die kurzen blonden Haare. »In einer Stunde schon. Verdammt, Leon, hättest du nicht einfach das tun können, was Kovaleinen angeordnet hat? Das mit dem Tauchverbot war keine Willkür, sondern eine vernünftige Maßnahme. Im Moment ist es dort unten gefährlicher als sonst. Und das weißt du genau.«

»Ja«, gab Leon schweren Herzens zu – und freute sich, als er sah, dass er und Tim sich eine Kabine teilen würden. Tim hatte sich schon in der oberen Koje eingerichtet, also warf Leon sein Gepäck auf die untere. Hoffentlich würde er es schaffen, hier einzuschlafen – das ganze Schiff vibrierte, knarzte, rollte in den Wellen von einer Seite zur anderen.

Eine Schraube kullerte irgendwo, wo man garantiert nicht an sie herankam, hin und her und prallte alle paar Sekunden mit einem leisen »Tock« an Wänden oder Möbeln ab.

Leon wandte sich Tim zu und sagte endlich, was ihm schon die ganze Zeit auf der Zunge lag: »Es ist wirklich schön, dich wiederzusehen.« Ihm fiel auf, dass Tims Hände nicht mehr zitterten, und auch sein Atem roch nicht nach Alkohol. Falls er wieder trank, verbarg er es gut.

Tim wirkte verlegen. »Schon wieder drei Monate her, was? Tut mir echt leid. Du hättest öfter Ferien verdient. Magst du mich bei Gelegenheit ein paar Tage lang in San Francisco besuchen?«

»Klar, gerne«, sagte Leon sofort, obwohl es ein langer Flug war und er schon jetzt wusste, dass er sich dabei keinen Moment lang entspannen würde. Insgeheim rechnete er beim Fliegen jedes Mal damit, dass die Maschine abstürzen und er einen scheußlichen Tod finden würde.

Sie machten sich auf den Weg hinunter zu den Laboren, wo der OceanPartner-Bereich untergebracht war. In den Gängen der *Thetys* roch es nach frischen Brötchen, anscheinend hatte er gerade das Frühstück verpasst. Tim merkte wohl, dass ihm das Wasser im Mund zusammenlief, denn er sagte: »Du hast heute noch nichts gegessen, oder? Ich schmiere dir schnell ein Brot – wir treffen uns unten.«

Auf der *Thetys* verirrte sich Leon schon längst nicht mehr, und von den Besatzungsmitgliedern und Wissenschaftlern, die ihm über den Weg liefen, kannte er die meisten. Doch kaum jemand konnte sich beim Zurückgrüßen wirklich zu einem Lächeln durchringen. Noch bin ich in Ungnade, dachte Leon niedergeschlagen und hoffte, dass wenigstens keiner dieser Leute gerade mit einer Erkältung kämpfte

152

und ihn ansteckte. Für einen OxySkin-Taucher wie ihn, der seine Lunge ohnehin stark strapazierte, bedeutete schon ein harmloser Husten Tauchverbot, genaue Überwachung durch die Bordärztin und Quarantäne.

Wenigstens Lucy freute sich wirklich, ihn zu sehen. Sie wirkte ein wenig verloren im »Habitat«, einem Wasserbecken, das extra für sie an Bord war und das mit seinem kahlen Boden und den Glaswänden nicht sehr einladend wirkte. Obwohl es über jeden Komfort verfügte, auf den Kraken Wert legen könnten, angefangen bei mehreren Röhren aus Keramik, in denen man sich verstecken konnte, bis hin zu einem Snack aus frischen Muscheln. Eine Pumpe tauschte das Meerwasser im Becken ständig gegen frisches aus. Wassertemperatur, Salzgehalt, Beleuchtung und anderes konnte man über die Computersteuerung des Habitats einstellen.

Gleich als Erstes sagte Leon »Licht dimmen!«, und der Computer schaltete einen Großteil der Neonlampen aus. Dann zog Leon sich bis auf die Badeshorts aus und kletterte ins Wasser, das ihm bis zu den Hüften reichte. Sofort wickelte Lucy einen ihrer Arme um seinen Bauch, um ihn zu riechschmecken. *Na, alles gut?*, fragte Leon sie zärtlich. *Gefällt dir das Becken?*

Blöd, großviel blöd, beschwerte sich Lucy und Leon seufzte. *Sei nicht so zickig. Sie haben sich wirklich Mühe gegeben. Und wahrscheinlich bleiben wir sowieso nicht lange.*

Sofort schoss Lucy zurück: *Was machen sie mit dir, was? Du weißt nicht, was. Vielleicht bleiben wir viellange.*

Wohl wahr! Beim Gedanken daran, dass er gleich Fabienne Rogers Rede und Antwort stehen musste, verkrampfte sich Leon wieder. *Aber ich werd's mit hoher Wahrscheinlichkeit überleben.*

Leon ließ Lucy ein wenig auf sich herumkriechen, damit sie sich beruhigte. Wäre der Reporter eines Sensationsblättchens gerade jetzt zur Tür hereingekommen, hätte er daraus wahrscheinlich eine Schlagzeile à la »Taucher ringt mit Riesenoktopus« gemacht. Lucys Zuneigung war nun mal echt handgreiflich.

Tim brachte ihm zwei Brötchen mit Marmelade – die Leon gierig hinunterschlang – und begrüßte Lucy. Kaum eine Minute später kamen mehrere Biologen vorbei und fragten ihn mit unglaublicher Hartnäckigkeit über Lucy aus, wobei sie jede Kleinigkeit direkt in einen Laptop notierten. Bevor Leon es sich versah, war es Zeit für seinen Termin bei Mrs Rogers.

Will sie dich fressen, beiß zurück!, empfahl ihm Lucy und Tim legte ihm kurz den Arm um die Schultern und sagte: »Hey, du schaffst das schon.«

Leon nickte wortlos. Als er an die Tür der Kabine mit dem goldenen ARAC-Logo klopfte, hämmerte sein Herz schmerzhaft gegen seine Rippen. Wenn jemand ihm angeboten hätte, jetzt stattdessen mit einem Weißen Hai zu schwimmen, hätte er dankend angenommen.

Die Tür öffnete sich vor ihm.

»Herein«, sagte eine tiefe, etwas heisere weibliche Stimme und Leon trat über die Schwelle.

Am Limit

Leon gegenüber stand eine freundlich lächelnde Frau mit gewellten, eisengrauen Haaren. Sie musste um die sechzig sein, doch ihr Gesicht sah seltsam glatt und rosig aus – lag das an diesem Schminkzeug, mit dem sich auch Greta Halvorsen manchmal einschmierte? Fabienne Rogers' graublauer Hosenanzug war um Lichtjahre schicker als alles, was Leon in den letzten Jahren gesehen hatte, und wahrscheinlich trug sie in der Chefetage der ARAC hochhackige Schuhe dazu. Doch damit wäre sie an Bord nicht weit gekommen und so hatte sie sie gegen beige Sneakers eingetauscht.

»Leon, schön, dass du kommen konntest.« Fabienne Rogers geleitete ihn bis zu ihrem Schreibtisch, dessen Seitentischchen mit altmodischen silbernen Bilderrahmen dekoriert war. *Schön, dass du kommen konntest?* Sollte das ein Witz sein? Nein, wahrscheinlich hatte sie ihm nur irgendetwas Nettes sagen wollen, was erstaunlich genug war.

Fasziniert blickte sich Leon in der Kabine um, die noch eine ganze Ecke größer war als die von Kapitänin Lorenz und neben einer Ledercouch auch einen atemberaubenden Ausblick über das Meer bot. An den Wänden hingen Gemälde, die wie ein wirres Gekleckse aussahen und wahrscheinlich Millionen wert waren.

»Tee? Kekse?«, fragte Fabienne Rogers und Leon stammelte: »Äh, ja.« Sekunden später stand eine Porzellantasse mit einem hellgrünen, herb schmeckenden Gebräu vor ihm. Immerhin, er schaffte einen Schluck, ohne das Gesicht zu verziehen. Die Kekse, die es dazu gab, kamen der Packung nach aus Dänemark. Leon war so nervös, dass er schon drei hintereinander weggeknabbert hatte, ehe er merkte, was er tat.

»Du bist zum ersten Mal seit ein paar Monaten wieder oben, oder?« Fabienne Rogers faltete die Hände und lehnte sich über den Schreibtisch. Nun war ihr Blick freundlich besorgt. »Pass auf, dass du keinen Sonnenbrand bekommst – das geht unheimlich schnell hier in den Tropen. Hast du überhaupt Sonnencreme?«

Leon starrte sie an und schaffte nur ein Kopfschütteln. Er konnte sich dunkel daran erinnern, dass ihn diese mütterliche Art schon vor vier Jahren irritiert hatte. Nein, sie erschien ihm nicht mehr wie eine Göttin, dazu war er vermutlich schon zu alt, und was war jetzt überhaupt los, wann kam die Strafpredigt?

»Wie läuft es mit Lucy?«, fragte Rogers. »Ich höre, sie ist blendend in Form.«

»Ja, sie ist jetzt wirklich gut ausgebildet und eine echte Hilfe unter Wasser«, berichtete Leon und fragte sich, warum sich eigentlich jeder als Erstes nach Lucy erkundigte und kein Mensch danach fragte, wie es *ihm* ging.

»Tja, dann kommen wir mal zur Sache«, sagte die Managerin und Leon wurde es ganz kalt. Doch schon wieder überraschte sie ihn. »Ich war sehr erschrocken, als ich von deinem Unfall in der Nähe des Kohala Canyons hörte. Eine schlimme Sache. Wie gut, dass dann doch alles glimpflich ausgegangen ist. Hast du schon gehört, dass wir inzwischen mehr über die Ursache wissen?«

Leon nickte. »Eine sauerstoffarme Zone, in der nichts mehr lebt.«

»Ja. Im Ostpazifik vor Peru und vor der Küste Namibias existieren seit einigen Jahren ebenfalls solche Todeszonen.« Fabienne Rogers tippte etwas auf ihrem Laptop und drehte ihm dann den Bildschirm zu. Eine Meeresbodenkarte von der Küste des südlichen Afrikas war eingeblendet. »Im Fall von Namibia ist der Grund anscheinend, dass sich die Algen an der Oberfläche stark vermehrt haben. Eine Algenblüte also. Kaum sind all diese winzigen Pflanzen abgestorben und in die Tiefe abgesunken, haben sich dort Bakterien über die Reste hergemacht. Dabei haben sie sämtlichen verfügbaren Sauerstoff verbraucht.«

Mit einem mulmigen Gefühl erinnerte sich Leon an den dichten Meeresschnee aus toten Algen in der Umgebung von Benthos II. »Hat das Gebiet sich bisher nicht wieder erholt?«

»Nein, im Gegenteil. Alle bisher bekannten Todeszonen wachsen und breiten sich aus. Und wir befürchten, dass auch die Zonen um Hawaii herum schnell größer werden könnten.«

Ein Schauder überlief Leon. »Wissen Sie schon etwas über die Gründe?«

»Leider nicht. Aber ich kann dir versichern, dass wir alles tun werden, um mehr darüber herauszufinden. Deswegen haben wir ja die *Thetys* hierherbeordert, sie ist ein hervorragend ausgestattetes Forschungsschiff.«

Unvermittelt erinnerte sich Leon an etwas, das er bei der allerersten Krisensitzung auf Benthos II gehört hatte. Oder war es danach gewesen? Irgendjemand hatte etwas von einem sonderbaren Sonar-Echo gesagt, das in der Gegend bemerkt worden war und aus der Richtung des Lo'ihi kam – konnte das etwas mit den Todeszonen zu tun haben? Irgendein Wesen, irgendein Objekt musste zur fraglichen Zeit dort gewesen sein. Doch als er es erwähnte, konnte er schon an dem wohlwollenden Lächeln, das Fabienne Rogers aufsetzte, sehen, dass sie ihn nicht ernst nahm. Mit einem solchen Lächeln bewunderte man das gekritzelte Bild, das einem ein Kindergartenkind schenkte.

»Das ist eine sehr fantasievolle Erklärung«, sagte sie milde. »Bisher haben unsere Wissenschaftler allerdings eher den Klimawandel im Visier. Schon jetzt hat er eine Menge angerichtet in den Meeren, und eine besonders hässliche Sache ist, dass sich dadurch anscheinend die Meeresströmungen ändern. Du weißt ja sicher, dass solche Strömungen auch die Tiefsee mit Frischwasser und Sauerstoff versorgen, oder?«

»Aber dieses Echo?«

Fabienne Rogers runzelte die Stirn. »Möglicherweise war es ein Pottwal. Vielleicht sogar Shola.«

»Shola kann es nicht gewesen sein«, wagte Leon einzuwenden. »Unsere Tiere tragen doch alle Peilsender, wir wissen immer, wo sie sich befinden.« ›Fantasievoll‹ hieß in diesem Fall wohl eher idiotisch. Aber egal. Sich hier zu blamieren war sowieso nicht weiter tragisch im Vergleich zu dem, was er sich auf Benthos II geleistet hatte. Würde sie das nicht mal erwähnen? Oder kam das jetzt noch?

Anscheinend schon, denn nun sagte Rogers: »Leon, ich fürchte, ich habe schlechte Nachrichten für dich.« Wieder lehnte sie sich über ihren Schreibtisch und jetzt triefte ihr Blick geradezu vor Mitleid. »Bis wir herausgefunden haben, was es mit diesen Zonen auf sich hat, wird das Manganknollen-Projekt, an dem du mitarbeitest, für unbestimmte Zeit unterbrochen. Benthos II wird demnächst evakuiert.«

Leon konnte sich nicht bewegen, nicht sprechen. Er fühlte sich, als habe ihn ein Tauchboot gerammt. Ganz langsam sickerte es in ihn ein, was er gehört hatte.

Benthos II wird evakuiert!

Sie war tatsächlich eine Göttin – eine, die die Macht hatte, ihm mit einem einzigen Satz das Zuhause zu nehmen. Ein anderes hatte er nicht. Solange er in der Station wohnte, konnte er mit Lucy zusammen sein; dort waren seine Freunde, dort lernten sie, stritten sie, spielen Geocaching zusammen. Doch was zählte das schon? Solche Dinge interessierten doch einen Konzern wie die ARAC nicht.

Ihm wurde bewusst, dass Fabienne Rogers ihn genau beobachtete. Sie schob ihm den Teller mit den Keksen zu, als sei er ein kleiner Junge, der sich gerade das Knie aufgeschlagen hatte. »Ich verstehe, dass dich das hart trifft, aber …«

»Was passiert dann mit mir … mit uns?«, krächzte Leon. »Mit Julian, Billie, Tom?«

»Das ist noch nicht entschieden. Du kannst einstweilen auf dem Schiff bleiben. Für Lucy ist hier ja gesorgt, ihr wird es an nichts fehlen.« Jetzt war Mrs Rogers' Stimme nüchtern, und einen Moment lang sah Leon hinter dem freundlichen Lächeln, den Keksen und dem Mitleid die knallharte Managerin.

Jetzt wusste er also, warum sie ihn nicht auf seine Befehlsverweigerung angesprochen hatte. Sein Fehlverhalten war im Vergleich dazu, dass die ganze Station geschlossen werden sollte, eine Lappalie. Aber warum hatte sie ihn und Lucy dann überhaupt hochbeordert? Warum erfuhr er als Erster, dass die Station geschlossen werden würde?

Doch bevor er fragen konnte, stand Fabienne Rogers hinter ihrem Schreibtisch auf und streckte die Hand aus. »Danke, Leon. Sicher wird Lucy es zu schätzen wissen, wenn du dich jetzt wieder um sie kümmerst.«

Apathisch stand Leon auf, schüttelte seiner Chefin die Hand und ging zur Tür. Er spürte nicht, wie seine Füße den Boden berührten; sein ganzer Körper fühlte sich taub an. Doch unter der Oberfläche brodelte es in ihm und noch ein letztes Mal wandte er sich um. »Hören Sie, Mrs Rogers«, sagte er und versuchte, halbwegs ruhig und vernünftig zu klingen, bloß nicht so verzweifelt, wie er sich fühlte. »Vielleicht kann ich irgendwie helfen. Ich kenne mich in der Tiefsee aus, ich bin einer der wenigen Menschen, die sich wirklich frei dort unten bewegen können, auch über längere Zeit. Vielleicht könnte ich mithelfen herauszufinden, warum in dieser Meeresregion so seltsame Dinge geschehen! Das wäre doch einen Versuch wert, oder? Ich könnte mit Billie zusammenarbeiten. Shola ist inzwischen alt genug, um bis in dreitausend Meter Tiefe vordringen zu können …«

Doch Fabienne Rogers hob nur die Augenbrauen. »Nein, vielen Dank, Leon, aber das wäre *wirklich* viel zu riskant.«

Und damit war das Gespräch endgültig beendet.

Wie sich herausstellte, wurde aus dem Nachttauchgang mit den Mantas nichts. Denn erstens blieben gerade die Mantas aus, ohne dass irgendjemand wusste, wo sie sich aufhielten. Und zweitens hatten die Veranstalter anscheinend eine Höllenangst davor, dass ein Taucher von irgendeinem Tiefseewesen verletzt werden könnte und sie auf ein paar Millionen Dollar Schadenersatz verklagte.

»Ja, ja, in Ordnung, macht nichts, vielleicht klappt's ja

ein andermal«, sagte Carimas Mutter freundlich ins Telefon – doch kaum hatte sie den Hörer aufgelegt, schleuderte sie den Stapel Touren-Prospekte auf den Boden. »Ich habe die Nase gestrichen voll von diesem Urlaub! Es ist nicht zu glauben, da hat man nur diese zwei Wochen im Jahr und dann dreht in dieser Zeit die verdammte Natur durch! Eigentlich können wir's jetzt vergessen mit den Ausflügen, ist sowieso überall Ausnahmezustand. Ich habe einfach keine Lust mehr!«

Es war seltsam: Je wütender ihre Mutter war, desto ruhiger wurde Carima. Das war schon immer so gewesen, schon in ihrer Kindheit. »Na ja, es hätte schlimmer kommen können«, sagte sie nüchtern. »Das würden dir jedenfalls die Angehörigen von Leuten sagen, die im Urlaub von einem Tsunami oder einem Terroranschlag erwischt worden sind.«

»Carima, ich meine es ernst. Ich habe genug. Von allem.« Ihre Mutter wandte sich so ruckartig um, dass ihre blonden Haare einen Moment in der Luft zu schweben schienen. »Dieser Flug war zwar schweineteuer, vom Hotel ganz zu schweigen, aber das ist mir jetzt scheißegal! Wir reisen ab. Und zwar so bald wie möglich.«

Kalte Wut stieg in Carima auf. »Hey, sag mal, Ma, wie wäre es, wenn du auch mal mich fragst, was ich dazu sage? Es sind auch *meine* Ferien und du entscheidest so einfach über uns beide?«

Das Gesicht ihrer Mutter war knallrot. »Ja, verdammt, das mache ich! Du hast dir doch sowieso vorgenommen, mir die Zeit hier zur Hölle zu machen, stimmt's?«

»Nicht wirklich, nein«, sagte Carima, plötzlich traurig. »Das hat sich einfach so ergeben.«

Und wie anders hätte dieser Urlaub sein können, hätte

ihre Mutter Jeremy nach Hawaii mitgenommen und meinetwegen auch Shahid! Dann wären sie vielleicht ein paar Tage lang so etwas gewesen wie eine richtige Familie. Oder hätte sie, Carima, doch wieder alles kaputt gemacht?

»Willst du denn wirklich hierbleiben, obwohl wir ab jetzt weder schwimmen noch tauchen gehen können?« Einen Moment lang schien sich Nathalie Willberg zu beruhigen.

»Ja«, sagte Carima. »Das will ich.«

»Tja, das ist Pech.« Zum ersten Mal war das Lächeln ihrer Mutter ein ganz klein wenig hämisch. Sie ergriff den Telefonhörer. »Da ich diese Reise bezahlt habe, nehme ich mir auch die Freiheit, sie abzubrechen. Ich rufe jetzt die Fluggesellschaft an.«

»Dann tu, was du nicht lassen kannst!«, brüllte Carima, warf sich aufs Bett und griff nach der Fernbedienung.

Leon fand Tim beim Tiefsee-Lander auf dem Arbeitsdeck, er fachsimpelte mit den anderen Wissenschaftlern. Als er Leon bemerkte, wandte er sich um – und als Leon den Ausdruck auf seinem Gesicht sah, wurde ihm klar, dass Tim Bescheid wusste. Dass er schon Bescheid gewusst hatte, als Leon an Bord gekommen war. Dass er vielleicht sogar an der Entscheidung beteiligt gewesen war – sein Adoptivvater hatte bei der ARAC eine wichtige Position inne.

Schweigend gingen sie ein Stück nebeneinanderher, lehnten sich schließlich an einer Stelle, wo gerade niemand an Deck arbeitete, gegen die Bordwand.

»Es tut mir schrecklich leid, Leon«, sagte Tim schließlich und blickte aufs Meer hinaus. »Aber ich fürchte, es geht zurzeit nicht anders. Ich werde alles versuchen, was in meiner Macht steht, um dich in einem anderen Projekt der ARAC

unterzubringen, vielleicht in der Karibik, auf Benthos I.
Falls es nicht klappt – du kannst natürlich bei mir in San
Francisco leben, ich würde mich wirklich freuen.«

Leon nickte schweigend. Er hatte drei Jahre lang – während seiner Zeit im Meeres-Internat – mit Tim gelebt und
wusste, dass es nicht besonders gut funktionierte. Wenn
Tim an einem Projekt mitarbeitete, stürzte er sich mit Haut
und Haaren hinein und vergaß alles andere, inklusive seines Adoptivsohns. Unzählige Wochenenden hatte Leon mit
ihm im Scripps-Meeresforschungsinstitut in La Jolla oder
weitgehend allein verbracht, weil sich Tim einfach nicht
von seiner Arbeit losreißen konnte. Und abends dann die
Partys. Nein, das brauchte er nicht mehr. Außerdem mochte er Charlene, Tims aktuelle Freundin, nicht besonders.
Was allerdings kein großes Problem war, Tims Freundinnen
wechselten häufig.

Nein, Benthos I war die weitaus bessere Möglichkeit.
Doch dann dachte Leon wieder einmal, wie schon so oft, an
das Gespräch, das er auf der Station belauscht hatte. »Und
was ist, wenn ich in ein oder zwei Jahren nicht mehr mit
Flüssigkeit tauchen kann?«, presste er hervor. »Was dann?«

Mit zusammengezogenen Brauen wandte Tim sich ihm
zu. »Moment mal, woher weißt du das? Wir erzählen es
nicht gerade herum, die Daten, die wir dazu haben, sind
noch längst nicht ...«

»Ist doch egal, woher ich es weiß!« Leon war bewusst,
dass seine Stimme laut geworden war, aber es interessierte
ihn nicht im Geringsten. »Ob ihr es nun bekannt gebt oder
nicht, es ist anscheinend eine Tatsache, dass manche Taucher
es wieder verlernen, und mir kann es genauso gut passieren.
Ellard ...«

Jetzt war auch Tims Stimme schärfer geworden. Seine blauen Augen blitzten. »Ja, genau, dann bist du auch nur in der Situation, in der James Ellard schon seit Jahren ist, das arme Schwein.«

»Was?« Leon stutzte.

»Du hast richtig gehört! Der Mann taucht, seit er laufen kann, er hat schon alles gemacht. Er war als Taucher auf Bohrinseln, bei Tiefsee-Bergbauunternehmen, in der Forschung. Das volle Programm.« Schritte näherten sich, und aus dem Augenwinkel stellte Leon fest, dass einer der Schiffsmechaniker auf sie zukam. Tim unterbrach sich sofort und sprach erst weiter, als der Mann wieder verschwunden war. »Als James mit fünfundzwanzig angefangen hat, beim OxySkin-Programm mitzumischen, war er schon zu alt, um das Ganze selbst auszuprobieren. Er hat's nicht mehr gepackt, Flüssigkeit zu atmen, und das war sehr, sehr bitter für ihn. Aber er hat das Beste draus gemacht.«

Es fühlte sich eigenartig an, so viel über Ellard zu erfahren, ihn auf einmal als Mensch zu sehen und nicht nur als seinen Ausbilder. Doch Leons Kopf und Herz waren zu voll, um all das wirklich aufzunehmen. »Ja, ja, klar. Aber es ist dann doch etwas anderes, als auch noch sein Zuhause zu verlieren und …«

»Verdammt, Leon, hör doch einfach mal auf, dir selber leidzutun. Benthos II ist nur ein Projekt und jedes Projekt endet irgendwann!«

Benthos II – nur ein Projekt? Hatte Tim überhaupt einen Schimmer, wie viel diese Station ihm und den anderen bedeutete? »Weißt du was, du kannst mich mal!«, stieß Leon hervor und marschierte ohne einen Blick zurück davon, zu Lucy.

164

Doch weit kam er nicht. Auf dem Gang lief ihm jemand über den Weg, der ihn laut mit »He, Mister Redway – sagst du nicht mal mehr Hi?« ansprach. Leon zuckte zusammen und hob den Kopf. Es war Minh, der Kochsmaat. Ein breites Grinsen stand auf seinem Gesicht.

»Hab schon gehört, dass du an Bord bist, Leon. Sag nicht, du bist auch schlecht drauf. Irgendwie sind bei dieser Fahrt alle mies gelaunt.«

»Tja, ich auch«, murmelte Leon. »Kann ich dich später besuchen kommen? Jetzt ist's grad schlecht.«

»Ey, aber wirklich! Ich hab 'ne neue CD aufgenommen, die musst du dir anhören. Der Sound ist der Hammer, Mann. Hab sogar schon drei hier an Bord verkauft.«

»Cool«, sagte Leon, erstaunt darüber, dass tatsächlich irgendjemand Minhs Songs mochte. Vor ein paar Jahren war Minh, dessen Eltern aus Vietnam stammten, mal Zweitplatzierter in einer Castingshow gewesen, und er behauptete steif und fest, er sei hier an Bord, weil er vor seinen Fans geflohen sei. Leon glaubte ihm kein Wort und hatte bisher hartnäckig Minhs Vorschlag abgelehnt, sein und Lucys Manager zu werden und ihnen Auftritte in Las Vegas zu verschaffen. Trotzdem mochte er Minh, und er hatte ihm immerhin schon einmal eins seiner selbst gemischten Parfums abgekauft, um es Billie zum Geburtstag zu schenken. »Deep Sea Surprise« hatte Minh das Zeug genannt, und ja, Billie war tatsächlich überrascht gewesen darüber.

»Also dann, see you!« Minh schlenderte weiter.

Leon wollte jetzt nur noch eins: zurück in den ruhigen, friedlichen OceanPartner-Raum. Doch als er dort ankam, stellte er fest, dass dort von Ruhe keine Rede sein konnte.

Im Gegenteil.

Entscheidung

Verdutzt blickte Leon sich um. Der Erste Offizier der *Thetys*, ein Argentinier namens Alberto Miguel Alvarez, stand in seiner makellosen Uniform neben dem Becken und beobachtete Lucy, als sei sie ein Ruderfußkrebs unter dem Mikroskop. Zur selben Zeit versuchte ein Wissenschaftler gemeinsam mit seiner Assistentin, Lucy zu füttern, ungeachtet dessen, dass sie sich in ihr Versteck zurückgezogen hatte und ein Haufen Muschelschalen vor dem Eingang lag. Außerdem war noch eine Fotografin da, die versuchte, den Biologen und Lucy gleichzeitig mit aufs Bild zu kriegen.

Weg! Schick sie weg! Schlimmer sind sie als Seeigel, beschwerte sich Lucy.

»Sehen Sie nicht, dass Lucy gerade gefressen hat und jetzt in Ruhe verdauen möchte?«, fragte Leon die Wissenschaftler mit seinem letzten Rest Höflichkeit und Selbstbeherrschung. »Bitte gehen Sie, sie fühlt sich durch Sie gestört.«

»Woher wollen Sie das denn wissen?«, knurrte Alvarez, die Fotografin sagte, Leon solle bitte aus dem Bild gehen, und der Wissenschaftler erklärte ihm nach einem kurzen Seitenblick: »Der Fahrtleiter weiß Bescheid, es geht um die neuen Testreihen mit dem Tier, die müssen wir jetzt schon mal anleiern, sonst kommt das Labor nicht …«

Es war zu viel gewesen. Einfach zu viel an diesem Tag. Wilde, heiße Wut stieg in Leon hoch. Lucy spürte es und zog hastig auch noch die Spitze ihres fünften Arms in ihre Höhle.

»Raus! Jetzt!«, brüllte Leon und vier Gesichter wandten sich ihm verdutzt und schockiert zu. Dann machten sich die beiden Wissenschaftler und die Fotografin mit bitterbösen Blicken davon. Der Erste Offizier baute sich vor Leon auf, sagte irgendetwas, doch Leon blendete ihn aus, es waren gar keine Worte, die da auf ihn einprasselten, sondern Wellen, die gegen eine Hafenmauer brandeten und wieder zurückfluteten in den Ozean. Nur ein Rauschen in seinen Ohren. Schließlich gab auch Alvarez auf und zog sich zurück.

Was war das?, fragte Lucy erschrocken.

Ich war das – ich habe herumgeschrien. Leon setzte sich ganz langsam an den Rand des Beckens. Er zitterte am ganzen Körper und seine Beine fühlten sich wackelig an. Leon Redway, der ruhige, schüchterne Leon … war er das überhaupt noch? Hatte er eben tatsächlich den Ersten Offizier der *Thetys* angebrüllt? Tim beleidigt am ersten Tag, den sie seit drei Monaten gemeinsam verbrachten?

Seine Partnerin kam aus ihrer Höhle und glitt auf ihn zu, lautlos und geschmeidig bewegte sich ihr riesiger Körper durch das Becken. Wortlos forderte Lucy ihn auf, ihr zu erzählen, was passiert war, und statt langer Erklärungen öffnete Leon einfach seinen Geist für sie, ließ sie teilhaben an seinen Erinnerungen. An diesem furchtbaren Moment, als Fabienne Rogers das Ende von Benthos II verkündet hatte. Daran, dass die Zukunft ihm gerade wie eine Mauer vorkam; dass Tim ihn nicht mehr verstand und ihn nicht mehr ernst nahm; dass dieses Mädchen namens Carima schon wieder aus seinem Leben verschwunden war.

Zurück kam Mitgefühl, mit einer dunklen Unterströmung von Trauer. Doch im Gegensatz zu ihm verlor Lucy nicht die Kontrolle, ihre Gedanken waren wie das beruhigende Murmeln eines Bachs. *Ich verstehe, sie schubsen dich herum, nehmen dir dein Revier ... da hast du angegriffen ...*

Wenn ich wenigstens volljährig – ausgewachsen – wäre, stöhnte Leon lautlos. *Dann hätten sie mich vielleicht nicht daran hindern können, noch einmal zu tauchen, auf eigene Faust herauszufinden, was dort unten nicht stimmt.*

Selbst rausfinden? Der Gedanke gefiel Lucy, Leon spürte es. *Das geht nicht? Wieso?*

Weil die oberste Chefin persönlich meinen Vorschlag abgelehnt hat. Wenn ich es trotzdem mache, dann bin ich bei der ARAC raus. Für immer.

Lange saß Leon am Beckenrand und fragte sich, was gerade mit ihm geschah. Die letzte Woche war eine einzige Abfolge von Hiobsbotschaften gewesen, es war fast so schlimm wie damals, als sein Leben sich zum ersten Mal aufgelöst hatte, als alle Gewissheiten über Nacht dahin gewesen war und er sich nur noch darauf konzentriert hatte, jeden neuen Tag irgendwie zu überstehen.

Selbst jetzt noch hielt er es manchmal kaum aus, an seine Eltern zu denken, schwer und dunkel fühlte sich die Trauer in ihm an. Zugleich war er beunruhigt darüber, dass es immer schwerer wurde, die Erinnerung an seine Eltern heraufzubeschwören. Übrig waren nur noch Stimmungen, Gefühle, Augenblicke, die sich ihm aus irgendeinem Grund besonders stark eingeprägt hatten.

Aneinandergekuschelt auf einem schwankenden Boot, Mas ruhige Stimme, die ihm etwas vorliest, ihr warmer Körper neben seinem. Der Duft ihrer Haut ist stärker als der Geruch nach Neopren und Salzwasser.

168

An einem anderen Tag, im Bad – ganz langsam und sorgfältig kämmt er ihr die schulterlangen kaffeebraunen Haare, endlich hat sie es ihm mal wieder erlaubt. »Au, das ziept!« Erschrocken hält er inne, doch schon lacht seine Ma wieder.

Ein paar Jahre später, bei einer Umweltkonferenz in Brasilien. Der Saal ist riesig und bis auf den letzten Platz voll. Auf dem Podium trägt sein Vater etwas vor, ein gut aussehender hochgewachsener Mann, der das Publikum mitreißt mit dem, was er erzählt – der Applaus ist lauter als bei den anderen Referenten, dröhnt durch den Saal wie starke Brandung. Leons Hände schmerzen, so heftig hat er geklatscht.

Leon atmete tief durch und schob die schmerzhaften Gedanken von sich. Er streckte sich und merkte, dass er nicht nur todmüde war, sondern dass er auch schon wieder Hunger hatte. Warum konnten Menschen nicht so sein wie Tiefseefische, die locker wochenlang ohne Futter auskamen? Alles in ihm sträubte sich dagegen, in die Messe zu gehen. Er fühlte sich noch immer aufgewühlt und durcheinander, wie in aller Welt sollte er es jetzt schaffen, Tim, Alvarez und allen anderen Besatzungsmitgliedern gegenüberzutreten?

Bring hinter dich das, Zweiarm, empfahl ihm Lucy liebevoll und seufzend folgte Leon ihrem Vorschlag.

Minh zwinkerte ihm zu, als Leon sich eine Portion Braten mit Kartoffelbrei holte. »Na, geht's besser?«, flüsterte er.

Leon verzog das Gesicht, schüttelte den Kopf und warf einen verstohlenen Seitenblick auf Alberto Miguel Alvarez, der an einem der Tische mit Kapitänin Katharina Lorenz plauderte und dabei anscheinend all seinen Charme aufbot. Ständig strich er sich mit der Hand das Haar zurück, das in einer glatten Schwinge über seine Stirn hing. Vielleicht hatte er nicht einmal bemerkt, dass Leon hereingekommen war.

Hoffentlich blieb das so. Wem hatte Alvarez erzählt, was vorgefallen war?

Auch Tim war da, er saß an einem Tisch mit mehreren Forscherkollegen, es war kein Platz mehr frei. Doch Tim winkte Leon trotzdem zu, herzukommen, und zog einen Stuhl von einem anderen Tisch heran. Schweigend, ohne hochzublicken, schaufelte Leon den Kartoffelbrei in sich hinein.

Mit halbem Ohr hörte Leon zu, wie die Wissenschaftler über die Todeszonen im Meer diskutierten. Minh hatte recht, die Stimmung an Bord war wirklich nicht gut, die Forscher klangen bedrückt und sogar ein bisschen verbittert. Verständlich bei dem, was zurzeit im Meer geschah.

Nach ein paar Minuten standen die Forscher auf und machten sich wieder auf den Weg zu ihren Labors. Kaum waren sie allein, sagte Tim: »Tut mir leid, okay? Das war ein harter Schlag für dich heute Morgen. Ich hatte eigentlich nicht vor, es noch schlimmer zu machen – habe ich aber, oder?«

Was auch immer Dr. Tim Reuter falsch gemacht hatte, es war einfach unmöglich, ihm längere Zeit böse zu sein. Auch diesmal spürte Leon, wie seine Wut schwand.

»Schon in Ordnung«, murmelte er und schob seinen leeren Teller beiseite. »Wahrscheinlich hattest du recht, ich war gerade dabei, in Selbstmitleid wegzusacken. Oder komplett durchzudrehen.« Plötzlich fand er die Kraft in sich, den Kopf zu heben und Tim direkt in die Augen zu blicken. »Tim, ich muss selbst sehen, was dort unten los ist. Lasst mich tauchen. Vielleicht finde ich etwas heraus – ihr müsst mir nur die Chance geben!«

Einen Moment lang wirkte Tims Gesicht starr und ein

kleiner Muskel zuckte an seinem Auge. »Nein, Leon«, sagte er schließlich. »Wir hätten dich schon einmal fast verloren. Du bist noch nicht mal volljährig, wahrscheinlich würde ich vor Gericht gezerrt werden, wenn ich dir jetzt so etwas erlaube.«

»Hast du wirklich Angst vor so was?«, fragte Leon knapp.

Tim ging nicht darauf ein. »Und denk doch mal an Lucy, was sollte sie ohne dich anfangen, wenn dir etwas passieren würde? Sie ist so stark auf dich geprägt, dass sie keinen anderen Betreuer mehr akzeptieren würde.«

»Nicht Betreuer. Partner«, sagte Leon. Schon wieder drehte sich alles um Lucy. War das eigentlich früher und bei seinem letzten Besuch auf der *Thetys* auch schon so gewesen?

Sie redeten noch eine Weile über Billie und Shola, die im Moment mit einem kleineren Boot in der Nähe von Big Island unterwegs waren, um zu trainieren.

»Hat die Rogers es Billie und den anderen schon mitgeteilt – das mit Benthos II?«, fragte Leon.

»Kovaleinen weiß es bereits. Die Taucher erfahren es heute.«

Einen Moment lang eilten Leons Gedanken zu Tom, Julian und Billie. Wie würden sie es aufnehmen, dass die Station evakuiert wurde? Zum ersten Mal kam ihm die Idee, dass sie vielleicht sogar ganz froh darüber sein könnten, weil es dort unten immer unheimlicher wurde …

»So, jetzt aber mal ein ganz anderes Thema«, sagte Tim und verschränkte die Arme. »Wie läuft's beim Fernunterricht? Was hast du dir zum Beispiel für heute vorgenommen?«

Unterricht. Schule. Das gab es ja auch noch. Mühsam

wandte Leon seine Gedanken seinem Lernprogramm zu. »Äh, wahrscheinlich werde ich hauptsächlich Mathe, Chemie und Englisch machen, da bin ich noch ein bisschen schwach.«

Tim grinste. »Da hilft dir dein gutes Gedächtnis nichts. Aber deinem IQ nach solltest du auch diese Fächer packen, also streng dich an. Viel Erfolg. Ach ja, ich fliege übrigens heute noch nach Honolulu, wir haben eine Krisensitzung mit dem Gouverneur, aber in zwei Tagen bin ich wieder zurück. Könntest du dich bis dahin bitte aus allem Ärger raushalten?«

»Ich versuch's«, meinte Leon schulterzuckend. Er begleitete Tim zum Hubschrauberlandeplatz, wo der bordeigene Helikopter gerade startklar gemacht wurde, dann suchte er sich in den Aufenthaltsräumen des Zwischendecks ein Terminal, um sich in seine Lernprogramme zu vertiefen. Doch er konnte nicht ins Internet, dafür hatte er hier keine Freigabe – und er wollte unbedingt so bald wie möglich seine Mails checken. Vielleicht hatte ihm Julian geschrieben … oder Carima. Er gestand sich ein, dass er wissen wollte, wie es ihr ging. Dass er ihr berichten wollte, was geschehen war – vielleicht würde sie verstehen, wie traurig er war, dass Benthos II stillgelegt wurde.

Auf der Suche nach jemandem, der ihn kurz an seinem Computer ins Netz lassen würde, wanderte Leon auf dem Zwischendeck herum. Dieses Deck sah auf jeder Fahrt anders aus, da es fast ausschließlich aus Containern bestand. Man konnte diese Container für jede Expedition neu zusammenstellen, je nachdem, welche Räume und Funktionen man brauchte, und sie wie Bauklötze an Deck stapeln. Im Moment waren eine Menge Labore an Bord der *Thetys* und die meisten waren gerade in Benutzung: In einem war jemand dabei, mit der Pipette eine Flüssigkeit in ein Glasgefäß zu tropfen, in einem anderen beugte sich jemand über ein Mikroskop und ein paar Türen weiter untersuchten behandschuhte Geologen Lavabrocken, die wahrscheinlich einer der ferngesteuerten Unterwasser-Roboter hochgebracht hatte.

Doch dann hatte Leon Glück: Eines der Biologie-Labors war gerade leer und der Benutzer schien noch eingeloggt zu sein. Leon glitt hinein und machte es sich vor dem Computer bequem. Es dauerte eine Weile, bis das Programm sich über Satellit ins Internet eingewählt hatte, und in dieser Zeit schweifte Leons Blick über den fremden Schreibtisch, ruhte einen Moment lang auf dem Foto einer lachenden dunkelhäutigen Frau, die ein Mädchen auf dem Arm trug, wanderte weiter … und blieb an einem Stapel ausgedruckter Mails hängen, weil er darin einen vertrauten Namen erspäht hatte. Neugierig reckte Leon den Hals.

… müssen wir mit weiteren Entnahmen bei Octopus C-459/ IIB »Lucy« vorsichtig sein, seine Werte sind in letzter Zeit schlechter geworden. Besser, wir warten diesmal eine Weile länger. Ich verstehe ja, dass ihr gerne noch mehr Material hättet, aber wir müssen Prioritäten setzen …

Was für Entnahmen? Welche Werte waren schlechter geworden? Beunruhigt prüfte Leon die Mail genauer und stellte fest, dass sie von Greta Halvorsen stammte und an einen ARAC-Forscher namens Francis Montesquieu gerichtet war, offenbar der, dessen Schreibtisch Leon gerade gekapert hatte. War mit Entnahmen vielleicht die »Proze-

173

dur« gemeint? Sollte sie vorübergehend ausgesetzt werden, weil Lucy krank war? Oder war es womöglich die Prozedur selbst, die Lucy schadete?

Kurz überlegte er, ob er Greta selbst fragen sollte oder McCraddy. Doch obwohl er Greta mochte, vertraute er ihr ebenso wenig wie dem Tierarzt von Benthos II. Beiden bedeutete Lucy nichts, und er war nicht sicher, ob sie bereit waren, ihm die Wahrheit zu sagen.

Er musste Tim fragen – Tim war Meeresbiologe, er würde wissen, was die Mail bedeutete. Hastig stand Leon auf und sprintete die steile Treppe hoch zum vorderen Deck, wo sich der Hubschrauberlandeplatz befand. Doch er sah nur noch, wie der Heli über dem Schiff schwebend die Schnauze senkte und Fahrt aufnahm, in Richtung der grünen Inseln, die den Horizont ausfüllten.

Enttäuscht lehnte sich Leon gegen die Reling und blickte ihm nach. Sorgen um Lucy nagten an ihn und das Schwanken des Schiffs setzte seinem Magen zu. Entspannen. Er musste sich entspannen, sonst wurde er noch richtig seekrank. Leon atmete tief durch, einen Moment lang schaffte er es, alle düsteren Gedanken wegzuschieben. Auf einmal wurde ihm ganz und gar bewusst, wo er war … *oben*. An einem Ort, an dem es so etwas wie Wetter gab. Wolken. Einen weiten Himmel. Er schloss einen Moment lang die Augen, hob das Gesicht der Sonne entgegen und spürte den Wind, der über seine Haut strich.

Es war Carimas Welt, nicht seine. Doch in manchen Momenten gefiel diese Welt ihm gar nicht so schlecht.

Carima lehnte sich über die Balkonbrüstung, atmete den Geruch der violetten Bougainvillea ein, die in Kaskaden von den Gebäuden herabwucherte, und blickte über die Hotelanlage hinaus. Meerblick hatten sie keinen mehr bekommen, und ihre Mutter hatte eine fürchterliche Szene gemacht deswegen, was aber nichts genutzt hatte.

Manchmal hatte sie das Gefühl, ihre Mutter keinen Moment länger aushalten zu können, doch sie ahnte, dass sie beim Abschied von diesen Inseln – und ja, auch von ihrer Mutter – traurig sein würde. Wegen der vielen verpassten Chancen. Doch eine Chance hatte sie vielleicht nicht vorübergehen lassen … sie war froh darüber, dass sie Leon gemailt hatte. Ob er ihr wieder zurückgeschrieben hatte?

»Aber wieso denn das? Das kann doch nicht sein! Ja, rufen Sie mich zurück, wenn Sie mehr wissen – ich bitte darum!« Ihre Mutter knallte den Telefonhörer auf und ging ins Bad. Die Klospülung rauschte, dann marschierte Nathalie Willberg zur Zimmertür. »Los, komm, wir gehen jetzt zum Pool.«

»He!«, rief Carima. »Was ist denn los?«

»Alles ausgebucht«, schnaubte ihre Mutter. »Anscheinend sind wir nicht die Einzigen, die auf die Idee gekommen sind, zurückzufliegen. Aber der Heini von der Airline hat mir versprochen, dass wir ganz oben auf die Warteliste kommen, falls noch jemand abspringt.«

»Mit oder ohne Fallschirm«, murmelte Carima und holte ihr großes Badehandtuch mit den Delfinen, das sie von ihrem Vater für die Reise bekommen hatte.

Als Leon zurückkehrte, war das Labor nicht mehr leer, ein Mann saß mit dem Rücken zu ihm vor dem Computer. Das war wohl Francis Montesquieu. Lautlos zog sich Leon wieder zurück – und kam sich im selben Moment al-

175

bern vor. Warum fragte er ihn nicht einfach? Leon zwang sich, anzuklopfen, und der Wissenschaftler wandte sich mit höflich-abwartendem Blick zu ihm um. Sein ebenmäßiges, kaffeebraunes Gesicht wurde von einem sorgfältig gestutzten Schnurrbart geziert. Er war deutlich älter als Tim und mit seinem gestreiften Hemd förmlicher angezogen, als es an Bord üblich war. »Was gibt's?«, fragte er.

»Ich habe zufällig gehört, dass Sie etwas über Lucy – meine Krake – wissen …«

Montesquieu hob eine Augenbraue. »Wer hat denn so was gesagt? Ist gar nicht mein Bereich.« Er drehte sich wieder seinem Arbeitstisch zu, auf dem Glasröhrchen standen, und bemerkte ohne einen Blick in Leons Richtung: »Am besten, du wendest dich an den Fahrtleiter.«

»Okay, danke.« Leon spähte auf die Papierstapel, die auf dem Schreibtisch lagen. Der Ausdruck der Mail war nicht mehr da. Doch er ging ihm nicht mehr aus dem Kopf, auch als er sich längst wieder ins Zwischendeck zurückgezogen hatte.

Octopus C-459/IIB »*Lucy*« – das klang so schrecklich seelenlos. Als sei Lucy nur ein Labortier. Er musste versuchen, mehr über die ganze Sache mit der »Prozedur« herauszufinden. Vielleicht brachte es etwas, noch ein bisschen in Montesquieus Mails zu stöbern. Nur konnte er das nicht tun, während der Kerl an seinem Schreibtisch hockte und so tat, als wisse er von nichts; und er brauchte dessen Zugangscode fürs Bordnetz. Leon überlegte. Die Wissenschaftler arbeiteten in mehreren Schichten rund um die Uhr, doch irgendwann musste auch Montesquieu mal schlafen …

Den Nachmittag verbrachte Leon erst mit seinem Lernprogramm, dann im Becken mit Lucy. Es gefiel ihnen bei-

176

den nicht, dass das Schiff so groß war – oft waren sie so weit voneinander entfernt, dass nur noch ein ganz schwacher oder gar kein Gedankenkontakt sie verband.

Beide fühlen wir uns nicht wohl auf dem Großfloß, stellte Lucy fest.

Leon seufzte. *Stimmt. Und ich weiß nicht mal, wie lange wir noch hierbleiben müssen. Vielleicht kommen Julian, Billie und Tom bald her, dann wird's bestimmt besser.*

Eine Welle der Empörung. *Besser? Dann ist Carag auch noch hier drin!*

Hey, Saugnapf, jetzt hör aber mal auf zu meckern! Das Becken ist groß genug für euch beide. Leon kitzelte seine Partnerin, bis sie ihre Arme von ihm löste, aber vorher revanchierte sie sich noch, indem sie ihm mit den Saugnäpfen ein paar große runde Abdrücke auf der Haut verpasste.

Na, tausend Dank, wahrscheinlich dauert es Tage, bis die wieder weg sind!, beschwerte sich Leon, doch von Lucy kam nur ein Hauch von Schadenfreude zurück.

Nach dem Dinner – das es an Bord schon um halb sechs gab – hatten Koch und Kochsmaat frei, also ging Leon Minh besuchen. Der wischte sich gerade die Hände an einem Küchenhandtuch trocken und warf einen zufriedenen Blick auf die sauber geschrubbten Stahltische und -herde der Bordküche, dann gingen er und Leon raus aufs Arbeitsdeck und sahen zu, wie der Lander über eine Winde am Heck ins Meer befördert wurde.

»Langsam jetzt, mehr nach steuerbord«, sagte der Bootsmann, der für alle Abläufe an Deck verantwortlich war, in sein Funkgerät. »Gerät an der Oberfläche!«

Wellen umschäumten das Metallgestell des Landers, während er ins Wasser hinabgesenkt wurde. Ein paar Momente lang waren die gelben und orangen Kunststoffverkleidungen an den Seiten noch zu sehen, dann war der Lander an seinem Metallkabel auf dem Weg zum Meeresboden. Nachdenklich blickte ihm Leon nach und fühlte einen Moment lang nichts als Neid. Wie lange es wohl dauern würde, bis er und Lucy endlich wieder in die Tiefe durften?

Doch bis dahin gab es noch einiges zu klären.

»Sag mal, kennst du dich mit Computern aus?«, fragte er Minh leise, als gerade niemand in der Nähe war.

Minh schaute ihn beleidigt an. »Was ist das denn für eine Frage? Hey, welcher Musiker kann sich's heutzutage leisten, sich mit Computern *nicht* auszukennen? An Land wird fleißig gesampelt, und wenn wir wieder in See stechen, mixe ich den Kram zusammen und lege meinen Gesang drüber.«

»Äh, toll«, sagte Leon skeptisch – so richtig überzeugt war er noch nicht von Minhs Computerkenntnissen. »Bei mir geht es eher darum, an Mails dranzukommen.«

»Soso … wie ich Mister Redway kenne, will er sich wahrscheinlich in irgendein Mailkonto reinhacken, dort einen fiesen Virus hinterlegen und das gesamte Schiffsnetz lahmlegen.« Minh lachte über seinen eigenen Witz – doch als er Leons Gesichtsausdruck sah, verstummte er abrupt. »Nee Mann, oder? Leon, mach keinen Scheiß! Sag mir, dass du so was nicht vorhast.«

»Den Teil mit dem Virus nicht«, sagte Leon.

»Hat dir schon mal jemand gesagt, dass du komplett durchgeknallt bist?«

»Die meisten denken es nur, sagen es aber nicht. Was ist, hilfst du mir?«

»Na logisch«, sagte Minh und grinste schon wieder.

Abtrünnig

Ein paar Stunden später, während Francis Montesquieu irgendwo selig schlummerte, saßen sie in seinem Labor zusammen vor einem Terminal. »Hab hier 'n feines Programm installiert.« Minh klang zufrieden. »Jetzt können wir Passwörter ohne Ende ausprobieren und werden nicht nach drei Versuchen vom System rausgekickt.«

Leon nickte. Während Minh zu tippen begann, schaute er selbst sich nach Klebezetteln um, auf denen vielleicht der Code notiert war. Viele der Wissenschaftler konnten sich zwar die lateinischen Namen Hunderter Meerestiere merken, aber nicht ihr eigenes Passwort. Nur schien ausgerechnet Montesquieu eine Ausnahme zu sein, es gab zwar alle möglichen Klebezettel in Gelb, Grün und sogar Rosa, aber auf keinem stand irgendetwas, was auch nur entfernt einem Zugangscode ähnelte.

Leon warf einen unruhigen Blick auf die geschlossene Tür. Hoffentlich ertappte sie niemand bei dem, was sie gerade taten. Die ganze Aktion passte nicht zu seinem Versprechen, sich aus allem Ärger rauszuhalten.

Er drehte das Bild mit der lachenden Frau und dem Mädchen um und entfernte die Rückseite des Rahmens. Treffer, auf dem Foto stand etwas: *Daisy und ich, New Orleans, Mai 2017.* »Probier's mal mit ›Daisy‹ oder ›Orleans‹«, empfahl er Minh.

Minhs kurze, schmale Finger huschten über die Tastatur. »Nix is'. Wahrscheinlich ist der Typ einer dieser Penner, die tatsächlich so ein Streberpasswort mit Sonderzeichen und Zahlen benutzen. Hätt mir noch 'ne Software ziehen sollen, mit der wir so was entschlüsseln können. Aber wenn sie uns *dabei* erwischen, wärn wir echt am Arsch …«

»Ja, ja, versuch's einfach weiter.« Leon wurde immer unruhiger. Schon seit einer halben Stunde probierten sie erfolglos herum, und es konnte sein, dass das Labor bald wieder gebraucht wurde. Er überflog die Titel der Fachbücher, die auf dem Regal aufgereiht waren. Lauter Werke zur Molekulargenetik. Hatte die ganze Sache also etwas mit Lucys Erbgut zu tun? Auf gut Glück durchsuchte Leon noch ein paar Ordner – und stutzte, als er auf einem Dokument mit dem Datum von gestern Lucys Registriernummer wiedererkannte: *O/C-459/IIB*. Die beiden zusammengehefteten Seiten enthielten nur Zahlen und Daten, er wurde nicht schlau daraus, aber auf der ersten Seite stand groß »Ergebnis der Entnahme«. Er musste das verdammte Ding mitnehmen, es irgendjemandem zeigen und dann möglichst unauffällig wieder in den Ordner zurücktun …

»Äh, Leon?« Minhs Stimme.

»Ja? Bist du drin?«

»Nee. Hab im Bordnetz gerade 'nen Schichtplan ausgegraben. Dieser Montesquieu ist ab zehn Uhr für irgendwas eingeteilt. Kann sein, dass er dann noch mal hier aufkreuzt.«

»Wie lange ist es noch hin bis zehn?«

»Zwei Minuten.«

»Zwei Minuten?! Los, schalt das Terminal ab und dann raus hier!«

»Hey, entspann dich, Mann, bin gleich so weit.«

Leon wartete ungeduldig, bis sein Freund sich ausgeloggt und das Terminal abgeschaltet hatte. Dann stürzten sie beide zur Tür und drängten sich hinaus.

Keine drei Atemzüge nachdem sie die Tür hinter sich geschlossen hatten, bog Francis Montesquieu um die Ecke.

»Und als ich in Chicago gewohnt hab, ist mir echt mal Obama übern Weg gelaufen …«, sagte Minh in einem gedämpften Plauderton.

»Tatsächlich?« Leon schlenderte den Gang entlang, obwohl er wesentlich lieber gerannt wäre.

»Ich schwöre! Beim Bart meiner Mutter!«

»Beim Bart deiner …?«

Leon hörte keine Schritte mehr hinter sich, wahrscheinlich war Montesquieu vor der Tür seines Labors stehen geblieben. Blickte er ihnen jetzt nach? Erinnerte er sich daran, dass Leon ihn angesprochen hatte, war er misstrauisch geworden? Würde er merken, dass sein Stuhl noch warm war?

Doch Montesquieu rief ihnen nicht nach, sie hörten die Tür des Labors zuklappen und dann waren Leon und Minh auch schon draußen aus dem Container und auf dem Weg zurück aufs Hauptdeck.

Leon steckte die Hand in die Tasche und berührte das Blatt mit den Zahlen und Daten, das er aus dem Ordner mitgenommen hatte. Vielleicht hielt er den Schlüssel zur Lösung des Rätsels schon in der Hand. Doch er verstand ihn nicht. Der Gedanke machte ihn fast wahnsinnig.

»So, ich geh jetzt mal 'ne Runde pennen«, verabschiedete sich Minh bestens gelaunt. »Muss um fünf Uhr aufstehen, Brötchen backen. Hey, war cool, das Ganze. Sag Bescheid, wenn's noch mal was zu tun gibt!«

»Mach ich«, murmelte Leon und blickte Minh nach, als er

davonging. Für den Kochsmaat war das alles nur ein Spiel, und Leon konnte nur hoffen, dass er den Mund hielt und sich nicht verplapperte.

Gerade gingen die Bord-Elektronikerin Laila und der Bootsmann an ihm vorbei.

»… schon fünf Tote …«, hörte Leon Carl, den muskulösen Bootsmann, sagen. »Ich sag dir, die werden jetzt echt nervös, weil die Touris…«

Schockiert hielt Leon inne, unterbrach die beiden Besatzungsmitglieder einfach. »Fünf Tote? War es wieder etwas … hatte es wieder etwas mit dem Meer zu tun?«

Carl blieb stehen und legte ihm kurz eine seiner Pranken auf die Schulter. »Na, Leon, was hälst'n du als Taucher von der Sache? Auf einmal Schwärme giftiger Quallen vor den Inseln. Gab doch nie ein Problem mit so was hier. Und auch noch richtig fiese Biester. Wenn du zufällig eins davon berührst, dann nesselt dich das Vieh, sodass dir Hören und Sehen vergeht. Nach ein paar Minuten bricht dir der Kreislauf zusammen und das war's dann.«

»Keiner traut sich mehr, auch nur einen Fuß in die Wellen zu stecken.« Laila verzog das Gesicht. »Eigentlich wollte ich mit Emond ein romantisches Wochenende in Honolulu buchen, aber ich fürchte, da wird nichts draus. Hast du schon mitgekriegt, dass die Lorenz sämtlichen Landurlaub gestrichen hat? Als ich das gehört habe, dachte ich, nee, das kann doch jetzt nicht …«

Die beiden gingen weiter, sie hatten längst vergessen, dass sie eigentlich Leon nach seiner Meinung als Taucher gefragt hatten. Doch Leon hätte sowieso nicht viel herausgebracht. Schon wieder Tote! Das waren alles Leute mit Zukunftsplänen gewesen, mit Menschen, die sie liebten und die jetzt unter Schock standen, vielleicht mit Kindern, die jetzt so wie er damals kapieren mussten, wie endgültig das Sterben war …

In dieser Nacht kehrte Leon nicht in seine Kabine zurück, die ohne Tim sowieso furchtbar leer war, sondern hüllte sich in eine Decke und legte sich neben Lucys Becken. Seine und Lucys Gedanken flossen ineinander wie zwei Flüssigkeiten, die sich sanft und lautlos mischten.

So geht es nicht weiter. Ich schaffe es nicht mehr, auf diesem Schiff zu hocken und einfach nichts zu tun.

Kopfbauchgrimmen hast du, ich merke schon …

Ja. Auf irgendeine Art ist die Tiefsee das Problem, und es klingt vielleicht albern, aber ich fühle mich schuldig deswegen. Es gibt niemanden, dem die Tiefsee so sehr gehört wie mir. Sie ist mein Revier, verstehst du?

Es ist ein vielgroßes Revier. Aber ich verstehe. Dein Meer soll nicht mehr anderen wehtun.

Lucy, würdest du mitkommen, wenn ich nachsehen gehe, was in meinem Revier nicht stimmt?

Mein Freund, es ist nicht DEIN Revier, UNSERES ist es. Ja, ja, ich komme mit. Schwimm nicht ohne mich!

Am nächsten Morgen, noch vor dem Frühstück, bat Leon Ellard über die Ultraschall-Verbindung um seine Erlaubnis zu einem kurzen Freiwassertraining mit Lucy. Sie wurde erteilt.

Ellard hatte natürlich keine Ahnung, dass Leon nicht vorhatte, zurückzukehren.

Es würde keine sehr spannende Brückenwache werden. Laut Fahrtprogramm war lediglich das Aussetzen eines weiteren wissenschaftlichen Instruments dran, aber sonst nicht viel.

Alvarez überprüfte, was es auf dem Radar zu sehen gab, und warf einen kritischen Blick aus den großen Fensterscheiben der Brücke, die den Blick auf das blaugraue Meer um sie herum freigaben. Dann trug er in seiner präzisen, ordentlichen Handschrift die neusten Wetterdaten und die aktuelle Position ins Bordtagebuch ein.

Es war noch etwas Zeit, bevor das Gerät ausgesetzt werden sollte, und Alberto erlaubte sich einen kleinen Tagtraum. Wahrscheinlich würde er nie imstande sein, sich eine Luxusjacht zu leisten, doch im Geiste hatte er schon längst Schiffstyp und Ausstattung ausgewählt und begonnen, die Jacht einzurichten. Ein Whirlpool musste unbedingt sein, natürlich eine voll ausgestattete Bar und hm, vielleicht ein Schießstand …

Doch diesmal kam sein Tagtraum nicht so richtig in Gang. Schuld war die in ihm schwelende Wut über diesen schlaksigen jungen Taucher, Leon Redway. Unfassbar, wie der Kerl ihn angebrüllt hatte, und noch schlimmer war gewesen, wie Redway das anschließende Donnerwetter weggesteckt hatte. Völlig gleichgültig! Natürlich hatte Alberto den Vorfall an Kapitänin Katharina Lorenz gemeldet. Dass sie die Angelegenheit mit einem Schulterzucken und einer Mitteilung an Redways Adoptivvater abgetan hatte, war seiner Laune allerdings nicht förderlich gewesen. Nicht zum ersten Mal bedauerte Alvarez, dass er nicht länger Leutnant der argentinischen Marine war – auf einem Schiff der Marine wäre ein solches Verhalten nicht einfach so durchgegangen! Es hätte Konsequenzen gehabt, echte Konsequenzen!

Es war Zeit, das Gerät auszusetzen. Mit einem Seufzer verabschiedete sich Alberto von allen ablenkenden Gedan-

ken, stoppte die *Thetys* und programmierte das vollauto-
matische Positionierungssystem. Jetzt würde die Computersteuerung das Schiff metergenau auf der richtigen Stelle
über Grund halten, besser als jeder Mensch das vermochte.

»Das Schiff ist auf Station«, gab Alvarez dem Windenfah-
rer durch. »Gerät zu Wasser!«

Schon jetzt war er ein Verräter, es wusste nur noch niemand.

Mit andächtigen Bewegungen streifte sich Leon die
OxySkin über, prüfte alle Systeme und stellte sicher, dass
die Batterie des Werkzeuggürtels voll geladen war. Viel
Strom brauchte er unter Wasser nicht, nur ein wenig für
seine Lampen, das DivePad und die Ultraschall-Sprechverbindung. Theoretisch hielt eine Batterie vier Tage im
Dauerbetrieb durch, und es war völlig albern, schon nach
ein paar Stunden wieder aus dem Meer zurückzukehren. Er
hatte vor, diesmal weitaus länger unten zu bleiben. Vor den
Tentakeln der giftigen Quallen hatte Leon keine Angst, ihre
Nesselkapseln konnten seine OxySkin nicht durchdrin-
gen. Er war weitaus besser geschützt als ein gewöhnlicher
Schwimmer oder Taucher, da die Anzughaut sogar sein Gesicht bedeckte.

Lucy wartete ungeduldig in ihrem Becken. Sobald er bereit war, würde sie herausklettern und zur OceanPartner-
Schleuse im Rumpf der *Thetys* kriechen. Den Peilsender,
der in die Haut ihres Mantels implantiert worden war,
hatte Leon mit dem Laser, der zur ärztlichen Ausrüstung
des OceanPartner-Raumes gehörte, mattgesetzt. Leons Ra-
chenspray war ein lokales Betäubungsmittel und ließ sich
wunderbar zweckentfremden, damit Lucy nichts von der
kleinen Operation spürte.

Leon berührte noch einmal das zu einem winzigen Viereck zusammengefaltete Blatt Papier, das er aus dem Ordner in Montesquieus Büro mitgenommen und nun in einer wasserdichten Tasche seines Werkzeuggürtels untergebracht hatte. Irgendwann würde er herausfinden, was die Zahlen und Daten darauf bedeuteten, und bis dahin würde ihn dieses Ding begleiten, wohin auch immer er unterwegs war.

Jetzt war er so weit, er konnte den Anzug über seinem Gesicht versiegeln. Er hatte sich das Spray verabreicht, die Atemflüssigkeit war vorgewärmt und mit Sauerstoff angereichert, er konnte sofort beginnen, den Anzug damit zu fluten. Doch Leon zögerte, die Hand schon erhoben, und all seine Bedenken und Schuldgefühle überfielen ihn aus dem Hinterhalt, stachen auf ihn ein wie tausend Nadeln. Wie würde Tim reagieren, dass Leon sich absetzte, konnte er seinem Adoptivvater das wirklich antun? Was würden Kovaleinen und Ellard von ihm denken, würde die ARAC ihn entlassen?

Egal. Das musste jetzt egal sein. Und was hatte er denn noch zu verlieren?

Leon hob die Hände, um den Anzug über seinem Gesicht zu verschweißen … und zuckte zusammen, als jemand den OceanPartner-Raum betrat. Es waren einer der Biologen, die er am ersten Tag hinausgeworfen hatte, eine junge Forscherin … und Francis Montesquieu. Verdammt – wenn er ein paar Minuten früher fertig gewesen wäre, hätten die nicht mal mehr seine Flossenspitze oder einen von Lucys Saugnäpfen zu sehen bekommen! Warum war Montesquieu dabei, hatte er doch irgendwie gemerkt, dass sie in seinem Büro gewesen waren? Hatten er und seine Kollegen womöglich Verdacht geschöpft, ahnten sie, dass er und Lucy fliehen wollten? Vielleicht, weil Lucys Peilsender nicht mehr funktionierte.

Was wollen die? Alarmiert verzog sich Lucy.

Leon presste die Lippen zusammen. *Ich glaube, das werden wir gleich rausfinden.*

Montesquieu sagte nichts, stattdessen ergriff der Biologe, auf dessen Namensschild *Mattern* stand, das Wort. »Mir ist zu Ohren gekommen, dass Sie einen Tauchgang geplant haben, Redway«, sagte er, ohne sich mit Nebensächlichkeiten wie einer Begrüßung aufzuhalten. »Doch um es gleich zu sagen, das Tier können Sie nicht mitnehmen.«

»Wieso das?« Erschrocken ließ Leon die Hand mit dem Versiegler sinken. Einen Moment lang dachte er nur an Flucht, doch seinen Anzug bereit zu machen dauerte noch mindestens eine Minute und auch Lucy würde es nicht schnell genug bis zur Schleuse schaffen…

»Wir brauchen es noch für Untersuchungen. Es muss auf dem Schiff bleiben, das ist ein direkter Befehl von Fabienne Rogers.«

»Was für Untersuchungen?«, fragte Leon misstrauisch. Seit er die Mail von Greta Halvorsen gelesen hatte, war er nicht mehr bereit, irgendwelche Experimente an Lucy zuzulassen. Die Frage war nur, ob es in seiner Macht stand, sie zu verhindern, wenn er und seine Partnerin weiterhin auf der *Thetys* blieben.

Der Mann ging nicht einmal auf seine Frage ein. »Sie können jetzt gerne von Bord gehen, Redway.«

»Danke, das ist nett. Aber falls Sie es noch nicht wussten, diese Krake braucht Freiwassertraining, um in dem kahlen Becken nicht vor Langeweile einzugehen!« Leon staunte über sich selbst. So schlagfertig kannte er sich gar nicht.

Die junge Frau war offensichtlich erschrocken über seine Worte, doch der Biologe schien abgebrühter, sein Gesichtsausdruck veränderte sich kaum. »Wenn das Becken zu leer ist, lassen wir ein paar Felsen und Algen herschaffen. Auch lebende Beute lässt sich arrangieren. Wenn Sie noch weitere Wünsche haben, dann wenden Sie sich einfach an mich. Johannes Mattern, Kabine 4020.«

Ungläubig sah Leon, dass die junge Frau einen Stuhl dabeihatte – jetzt klappte sie ihn seelenruhig auf und machte es sich mit einem dieser neuen, wasserdichten Holo-Laptops neben dem Becken bequem. Bevor Leon fragen konnte, was das sollte, sagte Montesquieu: »Zu Forschungszwecken werden wir das Habitat ab jetzt durchgehend beobachten. Natürlich können wir Sie auch gerne bei Ihren Aufgaben unterstützen und zum Beispiel eine Fütterung oder die Reinigung des Beckens übernehmen.«

»Danke, nicht nötig«, sagte Leon wütend. Jetzt war die junge Frau auch noch dabei, in einer Ecke des Raumes eine Webcam anzubringen. Meinten die das ernst?

Und das Schlimmste war: Er hatte keine Chance, sich gegen diese Typen durchzusetzen – nicht, wenn sie direkte Anweisungen von Fabienne Rogers hatten. Dann brachte es auch nichts, bei Tim zu protestieren.

Die überwachen dich ab jetzt den ganzen Tag über, berichtete er Lucy bitter. *Wir kommen nicht zusammen raus, solange diese Leute hier sind! Aber wir schaffen es schon irgendwie zu fliehen.*

Doch leider hatte er keinen blassen Schimmer, wie sie das jetzt noch anstellen sollten.

Freiwild

In einem Nebenraum machte Leon sich daran, seinen Anzug wieder abzustreifen. Wie das Ding dort in tausend Falten auf dem Boden lag, wirkte es wie eine schimmernde Schlangenhaut. Oder wie das, was von einem Menschen übrig war, nachdem ihn gerade ein Alien ausgesaugt hatte.

Entmutigt setzte Leon sich auf den kalten Boden, schloss die Augen und presste die Fingerspitzen gegen die Schläfen. Er musste hier raus, runter von diesem Schiff, er hielt das alles nicht mehr länger aus. *Draußen* gab es solche Probleme nicht, dort war alles so viel einfacher, klarer. Leben. Tod. Nahrung. Jagd. Schutz. Es gab keine verborgenen Motive, keine Lügen, keine …

Leons Gedanken stockten. Nein. Jetzt war er selbst gerade dabei, sich anzulügen. Natürlich kannten auch Tiere die Täuschung. Riesensepien zum Beispiel, enge Verwandte von Lucy, zogen bei der Balz alle Register. Während die großen Männchen damit beschäftigt waren, einander zu imponieren und von dem Weibchen fernzuhalten, schwamm manchmal ein kleines Männchen – das normalerweise nie eine Chance gehabt hätte – als Weibchen getarnt zu der Schönen und paarte sich unauffällig mit ihr.

Auch Lucy war eine Meisterin der Tarnung. Leon hatte oft genug gesehen, wie sie nicht nur die Farbe, sondern sogar die Struktur ihrer Haut in Sekundenbruchteilen der Umgebung anpassen konnte. Das machte es schwierig, Kraken im Meer überhaupt zu entdecken. Aber hier im OceanPartner-Raum nützte ihnen das nicht sonderlich viel … oder doch?

In seinem Kopf wurde aus vielen Mosaiksteinchen ein Bild, entstand ein Plan.

Leon fühlte sich, als sei er ein Roboter mit fast leerer Batterie, den man jetzt endlich wieder an ein Stromkabel angeschlossen hatte. In einer einzigen fließenden Bewegung war er auf den Füßen und aus der Tür. Auf dem Weg zur Kombüse der *Thetys*.

Doch diesmal war Minh über seinen Besuch und seine Bitte um Unterstützung nicht sonderlich begeistert. »Hallo? Hast du mal dran gedacht, wer genau das Mittagessen macht? Gemüse hacken, Kartoffeln schälen und so was – und das für mehr als sechzig Eierköpfe. Wir legen mit den Vorbereitungen praktisch direkt nach dem Frühstück los …«

»Schon okay«, sagte Leon und versuchte sich nicht anmerken zu lassen, wie verzweifelt er war. Er hatte kein gutes Gefühl dabei, noch länger mit seiner Flucht zu warten. Dieser Mattern war ihm nicht ganz geheuer und er wollte Lucy möglichst auch nicht mit diesen Forschern alleine lassen …

Der Kochsmaat sagte nichts, doch er beobachtete Leon einen langen Moment mit seinen schrägen tiefschwarzen Augen. »Jetzt mal Klartext, Mann. Ist es *wirklich* wichtig?«

»Ja«, sagte Leon gequält. »Es ist wirklich wichtig.« Plötzlich hatte er eine Idee. »Wenn du uns jetzt hilfst, dann kannst du uns meinetwegen managen. Wenn wir mal eine Vorführung haben.«

Minhs Gesicht hellte sich auf. »In Vegas?«

»Wahrscheinlich eher nicht in Vegas«, wandte Leon ein.

»Aber warum nicht? Alle sensationellen Shows laufen dort, und du und Lucy, ihr seid sensationell! Ich weiß noch, wie du mir gezeigt hast, wie ihr …«

»Minh? Warst du schon mal in Las Vegas?«

»Äh, nein, wieso?«

»Die ganze Gegend ist Wüste. Kein Wasser weit und breit, und vor allem kein Meer. Lucy würde die Krise kriegen.« *Und ich wahrscheinlich ebenfalls.*

»Ach so.« Minh winkte ab. »Hab ich nicht dran gedacht. Egal, machen wir's halt in L.A. oder so. Hollywood ist vom Meer nur so weit entfernt, wie 'n Lama spucken kann.«

Sie gaben sich die Hand darauf.

In Rekordzeit hatte sich Leon wieder in seinen Anzug gezwängt und alles für den Tauchgang vorbereitet. Die junge Forscherin beobachtete ihn aus dem Augenwinkel, was Leon nicht entging. Wahrscheinlich dachte sie, dass er eingesehen habe, seine Krake nicht mitnehmen zu können. In Wirklichkeit sprach er die ganze Zeit über lautlos mit ebenjener Krake und ging mit ihr den Plan durch, einmal, zweimal. Mehr als einen Versuch hatten sie nicht. Entweder, es klappte gleich, oder sie konnten es vergessen.

Ich hätte einen Zettel für Tim dalassen sollen, dachte Leon noch, doch dafür war es jetzt zu spät. Er stieß die Luft aus den Lungen, versiegelte den Anzug und fühlte, wie das Perfluorcarbon über seine Haut rann. Einen Moment lang verspannte er sich, fragte sich, ob sein Körper sich diesmal dagegen wehren würde, doch dann wurde ihm klar, dass er damit eine selbsterfüllende Prophezeiung in Gang setzte. Wenn er glaubte, dass es nicht klappen würde, dann verkrampfte er sich wahrscheinlich so, dass es wirklich nicht gelang. Leon zwang sich zur Ruhe, schob die Sorgen weg und dachte daran, dass es bisher immer gut gegangen war, auch diesmal würde es so sein, ganz sicher.

Und so war es. Tief atmete er die Flüssigkeit ein, bis sein Körper sich wieder daran gewöhnt hatte. Er zog seine Fußflossen an, schwarzer Kunststoff, fast unverwüstlich. Dann trat er in die innere Schleuse – und hörte noch, wie es an der Tür des OceanPartner-Raumes klopfte. Das war Minh, und er würde mit der jungen Frau das abziehen, was er am besten konnte. Er würde sie gnadenlos vollquatschen. Während hinter ihr eine Krake lautlos aus ihrem Becken kroch und so perfekt getarnt, dass der Webcam-Operator sie mit etwas Glück einfach übersehen würde, zur Schleuse glitschte. Leon war froh, dass die *Thetys*-Leute noch nicht dazu gekommen waren, eine Platte über Lucys Behausung anzubringen; garantiert hätten sie das noch gemacht, denn die Meeresbiologen an Bord wussten sicher, dass Kraken Meister darin waren, aus ihrem Becken zu entkommen.

»Warten Sie, ich muss …«, hörte er die junge Frau sagen, dann schnitt die Schleusentür ihre Worte ab und alle Geräusche von drinnen wurden dumpf.

Winzige Zellen in Lucys Haut reagierten blitzschnell und passten sich dem geriffelten Grau des Schleusenbodens an. *In Sicherheit sind wir jetzt?*, fragte seine Partnerin eingeschüchtert, und ihr glänzender Körper wand sich auf dem Boden, suchte instinktiv einen Ausweg aus dem geschlossenen Raum.

Noch nicht. Aber gleich, erwiderte Leon verkrampft. Es kam ihm endlos lang vor, bis die Schleuse sich endlich mit schäumendem Meerwasser gefüllt hatte. In Zeitlupe schienen sich die äußeren Schleusentüren vor ihnen zurückzuschieben. Und dann waren sie *draußen*.

Stürzten sich hinein in das unendliche Blau.

Als Carima gestern ihre Mails gecheckt hatte, war nichts von Leon da gewesen. Aber vielleicht hatte er sich diesmal gemeldet. Sie hatte ihn gefragt, woher er Deutsch konnte; seine letzte Mail hatte er zwar in Englisch getippt, aber mit »Viele Grüße aus der Tiefe!« unterschrieben, kein einziger Fehler drin.

Es kribbelte in ihrem Bauch, während sie das Mailprogramm aufrief, ihr Passwort eintippte und den Eingangsordner anklickte. Das Kribbeln verschwand. Nein, auch diesmal hatte Leon sich nicht gemeldet. Julian schien auch keine Lust mehr zu haben, ihr zu schreiben.

Alles Deppen, dachte Carima. *Schon klar – aus den Augen, aus dem Sinn, so läuft das!* Doch sie schaffte es nicht, sich in ihren Ärger hineinzusteigern. Nein, Leon war keiner von dieser Sorte, er war vielleicht ein bisschen seltsam, aber absolut nicht oberflächlich. Lag es an ihr? Vielleicht hatte irgendetwas in ihrer letzten Mail ihn abgestoßen? Hatte sie unbewusst einen Tussi-von-der-Oberfläche-Ton draufgehabt?

Sie rief ihre letzte Nachricht an ihn auf, ging noch einmal jeden Satz durch. Vielleicht war es die Fantasy-Sache gewesen. Aber er hatte schließlich gefragt, wie sie auf ihren Nick Lady Shimounah gekommen war, und sie hatte einfach die Wahrheit gesagt, nämlich dass es aus ihrem Lieblingsroman *Nachtlilien* stammte und darin der Name einer Göttin war. Oh Mann, ja klar, das war es gewesen, wie eingebildet und selbstherrlich war es denn eigentlich, sich nach einer Göttin zu benennen? Andererseits – wenn er sich tatsächlich wegen einer solchen Kleinigkeit nicht mehr bei ihr meldete, dann war er ein Idiot und sonst nichts.

Abwesend las Carima die anderen Nachrichten – eine von

ihrem Vater, die von Schwärmereien über seine Touren und Hannah strotzte, zwei von ihren Freunden und eine von Pernille aus Schweden, die sie bei einem Film-Workshop kennengelernt hatte. Damals hatten sie zusammen einen eigenen kurzen Spielfilm gedreht und es hatte dermaßen Spaß gemacht, dass Carima gerade versuchte, in der Schule ein paar Leute für ein neues Filmprojekt zusammenzutrommeln.

Als ihre Mutter ihr urplötzlich über die Schulter blickte, zuckte Carima zusammen und war froh, dass sie nicht wie sonst zum Schluss jeder Computer-Session Leons Bild aufgerufen hatte. Ihre Mutter war einfach nicht fähig, normale von peinlichen Fragen zu unterscheiden, und hätte bestimmt versucht, sie auszuquetschen. Dabei wusste Carima selbst nicht, wieso sie diesen Jungen nicht aus dem Kopf bekam.

»Es sieht so aus, als hätten wir endlich einen Flug, Cari!« Ihre Mutter wirkte ausgesprochen zufrieden. »Morgen, um zwei Uhr mittags. Wir müssen zwar in Rom umsteigen, und ich habe eigentlich keine Lust, stattdessen in Italien festzusitzen, aber wahrscheinlich wird alles irgendwie klappen. Ich habe uns im Hotel schon abgemeldet.«

Carima starrte auf die Tastatur und die Buchstaben schienen vor ihren Augen zu verschwimmen, davonzudriften. Ja, abgemeldet, genau das war sie. Wahrscheinlich sah Leon keinen Sinn darin, sich mit einem Mädchen abzugeben, das sowieso in ein paar Tagen auf die andere Seite der Welt zurückkehren würde.

»Übrigens – ich habe meine Meinung geändert«, sagte Carima, setzte ein strahlendes Lächeln auf und wandte sich zu ihrer Mutter um. »Es ist okay, dass wir zurückfliegen.«

194

Nathalie Willberg blickte erstaunt drein, lächelte dann aber. »Prima. Ach ja, hättest du Lust, vor dem Abflug noch mal mit den Leuten von Benthos II zu sprechen? Ich habe vorhin mit dem Projektleiter telefoniert, um mich zu bedanken, und er meinte, wir könnten eine Verbindung bekommen.«

Fast hätte sich Carima verraten, um ein Haar wäre sie zusammengezuckt. Doch das Lächeln hielt, schirmte sie ab. »Na gut. Wär schon höflich, Tschüss zu sagen.«

Vielleicht brauchst du es gar nicht, das Lächeln. Leons Stimme in ihrem Kopf. Wieder einmal. Doch sie schaffte es nicht, auf ihren Schutzschild zu verzichten. Was wusste er schon von ihrem Leben? Es war doch so ganz anders als seines.

Sehr schnell, fast zu schnell, war es so weit. Ihre Mutter plauderte mit Kovaleinen und Patrick, dann reichte sie das Telefon zu ihr weiter. Carimas Handflächen waren schweißnass, als sie das Gerät nahm. »Hallo?«

»Hi, Carima«, sagte Julians Stimme und Carima zwang sich zu einem locker-fröhlichen Ton. »Na, wie läuft's?«

»Ach, geht so. Hier unten geht's drunter und drüber, weil im Meer immer noch so seltsame Sachen passieren. Deshalb sollen wir die Station aus Sicherheitsgründen erst mal verlassen.« Julian erzählte lang und breit von dem Forschungsschiff, auf dem sie die nächste Zeit verbringen sollten, und von Billies Freiwassertraining mit Shola an der Küste von Big Island. Es dauerte eine Weile, bis Carima den Mut fand, nach Leon zu fragen. Ein seltsames, langes Schweigen entstand, und Carima dachte schon, dass die Verbindung abgerissen war. Doch dann sagte Julian: »Äh, ich fürchte, nein, mit dem kannst du jetzt nicht sprechen.«

»Ist er gerade im Meer?«

Wieder Julians Stimme, leiser diesmal. »Nein. Er ist in Schwierigkeiten. Großen Schwierigkeiten, fürchte ich.«

»Wieso? Was ist denn passiert?«

Julians Stimme klang gepresst. »Aus irgendeinem Grund ist er völlig ausgetickt und die ARAC ist stinksauer auf ihn. Kann dir leider nicht viel mehr darüber sagen und ich muss auch jetzt Schluss machen … Schade, dass du nicht länger auf der Station warst. Komm gut nach Hause und pass auf dich auf, okay?«

»Julian!«

Nur noch das Freizeichen.

Ganz langsam ließ sich Carima auf die bunte Tagesdecke ihres Bettes zurücksinken. Ihr Kopf fühlte sich an, als habe ihn jemand mit Glassplittern gefüllt.

Leon. In Schwierigkeiten. Sie musste, nein, sie *würde* irgendetwas tun. Irgendwas!

Aber was?

Immer tiefer schwammen sie, fast senkrecht nach unten, in den Abgrund unter ihnen. Um sie herum wurde es dämmriger. Mit jedem Meter, den sie vorankamen, wurde Leon leichter ums Herz.

»Leon Redway, *Thetys* hier«, sagte eine Stimme, die er nicht kannte, durch die Ultraschall-Verbindung. »Ich wiederhole, hier ist die *Thetys*. Melde dich, Leon.«

Aha, anscheinend war ihnen schon aufgefallen, dass ihnen ein junger Taucher inklusive Krake abhandengekommen war. Leon war beunruhigt darüber, dass das so schnell gegangen war. Er und Lucy waren seit höchstens zehn Minuten im Wasser. Hatte Minh Mist gebaut? Oder hatte die junge Forscherin so schnell bemerkt, dass Lucy sich nicht in ihrer Wohnhöhle verkrochen hatte, sondern weg war? Wahrscheinlich an der feuchten Spur auf dem Boden.

»Redway hier«, meldete er sich kurz. »Was gibt's?«

»Na, wie läuft das Freiwassertraining?«

Leon ging nicht auf den Plauderton ein. Sie ahnten sicher schon, dass dies kein gewöhnlicher Trainingstauchgang war. Nicht zuletzt deshalb, weil er die Sensoren, die seine Körperfunktionen an die Basis meldeten, wieder einmal abgeschaltet hatte. »Gut bisher. Keine Probleme.«

»Wir wissen, dass du Lucy bei dir hast, und das passt einigen Leuten hier an Bord nicht. Aber ich verstehe gut, dass ihr euch mal wieder draußen die Flossen vertreten wollt. Schiffskoller, was?«

»So was in der Art«, gab Leon knapp zurück. Soso, jetzt auf einmal gaben sie sich verständnisvoll. Bisschen spät dafür. *Anscheinend rechnen sie noch damit, dass ich mit dir freiwillig zurückkommen könnte,* teilte er Lucy mit und ein verächtliches *Dumm wie Seegurken müssen sie sein!* kam zurück.

»Tja, ich wollte nur Bescheid geben, dass deine Kumpels von der Benthos II in einer halben Stunde hier ankommen, und wir hatten eigentlich eine kleine Party für euch geplant. Du kommst doch, oder?«

Unwillkürlich zögerte Leon, hielt einen Moment lang an und schwebte im Wasser. Julian. Tom. Billie. Seine Freunde … die einzigen Menschen, die ihm wirklich etwas bedeuteten … denen er etwas bedeutete …

Mein Freund, was machst du?, fragte Lucy entgeistert. *Was sagen sie?*

»Deine Freunde vermissen dich schon«, legte der Unbe-

197

kannte nach. »Ihr könnt auf der *Thetys* zusammen wohnen, wir haben schon eine Nachbarkabine zu deiner frei geräumt.«

Leons Antwort bestand darin, dass er mit kräftigen Flossenschlägen wieder senkrecht nach unten schwamm. Sie mussten so schnell wie möglich noch tiefer. Noch waren sie nicht außer Reichweite gewöhnlicher Taucher, die modernste Helium-Sauerstoff-Gasmischungen benutzten.

Wohin schwimmen wir, wohin?, erkundigte sich Lucy, die dicht neben ihm blieb.

Erst mal runter, so weit es geht, schickte Leon zurück. *Am Meeresboden können wir uns besser verstecken, dort können sie uns mit dem Schiffs-Echolot nicht so leicht erfassen.*

Eine Welle der Zustimmung kam zurück. Klar, es lag ohnehin in der Natur von Kraken, sich am Boden zu verbergen.

Aber Lucy hatte recht – wohin wollten sie danach eigentlich? Wo in dieser endlosen Dunkelheit lag die Lösung des Rätsels? War er völlig irre gewesen, als er ohne einen Scooter aufgebrochen war – wie sollten sie ohne technische Hilfe jemals auch nur einen Bruchteil des gigantischen Gebiets rund um diese Inseln absuchen?

»Leon? Wir können über alles reden. Gibt es jemanden an Bord, mit dem du sprechen willst?«

Alles in ihm schrie danach, mit Tim zu reden, ihm alles zu erklären, und genau das durfte er jetzt auf keinen Fall, sonst wurde er womöglich schwach und kehrte um.

»Ich will mit Fabienne Rogers sprechen«, sagte er. Ein kurzes erstauntes Schweigen am anderen Ende der Ultraschall-Verbindung.

»Mal sehen, ob sich das einrichten lässt«, sagte die fremde Stimme dann – und verstummte.

Zweihundert Meter Tiefe. Leons rasender Herzschlag beruhigte sich, und er hatte wieder Augen für das Leben, das ihn umgab. Es herrschte nur ein schwaches Zwielicht, doch die Restlichtverstärker der Augenlinsen verrieten ihm, dass eine Meeresschildkröte in der Nähe vorbeischwamm, weit holte sie mit den Brustflossen aus, um ihren schweren scheibenförmigen Körper durchs Wasser zu ziehen. Natürlich wusste die Schildkröte, dass er und Lucy hier waren, doch sie störte sich nicht daran – viele Feinde hatte sie nicht, und wenn sie es schaffte, einen Bogen um die Fischernetze der Menschen zu machen, würde sie mehr als hundertfünfzig Jahre lang das Meer durchstreifen.

Sie hatte es nicht nötig, sich zu tarnen, die anderen Tiere, die hier lebten, dagegen schon – und nur das Sonar an Leons Handgelenk wies ihn darauf hin, dass sie gerade Gesellschaft hatten. *Mal schauen, wer das ist*, dachte Leon und ließ seine Lampe aufblitzen. Aha, Silberbeilfische. Er freute sich darüber, als habe er gerade zufällig alte Bekannte getroffen. Diese Fische mit den riesigen Augen waren echte Bewohner der Tiefe – und damit ein Stück Heimat.

Hättest du nicht entdeckt ohne dein Ping-Ping, motzte Lucy, wohl um zu überspielen, dass sie die Silberbeilfische nicht gesehen hatte. Damit man sie nicht erkennen konnte, wenn man von oben in den Abgrund herabblickte, war ihr Rücken dunkel gefärbt. Doch auch wenn man von unten zur helleren Wasseroberfläche hochschaute, hatte man kaum eine Chance, sie auszumachen. Leuchtorgane an ihrem Bauch imitierten Farbe und Stärke des Lichts, das von oben kam, und verbargen die Silhouette ihrer Körper. Es war ein Trick, den viele Tiere der Dämmerlichtzone nutzten.

»Leon? Ich habe jetzt Fabienne Rogers für dich in der Leitung.«

Fast wäre Leon zusammengezuckt und sein Herzschlag beschleunigte sich wieder. Sie hatte es tatsächlich arrangiert! So wichtig nahmen sie seine und Lucys Flucht?

»Guten Morgen.« Ihre tiefe, ein wenig heisere Stimme. »Leon, es wäre mir weitaus lieber, wir könnten uns an Bord unterhalten. Ich bin sowieso gerade auf dem Weg zurück, du könntest um zehn Uhr in mein Büro auf der *Thetys* kommen.«

»Das geht leider nicht«, erwiderte Leon und war froh, dass der Sprachcomputer seine Stimme so fest und sicher klingen ließ. Und dass Lucy bei ihm war, eine warme Präsenz, die ihn einhüllte und begleitete. Es fühlte sich ein bisschen so an, als halte ein Mensch, den er liebte, seine Hand.

»Dann kannst du mir sicher auch jetzt erklären, warum du meine Anweisung missachtet hast, dass Lucy an Bord bleiben soll. Es gibt gute Gründe dafür, sie erst einmal im Becken zu behalten.«

Leon spürte, wie sein Zorn zurückkehrte, stärker denn je. »Mrs Rogers, was sind es für Entnahmen, die Ihre Leute an Lucy durchgeführt haben? Wofür genau ist die ›Prozedur‹ gut?«

»Leon, du weißt, dass Lucy kein Tier ist, wie es in der Natur vorkommt. Sie ist ein Geschöpf, das wir geschaffen haben, und es ist unser gutes Recht, diesem Geschöpf für unsere Forschung Zellen zu entnehmen. Und nicht nur das, Leon. Die ARAC besitzt Lucy. Sie gehört uns. Deshalb wirst du sie jetzt *unverzüglich* zurückbringen. Sonst betrachten wir das, was du gerade tust, als Diebstahl, erstatten Anzeige und schalten unsere Abteilung für Konzernsicherheit ein.«

»Kein Mensch kann ein intelligentes Lebewesen besitzen!«, sagte Leon und dann schaltete er die Ultraschall-Verbindung ab.

Er war sicher, dass sie an Bord der *Thetys* schon dabei waren, eins der Tauchboote klarzumachen, um ihm zu folgen.

Die Jagd war eröffnet.

Sie konnte unmöglich abfliegen, bevor sie wusste, was mit Leon los war.

Tausend Pläne hatte Carima entwickelt, neunhundertneunundneunzig davon wieder verworfen. Einer war übrig. Carima begann, ihn in die Tat umzusetzen.

Beim morgendlichen Zähneputzen, als ihre Mutter mit Kofferpacken beschäftigt war, schmierte sich Carima Nachtcreme gemischt mit einem kleinen Klecks Zahnpasta ins Gesicht. Nicht zu viel, nur dass sie ein kleines bisschen bleich und ungesund aussah.

Beim Kofferpacken bewegte sich Carima in Zeitlupe. Die Blumenkette, die sie bei der Ankunft vom Hotel bekommen hatten – ein echter hawaiianischer *Lei* aus gelben Blüten –, war schon ein wenig verwelkt. Doch Carima hängte ihn sich trotzdem um, als Glücksbringer und weil er so schön duftete.

»Die muss man eigentlich in den Kühlschrank tun«, sagte ihre Mutter, klappte ihren Koffer zu und ließ ihren eigenen violetten *Lei* in den Mülleimer fallen. »So, jetzt nichts wie ab zum Frühstück!«

»Eigentlich habe ich keinen Hunger, mein Magen fühlt sich nicht so gut an«, log Carima.

Ein kurzer, durchdringender Blick traf sie. »Hast du

gestern Abend etwa welche von den Muscheln gegessen? Muscheln sind immer ein Risiko, das weißt du doch.« Ihre Mutter begann eine Kurzbelehrung darüber, dass man am Wochenanfang im Restaurant nie Meeresfrüchte bestellen sollte, weil die unmöglich frisch sein könnten. Doch Carima schüttelte den Kopf. »Nee, ich hab keine Muscheln gegessen. Und auch keine von den Scampis.«

»Na dann.« Schon hatte ihre Mutter das Interesse wieder verloren und sie gingen zusammen ins Hauptrestaurant. Ihre Mutter drapierte sich eine Käsescheibe mit dem per Laser aufgedruckten *Good morning Mrs. Willberg!* aufs Brot und trank den extra nach ihrem Bedarf zusammengestellten Vitamindrink.

Wie üblich holte sich Carima eine Schale Joghurt vom Büfett und hinkte damit an den Tisch zurück. Sie tauchte den Löffel hinein, verzog dann kurz das Gesicht und presste sich eine Hand auf den Bauch, als habe sie Schmerzen. Nur leider war die Vorstellung völlig verschwendet, weil ihre Mutter gerade mit nach innen gewandtem Blick eine Portion *poke* kostete – rohen Fisch, der mit Seetang, Sesam und Öl angemacht war. »Ich glaube, das werde ich in unserem Restaurant auf die Vorspeisenkarte setzen, wir haben immer noch einige japanische Touristen, die werden es lieben.«

Na gut. Dann musste sie härtere Geschütze auffahren. Carima schob den Joghurt von sich, presste noch einmal die Hände auf den Bauch und stöhnte leise.

Wieder nichts. Ausgerechnet in diesem Moment hatte sich ihre Mutter der Familie am Nachbartisch zugewandt, um sich von ihr zu verabschieden. Ihr fröhliches Geplauder hätte wahrscheinlich sogar einen Schmerzensschrei übertönt.

202

Nur ein älteres Ehepaar am nächsten Tisch hatte das Stöhnen gehört. Sie warfen Carima einen missbilligenden Blick zu und zogen ihre Füße weg, als befürchteten sie, dass ihnen Carima jeden Moment daraufspucken könnte.

»Noch einen Tee?«, fragte die Bedienung Carima.

»*Mahalo*, danke, aber lieber nicht.« Carima rang sich ein jämmerliches Lächeln ab.

Es war Zeit für die nächste Eskalationsstufe. Leider war es vor Zeugen nicht möglich, sich den Finger in den Hals zu stecken, doch vielleicht ging es auch anders. Carima bemühte ihre Vorstellungskraft. Frittierte Augäpfel. Schimmelklümpchen in ihrem Joghurt. Würmer, die aus dem *poke* ihrer Mutter hervorkrochen … Sie musste würgen. Und das wirkte endlich. Der Kopf ihrer Mutter fuhr herum, das ältere Ehepaar am Nachbartisch stand hastig auf, und die drei Kinder der Familie guckten neugierig, um bloß nichts zu verpassen.

»Ma, mir ist total schlecht«, sagte Carima schwach.

Zehn Minuten später lag sie mit geschlossenen Augen auf dem Bett im sechsten Stockwerk, eine vom Hotel geliehene Wärmflasche auf dem Bauch, und hörte zu, wie ihre Mutter hektisch telefonierte. Mit der Hotelrezeption. Mit Shahid. Mit Papa in München. Womöglich auch noch mit Gott, irgendwem musste sie ja Vorwürfe machen.

»Vielleicht wird es ja noch besser, ruh dich ein Stündchen aus, wir müssen jetzt noch nicht zum Flughafen«, sagte ihre Mutter mit beunruhigter Stimme und strich Carima über die Stirn.

Carima stöhnte noch ein bisschen und legte sich die Hände auf den Bauch. Der Duft des *Leis*, der noch immer um ihren Hals hing, stieg ihr in die Nase.

Leon ist in großen Schwierigkeiten … aus irgendeinem Grund ist er völlig ausgetickt …

Carima versuchte sich vorzustellen, wie dieser große, ruhige Junge durchdrehte, und schaffte es nicht.

Es war nie ganz leicht, sich mit Lucy über Orte und Schwimmrichtungen zu unterhalten. Himmelsrichtungen hielt sie für eine alberne Erfindung und nur mit Mühe hatte ihr Leon die menschlichen Namen für manche Orte nahebringen können. Seine Partnerin orientierte sich an Bodenmerkmalen, an Strömungen und am unverwechselbaren Geschmack des Wassers in bestimmten Gegenden. Deshalb war es auch schwer, ihr begreiflich zu machen, was er jetzt vorschlug. Leon versuchte es trotzdem. *Wir haben nur einen einzigen Anhaltspunkt: Dieses Sonar-Echo aus Richtung des Lo'ihi. Südlich von Big Island. Das ist wahrscheinlich eine Gegend, in der das Wasser sehr bitter schmeckt, kennst du die?*

Lo'ihi – der heiße Berg, ist er das?, gab Lucy neugierig zurück. *Kawon erzählen davon.*

Nicht oft erwähnte Lucy, dass sie sich mit anderen Kraken und Kalmaren austauschte, und Leon horchte jedes Mal neugierig auf, wenn sie es tat. Diesmal schickte er ihr eine wortlose Bestätigung, ja, es ging um den heißen Berg. Der Lo'ihi war ein junger Vulkan und würde einmal die neuste Hawaii-Insel sein – wenn er in etwa hunderttausend Jahren groß genug war, um die Wasseroberfläche zu durchstoßen. Im Moment lag die Spitze seines Kegels noch in tausend Meter Tiefe.

So weit runter? Großviel schwer ist das. Lucys Gedanken klangen skeptisch. *Wenn nichts zu finden ist dort, was dann?*

Leon seufzte. Er hasste Fragen, auf die er keine Antwort hatte. *Dann fragst du dich einfach bei deinen Verwandten durch, bis wir einen besseren Hinweis haben!*

Sorgen machte Leon, dass er das Stichwort Lo'ihi bei seinem ersten Gespräch mit Fabienne Rogers erwähnt hatte. Wenn sie sich noch daran erinnerte, dann konnte sie ihm in aller Ruhe dort eine Falle stellen.

Doch erst mal mussten sie es überhaupt dorthin schaffen. Es ergab keinen Sinn, sich in der Dunkelheit zu verstecken – wahrscheinlich hatte die Besatzung der *Thetys* ihn und Lucy noch immer auf ihren Bildschirmen, obwohl es in dieser Entfernung schon schwerer wurde, ein so kleines Echo wie das ihrer Körper im Blick zu behalten. Immer wieder hörte Leon die Schallimpulse des Fächer-Echolots, sie hallten wie ein tiefes »Bongggg« durchs Wasser.

Um die Besatzung irrezuführen, leitete Leon seine Partnerin erst einmal in Richtung Westen, so als wollten sie den Alenuihaha-Channel entlang zu den klaren ruhigen Gewässern der Kona-Küste von Big Island. *Jetzt müssen wir irgendwie diesem verdammten Echolot entkommen, sonst sind wir so leicht zu erledigen wie ein Schwertfisch, der sich in einem Treibnetz verfangen hat.*

Sofort strömte eine Antwort in seinen Kopf. *Flüchten. Aber wie? Jetzt schnell!*

Leon spürte die Panik in Lucys Gedanken und auch, dass sie langsam müde wurde, dass sie das Tempo nicht mehr lange durchhalten würde. Und sie waren bisher kaum vierhundert Meter hinabgeschwommen, der Meeresboden lag noch ein ganzes Stück tiefer. Bis dorthin würden sie es nicht schaffen, wenn Lucy jetzt keine Pause bekam. Kraken waren nun mal keine Langstreckenschwimmer.

205

Er war jetzt völlig ruhig, seine Gedanken flossen kühl und klar. Es war nicht leicht, Echolot- und Sonargeräte auszutricksen, aber ein paar Möglichkeiten gab es. Manchmal entstanden Wirbel im Ozean, langsame Wellen in der Tiefe, wenn das Wasser in Bewegung geriet. In solchen Störungen und Anomalien ließ sich eine ganze U-Boot-Flotte verstecken. Das Dumme war, er hatte keine Ahnung, welches »Wetter« gerade unter Wasser herrschte, und das Sonar an seinem Handgelenk hatte zu wenig Reichweite, um ihm solche Störungen zu zeigen. Also kam nur eine zweite Möglichkeit infrage.

Wir müssen einen Schwarm Plankton finden, teilte er Lucy mit. *An dem streut sich der Schall, darin können wir uns verstecken.*

Jetzt war nur die Frage, ob sie einen Schwarm entdeckten – und vor allem, ob sie ihn rechtzeitig erreichten. Tagsüber hielten sich die winzigen Tiere in größerer Tiefe auf, erst in der Nacht stiegen sie nach oben. Also weiter nach unten, weiter, weiter. Das DivePad zeigte fast fünfhundert Meter Tiefe an und dass die Temperatur des Wassers abrupt von sechzehn auf sechs Grad gefallen war. Dieses Wasser kam direkt aus der Antarktis und es war reich an Nährstoffen. Wenn es Plankton in der Gegend gab, dann hier. Doch bislang meldete das Sonar an seinem Handgelenk nichts.

Lucy hatte sich über seine Schultern drapiert und ruhte sich aus, während Leon weiterschwamm. Dass sie fast vierzig Kilo wog, war hier in der Schwerelosigkeit des Wassers nicht von Bedeutung, doch es war nicht ganz einfach, ihre Masse durch die Gegend zu wuchten. Er war froh, als sie sich wieder von ihm löste.

Ein Geräusch drang durchs Wasser an Leons Ohren, ein

Summen, sehr leise noch, ein unnatürlicher Ton hier unten, viel zu gleichmäßig. Leon wusste sofort, was es war, und spürte, wie sich eine Gänsehaut auf seinen Armen bildete. Elektromotoren. Dem Klang nach war das die *SeaLink*, ein etwas kleineres Boot als die *Marlin*, mit Platz für zwei Personen im Cockpit.

Leon blickte sich im schwarzen Wasser um, suchte nach den Lichtkegeln der Bordscheinwerfer. Ja, da waren sie, schräg über ihnen. Noch wirkten sie winzig wie die Taschenlampe eines Kindes, das sich nachts im Wald verlaufen hat, doch noch während er hinsah, wurden sie größer. Und das regelmäßige »Tschirp« des Sonars hallte klar und deutlich durchs Wasser. Kein Zweifel, der Pilot hatte sie längst entdeckt.

Leon war nicht sicher, was dieser Pilot vorhatte. Lauteten seine Anweisungen, Leon irgendwie hochzubringen, Lucy womöglich mit einem Netz einzufangen? Oder wollte die ARAC einfach nur wissen, wo die Abtrünnigen waren, sich mit dem Tauchboot an sie dranhängen und darauf warten, dass Leon einen Fehler machte? Ihm wurde mulmig zumute, als ihm einfiel, was Patrick ihm neulich erzählt hatte: Die *SeaLink* war mit Betäubungspfeilen ausgerüstet worden, um auch größere Tiefseetiere sammeln und hochbringen zu können. Wahrscheinlich hatten sie vor, ihn und Lucy damit außer Gefecht zu setzen.

Da vorne!, gellte es durch Leons Gedanken. *Da vorne Wimmler, viele, viele, viele!*

Das Sonar seines DivePads bestätigte es. Da war sie, ihre Chance! Als sie nahe genug herangekommen waren, schaltete Leon seine Lampe auf ein schwaches Rotlicht und knipste sie an. Ruderfußkrebse. Millionen von ihnen. Nein,

Milliarden. Winzige Räuber, die sich über mikroskopisch kleine Pflanzen hermachten und ihrerseits von hungrigen Fischen verzehrt wurden.

Sanft ließ sich Leon in den Schwarm hineingleiten und schaltete die Lampe aus. Er spürte die Krebse nicht, doch wahrscheinlich wimmelten sie jetzt um ihn herum wie eine dichte Wolke Mücken um einen Menschen an Land. Nur dass der Schwarm hier unten nicht stach und wahrscheinlich mehrere Quadratkilometer groß war. Hier drin würden die Leute der *Thetys* ihn und Lucy hoffentlich ebenso wenig erkennen können wie einen Stein in einer Tasse Milch.

Jetzt schwimm, so schnell du kannst, hinter mir her! Leon wendete und jagte mit kräftigen Flossenschlägen entlang des Schwarms los, nach Süden. Weg von den Scheinwerfern, weg von seiner und Lucys letzten bekannten Position. Er spürte, wie Lucy mit neuer Energie neben ihm dahinflog, »jetten« nannte man es, wenn eine Krake Wasser ausstieß und durchs Meer schoss wie ein Torpedo, die Arme hinter sich herziehend.

Flink sind wir, flink!, jubelte sie. *Keiner fängt uns!*

Der Fisch, der am meisten prahlt, wird am schnellsten gefressen, gab Leon grinsend zurück.

Sie befanden sich jetzt über den Überresten einer unterseeischen Rutschung. Wahrscheinlich jede Menge Geröll am Meeresboden und gute Möglichkeiten, sich zu verbergen. Doch zwischen ihnen und dem Boden lagen gut hundert Meter offenen Wassers, ungeschützter Raum …

Leon blickte zurück. Undurchdringliches Schwarz in allen Richtungen, die Scheinwerfer waren nicht mehr zu sehen. Er und Lucy hatten schon ein ordentliches Stück Weg im Schutz der Ruderfußkrebse zurückgelegt, doch ewig konnten sie hier nicht bleiben. Wenn der Pilot etwas auf dem Kasten hatte, würde er beginnen, gezielt die Planktonschicht abzusuchen.

Das Sonar der SeaLink hat nur eine Reichweite von tausend Meter. Mit etwas Glück sind wir da schon raus. Wollen wir es wagen – runter zum Boden?, fragte er, und als von Lucy ein kräftiges *Ja* kam, verlor Leon keine Zeit, sondern schwamm senkrecht hinab. Schwerelos in der Dunkelheit schwebend konnte man nur schwer feststellen, wo überhaupt oben und unten war. Doch Leon war längst gewohnt, in sich hineinzulauschen, jeden noch so kleinen Hinweis seines Gleichgewichtsorgans aufzunehmen. Und im Zweifelsfall fragte er einfach sein DivePad oder Lucy.

Sechshundert Meter Tiefe, sechshundertfünfzig. Hatte das Tauchboot sie doch noch auf dem Sonar, änderte es schon den Kurs?

Unten angekommen! Leon ging das Risiko ein, ließ ganz kurz seine Lampe aufblitzen und prägte sich ein, wie die Gegend aussah. Sie war eine bittere Enttäuschung. Hinter einem Felsbrocken hätte das Sonar sie nicht mehr erfassen können, doch keiner der Steine auf dieser kahlen, schlammigen Ebene war auch nur im Entferntesten groß genug, um sich dahinter zu verstecken. Sie mussten schnellstens weiter!

Hier, dicht über dem Boden, war es Lucy, die ihn leitete, damit er nicht blind gegen ein Hindernis schwamm. Ihre Verbindung war jetzt so stark, dass es sich anfühlte, als seien es seine eigenen Sinne, die noch die kleinste Wasserbewegung spürten, seine Arme, die flink und sicher über die Steine tasteten.

209

Doch dann nahmen seine Ohren wieder dieses Summen auf und Leon erschrak. Die *SeaLink* näherte sich – er konnte schon das Geräusch ihres Sonars hören. Verdammt!

Normalerweise achtete Leon darauf, nie den Meeresboden zu berühren. In vielen Gegenden der Tiefsee bestand er aus sehr feinem Schlamm, der aufgewirbelt wurde, wenn man dicht über dem Grund achtlos mit den Flossen schlug. Und eine solche Wolke nahm einem nicht nur die Sicht, wenn man versuchte, die Lampe einzuschalten, sie störte auch all die vielfältigen Meerestiere, die am und im Boden lebten. Doch diesmal hatte Leon keine Wahl. Er stampfte ein paarmal kräftig auf und wusste, dass jetzt um ihn und Lucy herum dichte grau-beige Wolken aufwirbelten. Wolken, die das Sonar fälschlich als Meeresboden interpretieren würde.

Was machst du?, fragte Lucy verblüfft. *Vielgroßen Schreck hatte ein Seestern!*

Er soll sich glücklich schätzen, dass ich nicht auf ihn draufgetreten bin, gab Leon zurück. *Pass auf, vielleicht fährt das Tauchboot jetzt ein ganzes Stück weit an uns vorbei, weil es uns nicht mehr auf dem Bildschirm hat.*

Das Summen wurde lauter. Leon duckte sich in die Sedimentwolke und hoffte, dass das Tauchboot in einiger Entfernung vorbeiziehen würde. Doch der Pilot schien hartnäckig zu sein. Anscheinend hatte er sich jetzt darauf verlegt, einen zickzackförmigen Kurs zu fahren. Dann war es nur noch eine Frage der Zeit, bis er im Licht der Scheinwerfer die Wolke bemerkte … Hatten sie denn überhaupt kein Glück heute?!

Jetzt gab es nur noch eine Möglichkeit, sich zu verstecken. Eine, über die Leon bisher lieber nicht nachgedacht hatte, weil man dafür eine Menge Geschick und vor allem Frechheit brauchte.

Wortlos verständigte er sich mit Lucy, zeigte ihr ein Bild dessen, was er vorhatte. Ein Schwall entsetzter Gedanken kam zurück, dann ihre zögerliche Zustimmung.

Sie wusste ebenso gut wie er, dass es ihre letzte Chance war, unentdeckt zu bleiben.

Der Gigant

Seite an Seite pirschten sie sich aus der Schlammwolke hinaus und glitten hinter einen kleinen Felsen, der ihnen vorübergehend Schutz bot. Das Tauchboot war keine fünfzig Meter entfernt, sie sahen es von der Seite. Ja, es war wirklich die *SeaLink*, Leon konnte sogar die Pilotin und ihren Begleiter – Johannes Mattern! – erkennen, die in der großen vorderen Plexiglaskuppel saßen. Und dort am Bug war tatsächlich etwas angebracht, das wie eine Abschussvorrichtung für Betäubungspfeile aussah.

Leons ganzer Körper war gespannt wie eine Sprungfeder, während er auf den richtigen Moment wartete. *Noch nicht ... noch nicht ... jetzt!* Gerade wandte sich das Tauchboot auf seinem Zickzackkurs von ihnen weg – und Leon und Lucy schossen los.

Auf die *SeaLink* zu.

Fast alle Tauchboote waren so konstruiert, dass Pilot und Beobachter nach vorne oder höchstens schräg zur Seite blickten. Kameras, Scheinwerfer – alles war am Bug angebracht und zeigte in dieselbe Richtung: nach vorne. Selbst das Sonar strahlte seine Impulse fächerförmig in Fahrtrichtung und nach unten ab. Nach hinten dagegen waren die Menschen an Bord völlig blind, falls sie nicht zusätzlich einen ROV, einen mit einer Kamera bestückten Unterwasserroboter, dabeihatten.

Meist war diese Orientierung nach vorne auch völlig ausreichend, denn kein Wissenschaftler rechnete ernsthaft damit, dass sich ein Tiefseewesen in übler Absicht von hinten an sein Fahrzeug heranpirschen könnte. Das, was Leon vorhatte, war vermutlich eine Premiere.

Kein ROV, oder? Siehst du einen?

Nein. Kein Kleinding.

Gut! Dann haben wir eine Chance. Leon schwamm jetzt schneller, als seine OxySkin für ihn Sauerstoff aus dem Meer ziehen konnte. Für solche Sprints war sie nicht konstruiert, Leon bekam kaum genügend Flüssigkeit in die Lungen. Mit angehaltenem Atem zwang er sich weiter … und erreichte endlich das dunkle Heck des Tauchboots, das sich langsam von ihm entfernte. Seine Hände schlossen sich um eine Metallstrebe und dann hing er keuchend an der *SeaLink*. Neben ihm heftete sich Lucy mit ihren Saugnäpfen lautlos an den metallenen Rumpf.

Ungläubige Erleichterung durchflutete Leon. Das Tauchboot fuhr einfach weiter, er konnte sogar ganz gedämpft hören, wie sich Mattern und die Pilotin im Inneren unterhielten. Anscheinend hatten sie nicht gemerkt, dass sie zwei blinde Passagiere hatten.

Leon versuchte, wieder langsam zu atmen, und die OxySkin mühte sich ihrerseits redlich, ihn wieder mit genügend Sauerstoff zu versorgen.

Einer von Lucys Armen ringelte sich um ihn. Ihre Gedanken klangen besorgt. *Mein Freund? Genug Lebensstoff?*

Ja, das wird schon wieder. Vergnügt kraulte Leon seine Partnerin zwischen den Augen. *Jetzt fahren wir Bus. Entspann dich und hab Spaß.*

Lucy ruhte ein bisschen, doch Leon war nicht nach einem

Nickerchen zumute, er fühlte sich so lebendig wie lange nicht. Endlich wieder im Meer, endlich zurück in der Tiefe! Der Krach und die Lichter des Tauchboots verscheuchten zwar mindestens die Hälfte aller Tiere in der Gegend, doch auch der Rest war noch sehenswert. Pulsierend driftete eine zarte, fingerlange Qualle vorbei, auf ihrem Körper glommen rote und blaue Lichter. Ein Wesen wie aus einem Traum, fremdartig und schön. Ein junger, fast durchsichtiger Kakadu-Kalmar schwamm dicht an Leon vorbei und nahm dann wieder seine Ruhestellung ein, Arme und Tentakel über dem Kopf tragend, sodass sie wie ein Federbüschel aussahen. Sein Körper wirkte so zerbrechlich wie eine Glasfigur, und man sah ihm nicht an, dass er ausgewachsen fast so groß sein würde wie Lucy.

Gemächlich setzte der Kalmar seine Reise fort, doch dann geriet er in den Bann der Tauchboot-Scheinwerfer – und wurde vom Sammeltrichter der *SeaLink* eingesogen. Mit diesem Instrument fingen Forscher Tiere aus der Tiefsee, um sie später an Bord zu bestimmen. Es war verglichen mit den Schleppnetzen, die üblicherweise in der Forschung eingesetzt wurden, eine sehr schonende Methode, doch Leon ärgerte sich trotzdem darüber, dass sie den kleinen Kalmar erwischt hatten. Lange würde er sein Abenteuer auf der *Thetys* sicher nicht überleben.

Rachsüchtig untersuchte Leon das Heck der *SeaLink*, ließ die Hände über die Kabel gleiten, die er fand. Zu seiner Ausrüstung gehörte ein Tauchermesser mit gezackter Klinge, das dazu diente, sich freizuschneiden, wenn man sich am Meeresgrund zum Beispiel in einem alten Fischernetz verfangen hatte. Es lag in Leons Macht, jetzt eins dieser Kabel durchzusägen …

Leon erschrak über seine Gedanken und verbannte sie schnell aus seinem Kopf. Was war nur los mit ihm? Ein Stromausfall oder eine andere Panne am Meeresgrund war eine ernste Sache, und um Himmels willen, er war doch kein Saboteur! Was machte diese Flucht mit ihm … und mit den Mitarbeitern der ARAC? Er war sicher, dass die meisten Leute an Bord der *Thetys* ihm nichts Schlechtes wünschten und keinerlei Interesse daran hatten, ihn gegen seinen Willen zurückzubringen. Und doch hatten manche von ihnen keine Wahl, wenn sie ihren Job nicht riskieren wollten.

Nach einer Stunde gab die *SeaLink* die Suche endlich auf. Die Pilotin blies die Ballasttanks mit Pressluft aus und das Boot begann zu steigen. Leons Herzschlag beschleunigte sich. Jetzt begann die zweite kritische Phase. *So, Saugnapf. Bitte abspringen, möglichst ohne dass jemand es merkt.*

Lucy klang gut erholt. *Streng du dich an, Zweiarm. Du fällst hier mehr auf als Kawon!*

Leon ließ die Strebe los, glitt vom Boot herunter und schwebte bewegungslos neben Lucy, verborgen in der Dunkelheit. Geschäftig surrend entfernte sich das Tauchboot von ihnen, ohne auch nur einen Moment innezuhalten. Sah so aus, als wären sie unbemerkt geblieben. Leon entspannte sich allmählich, schlug leicht mit den Flossen, um sich auf Position zu halten … und war völlig verblüfft, als ein Lichtblitz die Dunkelheit durchschnitt.

Algenschleim! Bambuskoralle berührst du!, brüllte Lucy in seinem Kopf. *Die leuchten, wenn man sie greift!*

Ich weiß! Du hättest mir ja netterweise sagen können, dass sie da ist!, schrie Leon in Gedanken zurück. Sein ganzer Körper hatte sich verkrampft und er ließ den Blick nicht vom Cockpit des Tauchboots. Durch diese Plexiglaskuppel konnten Pilot und Beobachter eine Menge sehen – hatte einer der beiden aus dem Augenwinkel das Licht bemerkt?

Eine Sekunde verging, zwei Sekunden, drei Sekunden … und nichts geschah, die *SeaLink* fuhr einfach weiter. Der Glanz ihrer Scheinwerfer entfernte sich, war irgendwann außer Sicht.

Leon fühlte sich ganz matt vor Erleichterung. Dicht über dem Boden schwimmend, damit sie nicht so deutlich auf den Monitoren des *Thetys*-Echolots auftauchten, machten sich Leon und Lucy aus dem Staub.

Sie kamen an einem Dumbo-Tintenfisch vorbei, der auf dem Meeresboden ruhte – und auf einmal musste Leon wieder an Carima denken. Daran, wie er sie vor den Neckereien der anderen in Schutz genommen hatte. An ihren herausfordernden Blick, wenn sie wusste, dass man ihr Hinken bemerkt hatte. Wie er durchs Unterwasserfenster zwischen ihr und Lucy gedolmetscht hatte. *Fluch der Karibik!* Wenn er jemals dazu kam, ihr von dieser Unterwasserjagd zu erzählen, hatte sie bestimmt einen Vorschlag, in welchem Film sich das gut gemacht hätte …

Ein komisches Ziehen ist in dir, stellte Lucy fest. *Wie heißt das – Sehnsucht?*

Ja, erwiderte Leon, und Lucy war klug genug, nicht weiter nachzufragen.

Carima saß auf der geschlossenen Klobrille, den Kopf in die Hände gestützt. Ihr Magen war in hervorragendem Zustand und in ihrem Kopf herrschte Chaos.

Was jetzt? Selbst wenn Leon wirklich in Schwierigkeiten war – konnte sie ihm überhaupt helfen? Sie wusste ja nicht mal, was los war oder wo er sich befand, und Julian hatte deutlich genug gemacht, dass er nicht mehr preisgeben würde. War es sinnlos und dämlich, dass sie hierzubleiben versuchte?

»Cari?« Ein Klopfen an der Badezimmertür. »Wir haben Glück, ich habe einen Arzt gefunden, zu dem wir gehen können. Aber leider erst morgen. Ich fahre gleich los zur Apotheke.«

Jetzt konnte sie es sagen. Dass es ihr schon besser ging. Dass sie aus dem Hotel auschecken und zum Flughafen fahren konnten.

Vielleicht brauchst du es gar nicht, das Lächeln.

Du hast nicht versucht, mich zu irgendwas zu überreden. Ich bin freiwillig hier.

Plötzlich stürzten ihr Tränen aus den Augen, glitten über ihr fettiges Zahncreme-Make-up, tropften auf ihre Hände.

»Carima! Alles in Ordnung?« Das Klopfen an der Badezimmertür wurde zu einem Hämmern.

Carima wischte sich die Tränen ab und stand schwankend auf.

Sie würde hierbleiben, wenn es irgendwie ging.

Alberto Miguel Alvarez konnte nicht glauben, was geschehen war. Das Tauchboot hatte eine Spur dieses rebellischen Tauchers entdeckt … und wieder verloren! Jetzt sah es so aus, als könnte nicht einmal das moderne Fächer-Echolot, das die *Thetys* an Bord hatte und das den Meeresboden auf eindrucksvolle Art dreidimensional darstellte, ihnen weiterhelfen.

»Bitte erklären Sie mir, wie das sein kann, dass Sie Redway aus den Augen verloren haben«, schnauzte Alvarez die Pilotin des Tauchboots über die Sprechverbindung an.

»Ich weiß es auch nicht«, kam es zurück. »So was kann vorkommen, schließlich ist das kein militärisches U-Boot, wir machen hier normalerweise Forschung, Alvarez, und das wissen …«

»Jetzt hören Sie mir mal zu – Gabriel Holzner, der Sicherheitschef der ARAC, hat mich persönlich angerufen und mich gebeten, die Suche nach diesem Jungen zu koordinieren! Sie glauben doch nicht etwa, dass ich so leicht aufgebe?«

»Natürlich nicht, es ist nur die Frage, ob Ihnen das etwas nützen wird«, antwortete die Pilotin ungerührt und wütend knallte Alvarez das Mikro wieder in die Halterung.

Anscheinend blieb ihm nichts anderes übrig, als die Sache anders anzugehen. Ganz anders. Er hatte schon eine Idee.

Mit gleichmäßigen, kräftesparenden Flossenschlägen machte sich Leon auf den Weg nach Süden. Doch Lucy blieb nicht wie gewohnt an seiner Seite. *Jagen werde ich*, verkündete sie und Leon sandte eine kurze Ermutigung zurück. Er selbst hatte weder Hunger noch Durst, und das würde sich auch nicht ändern, solange er den Anzug trug. Der Konverter an seinem Werkzeuggürtel hatte, während Leon den Schwarm durchquerte, Plankton aus dem Wasser gesogen und in Proteine, Fette und Kohlehydrate aufgespalten. Angereichert mit Traubenzucker und Vitaminen aus einem Vorratsbehälter flossen sie über die Venenkanüle in Leons Arm direkt in seinen Blutkreislauf. Und Flüssigkeit gab es im Meer reichlich, sie wurde ebenfalls vom Konverter aufbereitet und intravenös verabreicht. Auch um die Entsorgung brauchte er sich keine Gedanken zu machen: Für Urin und andere Abfallprodukte seines Körpers gab es

218

eine Schleuse in der OxySkin, die alles Unerwünschte nach draußen beförderte.

Sie schwammen jetzt westlich des Laupahoehoe Slump, einer zweiten unterseeischen Rutschung, entlang und hielten sich dicht über dem Boden, auch wenn Leon ziemlich sicher war, dass sie sich inzwischen außer Reichweite des Schiffs-Echolots befanden. Er hörte jedenfalls keine Schallimpulse.

Lucy pirschte sich perfekt getarnt an eine Krabbe heran, und bevor das Krustentier begriffen hatte, dass Gefahr drohte, hatte Lucy schon blitzschnell ihren Körpermantel darübergestülpt. Sie machte sich an die komplizierte Zerlegung ihrer Beute.

Leon ruhte sich im Wasser schwebend aus. Inzwischen wusste Tim bestimmt, dass er geflohen war. Der Gedanke daran war wie eine Messerspitze, die sich langsam in seine Haut bohrte. Wie sehr vertraute ihm Tim eigentlich? Konnte er sich denken, dass sein Adoptivsohn gute Gründe gehabt hatte, das Schiff zu verlassen? Oder war er einfach nur wütend?

Fast von selbst klickten Leons Finger die Ultraschall-Verbindung auf *An.* Er wusste selbst nicht, was er sich davon versprach, wessen Stimme er zu hören hoffte. Doch es war sowieso etwas ganz anderes, das an seine Ohren drang. Es war einer von Minhs Songs: *»The path is rough sometimes, and dark the night … But love will light your way, yeah, love will light your way.«*

Unter der OxySkin-Maske musste Leon grinsen. Ja, rau war sein Weg tatsächlich und dunkel war es hier auch. Fehlte nur noch die Liebe, die ihm den Weg wies. Minhs Texte hatten immer einen hohen Kitschfaktor. Trotzdem war

Leon gerührt. Ja, er hatte Minhs Botschaft verstanden – es gab Menschen auf der *Thetys*, die an ihn dachten und ihm Glück wünschten.

Während er und Lucy sich weiter nach Süden vorarbeiteten und sorgfältig darauf achteten, ob sie irgendetwas Ungewöhnliches sahen, ließ er die Verbindung eingeschaltet. Die Uhr an seinem DivePad war ausgefallen, und Leon hatte keine Ahnung, wie spät es war, als die Ultraschall-Verbindung plötzlich wieder zum Leben erwachte. Er wusste nur, dass es Nacht sein musste, denn in letzter Zeit waren Leuchtsardinen, Tiefseegarnelen und eine ganze Reihe anderer Tiere an ihm und Lucy vorbeigekommen – alle auf dem Weg nach oben, um dort im Schutz der Dunkelheit zu jagen.

Es knisterte kurz in der Verbindung, dann hörte er Billie: »Leon? Leon, bist du da?«

Es war ein Geschenk, ihre vertraute Stimme zu hören. Leon debattierte kurz mit sich, ob es klug war, ihr zu antworten, doch dann schaffte er einfach nicht, zu schweigen. »Ja. Bin ich.«

»Wir vermissen dich. Geht es dir und Lucy gut?«

»Ja. Irgendwie schon.«

»Gott sei Dank.« Ein kurzes Zögern. »Wir sind inzwischen auf der *Thetys* und haben mitgekriegt, dass du abgehauen bist. Was hast du jetzt eigentlich vor?«

Leon zögerte. Wie viel sollte er ihr sagen? Ein Ultraschall-Kanal war zwar weitgehend abhörsicher, aber es konnte ja sein, dass rechts und links von Billie irgendwelche ARAC-Leute standen und zuhörten. Nein, so was würde Billie niemals dulden! Er wollte gerade etwas sagen, ihr zumindest erklären, was überhaupt passiert war, da unterbrach ihn Bil-

220

lies Stimme. Ihr Klang hatte sich verändert. »Erinnerst du dich noch an die Legende von Atlantis?«

Im ersten Moment war er verblüfft. Doch dann fiel ihm wieder ein, worauf sich das bezog, und war auf der Hut. Die Legende von Atlantis war eine der Geschichten, die Billie geschrieben hatte, damit ihre Geocaching-Ausflüge ein richtiges Ziel, einen Hintergrund hatten. In der Story gab es einen Jungen, der wusste, wo unter Wasser die Ruinen der untergegangenen Insel zu finden waren – und ein Mädchen entlockte ihm das Wissen mit List und Tücke, während der Feind zuhörte.

»Nee, wieso? Was für eine Legende?«, log Leon. »Jedenfalls bin ich abgehauen, weil ich mir selbst anschauen will, was hier unten los ist. Als Nächstes in der Gegend von Maui.« Schadete nichts, die ARAC ein bisschen in die Irre zu führen.

»Ja, Tim hat angedeutet, dass du so was vorhast«, meinte Billie.

Leons Herz setzte einen Moment aus. »Wie geht es Tim? Ist er sehr sauer auf mich?«

»Keine Ahnung, er redet nicht drüber. Er arbeitet wie ein Wilder und starrt manchmal ganz komisch aufs Meer hinaus.«

Das klang nicht gut. »Wie ist die Evakuierung gelaufen?«

»Es war furchtbar. Tom hat die ganze Zeit geheult, wegen Margaret. Du weißt ja, sie kann nur in der Tiefsee leben, und die ARAC hat entschieden, sie vorübergehend sich selbst zu überlassen. Julian wirkte auch angeschlagen. Kovaleinen hat sich nicht viel anmerken lassen, aber ich glaube, der ist auch ziemlich am Ende – du weißt ja, die Benthos-Stationen sind sein Baby.«

Leon seufzte. Er war nicht der Einzige, dem es gerade schlecht ging. »Übrigens hat mich Margaret angegriffen, als ich das letzte Mal in der Nähe der Station draußen war. An Stelle der ARAC würde ich nicht noch mal versuchen, einen *Taninigia danae* als Partner einzusetzen.«

Während sie plauderten, war er mit Lucy immer weitergeschwommen, und jetzt aktivierte er mal wieder das Sonar an seinem Handgelenk, um einen Eindruck von der Umgebung zu bekommen. Diesmal zeigte der Bildschirm etwas Seltsames an – eine Art Hügel auf dem ansonsten flachen Meeresboden.

»Muss Schluss machen«, teilte er Billie mit. »Sag den anderen … sag ihnen …«

»Dass sie dir fehlen?«

»Ja. Stimmt.« Leon spürte, wie seine Kehle eng wurde. »Richte ihnen das bitte aus.«

»Mach ich. Pass auf dich auf! Ach ja, und von Ellard soll ich dir ausrichten, dass du bitte deine OxySkin regelmäßig checken sollst.«

Lächelnd schaltete Leon ab. Manche Dinge änderten sich einfach nie, Ellard war und blieb eine Glucke. Und selbst Rebellen, die gerade einem ganzen Konzern den Stinkefinger gezeigt hatten, mussten auf ihren Ausbilder hören. Zumindest dann, wenn er recht hatte.

Er konzentrierte sich auf das, was vor ihm lag. Ein ausgesprochen seltsames Echo. Es schien sich zu bewegen, fast zu wabern. *Lucy, was ist das?*

Doch Lucy stürmte schon neugierig voraus und hatte anscheinend keine Zeit für eine Antwort. Ärgerlich schwamm Leon ihr nach, schaltete seine Lampe auf Weißlicht und ließ sie aufleuchten. Der bleiche Lichtfinger strich über etwas, das auf den ersten Blick wie ein länglicher, gewölbter Felsen aussah und auf den zweiten Blick dann doch ein gewaltiger Körper war. Massig wie ein gesunkenes Fischerboot ragte er über Leon auf, und die mehr als fünf Meter langen Flossen mit der weißen Unterseite ließen keinen Zweifel daran, worum es sich handelte – den riesigen Kadaver eines Buckelwals!

Der Anblick deprimierte Leon. Er kannte und mochte Buckelwale, viele von ihnen kamen jeden Winter in die tropischen Gewässer Hawaiis, um ihre Jungen zur Welt zu bringen und sich zu paaren. Mit ihnen zu schwimmen war wie ein Tanz unter Wasser. Friedlich und neugierig hatte sich einmal ein junger Wal ihm genähert und sorgfältig darauf geachtet, ihn nicht mit den Flossen zu verletzen. Hoffentlich war es nicht dieses Tier, das jetzt hier unten lag. Nein, das hier sah eher nach einem Weibchen aus, das an Altersschwäche eingegangen war.

Anscheinend war der Wal erst vor wenigen Wochen gestorben und hinabgesunken bis zum Grund. In der Tiefsee, wo es mangels Pflanzen wenig zu fressen gab, war das ein Riesenereignis und für die Tiere in mehreren Kilometern Umgebung ein Glückstreffer – ein bisschen so wie ein Klumpen Gold, der irgendwo an Land ganz plötzlich vom Himmel fiel.

Neugierig näherte sich Leon dem Wal. Längst hatten sich Schleimaale über die riesige Leiche hergemacht und waren dabei, Fleisch von den mehr als doppelt mannshohen Knochen zu nagen. In solchen Massen hatte Leon Schleimaale noch nie gesehen, wie armlange Würmer wimmelten sie auf dem Kadaver herum. Auch verschiedene Arten von Krebsen säbelten eifrig an dem toten Tier. Mit ihren feinen

Sinnen hatten sie wahrscheinlich innerhalb kürzester Zeit gemerkt, dass ein Festmahl eingetroffen war. Tim hatte mal erzählt, dass eine solche Fresserei mehrere Jahre lang dauern konnte, bis endgültig nichts mehr übrig war und Meereswürmer, die wie kleine rote Palmen aussahen, sowie Muscheln und Bakterien sogar die sehr fetthaltigen Knochen zersetzt hatten.

Stumm vor Ehrfurcht schwamm Leon um den toten Wal herum und der Schein seiner Lampe warf geisterhafte Schatten über den Tiefseeboden.

Lucy? Leon blickte sich um. Wo war seine Partnerin abgeblieben? Wie sich herausstellte, ignorierte sie den Kadaver völlig, Aas zu fressen war unter ihrer Würde. Dafür hatte sie schon mehrere Krebse erbeutet und sich mit ihrem Snack unter eine der Walflossen zurückgezogen. Ihre Haut hatte Farbe und Struktur des Meeresbodens angenommen, sie war perfekt getarnt.

Na, schmeckt's?, schickte Leon in ihre Richtung … und wunderte sich, warum sich Lucy bei seinem Anblick tiefer in die Schatten zurückzog.

Wie können die uns finden?, schrie Lucy in seinem Kopf. Erschrocken drehte sich Leon um die eigene Achse – und hielt den Atem an.

Gelbe Wolken

Das Licht seiner Lampe fiel auf ein knallgelbes, etwa einen Meter langes Objekt, das sich ihnen fast lautlos genähert hatte. Mit seinen seitlichen Flügeln sah es aus wie eine Kreuzung aus Modellflugzeug und Torpedo. Leon erkannte es sofort. Das war einer der Gleiter, die auch die Wissenschaftler auf Benthos II schon eingesetzt hatten. Sie waren mit Instrumenten bestückt und durchstreiften nach einem vorgegebenen Auftrag den Ozean, um Daten zu sammeln.

Da, da ist noch einer, schrillte Lucy. *Drei!*

Leon drehte sich um die eigene Achse. Ja. Drei waren es, ein vierter war gerade im Anflug – und alle näherten sich, alle zielten mit dem Bug auf ihn. Eins war klar, die waren gerade nicht unterwegs, um meereskundliche Daten zu sammeln. Soweit Leon sich erinnern konnte, besaßen sie nur ein ganz einfaches Echolot, das die Wassertiefe anzeigte, damit sie genügend Abstand vom Boden halten konnten. Normalerweise hatten sie keine Kameras an Bord, doch man konnte solche zusätzlichen Instrumente auf der Oberseite ihres Rumpfs montieren. Ja, irgendwas war auf den Gleitern angebracht worden, doch es sah eher so aus, als seien es Wärmesensoren.

Dafür sprach, dass sie Lucy überhaupt nicht beachteten. Kraken waren keine warmblütigen Tiere und ihre Körpertemperatur entsprach gewöhnlich der des Umgebungswas-

sers. Leon war durch seine OxySkin zwar gut gegen die
Wasserkälte isoliert, doch ein wenig Wärme strahlte er trotz
allem ab – und der waren die Gleiter auf die Spur gekommen.

Wütend und frustriert blickte Leon den Gleitern entgegen. Waren er und Lucy der *Thetys* und dem Tauchboot
entkommen, nur um von diesen blöden Blechbüchsen aufgespürt zu werden? Womöglich meldeten sie gerade in diesem Moment an die Zentrale, dass sie ein Ziel aufgespürt
hatten …

Komm! Zu mir, flink!, rief Lucy ihm zu, und instinktiv
folgte Leon ihrem Ruf, glitt unter die breite Flosse des Wals.
Vielleicht schirmte ihn das Ding vor den Wärmesensoren
ab. Nach einem letzten Blick in die Runde schaltete Leon
seine Lampe ab und kauerte sich neben Lucy in der Dunkelheit zusammen; ihre Arme umklammerten sein Bein. *Au,
nicht so fest! Du musst deine zweitausend Saugnäpfe doch
nicht alle an mir ausprobieren!*

Verlegen lockerte Lucy ihren Griff.

Es war unheimlich, dem riesigen Kadaver so nah zu sein.
Leon wusste, dass sich keine Handbreit neben ihm die gewaltige Flanke des Wals wölbte, dass die schiefergraue Haut
zerfurcht und von Kratern übersät war; an vielen Stellen
schaute die helle Speckschicht hervor. Hoffentlich berührte er diese Haut nicht versehentlich; besser, er bewegte sich
nicht. Leon war froh, dass er unter Wasser keine Gerüche
wahrnehmen konnte.

Er konnte nur vermuten, wie viel Zeit verging. Es kam
ihm vor, als kauere er schon länger als eine Stunde bewegungslos hier unten in der Dunkelheit, doch vielleicht waren es nicht einmal zehn oder zwanzig Minuten. *Spürst du
die Gleiter? Sind sie überhaupt noch da?*

Lucy klang unsicher. *Großviel Bewegung im Wasser … aber nicht Gleiter. Vielleicht …*

Vielleicht entsteht, während der Wal sich zersetzt, Wärme und die Gleiter hängen noch stundenlang hier herum. Der Gedanke, noch länger direkt neben dieser Leiche gefangen zu sein, war alles andere als angenehm.

Nein, nicht Gleiter! Etwas ist da. Mach Licht!

Grimmig tastete Leon nach der Lampe … und spürte im selben Moment, dass der riesige Kadaver neben ihm erbebte. Irgendetwas hatte den toten Wal gerammt! Leon schaffte es, ruhig zu bleiben und die Lampe anzuschalten. Ihr Lichtkegel durchschnitt das Schwarz des Meeres … und erfasste einen dunkelgrauen Hai mit flacher Schnauze. Leon schätzte, dass das Tier mindestens dreimal so groß war wie er selbst. Es bewegte sich langsam, fast bedächtig, doch Leon wusste, welche Kraft in diesem torpedoförmigen Körper steckte. Und jetzt nahm der Hai Anlauf, bohrte die Schnauze in den Leib des toten Buckelwals und riss einen Brocken Fleisch heraus. Wieder erzitterte der Kadaver.

Langsam beruhigte sich Leons Herzschlag wieder. *Ein Pazifischer Schlafhai*, berichtete er Lucy. Der war zwar auch nicht müder als andere Fische, doch so wie viele Tiere hier in der kargen, futterarmen Tiefsee lebte er förmlich in Zeitlupe, um möglichst wenig Energie zu verbrauchen. Gefährlich war er vermutlich nicht, wenn man sich nicht gerade zwischen ihn und sein Festessen stellte. Es gab Tiere, vor denen Leon weit mehr Respekt hatte – zum Beispiel die Praya-Qualle mit ihren fünfzig Meter langen Fangarmen, die wie ein riesiges Spinnennetz durch die Dunkelheit der Tiefe driftete.

Der Hai war mit seiner Mahlzeit so beschäftigt, dass er

Leon, das ungewohnte Licht und alles andere in der Umgebung völlig ignorierte. Doch das beruhte nicht auf Gegenseitigkeit. Ein Gleiter tauchte im Lichtkreis auf, und Leon wurde klar, dass die Geräte die Suche nach ihm keineswegs eingestellt hatten. Hastig duckte er sich unter die Flosse zurück – doch zuvor sah er noch, wie der Gleiter sich zielstrebig auf den Hai zubewegte. Leon grinste. Als aktive Jäger hatten Haie gewöhnlich eine Körpertemperatur, die ein paar Grad über der des Umgebungswassers lag – anscheinend brachte es selbst dieser Schlafhai auf genügend Wärme, dass er die Aufmerksamkeit der Gleiter auf sich zog. Und tatsächlich, als der Hai nach einer Viertelstunde Fresserei weiterzog, hatte er ein Gefolge von vier gelben Gleitern, die ihn bei seinem würdevoll-langsamen Rückzug eskortierten wie eine Motorradstaffel ein Staatsoberhaupt.

Herzlichen Dank, dachte Leon, kroch unter der Flosse hervor und war froh, seinen Körper endlich wieder strecken zu können. Lucy hingegen schien ihr Versteck nur zögerlich zu verlassen.

Bleiben wir? Der Platz ist großviel gemütlich.

Leon verzog das Gesicht. *Was ich brauche, ist ein guter Platz zum Schlafen – aber nicht neben diesem toten Wal!*

Nach kurzen Verhandlungen einigten er und Lucy sich darauf, einen Ort zum Ausruhen zu suchen. Sie fanden ihn etwas näher an der Küste Big Islands, zwischen ein paar großen Felsen.

Leon checkte seine OxySkin, stellte fest, dass sie blendend funktionierte, und schloss die Augen. Eine Weile kreisten seine Gedanken noch um die Flucht, um die Gleiter, um den Hai, doch allmählich spürte er, wie er ruhiger wurde. Schwerelos im Wasser schwebend konnte er sich immer am

besten erholen. Ganz allmählich driftete er in den Schlaf …
und fand sich in einem Traum wieder. *Sein Körper und der
eines Mädchens, eng umschlungen … seine Hände wölben
sich über ihre Brüste, rund und fest und wunderbar fühlen
sie sich an … seine Lippen gleiten an ihnen entlang und das
Mädchen stöhnt auf, saugt sich an seinem Nacken fest …*

Mit einem Ruck erwachte Leon und stellte fest, dass einer
von Lucys Armen sich um seinen Nacken verirrt hatte. An-
gewidert löste er die Saugnäpfe von seinem Hals und versuchte frustriert, wieder einzuschlafen.

Alberto Miguel Alvarez stand in einem Container an Bord
der *Thetys*, der als Steuerzentrale ausgerüstet worden war,
und blickte den Piloten des Unterwasserroboters mit gerunzelter Stirn über die Schulter. Einer der beiden »flog«
das ROV, der zweite Mitarbeiter kümmerte sich um die Na-
vigation und bediente die Fernsteuerung der Greifarme. Die
Augen der beiden Männer verließen die großen Bildschirme
mit den Kamerabildern des Geräts keine Sekunde lang. Zu
sehen war darauf nicht viel – und jedenfalls nicht das, was
Alberto Alvarez sich zu sehen erhofft hatte.

»Immer noch nichts Neues?«, fragte er trotzdem und bekam nur ein Kopfschütteln zur Antwort.

»Nur Seegurken, aber von denen reichlich«, brummte der
Navigator.

»So langsam bräuchte ich mal Ablösung, sonst fange ich
bald an, da unten rosa Elefanten zu sehen«, sagte der Pilot,
grinste müde und stürzte den Rest seines Kaffees herunter. Nach zwei Stunden wechselten gewöhnlich die Teams,
länger hielt niemand es durch, sich so intensiv zu konzentrieren.

Das Telefon klingelte und der Fahrleiter reichte den Hörer an Alvarez weiter.

»Hier Holzner«, hörte Alberto und widerstand einem Impuls, strammzustehen – Gabriel Holzner, der Sicherheitschef der ARAC, hatte im Konzern große Macht. »Was gibt's Neues, haben Sie den Jungen?«

»Leider noch nicht. Wir hatten eine Meldung von den Gleitern, doch es hat sich herausgestellt, dass sie nur einem Hai gefolgt sind. Ich würde vorschlagen, dass wir für die Suche zusätzlich ein tiefgeschlepptes Videosystem einsetzen und außerdem zwei weitere ROVs.«

»Zwei weitere ROVs? Ist Ihnen klar, dass so ein Einsatz zwölf Leute beschäftigen und uns ein paar Millionen Dollar kosten würde?«

»Es ist Ihre Entscheidung«, erwiderte Alberto gereizt. »Wollen Sie Redway schnappen oder nicht?«

»Nur Geduld, Alvarez. Irgendwann wird der Junge einen Fehler machen und dann greifen wir ihn uns.«

»Ihr Wort in Gottes Ohr, Sir«, erwiderte Alberto und hoffte, dass er es sein würde, der Leon Redway als Erster zu fassen bekam. Dann würde er der miesen Ratte diese Blamage gründlich heimzahlen.

Er freute sich schon darauf.

Es gab keinen Tag mehr und keine Nacht – nur Dunkelheit. Die Stunden flossen ineinander, wurden zu Tagen. Ob sie noch gejagt wurden, wusste Leon nicht; die *Thetys* schien unendlich fern, nur noch eine hässliche Erinnerung. Doch etwas anderes, die hässliche Gegenwart, holte sie immer wieder ein. Stundenlang schwammen sie über Meeresboden, der von Schleppnetzen verwüstet worden war. Traurig sah

230

sich Leon um – soweit das Licht seiner Lampe reichte, nur Zerstörung, umgewühlter Boden, auf dem nichts mehr lebte. Seefedern, Seesterne, Schwämme, Tiefwasserkorallen, Manteltiere … alles war untergepflügt worden von Fischern, die nichts im Sinn hatten, als die wenigen Fische, die es hier unten gab, zu Filets zu verarbeiten. Ob das, was sie taten, legal war oder nicht, interessierte diese Leute kaum, nur die Ausbeute zählte. Wütend und hilflos schwamm Leon weiter. Hier war nichts mehr zu retten. Wahrscheinlich würde es Jahrzehnte dauern, bis sich hier wieder Leben angesiedelt hatte.

Lucy und er überquerten die Hilo Ridge und den Puna Canyon, ohne etwas Ungewöhnlicheres zu bemerken als einige Dutzend Tierarten, die vermutlich noch nie ein Mensch gesehen hatte – Leon fotografierte sie aus reiner Gewohnheit.

Er ahnte, dass er jetzt länger im Meer war als jemals zuvor, und es fühlte sich so gut, so natürlich an, dass es ihm Angst machte. Würde sein Körper es überhaupt noch ertragen, Luft zu atmen, wenn er wieder hochkam?

Immer häufiger fragte er sich, was er tun sollte, wenn seine Vorräte ausgingen und die Batterien seines Werkzeuggürtels schlappmachten. Er konnte ja wohl kaum auftauchen und im nächsten Supermarkt an der Küste Nachschub kaufen gehen. »Ein halbes Kilo Traubenzucker, bitte!« Vermutlich war seine Flucht dann zu Ende … und bisher hatte er nichts erreicht, absolut nichts! Er war des Rätsels Lösung keinen einzigen Schritt näher gekommen. Stattdessen hatte er sich mit der ARAC angelegt – verdammt, was hatte er sich nur dabei gedacht? Allein die ARAC verfügte über OxySkins, und auf die war er angewiesen, wenn er weiterhin in die Tiefsee tauchen wollte.

Wenigstens war Lucy jetzt frei, sie konnten zusammen sein. Das war ein großer Trost.

Und dann näherten sie sich endlich dem Lo'ihi, dem unterseeischen Vulkan, aus dessen Richtung das eigenartige Sonar-Echo gekommen war. Beim Gedanken daran durchflutete Leon neue Energie. Vielleicht würde er hier endlich Antworten finden – und außerdem gab es in der Tiefsee kaum etwas Faszinierenderes als Orte, wo heißes Wasser aus dem Meeresboden quoll. Auf einer Tauchbootfahrt bei Galapagos mit Tim und Colin Devey, einem Geologen des Meeresforschungsinstituts IFM-GEOMAR, hatte er dort die legendären Schwarzen Raucher gesehen, Schlote am Meeresboden in vielen Tausend Meter Tiefe, aus denen vierhundert Grad heißes Wasser strömte, erwärmt vom glühenden Erdinneren selbst. Dieses Wasser war so mit Mineralen und Schwermetallen gesättigt, dass es in tiefschwarzen Wolken hervorquoll wie Rauch aus einem Industrieschornstein. Manche der Schlote waren so hoch wie ein zehnstöckiges Gebäude.

Solche heißen Quellen waren eine Oase des Lebens, um die Schlote herum gab es dichte Felder weißer Riesenmuscheln, wuselten schneeweiße Krebse, wuchsen meterhohe prachtvoll rot und weiß gefärbte Röhrenwürmer, die in der Strömung schwankten wie exotische Blumen im Wind. Es war ein unglaublicher Anblick gewesen, und Tim und er hatten sich beide wie aufgeregte Kinder auf dieses und jenes aufmerksam gemacht, hatten gejubelt und geschwatzt.

Tim hatte ihm erzählt, dass die Röhrenwürmer selbst in der Tiefsee, in der die meisten Tiere langsam, aber dafür sehr lange lebten, eine Ausnahme waren; sie konnten zweihundertfünfzig Jahre alt werden. Jedenfalls, wenn ihr heimatli-

232

cher Schlot so lange durchhielt. Die unterseeischen Kamine wuchsen zwar schnell, manche schafften einen Meter pro Jahr oder mehr, doch sehr stabil waren sie nicht, und es kam häufig vor, dass einer von ihnen umstürzte. Es war auch nichts Besonderes, dass ein Schlotfeld wieder erlosch und die Tiere, die dort lebten, sterben mussten – nur ihre Eier und Larven, die mit dem heißen schwarzen Wasser nach oben gestiegen waren, fanden mit etwas Glück eine neue Heimat.

Colin hatte damals mit dem Greifer des Tauchboots ein paar Stücke eines umgestürzten Schlots geborgen und Leon später eins davon geschenkt. Überrascht hatte Leon gesehen, dass die von außen so unansehnlich Schwarzen Raucher auf der Innenseite mit goldglänzenden Pyrit-Kristallen besetzt waren. Hübsch sah das aus, wie ein echter Schatz. Leon besaß das Schlotstück immer noch, es war gerade in seinem Seesack an Bord der *Thetys* …

Und jetzt näherten sie sich den Schwarzen Rauchern Hawaiis, die möglicherweise nicht einmal schwarzes, sondern vielleicht ganz anders gefärbtes Wasser ausstießen. *Sehen wir mal nach*, dachte Leon und Lucy folgte ihm in die Tiefe. Jenseits von siebenhundert Metern begann er den steigenden Druck zu spüren; erst fühlte es sich an, als sitze sein Anzug zu eng, dann wurde es immer unangenehmer und normalerweise hätte er bald aufgegeben. Doch diesmal kam das nicht infrage, obwohl Leon sich mehr und mehr vorkam, als hätte ihn eine riesige Zange gepackt. Verbissen arbeitete er sich tiefer voran. *Lucy, wie fühlst du dich?*

Wie die Garnele im Maul vom Viperfisch, gestand seine Partnerin.

Besorgt ließ Leon die Hand über ihre weiche Haut gleiten und fühlte, wie sich einer ihrer Arme um sein Handgelenk ringelte. *Besser, du kommst nicht mehr weiter mit. Du weißt ja, das Wasser bei den Rauchern ist voller giftiger Stoffe – mich schützt der Anzug, aber dich würde es krank machen. Ich hole dich auf dem Rückweg ab.*

Dass sie sofort zustimmte, machte ihm klar, wie schlecht es ihr wirklich ging. Ihm war nicht ganz wohl dabei, sie hier mitten im Freiwasser schutzlos zurückzulassen, doch er hatte keine Wahl. Leon markierte Lucys Standort auf seinem DivePad und tauchte weiter ab. Eine Weile verbanden ihre Gedanken sie noch, dann schwand auch das, wie ein Faden, der immer dünner wurde. Jetzt war er völlig allein … und es war ein gruseliges Gefühl. Vor allem, weil er nicht wusste, was hier unten auf ihn wartete.

Hin und wieder aktivierte Leon seine Lampe und blickte sich um. Er konnte es kaum glauben, als sein Display tausendeinhundert Meter anzeigte. Mann, wenn er das Billie, Julian und Tom erzählte! So tief war noch keiner von ihnen gewesen.

Bisher war das Wasser glasklar gewesen, doch jetzt veränderte es sich langsam. Es wurde trüber, und als Leon sich nach Nordwesten wandte, sah er, dass riesige graugelbe Wolken aus der Tiefe emporquollen, es sah aus, wie er sich einen Sandsturm in der Wüste vorstellte. Erschrocken hielt Leon inne. Hier stimmte etwas nicht! Er musste noch ein ganzes Stück von den Rauchern entfernt sein, und normalerweise konnte man dicht an sie heranschwimmen, weil das heiße Wasser gerade nach oben wegströmte. Doch diese Gegend hier wirkte wie ein Kriegsschauplatz, alles war in Aufruhr. Konnte es sein, dass der Lo'ihi ausgebrochen war, dass er hier einen Vulkanausbruch im Meer sah? Aber das

234

hätten die Forscher sicher bemerkt, es gab hochempfind-
liche seismische Messgeräte, die so etwas registrierten.

Das Wasser um ihn herum flimmerte, man konnte sehen,
wie heiß es war, und Leon spürte die Wärme durch seinen
Anzug hindurch. Was schlimmer war, Leon konnte kaum
noch atmen, der Dreck im Wasser schien die Poren seiner
OxySkin zu verstopfen. Wie gut, dass er Lucy nicht mitgenommen hatte – sie hätte das hier mit Sicherheit nicht überlebt! Wenn es anderen Meerestieren genauso ging – konnte das der Grund sein, warum sie verwirrt zur Oberfläche
flohen? Befand sich hier der Punkt, an dem der Ozean in
Bewegung geraten war, das Zentrum einer gewaltigen Stö-
rung?

Ich muss umkehren. Es fühlte sich an, als hätte nur noch
dieser eine Gedanke in Leons Kopf Platz. Sein Brustkorb
schmerzte, ob von der Tiefe oder den für Menschen giftigen
Stoffen im Wasser, die es irgendwie in den Kreislauf seines
Anzugs geschafft hatten. Und doch schwamm er weiter.

Da! Einen Moment lang sah er den Meeresboden, eine
gelblich graue, steinige Wüste. Im Schein seiner Lampe entdeckte Leon eigenartige Spuren. Waren das Schleifspuren?
Und dort vorne – das sah aus wie eine Öffnung im Boden,
zu regelmäßig, um natürlichen Ursprungs zu sein …

Mit letzter Kraft schoss Leon ein paar Fotos, hoffentlich
konnte man auf denen überhaupt etwas erkennen außer dieser senfgelben Brühe. Dann warf er sich im Wasser herum
und schoss nach oben. Zurück ins ruhige, klare, kalte Wasser, zurück zu Lucy, nur weg hier!

Mit jedem Meter, den er hochstieg, fühlte Leon sich leichter, funktionierte seine OxySkin besser. Dort unten war er
an seine Grenzen gekommen, aber er wusste, dass er etwas

entdeckt hatte, das wichtig war. Vielleicht war es sogar der Schlüssel zu allem, was um die Inseln herum geschehen war. Er musste in Ruhe darüber nachdenken. Am besten schwamm er später, wenn er sich ausgeruht hatte, noch einmal zurück und forschte genauer nach. Diese Spuren ließen ihm keine Ruhe …

Sein DivePad wies ihm den Weg zu Lucy, sie war nur noch eine halbe Meile von ihm entfernt. Leon horchte in sich hinein, ob er ihre Gedanken schon spürte. Doch er war nicht darauf vorbereitet, was ihn stattdessen traf. Ein wortloser Schrei, der in seinem Kopf widerhallte und durch seine Seele schnitt wie ein Messer.

Luftatmer

Als Leon sich seiner Partnerin näherte, musste er nicht lange fragen, was los war. Er hörte sie schon selbst, die durchdringenden Klicklaute des jagenden Pottwals. In immer schnellerer Folge trafen sie auf seinen Körper, vibrierten durch ihn hindurch … das Tier kam immer näher! Und Kraken und Kalmare waren die natürliche Nahrung von Pottwalen; um sie zu erbeuten, machten die Wale sich wieder und wieder auf den Weg in die Tiefsee. Eine Krake, die sich mitten im Freiwasser aufhielt, weitab von jedem Versteck, hatte keine Chance. Das mit Abstand größte Raubtier der Welt musste nur das Maul öffnen und der Sog würde Lucy zwischen seine Zähne befördern. Es gab nur eine Möglichkeit, das zu verhindern: Leon musste Lucy vor dem Wal erreichen, sie abschirmen! Leon wusste, dass er selbst nichts zu befürchten hatte – noch nie hatte ein Pottwal einen Menschen angegriffen, der ihm nichts getan hatte.

Während des Schwimmens versuchte er mithilfe des Dive-Pads festzustellen, ob das Tier, das sie gerade anschwamm, einen Sender trug, ob es Shola war. Doch sein Gerät erfasste kein Signal. Es war ein wilder Pottwal!

Leon schwamm so schnell, dass seine Beinmuskeln protestierten und die OxySkin wieder einmal an ihre Grenzen stieß. Warum, warum, warum nur hatte er Lucy einfach so zurückgelassen? Er hätte auf diesen völlig irren Tauchgang verzichten und einfach mit ihr umkehren sollen, als das Wasser bitter und trübe wurde! Was interessierte ihn dieser verdammte Lo'ihi, wenn Lucy tot war?

Lucys Panik fühlte sich an wie eine Alarmsirene direkt neben Leons Ohr. Jetzt hatte er sie fast erreicht – doch er würde zu spät kommen!

Er konnte den Pottwal im Licht der Lampe schon sehen, seinen gewaltigen kantigen Kopf, den schmalen weiß geränderten Unterkiefer, die flach an die Seiten gepressten Brustflossen. Es war ein ausgewachsener Bulle.

Verzweifelt kam Leon auf die Idee, sämtliche Signalknöpfe an seinem DivePad zu drücken. Lichtblitze und ein durchdringendes Pfeifen schallten durchs Wasser. Und es wirkte, irritiert unterbrach der Pottwal seinen Angriff!

Bevor Leon ganz begriffen hatte, was geschah, schwenkte der Wal ab und zog an ihnen vorbei. Eine Druckwelle wirbelte sie herum … und dann fühlte es sich an, als treffe Leon ein Schmiedehammer mit voller Wucht. Die Lampe wurde ihm aus der Hand geschmettert, der Halteriemen riss und das Licht trudelte in die Tiefe davon. »CONVERTER FAILURE«, verkündete eine Computerstimme in seinem Ohr. »ATTENTION, CONVERTER FAILURE, BELT MALFUNCTION, SUIT PUNCTURE!«

Halb betäubt versuchte Leon, Atem zu holen und festzustellen, was passiert war. Lucy lebte, sie klammerte sich mit allen acht Armen an ihn und erdrückte ihn wieder einmal fast vor Angst. *Weg, weg? Ist er weg?*

Unendliche Erleichterung, dass seiner Partnerin nichts passiert war, durchflutete Leon. *Ja, aber ich glaube, er hat uns beim Davonschwimmen mit der Schwanzflosse erwischt. War bestimmt keine Absicht. Er hat sich vor uns erschrocken.*

238

Es war ein eigenartiger Gedanke, dass ein Wal von der Größe einer Lokomotive sich überhaupt vor irgendetwas erschrecken konnte, doch sicher begegnete auch ein Pottwal nicht alle Tage einer Krake, die in Begleitung unterwegs war.

Mühsam sog Leon Flüssigkeit in seine Lungen und versuchte, so gut es ging, seine Ausrüstung zu checken. Anscheinend hatte die OxySkin ein paar kleine Lecks, aus denen langsam das Perfluorcarbon entwich. Außerdem hatte es den Konverter erwischt, der ihn ernährte, und es fühlte sich an, als seien die Linsen seiner Anzugsmaske verrutscht, aber das war nicht weiter tragisch, er sah sowieso nicht mehr sonderlich viel, seit er seine Handlampe verloren hatte und die Kopflampe defekt war. Schlimmer war, dass auch sein Werkzeuggürtel beschädigt zu sein schien … und darin befand sich die Auftriebsmechanik, die automatisch »tarierte«, also sicherstellte, dass er frei im Wasser schweben konnte und dabei weder stieg noch sank, wenn er das nicht wollte. Schon jetzt merkte er, dass er ständig mit den Flossen schlagen musste, um seine Position zu halten. Auch sein DivePad schien etwas abgekriegt zu haben, der Bildschirm flimmerte und zeigte kaum noch etwas an.

Es war aus. Ihre Flucht war vorbei. Mit so stark beschädigter Ausrüstung konnte er nicht mehr zum Lo'ihi zurückkehren, er konnte von Glück sagen, wenn er es ungeschoren zur Oberfläche schaffte. In fünfhundert Meter Tiefe Probleme mit dem Anzug zu haben konnte übel enden.

Wir müssen auftauchen, meine OxySkin zickt herum, teilte er Lucy schweren Herzens mit und ihre Umklammerung wurde zu einer besorgten Umarmung.

Wieder einmal war Leon froh, dass er nicht mit Pressluft oder einer anderen Gasmischung tauchte. Gewöhnliche

Taucher mussten, wenn sie tief unten gewesen waren, extrem langsam aufsteigen, um ihre Körper wieder an die Oberfläche anzupassen. Denn unter hohem Druck gingen Gase wie Stickstoff, die in der Luft enthalten waren, ins Blut über. Durch lange Pausen beim Aufstieg musste man dieses Gas wieder aus sich herausatmen. Wenn man das nicht tat, waren die Folgen furchtbar und oft tödlich: Überall im Körper bildeten sich Gasbläschen, das Blut begann zu schäumen. Genau das, was passierte, wenn man eine Sprudelflasche schüttelte und dann öffnete. Je tiefer man getaucht war, desto größer die Gefahr. Wer sich unter dem Druck von mehreren Hundert Metern Tiefe aufgehalten hatte, musste nach der Rückkehr sogar mehrere Tage oder Wochen in einer speziellen Druckkammer verbringen, um den Körper ganz langsam wieder zu dekomprimieren. Nur Flüssigkeitstauchern blieb diese Gefangenschaft erspart. Wenn Leon und die anderen Jugendlichen tauchten, nahmen sie lediglich Sauerstoff aus dem Meer auf, keine anderen Gase, sodass Bläschen in ihrem Körper gar nicht erst zum Problem werden konnten.

Trotzdem war es ein eigenartiges Gefühl, einfach hochzuschwimmen, weiter, immer weiter … bis ganz nach oben. Erst ein einziges Mal war Leon von der Station aus zur Oberfläche getaucht, gemeinsam mit Billie und Shola; Ellard hatte sie im Tauchboot begleitet. Diesmal schien es länger zu dauern als damals, wahrscheinlich wegen seines defekten Anzugs, und Leon machte sich Sorgen – wie viel Perfluorcarbon trat aus? Wie lange konnte er überhaupt noch atmen? Sein DivePad zeigte bloß noch Unsinn an.

Endlich nahm er die erste schwache Helligkeit wahr. Kein grünblaues biochemisches Licht, das von einem Tiefseewe-

240

sen stammte, sondern Licht von oben – durch Meerwasser gefiltertes, echtes Sonnenlicht! Leon schwamm ihm entgegen, bis das Wasser um ihn und Lucy herum nicht mehr wie Tinte wirkte, sondern nach und nach wieder zu einem unendlichen blauen Raum wurde.

Und dann waren sie oben. Die Wellen des offenen Ozeans spülten schäumend über Leon hinweg, grell stach die Sonne durch die überforderten Restlichtverstärker in seine Augen. Doch die Luft, die ihn umgab, konnte er nicht atmen – noch wagte er nicht, den Anzug aufzutrennen. Es war zwar viel zu wenig Perfluorcarbon übrig, aber wie sollte er hier an der Meeresoberfläche die Flüssigkeit in seinen Lungen loswerden? *Womöglich ertrinke ich dabei einfach! Diese verdammten Wellen reißen mich ständig hoch und runter!*

Und hell! So hell ist es!, stöhnte Lucy und kniff die queren Augenschlitze zu.

In der Ferne ragte die zerklüftete grüne Ostküste von Big Island auf. Und davor schwamm irgendetwas Schwarzes, ein Bug tauchte aus den Wellen … ein Boot!

Leon riss den Arm hoch und winkte – Hilfe konnte er jetzt gut gebrauchen! Er sank in ein Wellental und verlor das Fahrzeug wieder aus den Augen, doch als er es das nächste Mal erspähte, war es größer geworden, anscheinend nahm es Kurs auf ihn und seine Partnerin. *Besser, du bleibst ein bisschen außer Sicht und heftest dich irgendwo unter den Rumpf, Lucy. Nur für alle Fälle.*

Ja. Nicht niemanden erschrecken! Ein lautloses Kichern. Lucy verschwand unter Wasser – keinen Moment zu früh, kurz darauf ragte die Bordwand neben ihm auf.

Es war nicht die Art von Bordwand, die Leon kannte. Sie war schwarz gestrichen, Farbe blätterte vom Rumpf ab und hier und da sah Leon Roststellen. Unter der Wasserlinie hatten sich Muscheln und Seepocken festgesetzt.

Als Leon hochblickte, sah er zwei Gesichter, die auf ihn herabstarrten – eins davon klein und sehr haarig, das andere groß und völlig haarlos. Einen Moment lang starrten beide Besatzungsmitglieder ihn an, dann sagte das eine: »Heiliges Kanonenrohr, es gibt also doch Aliens. Hab ich dir's nicht gesagt, Chili?«, während das andere mit allen vier Pfoten auf der Bordwand balancierte und etwas ausstieß, das wie der Unterdruck-Alarm eines Tauchboots klang.

Dann streckte sich ihm eine schwielige Hand entgegen, und Leon ergriff sie, um sich daran hochzuziehen.

Beim Hochziehen an Deck gab die OxySkin endgültig den Geist auf. Leon kniete in einer bläulichen Pfütze Perfluorcarbon und tastete verzweifelt nach dem Molekültrenner an seinem Gürtel, damit er die Gesichtsmaske aufbekam und nicht auf diesem Fischkutter erstickte. Sein Puls dröhnte ihm in den Ohren, sein Körper schrie nach Sauerstoff – und wo war dieses verfluchte Werkzeug? Da, endlich hatte er es und führte die Spitze des Trenners über die Membran an der Seite seines Gesichts. Kühler Seewind traf seine Wangen, seine Stirn. Dann beugte Leon sich vor, hustete und spuckte das Perfluorcarbon aus. Schade, das Zeug zu verschwenden, es war teuer, aber es in den dreckigen Eimer dort drüben zu befördern hätte auch nicht viel gebracht, wiederverwenden konnte man es so oder so nicht mehr.

Bisher hatte der haarlose Mann sprachlos staunend zugesehen, doch jetzt verdüsterte sich sein Gesicht. »He, hier kotzt keiner auf meine Planken, selbst ein Alien nicht, mach das gefälligst über die Bordwand!«

Ich bin kein verdammter Außerirdischer, wollte Leon erwidern, aber seine Stimme funktionierte noch nicht wieder, sein Kehlkopf fühlte sich an, als hätte er mit Säure gegurgelt. Diesmal war er wirklich länger unten geblieben, als gut für ihn war!

Schwankend stand er auf, auch das Stehen war ungewohnt. Zum Glück war der Seegang nicht sehr hoch an diesem Tag, denn mit diesem Boot, das höchstens zehn Meter lang war und nur aus einem verwitterten Holzdeck und einem Ruderhaus bestand, machten die Wellen sicher, was sie wollten.

Leon stützte sich an der Bordwand ab und dann starrten er und der Kapitän sich an. Sein Gegenüber war ein Mann von etwa sechzig Jahren. Auf seinem blanken Schädel thronte inzwischen eine schmuddelige gelbe Basecap und warf ihren Schatten über ein misstrauisches, verkniffenes Gesicht mit einer flachen Nase. Nicht nur die Haare fehlten ihm, auch Augenbrauen und Wimpern.

»Okay, du bist also kein Alien«, sagte der Mann, und woher hatte er auf einmal diese Metallstange? Er hielt sie mit beiden Händen, wie einen Baseballschläger, und das sah nicht besonders vertrauenerweckend aus. »Bist vom Geheimdienst, was? Ich weiß längst, dass ihr mich auf dem Schirm habt. Und ich wette, du denkst gerade an dein Tauchermesser, stimmt's? Vergiss es, das schlag ich dir aus der Hand, bevor du ›Kennedy‹ sagen kannst.« Plötzlich sauste die Metallstange auf Leon zu, bremste aber im letzten Augenblick ab und klopfte nur leicht auf das Logo der OxySkin. »Was is'n das für ein Zeichen? Mossad oder so was?«

Mossad? Was zum Teufel war mit dem Typen los? »ARAC«,

brachte Leon hervor, und nein, er hatte nicht an sein Tauchermesser gedacht, sondern an seine Partnerin, die seine erschrockenen Gedanken gespürt hatte und nun hinter dem Kapitän über die Bordwand kroch. Kraken wechselten die Farbe, wenn starke Gefühle sie durchzuckten, und jetzt gerade war Lucy nicht wie sonst rotbraun, sondern buchstäblich blass vor Wut.

»ARAC? Dieser Drecksonzern? Das ist ja schlimmer als Mossad und Steuerbehörde zusammen!«

»Lucy«, krächzte Leon. »Lucy, tu's nicht, das gibt nur Ärger!«

Völlig verblüfft glotzte der Mann ihn an, plötzlich wurde sein Gesicht weicher und er ließ die Eisenstange sinken. »He, Moment mal. Lucy schickt dich? Das ist natürlich ganz was anderes. Herzlich willkommen! Entschuldige den etwas rauen Empfang.«

»Äh … ich …«, stammelte Leon. Kein Zweifel, dieser Mann hatte einen schweren Dachschaden! Doch dann fiel sein Blick auf den Rettungsring, der an der Seite des Ruderhauses hing. *Lovely Lucy* stand darauf – anscheinend der Name des Boots. Na, wenn das mal kein schöner Zufall war! Vielleicht hatte er sein Boot auf den Namen seiner Frau getauft.

Jetzt rang sich der Mann sogar ein Lächeln ab und streckte die Hand aus. »Ich bin Jonah Simmonds, aber das weißt du ja eh schon, oder? Und dein Name ist …?«

Eigentlich war Leon nicht danach zumute, zu antworten, doch es war und blieb eine Tatsache – der Typ hatte ihn gerettet. »Leon«, sagte er und ließ den Nachnamen aus. Doch Simmonds hatte sein Zögern sehr wohl bemerkt, und jetzt erschien ein Lächeln auf seinem Gesicht, das Leon nicht besonders gefiel. »Soso, Leon … willst nicht mehr sagen, was? Du wirst nicht zufällig von den Bullen gesucht oder so?«

Die Frage traf Leon wie ein Schlag in den Magen. Simmonds war der Wahrheit schon gefährlich nahegekommen. Fabienne Rogers' Worte klangen ihm noch im Ohr: *Sonst betrachten wir das, was du gerade tust, als Diebstahl und erstatten Anzeige …*

»Nein«, sagte er mit aller Überzeugungskraft, die er aufbrachte, und schaffte es irgendwie, seinen Blick von Lucy fernzuhalten, deren Arme sich keinen Meter hinter Simmonds tastend auf dem Deck ringelten. Chili, die rot getigerte Bootskatze, beobachtete sie misstrauisch, anscheinend hin und her gerissen zwischen Jagdtrieb und Vorsicht.

Ich glaube nicht, dass er jetzt noch eine Gefahr für mich ist, bitte geh wieder ins Meer, drängte Leon seine Partnerin und ungewollt sandte er ihr ein Bild seiner Befürchtungen – Simmonds, der mit einer Eisenstange auf ein an Deck liegendes Krakenweibchen eindrosch. *Ich komme hier schon irgendwie klar!*

Tippt er dich an, werde ich vielgroß gefährlich, kündigte Lucy an, und Leon wusste, dass das eine ernst zu nehmende Drohung war. Eine Krake dieser Größe war weitaus stärker als jeder Mensch und weder mit ihren Saugnäpfen noch mit dem papageienähnlichen Schnabel an der Unterseite ihres Körpers war zu spaßen. Doch ein Kampf war so ungefähr das Letzte, was er jetzt gebrauchen konnte. Erleichtert sah er, dass Lucy sich mit ihren Saugnäpfen wieder die Bordwand hochzog und bereit machte, ins Meer zurückzuglitschen.

Noch immer beobachtete Simmonds ihn mit diesem halben Lächeln und Leon erkundigte sich: »Wohin fahren Sie eigentlich?«

Leon zuckte fast zusammen, als Simmonds in ein dröhnendes Gelächter ausbrach. »Heiliges Kanonenrohr, hat Lucy dir das nicht gesagt? Irgendwo und nirgends sind wir unterwegs, Chili und der gute alte Jonah. Also, raus damit: Was sollst du mir von Lucy ausrichten?«

Krampfhaft versuchte Leon, sich etwas auszudenken, während seine Partnerin sich wieder ins Wasser gleiten ließ. War es besser, jetzt zu gestehen, dass er keine andere Lucy kannte? Oder würde dieser Kerl ihn dann sofort über Bord werfen? Es waren mehrere Meilen bis zur Küste. Normalerweise hätte er problemlos geschafft, so weit zu schwimmen, doch die Wahrheit war, dass er sich nicht besonders gut fühlte und sich nach nichts weiter sehnte, als sich hinlegen zu können und auszuruhen. Simmonds wartete eine Weile auf eine Antwort, und als er keine bekam, warf er Leon einen dreckigen Putzlappen zu. »Während du deine Hirnverstopfung kurierst, könntest du mal das Deck schrubben.« Er warf einen Blick auf die bläulich-durchsichtige Pfütze auf dem Deck, schüttelte den Kopf und kletterte hinunter in den Laderaum der *Lovely Lucy*.

Mit ein paar Eimern Meerwasser spülte Leon das Deck sauber. Immer wieder musste er sich gegen die Bordwand lehnen, seine Beine zitterten. Hoffentlich wurde er nicht krank. Nein, er war nur entsetzlich müde – auf dem Weg zum Lo'ihi war das Schlafen irgendwie zu kurz gekommen. Und die Wellen waren inzwischen höher, als ihm lieb war, schon jetzt sehnte er sich unter die Oberfläche des Meeres zurück, wo es keinen Seegang gab und keine irren Typen wie diesen Jonah.

Der tauchte gerade wieder auf und wickelte aus einer gammeligen Plastiktüte ein Stück Fisch, das aussah, als wäre es mal ein Gelbflossen-Thun gewesen. Mit einem Feuerzeug zündete Simmonds den Brenner über einer rostigen Gasflasche an, warf den Thunfisch in eine Pfanne und brutzelte los. Ungläubig sah Leon zu. Offenes Feuer auf einem Boot, bei diesem Seegang? Der Typ war noch schräger drauf, als er gedacht hatte. Aber der brutzelnde Fisch roch lecker.

»Willst 'n Stück?«, fragte Simmonds und rückte seine speckige Basecap zurecht. »Selbst geangelt. Ich versorg mich immer selber, im Laden muss ich fast nix kaufen. Außer Bier natürlich, haha.«

»Äh, ja, gerne. Und könnten Sie mir eventuell ein paar Sachen zum Anziehen geben?« Leon hatte die OxySkin bis zur Hüfte heruntergekrempelt, und es wäre ihm lieber gewesen, sie ganz ausziehen zu können. »Ich kann Ihnen leider kein Geld geben dafür.«

Weder auf Benthos II noch auf der *Thetys* hatte er Geld gebraucht, und in der kleinen wasserdichten Tasche seines Werkzeuggürtels steckte kein einziger Dollar, sondern nur ein zu einem winzigen Viereck zusammengefaltetes Blatt mit Zahlen und Daten darauf.

Wieder lachte Simmonds. »'n echter Schiffbrüchiger! Ja, ich hab was, Sekündchen. Halt mal die Pfanne.«

Ein paar Minuten später trug Leon ein altes schwarzes T-Shirt und eine verblichene Jeans, die am Knie eingerissen war und hier und da ein paar Ölflecken hatte. Ohne Gürtel hätte er die Hose sofort wieder verloren, denn er war sehr viel schmaler gebaut als Simmonds, doch zum Glück waren sie wenigstens gleich groß. Seine OxySkin und der Werkzeuggürtel steckten in einem Sack aus Segeltuch, der steif war von getrocknetem Salzwasser.

»Hier, hau rein.« Ein Teller mit nichts als einem heißen,

247

fettigen Stück Thunfisch darauf wurde Leon in die Hand gedrückt. Leon lief das Wasser im Mund zusammen. Nach Tagen der intravenösen Ernährung war das hier ein Fünfsterneessen.

Trotzdem bot er Chili, der Schiffskatze, einen Brocken davon an. Immerhin war sie so nett gewesen, nicht die Krallen in seine Partnerin zu schlagen. Doch Chili schnupperte nur einmal verächtlich und zog sich dann zurück.

»Mach dir keine Mühe, der mag keinen Fisch«, grunzte Simmonds. »Frisst nur Dosenfutter, das verwöhnte Vieh.«

Sie aßen eine Weile schweigend. Vor ein paar Jahren hatte Leon überlegt, ob er Vegetarier werden sollte. Doch so richtig geklappt hatte es nie, denn anonyme Schwarmfische zu essen machte ihm eigentlich nichts aus. Nur bei Fischen mit einer eigenen Persönlichkeit zog er die Grenze. Und als er in einem Hafen von Maui gesehen hatte, wie Sportfischer sich stolz mit ihrem Fang – einem fast vier Meter langen Schwertfisch – fotografierten, hatte er sich voll Wut und Trauer abgewandt. Zu schlimm war es, diesen prachtvollen Herrscher der Meere hilflos an der Schwanzflosse aufgehängt zu sehen.

»Geht's Lucy gut?«, fragte Simmonds jetzt und stellte seinen Teller weg. Seine breiten, schwieligen Hände verkrampften sich in seinem Schoß. »Sag es mir, bitte, es ist wichtig, weißt du.«

Oh Mann, jetzt saß er wieder in der Falle. Leon entschied sich dafür, die Wahrheit zu sagen – seine Wahrheit. »Ja, es geht ihr gut. Sie ist nur ein bisschen erschöpft.«

»Arbeitet mal wieder zu viel, was?« Simmonds' Lachen klang zittrig und in seinen Augen stand ein seltsamer Ausdruck. »Als ich sie zuletzt gesehen hab, hatte sie noch diesen

Kellnerinnenjob bei Joey's, echte Knochenarbeit. Sie hätte mitkommen sollen raus aufs Meer, das hätte ihr gutgetan.«

Leon wusste genau, was er meinte. Ja, das Meer konnte einem guttun. Sehr sogar. Plötzlich tat Simmonds ihm leid. »Wie lange kennen Sie sie schon?«

»Fünf Jahre. Hab meine Frau für sie verlassen. War hart für alle, vor allem wegen der Kids. Und dann hat Lucy gesagt, sie braucht Zeit zum Nachdenken, weil sie nicht sicher ist, ob das mit uns funktionieren würde. Ist das nicht 'ne Ladung fauliger Seetang?«

Leon verzog das Gesicht und nickte.

»Aber sie hatte schon immer 'nen schrägen Sinn für Humor, meine Lucy«, erzählte Simmonds und rammte seine Gabel in die Bordwand. Leon zuckte zusammen. »Sieht ihr ähnlich, mir so eine Botschaft zu schicken. Verdammt guter Witz. Haben oft genug diskutiert, ob's wirklich Aliens gibt, haha.«

Das erklärte einiges. »Kann ich Sie mal was fragen – was ist eigentlich mit Ihren Haaren passiert? Hatten Sie Krebs?«

»Noch nicht«, sagte Simmonds und spuckte über die Bordwand. »Hab früher mal in 'nem Chemiewerk gearbeitet. Tja, da ist leider was schiefgegangen. Hab auch Geld bekommen deswegen, hat gerade so gereicht, um den Kahn hier zu bezahlen.«

Leon war so entsetzt, dass er Simmonds einen Moment lang nur stumm anstarren konnte. Dann war die Gelegenheit, nachzufragen, auch schon vorbei, Simmonds schob Leon die leeren Teller zu und stand auf. Auf der Suche nach einer Möglichkeit, das Geschirr abzuwaschen, stieg Leon in die Kajüte unter Deck hinunter. Dämmrig war es dort unten, und es roch nach Katze, dreckigen Socken und Stoff, der feucht geworden war und jetzt vor sich hin schimmelte. Simmonds' Wohnraum bestand aus einer Sitzbank, einem winzigen Herd mit einer Spüle daneben und einer Koje, über die eine schmuddelige Decke gebreitet war. Fasziniert sah Leon, dass in einer Ecke der Kajüte mindestens zweihundert Dosen Katzenfutter gestapelt waren. Chili hatte anscheinend sehr genaue Vorstellungen davon, was für ihn die richtige Ernährung war.

Während Leon versuchte, dem Boiler über der Spüle heißes Wasser für den Abwasch zu entlocken, dachte er darüber nach, wo er sich von Simmonds hinbringen lassen sollte. Er hatte keine Ahnung, wohin er eigentlich wollte.

Seine Gedanken eilten zu Lucy, und wortlos tauschten sie einen Moment lang Bilder aus, mögliche Ziele, und konnten sich doch nicht einigen. Ihr Ziel war ihnen auf dem Weg verloren gegangen, und jetzt ging es nur noch darum, frei zu bleiben.

Doch dann leuchtete eine Erinnerung in Leon auf, die Erinnerung an seinen letzten Sommerurlaub mit Tim … Kajakfahren in der Kealakekua Bay an der Westküste von Big Island, während Ostpazifische Delfine um sie herum durchs Wasser glitten. Und an den alten hawaiianischen Tempel ganz in der Nähe, dem Pu'uhonua o Honaunau. Er war ein Ort der Zuflucht, und das schon seit über fünfhundert Jahren. Eine junge Hawaiianerin hatte ihnen seine Geschichte erzählt, Leon erinnerte sich noch genau daran. »Vieles, vieles war tabu im alten Hawaii. *Kapu* – verboten – war zum Beispiel, dass Männer und Frauen zusammen aßen oder dass ein Mensch mit niedrigem Rang sich einem Anführer näherte«, hatte die Frau gesagt. »Wer ein Verbot brach, wurde zum Tode verurteilt, manchmal wurde sogar die ganze Familie getötet, denn die Hawaiianer glaubten, dass die Götter sonst als Strafe Flutwellen und Erdbeben schicken. Eine einzige Möglichkeit, sich zu retten, gab es für denjenigen, der die Übertretung begangen hatte – wenn er es schaffte, zu einem *Pu'uhonua*, einem Ort der Zuflucht, zu gelangen, dann war er in Sicherheit, und nachdem er dort die vorgeschriebenen Rituale vollzogen hatte, konnte er nach Hause zurückkehren, als sei nichts geschehen.«

Nach Hause zurückkehren, als sei nichts geschehen. Der Satz brannte in Leons Herz. Das *Kapu*-System war längst abgeschafft worden, und für ihn – den *haole*, den Weißen – hätte es ohnehin nicht gegolten. Doch genau diese palmengesäumte Bucht war es, zu der er zurückkehren wollte.

Leon ging wieder an Deck. Jonah Simmonds hatte den Autopiloten ausgeschaltet und stand am Steuerrad.

»Könnten Sie mich am Pu'uhonua o Honaunau absetzen?«, fragte Leon. »Sie wissen schon, an der Kona-Küste, in der Nähe von Kealakekua.« In seinem ersten Jahr auf den Hawaii-Inseln hatte er sich diese Namen nicht einmal merken, geschweige denn sie aussprechen können, doch inzwischen gingen Leon die weichen Vokale glatt von der Zunge.

»Soso«, sagte Simmonds und schob seine Basecap in den Nacken. »Dahin willste also. Ja, kann ich machen.«

Gähnend nickte Leon. Er war so erschöpft, dass er kaum noch klar denken konnte.

»Kannst dich in der Kajüte hinhauen – dauert eh noch ein paar Stündchen, bevor wir da sind«, bot Simmonds an, doch Leon legte sich lieber in eine Nische am Bug des Schiffs, wo der Seewind über sein Gesicht strich. Dort rollte er sich in eine Decke, die nicht allzu schlimm roch und nur voller Katzenhaare war. Er schickte Lucy einen Schlafensgruß und dachte noch einen Moment darüber nach, wie er sich an Land durchschlagen sollte. Wie sollte das gehen, ohne Geld und ohne Verbündete? Er kannte niemanden auf Big Island – und er brauchte dringend jemanden, der ihm half, diese Zahlen und Daten, die auf irgendeine Weise seine Partnerin betrafen, zu interpretieren …

Doch, einen einzigen Menschen kannte er auf Hawaii!

Carima.

Sein Herz begann schneller zu schlagen, als er an sie dachte. Lächerlich, wieso sollte sie ihm helfen – sie kannten sich doch kaum! Außerdem war sie bestimmt schon wieder abgeflogen, zurück ins ferne Deutschland. Aber was war, wenn nicht? Einen Versuch war es wert. Sie hatte ihm ja ihre Handynummer geschickt. Sein Gedächtnis ließ ihn auch diesmal nicht im Stich, die Nummer fiel ihm sofort wieder ein.

Mit einem Lächeln auf dem Gesicht schlief er ein … und erwachte erst, als die Sonne schon hoch am Himmel stand. Leon gähnte, streckte seinen langen Körper, der sich nach dem Liegen auf dem Deck anfühlte, als sei er voller blauer Flecke. Mist, seine Arme waren knallrot, er hatte sich einen Sonnenbrand eingefangen, während er geschlafen hatte.

Er tappte zur Bordwand. Eigentlich mussten sie jetzt bald da sein, wahrscheinlich hätte ihn Simmonds sowieso gleich geweckt.

Doch als Leon sah, wo sie sich befanden, war er entsetzt. Es war leicht, die beiden Küsten von Big Island zu unterscheiden – die den Passatwinden zugewandte Ostseite war mit dichtem grünem Regenwald bedeckt, die windabgewandte Westseite hinter den Bergen dagegen bestand vor allem aus kahler Lava. Diese Westküste war es, zu der er

252

wollte … doch was er sah, waren steile grüne Klippen. Sie waren auf der falschen Seite von Big Island! Wo hatte Simmonds ihn hingefahren? Was hatte er vor? Leon fragte sich, wie er auch nur einen Moment lang so blöd hatte sein können, diesem Irren zu vertrauen.

Simmonds saß seelenruhig am Heck, rauchte einen Joint und streichelte den Kater auf seinem Schoß.

»Wo haben Sie mich hingebracht?«, presste Leon hervor, seine Hand krampfte sich um den Seesack mit seiner Oxy-Skin.

»An einen Ort, der genau der richtige ist für Leute wie dich«, erwiderte Simmonds grinsend.

»Sie sind ein verdammter Bastard!«

»Na, na. Ich glaube, du hast auch kein ganz reines Gewissen, oder? Bist 'n netter Kerl, aber verarschen lass ich mich nicht. Jemand, der Lucy kennt, hätte gewusst, dass sie niemals kellnern würde. Sie arbeitet in 'ner Bank! Und jetzt … ab mit dir!«

Ein heftiger Stoß traf Leon, und ehe er es sich versah, stürzte er über die Bordwand, dem Meer entgegen.

253

Verbündete

Der Arzt beschäftigte sich genau fünf Minuten lang mit Carima. In der Zeit schaffte er es, ihr eine Spritze zu verpassen, ein Pulver zu verschreiben, Schonkost zu empfehlen und für all das neunzig Dollar in bar zu kassieren. »Na, zum Glück kriegen wir das von der Reisekrankenversicherung zurück«, sagte ihre Mutter und seufzte.

Zurück im Hotel, legte sich Carima gehorsam wieder hin, obwohl sie sich nicht krank fühlte, sondern nur frustriert. Als Detektivin war sie bisher eine absolute Null, keinen Schritt war sie weitergekommen! Billie zu erreichen hatte nicht geklappt – wen sollte sie jetzt noch nach Leon fragen? War es einen Versuch wert, Julian noch mal auszuquetschen?

Nathalie brachte ihr ein paar Bücher und eine Suppe, dann setzte sie sich mit ihrem Reader auf den Balkon und lud sich wahrscheinlich einen dieser lustigen Frauenromane herunter, die sie früher immer stapelweise in den Koffer gepackt und nach dem Lesen im Hotel ausgesetzt hatte. Es wäre Carima weitaus lieber gewesen, ihre Mutter hätte sich an den Pool gelegt und ihre Tochter in Ruhe scheinkrank sein lassen.

Unruhig schloss Carima ihr Handy und das W-Pad, das sie bisher nicht ausgepackt hatte, ans Ladegerät an und ließ es eine Internetverbindung suchen. Jetzt konnte sie ihre

Mails abfragen, ohne zu den Terminals in der Lobby gehen zu müssen. Natürlich keine neuen Nachrichten von Julian oder Leon. Inzwischen war Carima nicht mehr überrascht darüber.

Es wunderte sie eher, dass sie erst jetzt auf die Idee kam, Leon zu googeln. Auf das Stichwort »Leon Redway« hin kamen zwanzig Treffer – nicht gerade viel, sie selbst brachte es inzwischen auf locker zweihundert. Er hatte keine Homepage, dafür gab es eine Reportage in einer Kinderzeitschrift über ihn: *Der jüngste Forscher der Welt. Gemeinsam mit seinen Eltern versucht Leon Redway (9) im Indischen Ozean herauszufinden, wie der Klimawandel Korallenriffe bedroht.* Das Foto zeigte ein schüchtern in die Kamera lächelndes Kind mit Tauchmaske, Flossen und einem wasserfesten Block für Aufzeichnungen. Unwillkürlich lächelte Carima zurück. Einmal entdeckte sie Leon auf der Teilnehmerliste einer Meisterschaft: *Apnoe Diver Challenge California*, 2. Platz, und ein paarmal wurde er auf der Homepage des Meeres-Internats von San Diego erwähnt, dieser School of the Sea. Doch von seinem zwölften Lebensjahr an – nichts mehr. Völlig von der Bildfläche verschwunden. Nicht mal ein Facebook-Eintrag oder so was. Zu dieser Zeit musste er in Benthos II eingezogen sein.

Und dann fand Carima einen Artikel über den Tod seiner Eltern. Es fühlte sich seltsam und irgendwie unrecht an, ihn zu lesen und auf diese Weise in Leons Leben einzudringen. Doch sie schaffte es einfach nicht, den Text wegzuklicken.

Forscherehepaar bei Bootsunfall ums Leben gekommen
Es sollte ein Routinetrip werden – und wurde zu einer Fahrt in den Tod. Am vergangenen Dienstag fuhren John

*Alan Redway und seine Frau Juliette (38 und 42 Jahre alt)
und zwei ihrer Mitarbeiter mit dem dreißig Meter langen
Forschungsschiff* Xanthia *zum unterseeischen Monterey
Canyon, um dort Tests mit einem neuartigen Tauchanzug
durchzuführen. Als sich das Wetter unerwartet verschlech-
terte, mussten die Forscher ihr Vorhaben abbrechen. Auf
der Rückfahrt wurde die* Xanthia *von einer hohen Welle
getroffen und John Redway fiel über Bord. Beim Versuch,
ihrem Mann zu helfen, verlor auch Juliette Redway den
Halt und stürzte ins Meer. Die beiden anderen Besatzungsmitglieder waren nicht in der Lage, die Forscher zu bergen,
und eine sofort eingeleitete Suchaktion der Küstenwache
blieb erfolglos. Das Ehepaar, das unter Kollegen einen her-
vorragenden Ruf genoss, leitete im Konzern ARAC die Abteilung für experimentelle submarine Forschung. John Alan
und Juliette Redway hinterlassen einen Sohn, Leon (9).*

Carimas Handy klingelte. Vielleicht jemand aus Deutschland, der noch nicht mitbekommen hatte, dass sie gerade
ziemlich weit weg war. Abwesend nahm Carima das Gespräch an.

»Hier ist Leon. Leon Redway, erinnerst du dich noch?«

Leon? Leon! Carima wurde abwechselnd heiß und kalt.
»Ja … ja, klar erinnere ich mich«, brachte sie schließlich heraus. *Ich habe dich gerade gegoogelt. Ich lese eben etwas
über den Tod deiner Eltern. Ach ja, und wusstest du schon,
dass ich deinetwegen meinen Heimflug habe platzen lassen?*

»Es ist eine Menge passiert – ich musste mit Lucy fliehen und zurzeit bin ich an Land …« Seine Stimme klang
gepresst, und etwas lag darin, das Carima Sorgen machte.

»Bist du verletzt?«, fragte sie spontan.

Er zögerte mit der Antwort, so als sei es ihm peinlich, es zuzugeben. »Ja.«

Vielleicht hörte er, dass sie erschrocken Luft holte, denn er fuhr schnell fort: »Ist nicht so wichtig. Ich komme schon irgendwie klar. Nur … vielleicht könntest du …«

»Brauchst du Hilfe?« Carima warf einen schnellen Blick zum Balkon hinüber. Was für ein Glück, der Roman schien gut zu sein. »Ich helf dir gerne, wenn ich kann.«

»Okay.« Es klang erleichtert, ein Stoßseufzer. »Könntest du vielleicht irgendwie einen Biologen auftreiben, der mir ein paar Daten interpretiert? Ich diktiere sie dir – hast du etwas zu schreiben?«

»Äh, Moment.« Hastig glitt Carima aus dem Bett, kramte in ihrem Koffer, in ihrem Rucksack, in ihrer Jacke nach einem Stift. Na also, neben dem Telefon lag einer. »So, bin wieder da. Leg los.«

»Objekt: Octopus variation multispecies. Hämapherese: in Ordnung. Volumen / Zellzahl: 7 Mikroliter / 8 Millionen Zellen. Kryopräzipität: Basalstandard erfüllt …«

So schnell sie konnte, kritzelte Carima mit, obwohl sie aus kaum einem Wort schlau wurde. Sie hatte mit allem gerechnet: dass er einen Arzt oder Geld brauchte, ein Fahrzeug, einen falschen Pass, jemanden, der ihm eine Leiche beseitigen half – und jetzt das!

»Beschreibung der Probe: Stammzellbeprobung positiv, Teilungsrate 60 %, neurologische Matrix negativ, extrazelluläre Matrix kann eingesetzt werden, Pluripotenz positiv. Anamnese: Letalfaktoren müssen beobachtet werden, finaler Entnahmezeitpunkt muss diskutiert werden. Okay, das war's. Hast du alles?«

»Äh, ja«, sagte Carima und fügte hastig hinzu: »Wo kann

257

ich dich erreichen? Um dir zu sagen, was ich herausgefunden habe?«

»Hm, ich bin hier sehr schlecht zu erreichen. Es ist … ziemlich seltsam hier, und … ich weiß noch nicht genau, ob das hier lauter Irre sind oder nicht … Wahrscheinlich ist es das Beste, wenn ich dich in zwei Stunden noch mal anrufe, reicht dir das?«

Zwei Stunden? Meinte er das ernst? In zwei Stunden sollte sie herausfinden, was das alles bedeutete? Und was redete er da von irgendwelchen Irren? »Du bist aber nicht etwa in irgendeiner Anstalt gelandet oder so?«

Ein kurzes Lachen. »Jedenfalls ist es keine geschlossene, hier laufen alle frei herum. Aber sie verlassen das Tal nicht, glaube ich. Und das Telefon in meiner Hand ist vermutlich das einzige in zehn Kilometer Umkreis. Die Leute hier halten nicht viel von Kommunikation.«

Wow, das klang wirklich ein bisschen irre. Aber wo war er jetzt genau und warum hatte er überhaupt fliehen müssen? Doch bevor sie fragen konnte, sprach er schon weiter. »Irgendwie wusste ich, dass du mich nicht im Stich lassen würdest. Komisch, was?«

Carimas Herz geriet aus dem Takt. »Komisch, ja«, sagte sie und musste plötzlich lächeln. »Wie hast du das erraten?«

»Ich weiß nicht. Nur so ein Gefühl.«

Freizeichen. Er hatte aufgelegt.

»He, du sollst dich auskurieren, nicht die ganze Zeit im Internet surfen!« Jetzt war es ihrer Mutter doch noch aufgefallen, dass Carima sich im Bett aufgesetzt hatte. Nathalie Willberg stand mit vorwurfsvollem Blick an der Terrassentür. »Wie geht's deinem Magen?«

258

»Ein bisschen besser«, erwiderte Carima und tat ihr Bestes, um leidend auszusehen. Hängende Mundwinkel, matter Blick, das volle Programm. Hoffentlich verzog sich ihre Mutter bald wieder. Carima hatte auf den Homepages diverser amerikanischer Unis vier mögliche Interviewkandidaten, alle Biologieprofessoren, ausfindig gemacht, und jetzt musste sie dringend anfangen, die anzurufen.

»Trotzdem, du solltest eine Runde schlafen. Meinst du, ich soll versuchen, für morgen einen Flug zu kriegen?«

»Nee, lieber nicht.« Carima drehte sich auf die Seite und schloss gehorsam die Augen. Unter dem Kopfkissen krampften sich ihre Finger um ihr Handy.

»Ich bin jetzt einfach mal eine Rabenmutter und springe ganz kurz in den Pool«, kündigte ihre Mutter an. »Wenn irgendwas ist, ich nehme mein Handy mit, ruf mich einfach an, okay?«

Eine Rabenmutter war jetzt genau das Richtige. Nathalie Willberg war kaum aus der Tür, da glitten Carimas Finger schon über die Tasten ihres Handys. Der erste Biologieprofessor war nicht da, der zweite sagte, sie solle in seine Sprechstunde kommen, der dritte meinte, sein Gebiet sei ein ganz anderes und er könne ihr leider nicht weiterhelfen. Erst der vierte klang freundlich-interessiert. »Hm, ich weiß ja nicht, aus welchem Labor diese Daten stammen, doch das Ganze hat eindeutig etwas mit Stammzellen zu tun. Ist zwar nicht mein Forschungsbereich, aber vielleicht kann ich Ihnen doch ein paar Sachen dazu sagen. Wissen Sie, was Stammzellen sind?«

»Ich fürchte, nein«, gestand Carima. In Bio war sie noch nie eine Leuchte gewesen.

»Gewöhnlich findet man sie in Embryos«, bekam sie

zur Auskunft. »Sie können sich noch zu den unterschiedlichen Zelltypen weiterentwickeln, zum Beispiel zu Nerven-, Muskel- und Blutzellen. Sie sind sehr wertvoll, weil man alles Mögliche aus ihnen züchten kann. Ersatzorgane für Kranke sind bereits …«

Die Tür klapperte. »Ah, das war richtig erfrischend.« Ihre Mutter war zurück, jetzt schon!

»Moment bitte«, flüsterte Carima in ihr Handy, ließ das angeschaltete Gerät in die Tasche ihrer Jogginghose gleiten und kroch aus dem Bett.

»Cari-Schatz, hast du schon deine Medizin genommen?«

»Mach ich gleich noch!«, sagte Carima. Oh Mann, hoffentlich hatte das der Professor nicht durch ihre Hosentasche hindurch gehört.

»Soll ich dir eine Gemüsebrühe …«

»Nein!« Carima knallte die Badezimmertür zu, verriegelte sie und kauerte sich auf den Badewannenrand. Der Empfang war mies hier und außerdem klang der Professor inzwischen misstrauisch. »Für welche Zeitung arbeiten Sie noch einmal, sagten Sie?«

»*Süddeutsche Zeitung* – Germany, you know?« Das Lügen fiel ihr immer leichter, anscheinend bekam man Übung darin. »Sie müssen entschuldigen, ich bin gerade krankgemeldet und arbeite von zu Hause aus an dem Artikel.«

»Hm. Aha. Also, zurück zu den Stammzellen. Das Problem ist, dass viele Menschen es als verwerflich empfinden, menschliche Embryos als medizinisches Material zu nutzen, und Stammzellen aus ihnen zu entnehmen ist in vielen Ländern verboten. Eine absolut heuchlerische Haltung, die ich …«

Ein Klopfen an der Badezimmertür. »Ich gehe kurz run-

260

ter und hole uns was zu essen. Hast du jetzt Hunger oder nicht?«

Carima stöhnte innerlich und legte die Handfläche über das Handy. »Nein, ich mag nichts essen, habe ich doch schon gesagt. Musst du mich unbedingt auf dem Klo stören?«

»Ich weiß, dass du telefonierst, Cari.« Das klang spitz. »Na gut, also bis gleich.«

Erstaunlicherweise redete der Professor immer noch weiter, er war mitten in einem Monolog über die Freiheit der Forschung und die Kurzsichtigkeit von Regierungen – anscheinend hatte sie nicht viel verpasst. Carima kroch zurück aufs Bett, und als der Professor einen Moment lang Luft holen musste, hakte sie ein: »Ich glaube nicht, dass diese Daten sich auf einen Menschen oder einen Embryo beziehen.« Das Einzige, was sie von diesem Datenblatt verstanden hatte, war ›Objekt: Octopus‹ gewesen und das ließ nur einen Schluss zu – bei der ganzen Sache ging es um Lucy.

»Hm. Ja. Sie beziehen sich auf die erste Zeile, wo von einem Kraken die Rede ist. Das ist in der Tat sehr merkwürdig. Nirgendwo ist das Alter des Tieres vermerkt, aber mir scheint, dass es bereits erwachsen ist. Ja, ich erinnere mich dunkel, davon gehört zu haben, dass Stammzellen in Meereslebewesen gefunden worden sind …«

»Was bedeutet eigentlich dieser letzte Satz, der mit dem Letalzeitpunkt?«

»Letalzeitpunkt bedeutet Moment des Todes. Es besagt also einfach, dass die nächste Entnahme sehr wahrscheinlich mit dem Tod des Tieres einhergehen wird. Es ist jedoch …«

Die Tür des Hotelzimmers ging auf und diesmal fiel Carima kein weiteres Ablenkungsmanöver ein. »Vielen Dank für die Auskünfte«, sagte sie schnell, unterbrach das Gespräch und stellte sich schlafend. Die Schritte ihrer Mutter durchquerten das Zimmer, echoten auf dem Balkon.

Stammzellen, aus denen man Ersatzorgane züchten konnte! Konnte es sein, dass Lucy, ausgerechnet Leons Partnerin, der Schlüssel dazu war? Wenn Lucys Körper Stammzellen enthielt, konnte man sie vielleicht für medizinische Zwecke nutzen – vielleicht sogar für die Behandlung von menschlichen Geweben? Hätte die ARAC dafür kaltblütig Lucys Tod in Kauf genommen und war Leon deswegen geflohen? Carima schwirrte der Kopf.

Hoffentlich rief er bald an, sie musste das alles dringend mit ihm besprechen. Unauffällig warf sie einen Blick auf ihre Uhr. Die zwei Stunden waren bald um. Vielleicht verriet Leon ihr diesmal, wo er war. Sie freute sich schon darauf, seine Stimme zu hören. Hoffentlich hatte er es inzwischen geschafft, einen Arzt aufzutreiben! Es machte sie fast verrückt, nicht zu wissen, was passiert war und wie schlimm er verletzt war!

Doch Leon rief nach den vereinbarten zwei Stunden nicht an.

Und auch nicht nach drei oder vier Stunden.

Carima wusste nur eins – bei welchen Irren auch immer sich Leon befand, irgendetwas ging dort gerade entsetzlich schief.

Als Leon von Jonah Simmonds so unsanft ins Wasser befördert worden war, hatte er instinktiv die Luft angehalten und sich sinken lassen. Doch er sah nicht viel, nur unscharfes Blau – er hatte ja nicht mal eine Maske wie gewöhnliche Taucher. Seine Jeans und das T-Shirt hatten sich schon mit

Salzwasser vollgesogen und behinderten beim Abtauchen seine Bewegungen, wie die OxySkin es nie getan hatte. Leons Hand war noch immer um den Trageriemen des Seesacks gekrampft, in dem sich seine Ausrüstung befand, das Zeug war mit ihm im Meer gelandet. Zum Glück – zurückgelassen hätte er es niemals!

Vielleicht wunderte Simmonds sich darüber, dass der Junge, den er über Bord geworfen hatte, gar nicht mehr hochkam. Doch selbst unvorbereitet und außer Übung schaffte Leon es ohne größere Probleme, zwei Minuten lang ohne Luft auszukommen.

Das Grollen der Dieselmotoren erfüllte das Wasser um Leon herum, es schien von überall her zu kommen. Leon blickte hoch und sah den Rumpf der *Lovely Lucy* über sich, dunkel und rund wie ein Wal. Ein Schwarm fingerlanger silberner Fische hatte darunter Schutz gesucht, die sah er selbst ohne Maske – doch wo war seine, die einzig wahre Lucy? Ah, da kam sie schon auf ihn zu; wenn sie sich hinabsinken ließ, breitete sie ihren Körper aus wie einen Fallschirm. Sonnenlicht schien durch die dünne rötlich braune Haut zwischen ihren Armen. *Ein seltsames Wesen dieser da auf dem Boot, hat er wehgetan?*

Nein, aber ich weiß nicht, wohin er mich gebracht hat und was das hier für eine Küste ist.

Vergnügt gab Lucy zurück: *Komm, schwimmen wir und sehen wir, Zweiarm!*

Er spürte ihre Freude darüber, dass ihr Partner wieder bei ihr im Meer war. Leon suchte im Seesack nach seinen Flossen und rollte sich unter Wasser zusammen, um sie sich über die Füße zu streifen. Irritiert spürte er ein Engegefühl in seiner Brust – er brauchte Luft. Statt hier mit Lucy unter Wasser bleiben zu können, musste er hoch. Das war ungewohnt, nicht nur für ihn. Lucy blickte ihm mit ihren unirdischen Augen verblüfft nach, als er nach oben schoss.

Tja, ich bin halt doch nur ein gewöhnliches Säugetier, meinte Leon.

Dann los jetzt, mein Freund Säugetier, gab Lucy charmant zurück. *Vielleicht bald wünschst du dir auch noch FESTEN BODEN!*

Leon durchbrach die Wasseroberfläche. Er schöpfte Atem, fühlte, wie die tropische Sonne auf seinen nassen Kopf brannte, und blickte kurz zurück. Vor sich hin brabbelnd schrubbte Simmonds das Achterdeck. Offensichtlich interessierte es ihn nicht im Geringsten, ob er seinen ehemaligen Gast ertränkt hatte oder nicht.

Froh, so glimpflich davongekommen zu sein, machte sich Leon mit gleichmäßigen Beinschlägen auf den Weg.

Die Küste bestand vor allem aus steilen, grünen Klippen – doch Leon entdeckte ein Tal, aus dem ein Fluss ins Meer mündete, und dort sah er auch einen der schwarzen Strände, die für Big Island so typisch waren. Allerdings war dieser hier eher grau und außerdem schmal, außer an der Flussmündung. Kein Mensch weit und breit, kein einziges Haus war in Sicht. Was hatte Simmonds gemeint mit »ein Ort, der genau der richtige ist für Leute wie dich«? Setzte man Übeltäter auf Hawaii traditionell in einer Einöde aus, damit sie dort verhungerten? Eher unwahrscheinlich.

Leons Gedanken wandten sich wieder dem Rätsel zu, was die ARAC mit Lucy vorhatte und was es bedeuten könnte, was er am Lo'ihi beobachtet hatte. Doch die ganze Grübelei brachte ihn nicht weiter, noch fehlten ihm einfach zu viele Puzzleteilchen.

Das Wasser war trübe und eine tückische seitliche Strömung trieb ihn ein ganzes Stück ab. Hartnäckig kämpfte Leon sich voran und entdeckte dabei, dass er sich geirrt hatte – die Küste war nicht ganz verlassen, an der anderen Seite der Bucht paddelten zwei Surfer gerade eine Welle an.

Als er und Lucy sich dem Strand näherten, sahen sie auf dem Meeresboden Lavafelsen, auf denen sich Korallen, Muscheln und Seeanemonen angesiedelt hatten. *Vielgroß gemütlich*, urteilte Lucy wohlwollend. *Verstecke gut und zu fressen noch besser. Ich bleibe. Du gehst an Land?*

Verzeih mir, ja, das tue ich, erwiderte Leon, verabschiedete sich an der Oberfläche von seiner Partnerin und ließ sich von den Wellen an den Strand tragen. Einen Moment lang blieb er in der Brandung liegen wie eine Robbe, die gerade von der Jagd heimkehrt, und blickte sich um. Palmen gab es hier keine, die Flussmündung war mit spitzen Nadelbäumen bewachsen, vielleicht Zypressen oder so was. Dahinter begann tropisches Buschwerk, mehr konnte er von hier aus nicht erkennen.

Leon richtete sich auf und stapfte durch den sonnenwarmen grauen Sand. Jeans und T-Shirt hingen ihm schwer und tropfend am Körper. Als er gerade beginnen wollte, das Zeug auszuziehen, spürte er, dass er nicht alleine war. Und es war nicht Lucys Anwesenheit in seinem Kopf – sie war jetzt so weit entfernt, dass er sie nicht mehr wahrnehmen konnte.

Rasch blickte Leon sich um und sah in kaum zwanzig Meter Entfernung im Schatten der Bäume einen jungen Mann stehen, regungslos wie ein Raubtier, das auf Beute wartet. Er war kaum älter als zwanzig und vermutlich Hawaiianer – er hatte braune Haut, ein rundes Gesicht und tiefschwarzes Haar. Wirr stand es nach allen Seiten vom Kopf ab. Der

Kerl trug ein ledernes Hemd auf der bloßen Haut und dazu Khakishorts; seine Füße steckten in uralten violetten Crocs.

Mit durchdringendem, kühlem Blick musterte ihn der junge Mann, dann kam er langsam näher. Als sie sich gegenüberstanden, ließ der Fremde den Blick über das Meer schweifen, dann richteten sich seine nachtschwarzen Augen auf Leon. »Mir scheint, du bist mit Kanaloa verbündet«, sagte er ernst in akzentfreiem Englisch. »Hab mir schon gedacht, dass mal jemand vorbeikommt. Das Meer ist tief und mächtig hier, ein Zugang.«

»Ein Zugang wohin?«, fragte Leon schroffer, als er beabsichtigt hatte. Er hatte es satt, von seltsamen Leuten in Empfang genommen zu werden, die ihm irgendetwas unterstellten. »Und wer ist Kanaloa?«

Doch im Moment, als er es sagte, fiel es ihm schon selbst wieder ein. Kanaloa war der hawaiianische Gott des Meeres – und auch der Gott der Kraken. Anscheinend hatte ihn dieser Typ dabei gesehen, wie er sich von Lucy verabschiedet hatte! Na toll. Soweit Leon sich erinnern konnte, war Kanaloa auch der Gott des Todes – also vermutlich nicht allzu beliebt.

»Du sagst, du kennst Kanaloa nicht?«, sagte der Fremde, er wirkte verwirrt. »Aber du bist hier … und ausgerechnet jetzt. Erst vor ein paar Tagen haben wir eine Zeremonie abgehalten, bei der wir Kanaloa um Heilung für eine von uns gebeten haben.«

So langsam begriff Leon, wie dieser Kerl tickte. »Aha, und deshalb hältst du mich jetzt für einen Götterboten? Die Wahrheit ist leider viel simpler, man hat mich von einem Boot geworfen. Geht's eurer Kranken inzwischen besser?«

»Ja«, sagte der junge Mann scharf. »Wundert dich das?«

266

Leon zuckte die Schultern. »Gehörst du zu einer Gruppe? Wie viele seid ihr?«

Dann geschah alles so schnell, dass Leon es kaum wahrnahm. Der Hawaiianer riss eine seiner Hände hoch, ballte sie zur Faust und ließ sie vorschießen, in Leons Richtung. Erschrocken wich Leon zurück. Ungläubig sah er, dass der Mann eine Art Schlagring über seine Knöchel gestreift hatte. Einen, der mit dreieckigen Zähnen besetzt war – denen eines Hammerhais, gerade und spitz, an den Seiten leicht gezackt und scharf wie Messer.

»Du kommst also nicht aus der Unterwelt, sondern bist nur ein Eindringling«, sagte der junge Hawaiianer und lächelte auf eine seltsame Art. »Verschwindest du freiwillig oder soll ich nachhelfen?«

Unterwelt. Doch, wenn man es genau nahm, kam er tatsächlich aus der Unterwelt. Aber Leon hatte keine Lust, darüber zu diskutieren. »Und was ist, wenn du dich nicht geirrt hast – und ich jetzt zu Kanaloa petzen gehe? Ihm erzähle, wie du mich behandelt hast? Was dann?«

»Dann sag ihm, dass er einen besseren Boten schicken soll, *haole*«, sagte der junge Mann, und wieder bewegte er sich so schnell, dass Leon davon völlig überrumpelt wurde. Ein heißer Schmerz zuckte durch seinen linken Arm, und Leon spürte, dass Blut den Ärmel seines T-Shirts durchtränkte, über seinen Unterarm und seine Hand rann.

Noch vor einer Woche wäre er wahrscheinlich weggerannt, so schnell er konnte. Doch diesmal war Leon nicht danach zumute. Stattdessen wurde er wütend. Mit einem echten Hai hatte er noch nie Ärger gehabt und jetzt hatte ausgerechnet ein Mensch ihn mit Haizähnen angegriffen! Was für eine Welt war dieses *oben* eigentlich? So eine

Art Wildnis, in der Menschen Raubtier und Beute zugleich waren?

Leon packte einen herumliegenden Ast, riss ihn vom Boden hoch und schlug damit nach dem Fremden. Der hatte offensichtlich nicht mit einem Gegenangriff gerechnet; er war so verdutzt, dass er um ein Haar zu spät ausgewichen wäre. Der Ast verfehlte ihn nur um Zentimeter.

»He!« Der Schrei eines Mädchens.

Weder Leon noch der junge Hawaiianer wandten den Kopf. Leon wagte es nicht eine Sekunde lang, in seiner Aufmerksamkeit nachzulassen, und vermutlich ging es dem anderen genauso, mit zusammengekniffenen Augen und düsterem Blick fixierte er Leon.

Das Geräusch schneller Schritte im Sand, dann tauchte plötzlich eine hellhäutige junge Frau neben dem jungen Mann auf. Sie hatte lange dunkle Haare und trug ein einfaches sandfarbenes Top und einen bunt bestickten Rock. Einen Moment lang sah es fast so aus, als wolle sie den Mann berühren, ihn vielleicht am Arm packen, doch dann überlegte sie es sich anders. Ihre Augen weiteten sich, als sie das Blut auf Leons T-Shirt sah, und fahrig strich sie sich eine Haarsträhne hinters Ohr. »Na, wenn das nicht nach Ärger aussieht. Verdammt, Mo, was soll das? Wenn das ein Tourist ist …«

»Er ist kein Tourist«, sagte der junge Hawaiianer knapp.

Das Mädchen seufzte, richtete den Blick auf Leon und bemerkte anscheinend jetzt erst, dass er völlig durchnässt war. Erstaunt blickte sie ihn an. »Was ist dir denn passiert?«

Ihre schlichte Freundlichkeit tat Leon gut. Er versuchte, sich seine Schmerzen nicht anmerken zu lassen. »Bin von einem Boot geworfen worden.«

Das schien ihr zu gefallen – war das Anerkennung in ihrem Blick? »Warst du ein blinder Passagier?«

»Nicht ganz«, sagte Leon und warf einen Blick auf seinen Arm. Vier parallele Schnitte, die noch immer munter vor sich hin bluteten. Sah nicht besonders toll aus und tat enorm weh. Musste das genäht werden? Er presste die Hand auf den Arm, hoffentlich hörte dadurch die Blutung auf. »Seid ihr … so was wie eine Gruppe? Und wie heißt dieses Tal eigentlich?«

Wieder lächelte die Frau. »Ach so. Ja. Entschuldige. Ich heiße Leah und sage jetzt einfach mal: Willkommen im Waipi'o Valley, äh …«

»Leon.«

»Tja, und wer wir sind … Ich würde sagen, komm einfach mit. Es ist noch ein Stück bis zu unserer Siedlung, zum Glück hat Mo dich nicht am Bein erwischt.« Sie drehte sich wieder um. »Wir bringen ihn zu Old Joe. Der soll ihn sich mal anschauen.«

Doch Mo war schon nicht mehr da, er war mit den Schatten verschmolzen, eingetaucht ins undurchdringliche Gewirr der Stämme und Äste.

Keine Kompromisse

Das Tal lag eingebettet zwischen steilen, grünen Felswänden. Leon hängte sich den Seesack mit seiner Ausrüstung über die Schulter und folgte Leah einen Pfad entlang, der durch grünes Schwemmland führte, durch tropisches Gebüsch und vorbei an kleinen Feldern. Leon erkannte die breiten, dunkelgrünen Blätter der Pflanzen, hier wurde Taro angebaut. Knollen, die man ähnlich wie Kartoffeln verarbeiten konnte.

Ein paar einfache Hütten entdeckte Leon ebenfalls, gebaut aus allem, was die Bewohner gerade gefunden hatten. Doch all diese Behausungen umging seine Führerin sorgfältig. »Mit denen, die da wohnen, legen wir uns nicht an«, sagte sie. »Das ist 'ne bunte Mischung, ein paar Hippies, Kriegsveteranen, die einfach nur wegwollten von allem, und Leute, die nirgendwo sonst reinpassten. Seit wir Mo haben, lassen sie uns in Ruhe. Mo ist ein seltsamer Kerl, eines Tages war er einfach da, wir wissen nicht viel über ihn.«

»Kann ich mir vorstellen«, murmelte Leon. Diesmal hatte er genauer hingehört, als sie den Namen des fremden Jungen ausgesprochen hatte: *Mo'o*. Hawaiianisch für ›Eidechse‹. Das passte.

Leon sog den Geruch nach feuchter Erde und Pflanzen in sich auf. Seine bloßen Füße meldeten ihm mal trockene, sandige Erde, mal sumpfigen, torfigen Boden. Nach seiner

langen Zeit im Meer war es ungewohnt, so etwas zu spüren, und zu jeder anderen Zeit hätte er das alles bestimmt
genossen, doch der Schmerz in seinem Arm übertönte alles
andere. Auch sein Sonnenbrand tat weh.

Leah schien seine grellroten Arme bemerkt zu haben,
denn irgendwann hielt sie kurz an, schnitt ein Stück aus einer Agave heraus und ritzte das dicke grüngraue Blatt ein
paarmal kreuzweise ein, sodass der Saft daraus hervortrat.
»Da. Aloe vera. Schmier das auf deine Arme, wird dir guttun.«

Und so war es, der Saft fühlte sich wunderbar kühl an auf
der Haut.

»Kennst du auch irgendwas, was *dagegen* hilft?« Vorsichtig nahm Leon die Hand von seinem Arm. Immerhin, es
blutete nicht mehr.

»Ja, der Saft des Oha-Wai-Nui-Baums. Wir haben einen
in der Siedlung. Leider ist es noch ein Stück bis dorthin.
Schaffst du das?«

Leon nickte und schlug nach ein paar Moskitos, die versuchten, sich auf seinem Hals niederzulassen. Nach einer
Weile tauchten zwischen dem wuchernden Grün einzelne,
aus Holz gezimmerte Hütten auf. Ihre Dächer waren mit
bläulich schimmernden Solarzellen förmlich gepflastert,
und hinter einigen der Hütten sah Leon schwarze Plas-
tiksäcke hängen, wahrscheinlich dienten sie als Duschen.
Nur eine einzige der Hütten trug eine runde Satelliten-
antenne.

»Wir leben so, wie der Rest der Menschheit es eigentlich
auch tun müsste, um die Erde nicht völlig zugrunde zu richten«, sagte Leah mit einer Mischung aus Stolz und Trotz.
»Energie brauchen wir kaum. Wir verwerten alles wieder,

nichts wird verschwendet. Wir verzichten auf Dinge, die uns sowieso nicht wichtig sind.«

»Zum Beispiel?«

»Shoppingcenter. Einkäufe, die Berge von Plastikmüll verursachen. Wagenladungen von elektronischen Geräten in unserem Alltag.«

Leon war nicht sicher, was er davon halten sollte. »Vielleicht würden andere Menschen auch gerne so leben. Aber es gibt leider kein idyllisches Tal in ihrer Nähe, in dem das Essen auf den Bäumen wächst.« Er schaute hoch zu einer Kokospalme, die sich über ihm erhob und ihm jeden Moment eine Nuss auf den Kopf donnern konnte.

»Wir auf Big Island sind nur eine kleine Kolonie – aber es gibt immer mehr von uns, auch in den Städten.« Leahs Augen blitzten kampfeslustig. »Wir beweisen an jedem einzelnen Tag, dass Menschen nicht nur zerstören und ausbeuten. Deshalb nennen wir uns NoComs. Von *No Compromise* – wir gehen keine faulen Kompromisse ein.«

»Schön und gut«, sagte Leon und biss die Zähne zusammen, als er seinen Arm versehentlich falsch bewegte. »Aber habt ihr wenigstens fließendes Wasser? Wo ich die Verletzung hier auswaschen kann?«

»Auf Wasseranschlüsse und Telefon muss man verzichten, wenn man hier wohnen möchte. Strom gibt's auch nicht viel, nur was die Sonne uns schenkt.« Leah zuckte die Schultern. »Du kannst frisches Regenwasser aus einer unserer Tonnen benutzen.«

»Kein Telefon?«, fragte Leon beunruhigt. Was wurde dann aus seinem Plan, Carima anzurufen und sie um Unterstützung zu bitten? »Ich muss aber wirklich dringend telefonieren!«

Skeptisch blickte Leah ihn an. »Du könntest es bei Charlene versuchen. Sie hat als Einzige von uns ein Satellitentelefon. Vielleicht darfst du es mal benutzen, wenn du nett Bitte sagst.«

Inzwischen waren sie bei einem großen, aus Bambus gebauten Langhaus angekommen, das von einer umlaufenden Veranda umgeben war. Davor erstreckte sich eine Art Dorfplatz aus festgestampfter Erde. Gerade ging ein junger Mann über den Platz und warf ihnen einen kurzen Blick zu. Er war fast zwei Meter groß; ein ärmelloses Hemd schlackerte um seinen knochigen Körper, und die kurzen bunten Shorts wirkten an ihm ebenso lächerlich wie die gigantischen, ausgelatschten Sportschuhe an seinen Füßen.

»Das ist Big T.«, erklärte Leah. »Unser Hacker. Wenn die NBA Championships – die Basketball-Meisterschaften – laufen, quetscht sich die Hälfte unserer Leute in seine Hütte, weil er den einzigen Fernseher hat. Und den einzigen Computer.«

Aha – anscheinend so eine Art Hightech-Aussteiger, der doch nicht ganz auf seine Droge verzichten konnte. Leon blickte ihm neugierig hinterher.

Leah verschwand kurz im Langhaus und kam mit einer kleinen Porzellanschale wieder zum Vorschein. »Jetzt aber zu deinem Arm. Dieses verdammte *Leiomanu* von Mo, das ist ganz schön scharfkantig.« Leah ging zu einem Baum mit verschlungenen Ästen und spitzen, ledrigen Blättern, ritzte mit einem Messer die Rinde an und fing den Saft, der daraus hervortrat, geschickt in der Schale auf. »Moment, gleich haben wir's.«

»Wie viele Leute leben eigentlich in diesem Tal?«, fragte Leon, um sich abzulenken.

»So um die fünfzig«, erzählte Leah, während sie das Zeug auf Leons Arm schmierte. Es brannte ein wenig – hoffentlich bedeutete das, dass es half. »Früher waren es mal ein paar Tausend Menschen. Doch im Jahr 1946 spülte ein Tsunami alles weg. Wer überlebt hat, ist weggezogen. Jetzt gehört dieses herrliche Tal uns und jedem anderen, der hier wohnen will. Wie fühlst du dich?«

»Besser«, sagte Leon und musterte das metallene Amulett, das Leah an einer Lederschnur um den Hals trug. Ein Kreis mit drei geschwungenen Linien darin, die sich am Rand zu Spiralen bogen. Sah ein bisschen wie ein kranker Seestern aus. »Ist das euer Zeichen?«

»Ja. Das Triskell.« Vorsichtig drehte Leah das Metall zwischen den Fingern. »Ein altes keltisches Zeichen. Für uns symbolisiert es die Dreiheit der Dinge. Der Mensch, die Natur, das Göttliche. Das Land, das Meer und der Himmel. Vögel, Landtiere, Fische. Das kommt übrigens auch in dem Roman vor, den ich gerade schreibe, *Drei Zeichen für die Welt* heißt er im Moment.«

»Hübscher Titel«, sagte Leon, schloss einen Moment lang die Augen und atmete tief durch. Leah hatte recht, es war herrlich hier. Wieso sollte er nicht eine Weile hier untertauchen – diesmal nur im übertragenen Sinne? Ausruhen, neue Kraft für die Flucht schöpfen? Nach seiner Odyssee durch die Tiefsee hatte er eine Pause dringend nötig. Und selbst wenn sie ihn hier suchten, würde er sich mühelos verstecken können. Lucy mochte die Küste und er konnte sie dort jederzeit besuchen. Vielleicht schaffte er es sogar irgendwie, die OxySkin und sein DivePad zu reparieren. Jetzt kam es nur darauf an, ob er hier auch willkommen war.

»So, und jetzt sollten wir dich Joe vorstellen«, fuhr Leah

fort. »Er ist ein echt cooler Typ. Hatte, als er jung war, eine kleine Cannabisplantage im Garten und viele bunte Batikhemden, aber dann wurde ihm klar, dass man mit Sitzstreiks nicht wirklich was bewegen kann. Also ist er Jurist geworden und hat in der Regierung mitgemischt, damit da endlich mal was passiert. Irgendwie hat er in der Zeit gelernt, Leute sehr schnell zu durchschauen. Tja, und jetzt ist er bei uns.«

Sie kamen an einem Garten vorbei, wo gerade ein blonder Junge – vielleicht zwei Jahre älter als Leon – damit beschäftigt war, junge Pflanzen an Stöcken zu befestigen. Er arbeitete bedächtig und methodisch, so vertieft in seine Arbeit, dass er zusammenzuckte, als Leah ihn ansprach. »Hope, schau mal, was ich am Strand gefunden habe!«

Hope richtete sich auf. »Ziemlich großes Treibgut«, sagte er. Sein breites Lächeln gefiel Leon, und seine Art zu reden erinnerte ihn an Paula, die Bordingenieurin von Benthos II. Ein Australier.

Leah ging auf Hope zu, umarmte und küsste ihn. Aha, so war das also. Leon wollte gerade taktvoll den Blick abwenden, als er acht haarige Beine in unmittelbarer Nähe bemerkte. Es war die größte Spinne, die Leon jemals gesehen hatte – und sie kroch gerade Hopes Arm hoch! Leon ließ seinen Seesack fallen und wollte eine Warnung japsen, doch Hope streckte die Hand aus und strich der Vogelspinne mit dem Finger über den Rücken. »Na, Daisy, alles klar?«

Anscheinend haben wir was gemeinsam, ging es Leon durch den Kopf. *Nur dass Hopes Partnerin acht Beine hat und meine acht Arme …*

»Da seid ihr ja – Mo hat euch schon angekündigt«, mischte sich eine Stimme ein, und als Leon sich umwandte, sah er einen durchtrainiert wirkenden jungen Asiaten mit bloßem Oberkörper, der wie ein etwas kurz geratener Kung-Fu-Kämpfer wirkte. Er lächelte nicht, blickte Leon jedoch neugierig an. »Was führt dich her?«

»Ich bin auf der Flucht«, sagte Leon, und wieder merkte er, dass das gut ankam. Leah und der Neuankömmling tauschten Blicke, dann gab der junge Mann Leon die Hand. »Johnny Chang. Wollen mal sehen, was wir für dich …«

Doch dann schaute er zufällig nach unten und sein Gesicht wurde starr. Leon folgte seinem Blick und sah, dass der Seesack sich ein wenig geöffnet hatte, als er auf den Boden gefallen war. Ein Stück OxySkin lugte hervor … mit dem ARAC-Logo darauf.

»Du bist einer von denen?« Plötzlich war Johnny Changs Stimme nicht mehr freundlich, sondern kalt. »Leah, bist du verrückt, ihn hierherzubringen? Das könnte die ganze Siedlung in Gefahr bringen!«

»Aber wieso?« Leah wirkte verwirrt. »Er hat doch gesagt, dass er auf der Flucht ist. Vor denen.«

»Was habt ihr gegen die ARAC?«, wagte sich Leon einzumischen. »Rohstoffe, ein bisschen Biotechnologie – was genau ist daran so schlimm?«

»Die ARAC ist ein Konzern, und Konzerne machen, was sie wollen«, erklärte Hope. »Leider meistens nur das, was Geld bringt, das ist halt so, sie wollen was verdienen, und dabei machen sie alles platt, was ihnen im Weg steht.«

Fassungslos wandte sich Leon von einem zum anderen. »Das sind doch nur Vorurteile! Klar, die Konzerne sind mächtig, manchmal zu mächtig, aber ich arbeite schon seit Jahren für die ARAC und weiß, dass sie sich wirklich dafür einsetzen, dass Bodenschätze möglichst schonend abgebaut werden, im Einklang mit der Natur. Zum Beispiel haben wir dafür einen Pottwal trainiert, der …«

»Stopp. Das reicht schon.« Johnny presste die Lippen zusammen. »*Wir* hat er gesagt. Er gehört zum Feind. Womöglich ist er hergeschickt worden, um uns auszuspionieren.«

»Dann würde er sich dabei aber sehr ungeschickt anstellen.« Leah schenkte Leon ein Lächeln.

Na toll – sein Plan, hier im Waipi'o Valley auszuruhen, löste sich mit rasender Geschwindigkeit in Luft auf. Hätte er sich nach der Sache mit Mo nicht denken können, dass diese Leute Ärger bedeuteten?

»Wenn ihr mich mal telefonieren lasst, dann seid ihr mich vielleicht bald los«, sagte Leon schroff und dachte an das Datenblatt, das zu einem winzigen Viereck zusammengefaltet noch immer in seinem Werkzeuggürtel ruhte. Vielleicht ein kleiner Teil der Wahrheit über die ARAC. Er musste endlich mehr darüber herausfinden, aber dazu brauchte er eine Verbindung zur Außenwelt!

»Vergiss es«, sagte Johnny Chang. »Du wirst nicht telefonieren, bevor Old Joe gesagt hat, dass es in Ordnung ist. Sonst hetzt du uns womöglich die Polizei oder deinen verdammten Konzern oder sonst wen auf den Hals.«

Wortlos folgte Leon Leah und Hope, die auf einem schmalen Pfad durch die Siedlung gingen. Hope ging voran, Leah hielt sich neben Leon, obwohl der Weg kaum breit genug war dafür, und in einigem Abstand bildete Johnny die Nachhut, so als wolle er darauf achten, dass Leon nicht entkam.

»Der gute Johnny ist ein bisschen empfindlich«, flüsterte Leah ihm entschuldigend ins Ohr. »Vielleicht deshalb, weil seine Eltern nicht gerade zu den Guten gehören. Sie sind reiche chinesische Funktionäre und Unternehmer, vor ein paar Jahren haben sie ein entsetzliches Staudammprojekt durchgezogen. Umweltzerstörung im ganz großen Stil. Johnny hat ihnen ins Gesicht gesagt, was er von ihnen hält, und ist abgehauen … tja, und jetzt ist er bei uns so eine Art Sicherheitsbeauftragter. Er wittert überall Verrat.«

Hope drehte sich um. »Sag mal, dieses Ding, das du in deinem Seesack hast … ist das so ein Tauchanzug? Leah, hat Ellyn nicht auch so ein Teil?«

»Ja, ein bisschen ähnlich sieht das schon aus«, meinte Leah und ungläubig blickte Leon sie an. Er schätzte, dass weltweit weniger als sechzig OxySkins existierten, und von diesen gehörten allein fünf ihm selbst und die restlichen den anderen Besatzungsmitgliedern der verschiedenen Benthos-Stationen.

»Da irrt ihr euch wahrscheinlich. Vielleicht hat eure Freundin einen gewöhnlichen Taucheranzug, der so ähnlich aussieht wie meiner.«

»Nee, nee«, beharrte Hope. »An der Gold Coast, wo ich herkomme, habe ich schon mehr Neopren-Suits gesehen, als ich zählen kann, die Dinger kenne ich. Ellyn hat wirklich so einen wie deinen. Schimmernd.«

Leons Gedanken gerieten in Aufruhr. War Ellyn eine junge Taucherin, die so wie er geflohen war und seither von der ARAC totgeschwiegen wurde? Oder gehörte sie gar nicht zu dem kleinen Kreis der Auserwählten, hatte sie die Oxy-Skin einfach gestohlen? Vielleicht war ihr zu spät klar geworden, dass so ein Ding mit Zubehör zwar 100 000 Dollar wert war, sich aber nur sehr schlecht verkaufen ließ, weil es nicht gerade viele Taucher gab, die damit etwas anfangen konnten. Vielleicht hatte sie auch gehofft, das Ding an ein

Unternehmen in Asien zu verscherbeln, das scharf darauf war, die darin verwendete Nanotechnologie abzukupfern …

Sie fanden Joe gemütlich auf der Veranda seiner Hütte sitzend, er hatte die Beine hochgelegt. Als er seine Besucher bemerkte, schob er seine verkratzte Sonnenbrille hoch und blinzelte verschlafen ins Licht. Er hatte einen plumpen, unförmigen Körper, trug Sachen, die andere höchstens noch als Putzlumpen verwendet hätten, und sah auf den ersten Blick so aus, als übernachte er am liebsten unter Brücken. Doch seine grauen Augen musterten Leon aufmerksam, und Leon spürte sofort, dass sich dahinter ein scharfer Verstand verbarg.

Eine Hand wurde ihm entgegengereckt. »Joseph B. Kincaid. Es ist mir ein Vergnügen.«

Leon erwiderte den Händedruck, nannte seinen Vornamen und wartete ab, was weiter geschah. Schließlich war es Hope, der als Nächster sprach. »Tja, Joe. Ein Neuankömmling. Wir wissen praktisch nichts von ihm, außer dass er aus dem Meer kommt, einen tollen Tauchanzug mit sich rumschleppt, etwas mit der ARAC zu tun hat und vor Kurzem zu lange in der Sonne war. Er ist entweder ein guter Kerl oder ein Betrüger, was sagt dein Bauchgefühl?«

Leon seufzte innerlich. Wahrscheinlich kam jetzt ein Kreuzverhör darüber, wer er war, was er bei der ARAC gemacht hatte, warum er geflohen war. Wahrscheinlich war es besser, wenn er nichts davon preisgab.

»Drei Fragen – und Lügen sind nicht erlaubt«, meinte Old Joe und ließ die Sonnenbrille auf seinen Nasenrücken zurückrutschen. »Nummer eins. Wusstest du, bevor du hierhergekommen bist, dass wir hier leben?«

»Nein. Ich wusste es nicht«, erwiderte Leon, erleichtert

darüber, dass das Verhör so harmlos begann. Hoffentlich waren die restlichen beiden Fragen auch so einfach, dann konnte er endlich Carima anrufen. Im Kopf wiederholte er die Ziffern ihrer Telefonnummer schon seit einer halben Stunde immer wieder. Das lenkte ihn sogar von dem dumpf pochenden Schmerz in seinem linken Arm ab.

Da kam die zweite Frage. »Was denkst du bisher über uns?«

So, wie sich Leon kannte, würde er mit seiner Antwort voll in irgendeinen Fettnapf treten. Egal. »Ich bin noch nicht sicher, ob ihr möglicherweise eine komische Sekte seid. Oder doch nur Öko-Fundamentalisten.«

Old Joe grinste. »Wirst du noch rausfinden. Frage drei: Was sollten wir Menschen deiner Meinung nach tun, um die Erde zu retten?«

Was war das hier für ein bescheuertes Spiel? Er hatte keine Zeit für so was, er musste herausfinden, was mit dem Meer los war, bevor es noch mehr Tote gab! »Im Grunde weiß die Antwort doch jeder«, sagte Leon gereizt. »Es macht nur keiner was, bis es zu spät ist und alles den Bach runtergeht.«

Niemand schien sich an seinen schroffen Antworten zu stören. Irritiert sah Leon, dass Leah ein gebundenes Buch gezückt hatte und in einer wunderschönen, geschwungenen Handschrift alle Fragen und seine Antworten mitprotokollierte.

»Danke, das reicht«, sagte Joe. »Grünes Licht. Mein Bauchgefühl sagt, der ist in Ordnung.«

Nur noch einmal kurz schob Old Joe seine Sonnenbrille nach oben, ein nachdenklicher Blick traf Leon. »Viel Glück, Junge. Ich drück dir die Daumen, dass sie dich nicht erwischen.«

280

»Woher wissen Sie, dass ich geflohen bin?«, fragte Leon
verdutzt. Das hatte weder Hope noch einer der anderen erwähnt.

Joe grinste und schob sich die Sonnenbrille wieder über
die Augen. »Wenn einer die Brücken hinter sich abbricht,
dann ist er meist in so 'ner ganz besonderen Stimmung.
Halb Abschied und halb Neuanfang, mit 'ner gehörigen
Prise Ungewissheit. Spürt man ziemlich deutlich an dir.«

Johnny nickte, Leah lächelte, Hope schlug Leon auf die
Schulter.

Und dann ließen sie ihn endlich telefonieren.

Tausend Fragen, keine Antworten. Im Geiste ging Carima
noch einmal jedes Wort durch, das Leon gesagt hatte. Und
stutzte bei »Die Leute hier halten nicht viel von Kommunikation«. Was für eine seltsame Formulierung … Keine
Kommunikation. No Communication. Woran erinnerte
sie das? Irgendein Gedanke lauerte in ihrem Hinterkopf,
irgendeine Erinnerung pochte gegen die Innenseite ihres
Schädels und kam trotzdem nicht raus.

Moment mal … die NoComs!

Carima stürzte zum Mülleimer – Gott sei Dank, die zer-
knitterte Zeitung mit dem Titelbericht über den Quallen-
alarm lag noch darin. Und da, auf einer der Innenseiten, eine
halbe Spalte Text über eine neue Bewegung, der immer mehr
Menschen beitraten, vor allem junge Leute. Sie nannten sich
selbst NoComs – das stand für No Compromise. Aber auch
für No Communication.

Google gab diesmal keine brauchbaren Auskünfte, Mist,
wer konnte ihr weiterhelfen? Vielleicht Maja, ihre Bekannte aus dem Jugend-Meerescamp in Kiel; die engagierte sich

281

für die Umwelt. Es dauerte nicht lange, über Facebook mit ihr Kontakt aufzunehmen, und anscheinend war Maja eine Nachteule und saß gerade am Computer, denn ein paar Minuten später war ihre Antwort da.

hi du! ja es gibt zwei nocom-siedlungen in deiner nähe, hab's gerade mal nachgeschaut in nem verzeichnis, an das nicht jeder rankommt *grins* – eine gruppe ist auf der insel kauai und eine auf der insel hawaii, an der nordküste (waipi'o valley). willst du bei denen mitmachen? cool! maja

Im Waipi'o Valley auf der Insel Hawaii, genannt »Big Island« – das konnte es sein, sie erinnerte sich daran, dass Leon von einem Tal gesprochen hatte!

Waipi'o Valley. Dort befand sich Leon. Und vielleicht war sie, Carima, der einzige Mensch, der das wusste. Der ihm überhaupt helfen konnte.

Ihre Augen irrten zum Schlüssel ihres Mietwagens, der auf einem Seitentischchen lag. Auf der Karte hatte sie gesehen, dass das Tal nur etwa vierzig Meilen entfernt war, das konnte man mit einem robusten Geländewagen wie dem, den ihre Mutter gemietet hatte, wahrscheinlich in etwas über einer Stunde schaffen. Mit dem Auto konnte sie Leon zu einem Arzt bringen, konnte ihn vielleicht irgendwo hinfahren, wo er in Sicherheit war …

Als ihre Mutter in die Lobby ging, um dort mit Shahid und Jeremy zu skypen, glitt Carima aus dem Bett und begann schnell und konzentriert ihren Rucksack zu packen. Wasserflasche. Sonnencreme. Sie zog eine Shorts, T-Shirt und Sweatshirt, ihre robustesten Schuhe und eine Basecap mit dem eingestickten CW – ihr Vater hatte sie ihr einmal

282

geschenkt – an. Schnell zählte sie, was ihre Reisekasse noch hergab, fand zweihundert Dollar in bar und ihre Kreditkarte. Letztere würde sie nur noch in der Umgebung des Hotels benutzen können, sonst konnte man sie dadurch aufspüren.

Schnell kritzelte sie eine Nachricht an ihre Mutter:

Hab gerade ein bisschen Hüttenkoller und gehe spazieren. Mach dir keine Sorgen, bin bald zurück. Cari.

Automatik-Autos waren toll. Keine komplizierte Gangschaltung, man stellte den Hebel einfach auf »D« und konnte losfahren. Carima schickte einen stillen Dank an ihren Vater, der mit ihr und seinem BMW schon ein paarmal auf dem Übungsplatz gewesen war, als Vorbereitung auf ihren Junior-Führerschein, den sie nächstes Jahr machen durfte. Trotzdem war Carimas T-Shirt durchgeschwitzt, als sie den Toyota auf der Straße hatte.

Sie atmete noch einmal tief durch und presste die Zehen vorsichtig aufs Gaspedal.

Großviel gut

Charlene war eine nicht gerade dünne junge Frau mit blonden Locken. Sie beäugte Leon misstrauisch, als er sie nach dem Telefon fragte, und presste dabei ein zerlesenes Taschenbuch wie einen Schutzschild vor ihre Brust. »Du bist also der ARAC-Typ«, sagte sie, und Leon staunte, wie schnell sich die Informationen über ihn herumgesprochen hatten. »Joe hat gesagt, es ist okay, wenn ich telefoniere.«

»Hat er dir schon eine Tuesday gegeben?«

»Eine was? Eine Dienstag?«

Charlene lächelte und drehte das Buch, das sie hielt, in den Händen. »Das Buch, wegen dem wir alle hier sind. Suzannah Tuesday: *No Compromise. Mein Weg zum wahren Leben.* Sag bloß, du hast noch nie davon gehört?«

Verlegen schüttelte Leon den Kopf, und als Charlene loslegte, wurde ihm klar, was der Preis für das Telefongespräch war. Erst musste er sich von dieser Frau vollquatschen lassen.

»Im Ernst? Du kennst es nicht? Die Tuesday war ein Model, total erfolgreich, flog ständig durch die Welt, gründete eine PR-Agentur … und dann, bei einem Urlaub in der Bretagne, ist sie einem Fischer begegnet, Alexandre Le Moullec. Sie haben sich zwei Wochen lang jeden Tag getroffen und einfach nur geredet. Über ihr Leben. Über die Welt.« Charlenes Gesicht leuchtete, jetzt sah sie fast hübsch aus. »Und

Suzannah wurde klar, so geht es nicht weiter, sie will diesen Konsumwahn, diese schnelllebige, zerstörerische Lebensweise nicht mehr. Von einem Tag auf den anderen hat sie ihre Agentur geschlossen und sich in Kanada niedergelassen. Ihr Buch ist erst in einem ganz kleinen Verlag erschienen, ohne jede Werbung, aber inzwischen kennt es jeder.«

Ehrfürchtig berührte sie den Anhänger um ihren Hals. »Alexandre Le Moullec sagt, er habe seine Seele ans Meer verloren. Er ist kein Fischer mehr, sondern Schmied. Jedes einzelne Triskell, das wir tragen, stammt von ihm. Er und Suzannah schreiben sich noch immer ab und zu. Nur echte Briefe oder sogar manchmal eine Flaschenpost, aber niemals Mails.«

Leon lächelte höflich. Klang ein bisschen kitschig, die ganze Geschichte. Was für ein Pech, dass er ausgerechnet bei solchen Träumern gelandet war! Doch es gab etwas an der Sache, das ihn interessierte. *Seine Seele ans Meer verloren.* Ja, wie sich das anfühlte, wusste er. »Leihst du mir das Buch mal?«

»Na klar«, sagte Charlene strahlend und dann bekam Leon endlich auch das Telefon.

Er erreichte Carima sofort – endlich hörte er wieder ihre Stimme! Danach war er ein paar Momente lang ganz woanders, versunken in einem Traum, aus dem er noch nicht erwachen wollte. Doch die Sorgen nagten an ihm, drängten ihn in die Wirklichkeit zurück. Hoffentlich fand Carima heraus, was diese seltsamen Angaben auf dem Datenblatt bedeuteten und was mit Lucy los war. Leon setzte sich hinter die Hütten an den Waldrand und versuchte ein paar Zeilen in *No Compromise* zu lesen, doch die Worte kamen einfach nicht in seinem Kopf an. Damals auf der Benthos II mit Ca-

285

rima zu reden, dort im dunklen Lagerraum ihre Hand zu halten … *das* hatte etwas in ihm verändert. Er war nur noch nicht sicher, was genau.

Dass die Hütte, in deren Nähe er saß, Big T. gehörte, wurde Leon erst klar, als sich der schlaksige NoCom mit dem Basketball-Outfit aus der Tür duckte und ihn musterte. Anscheinend wollte er kommentarlos vorbeischlurfen, und Leon wusste nicht genau, warum er selbst sagte: »Du hast hier bestimmt irgendwo einen Basketballkorb.«

Big T. blieb stehen. »Wenn du genau hingeschaut hättest, wär er dir schon aufgefallen. Da an meiner Hütte. Könnten mal ein paar Körbe werfen.«

Es war eine eher gleichgültige Einladung; Leon nickte und wandte sich wieder seinem Buch zu. Doch Big T. blieb einfach stehen, und Leon wurde klar, dass der Hacker *jetzt* gemeint hatte. Versuchsweise bewegte Leon den Arm und verzog das Gesicht. »Besser, wir machen das morgen, das hier fühlt sich noch nicht so gut an.«

»Der Kratzer da?«, sagte Big T. ungläubig.

Leon presste die Lippen zusammen. Nein, das konnte er nicht auf sich sitzen lassen. Er legte das Buch beiseite und stand auf.

Tim hatte ihm beigebracht, wie man spielte, und in der San Diego School of the Sea hatte Leon sich nachmittags hin und wieder mit den anderen Jungs – unter anderem Julian – getroffen, um Körbe zu werfen. Nach vier Jahren auf Benthos II, wo man eher eine Meerjungfrau sah als einen Basketball, war er schrecklich außer Übung. Trotzdem merkte er schnell, dass Big T. nicht wirklich gut spielte, Julian war ein weitaus härterer Gegner gewesen. Der NoCom war zwar enorm groß, aber nicht flink, und es war nicht allzu schwer, um ihn herumzudribbeln. Nach kurzer Zeit brannte zwar Leons Arm wie Feuer und hatte wieder begonnen zu bluten, doch dafür hatte er den Ball schon drei Mal in dem rostigen Metallring an Big T.s Hütte versenkt und war angenehm überrascht darüber, wie gut das noch klappte.

Big T. wirkte allerdings noch mürrischer als zuvor. »Ist nicht mein Tag«, sagte er, hob den Ball auf und klemmte ihn sich unter den Arm – aha, anscheinend war das Spiel beendet. »Was ist jetzt eigentlich, wirst du hier im Valley bleiben?«

Er wirkte nicht sehr begeistert von dieser Vorstellung, und Leon wurde klar, dass er sich gerade keinen Freund gemacht hatte.

»Kann sein, ich weiß nicht, ob in einer der Hütten noch Platz ist«, sagte Leon vorsichtig. »Ich werde mal Leah und Hope fragen.«

Big T. zog die Augenbrauen hoch. »Oh ja, frag Leah. Oder eher Debbi, so heißt sie wirklich – und dunkelhaarig ist sie eigentlich auch nicht, eher maushaarig. Falls du noch mehr zu lesen brauchst, dann lass dir mal ihren Roman geben. Der ist super, wenn man Einschlafprobleme hat.« Damit schlurfte er davon.

»Jedenfalls ist sie nett!«, rief ihm Leon trotzig hinterher und sah noch, wie Charlene sich beeilte, um neben Big T. hergehen zu können.

Leon beschloss, erst mal diese Ellyn suchen zu gehen und das Rätsel zu lösen, warum sie eine OxySkin besaß. Doch ein hübsches rotblondes Mädchen, das damit beschäftigt war, in einem steinernen Ofen Brot zu backen, sagte ihm, sie sei gerade nicht im Lager. »Aber zur Abendversammlung ist sie ganz sicher wieder da.«

Zur Auskunft gab es ein Lächeln dazu, und einen Moment lang war Leon überwältigt von dem Gedanken, dass er hier von hübschen Mädchen umgeben war. Wahrscheinlich hatten manche nicht mal einen Freund. Er stammelte ein Danke und machte sich aus dem Staub. Julian hätte wahrscheinlich behauptet, das hier sei das Paradies. Doch er selbst musste immer wieder an Carima denken – was genau stimmte mit ihm nicht?

Und dann begann das Warten. Leon hatte vergessen, wie lang zwei Stunden sein konnten. Immerhin hatte er jetzt Zeit zum Nachdenken, ihm ging so viel im Kopf herum. Lucy und das Datenblatt. Die gelben Wolken, all das, was er in der Nähe des Lo'ihi beobachtet hatte. Doch keine seiner Theorien ergab wirklich einen Sinn. Hoffentlich fand Carima etwas heraus – vielleicht kam er einen Schritt weiter, wenn er wusste, was diese Daten bedeuteten!

Endlich war es Zeit, Carima anzurufen. Doch als Charlene ihn sah, wurde ihr Gesicht zu einer Mauer, und als er sie bat, noch einmal telefonieren zu dürfen, schüttelte sie den Kopf. »Das Ding ist leider kaputtgegangen«, sagte sie, doch sie schaffte es nicht, ihn dabei anzusehen. Leon spürte, dass sie nicht die Wahrheit sagte. Was sollte das? Hatte das irgendetwas mit Big T. zu tun?

»Bitte, Charlene«, sagte er gequält. »Es ist wirklich wichtig für mich!« Seine einzige echte Verbündete wartete darauf, dass er sich meldete, vielleicht hatte sie sogar etwas herausgefunden, und jetzt das!

Charlene zuckte verlegen die Schultern und verschwand in ihrer Hütte.

Leon wandte sich um und sah, wie jemand durch das

dichte Gebüsch zwischen den Hütten und dem Haupthaus ging – täuschte er sich, oder war das Mo? Was hatte der junge Hawaiianer eigentlich gegen ihn?

Das brachte hier nichts! Er musste weg hier. Möglichst bald. Irgendwo anders hin, auch wenn er nicht wusste, wie und wohin. Die NoComs würden ihm nicht helfen, für die meisten war er ja sowieso nur der ARAC-Typ. Er und Lucy waren völlig auf sich gestellt, das war von Anfang an so gewesen und blieb anscheinend auch so!

Die tiefen Schnitte an seinem Arm schmerzten stärker denn je, hoffentlich entzündeten sie sich nicht, eine Blutvergiftung war das Letzte, das er jetzt gebrauchen konnte. Zum ersten Mal vermisste er Chung, die Ärztin von Benthos II mit dem strengen Blick und dem blütenweißen Kittel.

Mit zusammengebissenen Zähnen suchte sich Leon einen schattigen Platz in der Nähe des Haupthauses und begann, mit dem Versiegler die Beschädigungen an seiner OxySkin zu reparieren. Er arbeitete konzentriert, ohne hochzublicken. In sechshundert Meter Tiefe konnte selbst ein kleines Leck schlimme Folgen haben, er durfte keine schadhafte Stelle übersehen. Was war mit dem DivePad? Normalerweise hätte Paula das repariert, und jetzt musste er es irgendwie selbst schaffen. Wahrscheinlich war der Einzige mit dem nötigen Werkzeug Big T. – hätte er den Kerl beim Basketball nicht gewinnen lassen können?

Die Stimme eines Mannes riss ihn aus seiner Konzentration. »Hällo? Sorri?«

Leon schaute auf und bemerkte verwundert, wie tief die Sonne schon gesunken war. Er hatte völlig die Zeit vergessen. Vor ihm stand ein etwa fünfzigjähriger Mann mit graublondem Bart und gutmütigen Augen; er trug ein ver-

289

waschenes Jeanshemd, auf dessen Brusttasche eine Sonne und HALLMEIER SOLAR aufgestickt waren, eine Shorts und Trekking-Sandalen. Aha, wohl einer der älteren No-Coms.

»Hei, ich bin Franz, nenn mich Fränkie«, sagte der Mann mit einem schrecklichen deutschen Akzent. »Und du bist Leon, richtig? Komm mal schnell, du hast Besuch.«

»Besuch?«, fragte Leon verblüfft. Das konnte nicht sein – niemand wusste, dass er hier war! Oh verdammt, war der Ortungschip in Lucys Haut nicht ganz ausgeschaltet worden, hatte das Ding vielleicht hin und wieder gesendet? Waren es Leute der ARAC, die ihn holen kamen? Die Polizei?

Fränkie ging schon voraus. Vorsichtig rollte Leon seine OxySkin zusammen, schob sie zurück in den Seesack und stand auf.

Hinter den tropischen Büschen sah er die Gestalt eines Mädchens mit honigblondem Haar, und plötzlich wurde Leons Kehle eng, pochte sein Herz so heftig, dass ihm fast schwindelig wurde. Irgendwie schaffte er es, einen Fuß vor den anderen zu setzen; wenn er jetzt in einen Dorn getreten wäre, hätte er es wohl nicht einmal gemerkt.

Fränkie lächelte und ließ sie allein.

Carima sah verschwitzt aus, ihre Sandalen waren staubig, und als sie auf ihn zuging, war ihr Hinken deutlicher zu sehen denn je. Doch ihre Augen leuchteten. »Die Straße, die hier runterführt, war unglaublich steil«, sagte sie atemlos. »Ich bin ausgestiegen und habe runtergeguckt und dachte, nee, das machst du jetzt nicht, da überschlägt sich ja sogar dein Geländewagen und kullert dann den Rest der Strecke runter. Also habe ich die Karre stehen gelassen und bin zu Fuß weitergegangen. Puh. Aber ist ja nur eine Meile oder so.«

»Du bist zu Fuß gegangen«, wiederholte Leon und wusste, dass er wahrscheinlich gerade einen furchtbar begriffsstutzigen Eindruck machte. Wahrscheinlich würde er gleich kirschrot anlaufen und sich damit völlig zum Deppen machen. Plötzlich musste er an ihre letzte Begegnung denken, daran, wie Carima ihn in der OxySkin gesehen, sprachlos in der Schleusentür gestanden hatte.

Auch diesmal musterte Carima ihn erschrocken. Nein, nicht ihn, nur den blutverschmierten Verband an seinem linken Arm. »Wart mal«, sagte sie, setzte ihren Rucksack ab und begann darin zu kramen. »Ich habe den Verbandskasten aus dem Auto mitgenommen. Tut's sehr weh?«

»Carima«, sagte Leon, er musste ihren Namen einfach aussprechen, weil er für ihn ein Zauberwort geworden war, weil er sonst nicht glauben konnte, dass sie wirklich hier war, dass sie *wegen ihm* gekommen war.

Vielleicht hörte sie, was in seiner Stimme mitklang, denn sie unterbrach ihre Sucherei und richtete sich auf. Ihre Blicke trafen sich, hielten sich fest.

»Komm, lass uns runtergehen zum Strand«, sagte Leon leise und Carima nickte.

Ohne Mühe fand Leon den Weg zum Meer – der Passatwind, der nie nachlassend aus Nordosten blies, wies ihm die Richtung.

Die Sonne war fast untergegangen und der dunkelgraue Strand völlig verlassen, selbst die Surfer waren aus dem Wasser verschwunden. Doch der Sand war noch warm. Während er und Carima nach einem guten Platz suchten, wo sie sich hinsetzen konnten, streckte Leon einen Gedankenfühler aus, suchte nach Lucy. Sofort spürte er ihre Gegenwart und dass sie gerade ruhte. *Wir haben Gesellschaft bekommen*, kündigte er ihr an und sandte ihr seine Erinnerung an Carimas Ankunft.

Großviel gut ist das, kam es erfreut zurück und wortlos wünschte sie ihm Glück.

Es fühlte sich ungewohnt, aber schön an, neben Leon am Strand zu sitzen. Nur eine halbe Armlänge voneinander entfernt, sodass Carima sein Geruch nach Salzwasser – und, was war das, irgendwas Herbes, Aromatisches, ein Pflanzensaft? – in die Nase stieg. Er hatte sich verändert, es war ihr sofort aufgefallen. Selbstsicherer wirkte er, weniger schüchtern, weniger in sich versunken. Vielleicht hatte es ihm gutgetan, die Station zu verlassen, sein Schicksal in die eigenen Hände zu nehmen.

Gemeinsam blickten sie hinaus über das Meer und lauschten den Brechern, die mit einem dumpfen Donnern auf den Strand krachten.

Dann wandte sich Leon ihr zu, seine grünen Augen musterten sie. »Wie hast du überhaupt rausgekriegt, wo ich bin?«

»Auch auf Hawaii gibt's nicht unbegrenzt viele Täler mit Verrückten«, sagte Carima.

Leons Mundwinkel gingen nach oben. »Eigentlich genau der richtige Ort für jemanden wie mich.«

Carima grinste zurück. »Wenn meine Mutter merkt, dass ich den Wagen genommen habe, wird sie wahrscheinlich auch ein paar dementsprechende Dinge über mich sagen.«

Einen Moment lang schwieg Leon, blickte über das Meer hinaus und aus dem Augenwinkel musterte Carima das klare, scharf geschnittene Profil seines Gesichts. Als er wieder sprach, war seine Stimme ein Flüstern, das über dem Tosen

292

der Wellen kaum zu verstehen war. »Mir ist fast das Herz stehen geblieben, als ich dich gesehen habe.«

Ein Schauder überlief Carima. Ihr Herz pochte wie verrückt. »Ich … ich … habe mich gewundert, dass keine Mails mehr von dir kamen. Aber als du angerufen hast …«

Wieder blickte er sie an, besorgt diesmal und ein wenig forschend. »Du bringst dich meinetwegen ganz schön in Schwierigkeiten.«

Plötzlich mussten sie beide lächeln, ohne wirklich zu wissen, warum. »Weißt du, was ich gemacht habe? Ich habe mich krank gestellt, sogar rumgewürgt beim Frühstück, damit wir nicht vorzeitig abfliegen.«

Aus seinem Lächeln wurde ein breites Grinsen. »Das hast du? Wow. Hätt ich gerne gesehen.«

Carima musste kichern. »Na ja, für eine Rolle in irgendeinem B-Movie hätte es gerade gereicht. Nur dass man da auch noch Erbsenbrei in den Mund nehmen und im richtigen Moment rausspucken muss.«

Sie wunderte sich darüber, dass die Vertrautheit zwischen ihnen wieder da war. Schon nach so kurzer Zeit. »Komm, lass mich dich erst mal verarzten«, sagte sie. »Sonst wird es zu dunkel und ich klebe das Pflaster auf die falsche Stelle.«

»Ich fürchte, du brauchst nicht nur ein Pflaster, sondern vier. Aber das kannst du dir ja gleich anschauen.«

Carima schaute im Verbandskasten nach, was sie überhaupt zur Verfügung hatte. Sah ganz brauchbar aus. Sanft begann sie, den blutigen Verband von seinem Arm zu wickeln und die vier parallelen Schnitte mit Alkoholtupfern aus dem Kasten zu reinigen. Es brachte sie durcheinander, Leon so nahe zu sein, ihn zu berühren, und vielleicht ging es ihm ähnlich, denn sie sah, dass eine Gänsehaut seine Arme überzog.

»Wie ist das denn passiert?«, fragte sie, auch um sich abzulenken. »War das ein Hai?«

»Ziemlich gut geraten«, sagte Leon trocken. »Aber einer, der sprechen konnte und behauptet hat, ich sei ja wohl ein Götterbote.«

Schon wieder hatte er es geschafft, sie zum Lachen zu bringen. »He, das klingt, als hätten sie dir in der Kolonie als Erstes ein bisschen frisches LSD verabreicht. Oder selbst angebautes Cannabis.«

»Nee.« Leon verzog das Gesicht, vielleicht auch deshalb, weil Carima jetzt gerade eine Bandage auf die Wunde legte und das Ganze mit Verbandsmull umwickelte. Seine Stimme klang ein bisschen gepresst, als er sich bedankte.

Carima ging hinüber zur Flussmündung, tauchte ihre Hände ein und rieb sie gegeneinander, schrubbte sie mit Sand ab. Leon rief irgendetwas, aber er war zu weit weg, sie verstand ihn nicht. Als sie zurückkam, sagte er: »Dreh dem Meer nie den Rücken zu. Kann immer mal passieren, dass aus mehreren Wellen eine große wird, und wenn du das nicht mitkriegst und sie dich erwischt, kann dir das ziemlich den Tag verderben.«

Erschrocken blickte Carima auf den Pazifik hinaus und nickte. In manchen Momenten kam ihr das Meer vor wie ein schlafendes Raubtier und vielleicht lag sie damit gar nicht so falsch.

Leon atmete einmal tief durch. »Hast du eigentlich etwas herausgefunden? Über die Daten, die ich dir diktiert habe?«

So nüchtern und präzise, wie sie es schaffte, gab Carima ihm weiter, was ihr der Professor erzählt hatte.

294

»So was in der Art habe ich befürchtet«, sagte Leon und stützte den Kopf in die Hände. »Stammzellen! Ich frage mich, ob sie Lucy vielleicht sogar ursprünglich dafür gezüchtet haben. Obwohl – nein, das ist unwahrscheinlich. Sonst hätten die Typen sie im Labor behalten und gar nicht erst ins Freiwasser gelassen. Wahrscheinlich haben sie die Zellen durch Zufall entdeckt. Und seither ist Lucy in ihren Augen kein Mitglied des OceanPartner-Projekts mehr, sondern einfach nur ein wichtiges Labortier.«

Carima war noch nicht sicher, ob sie all das verstand. »Aber wieso sind die Stammzellen einer *Krake* wertvoll für *Menschen*?«

Leon runzelte die Stirn. »In der medizinischen Forschung werden Stammzellen von vielen Meerestieren eingesetzt – habe ich mal gehört.«

Carima nickte. »Aber für Lucy ist das alles nicht gut, oder? Das mit dem Letalzeitpunkt …« Es ekelte sie vor diesem bürokratischen Wort.

»Sie nehmen anscheinend sogar Lucys Tod in Kauf.« Leons Stimme klang grimmig. »Wenn sie noch mehr Zellen entnehmen, stirbt Lucy, aber sie wollen das Zeug unbedingt. Ihr Pech, dass ich es herausgefunden habe!«

»Vielleicht haben sie schon Ersatz für Lucy …«

»Darauf kannst du wetten. Wahrscheinlich werden bereits die nächsten Kraken mit diesen Genen gezüchtet. Aber junge Kraken in Gefangenschaft großzuziehen ist nicht leicht, anscheinend brauchen sie meine Partnerin noch.«

»Erzähl mir am besten von Anfang an, was passiert ist«, bat Carima.

Fasziniert hörte sie zu, als er von seiner Zeit auf der *Thetys* erzählte, von seinem Gespräch mit der ARAC-Managerin, von seiner Flucht durch die Tiefsee und von dem, was er am unterseeischen Vulkan Lo'ihi entdeckt hatte. »Was das zu bedeuten hat, weiß ich noch nicht«, sagte er. »Aber es könnte sein, dass es der Schlüssel zu allem ist, was in letzter Zeit im Meer passiert ist. Und auch zu meinem Unfall.«

Danach waren sie beide nicht mehr in der Stimmung, über all das zu reden, und unterhielten sich über andere Dinge: die NoComs, Deutschland, das Leben in einem Internat, die Farben des Meeres, ihre Freunde. Carima erzählte ein bisschen verlegen, dass sie Filmregisseurin werden wollte, und zum Glück fand er das nicht albern, sondern interessant.

Carima vergaß die Zeit und erst der ferne Klang einer Glocke rief sie in die Wirklichkeit zurück. »War da irgendwas?«, fragte Leon und Carima nickte. »Eine Art Glocke. Hast du es nicht gehört?«

Er schüttelte den Kopf. »Meine Gehörgänge sind mit Flüssigkeit gefüllt, das haben sie bei uns allen gemacht. Ohne die Implantate würde ich nicht gerade viel hören.«

Entsetzt blickte Carima ihn an und erinnerte sich an das, was Billie erzählt hatte. »Sie haben dich absichtlich halb taub operiert, damit du in die Tiefsee kannst? Aber … wieso hast du das mit dir machen lassen? Wieso hat das dein Vormund erlaubt?«

Einen Moment lang wirkte Leon unsicher – so, als begreife er jetzt erst, dass es an einer solchen Operation etwas auszusetzen gab. »Na ja, man kann's vermutlich auch rückgängig machen«, sagte er und schien es eilig zu haben, das Thema zu wechseln. »Ich glaube, diese Glocke bedeutet, dass die Abendversammlung bald beginnt. Da muss ich hin. Es gibt jemanden, mit dem ich dort unbedingt sprechen möchte.«

Er streckte ihr eine Hand hin, um ihr beim Aufstehen zu helfen, und Carimas Herz machte einen Satz. Sie ergriff seine Hand und mit erstaunlicher Kraft zog Leon sie hoch.

Selbst wenn er nicht besonders gut hörte, sein Orientierungssinn war anscheinend tausendmal besser als ihrer – er schaffte es auch in der Dunkelheit ohne große Mühe, zur Siedlung zurückzufinden.

Ellyn

Carima gelang es doch immer wieder, ihn aus dem Gleichgewicht zu bringen! Gerade hatte Leon sich mit dem Gedanken abgefunden, dass Lucy für die ARAC ein Labortier geworden war, da musste er sich plötzlich die Frage stellen, wer denn eigentlich hier das Versuchsobjekt war. War es wirklich in Ordnung, einen gesunden Jungen so zu operieren, wie sie es mit ihm gemacht hatten? Okay, es war sein größter Wunsch gewesen, auch in die Tiefsee tauchen zu können, aber war er mit zwölf überhaupt schon reif genug gewesen, über seine ganze Zukunft zu entscheiden? Und Tim … hatte nicht etwa Stopp gesagt, sondern nur »Okay, wenn du es wirklich willst«.

Bevor er den Gedanken zu Ende führen konnte, waren sie schon beim Versammlungshaus angekommen. Es war ein warmer Abend, und die NoComs hatten Decken und Kissen nach draußen geschafft und saßen im Kreis auf dem Platz aus festgestampfter Erde. Hier und da waren entlang des Kreises Feuerschalen aufgestellt und es roch nach Rauch und Essen. Leon suchte Hope und Leah und setzte sich mit Carima neben sie, etwas außerhalb des Kreises. Carima wurde freundlich begrüßt. Doch aus der Richtung einiger anderer NoComs – Johnny, Big T., Charlene – kamen skeptische Blicke. Wahrscheinlich waren sie längst noch nicht sicher, ob Leon nicht doch *der Feind* war, ob sie ihn in ihrer

Mitte dulden und ihm helfen sollten. Würden sie versuchen, etwas gegen ihn zu unternehmen?

Drei junge NoComs teilten gerade *laulau* aus, in Taro-Blätter gewickeltes, gedünstetes Gemüse mit Reis. Auch Leon und Carima bekamen ihren Anteil und Leon fiel hungrig darüber her.

Carima leckte sich die Finger ab. »Das ist das beste *laulau*, das ich bisher gegessen habe. Meine Mutter würde wahrscheinlich töten, um an das Rezept heranzukommen.«

»Und ich würde wahrscheinlich töten, um an eine zweite Portion zu kommen.« Leon versuchte herauszukriegen, ob es einen Nachschlag gab, und dabei entdeckte er Mo. Er saß rechts von ihm, etwa sieben oder acht Plätze weiter – und er sah Leon mit unverwandtem Blick an. Eine Gänsehaut überlief Leon und der Appetit verging ihm wieder. Wie er schnell feststellte, war Mo nicht der Einzige, der ihn beobachtete. Eine Frau, die auf der entgegengesetzten Seite des Kreises saß, ließ ihn ebenfalls nicht aus den Augen. Wer zum Teufel war das? Leon war ihr bisher noch nicht begegnet – sie war etwa Ende dreißig, hatte glatte, blonde Haare, die ihr auf den Rücken fielen, und ein ernsthaftes Gesicht mit klugen Augen.

Während des Essens wurde geschwatzt und gelacht, doch danach senkte sich eine feierliche Stimmung über die Gruppe und Stille breitete sich aus. Die NoComs ergriffen sich an den Händen. Nur Leon selbst und Carima blieben außen vor. Sie tauschten einen schnellen Blick und beobachteten, wie Old Joe feierlich die verkratzte Sonnenbrille absetzte und in seine Brusttasche schob. Seine ganze Gestalt schien sich zu straffen, mit der Würde eines Buddhas saß er nun auf seinem Kissen. Er schloss die Augen, dann nahm er das

Triskell, das er um den Hals trug, in beide Hände – und die anderen NoComs taten es ihm gleich.

»Sprechen wir gemeinsam«, sagte er so laut und kräftig, dass es über den ganzen Platz schallte, dann senkte er die Stimme wieder, ließ sie mit dem Klang der anderen verschmelzen.

»We will honor and cherish every living thing,
we will care for the earth with all our tenderness.
And wherever we go, whatever we do …
we will leave nothing but footprints.«

Leon ließ die Worte auf sich wirken und merkte erstaunt, dass sie ihm gefielen. Die Erde konnte es gebrauchen, dass man sich zur Abwechslung mal liebevoll um sie kümmerte …

Ein kurzes Schweigen senkte sich über den Platz, dann zeichnete Old Joe mit einem Stock einen Kreis in die Mitte des Platzes und sagte: »Es ist Zeit, Zeugnis abzulegen für die Dreiheit der Dinge. Wer will beginnen?«

Zu Leons Überraschung war es Hope, der sich meldete. »Ich«, sagte er. »Ich werde Zeugnis ablegen für das Land.« Leon sah zu ihm hoch, als er aufstand und langsam, wie es seine Art zu sein schien, in die Mitte des Kreises ging.

»Heute habe ich Bohnen gepflanzt«, sagte Hope schlicht. »Die Erde fühlte sich warm an unter meinen Füßen und ich habe jeder Bohne ihren Platz darin verschafft. Ich habe ihnen Wasser gegeben, um sie zum Leben zu erwecken, und es wird ein Geschenk sein, sie wachsen zu sehen.« Er zögerte kurz und ein Grinsen huschte über sein Gesicht. »Natürlich habe ich auch daran gedacht, wie lecker sie später mal schmecken werden mit einem Klecks Butter darauf.«

Er nahm den Stock und zeichnete mit langsamen, feierlichen Bewegungen eine geschwungene Linie in den Kreis im Sand.

Ein Mädchen, das Leon nicht kannte, legte Zeugnis ab für den Himmel und erzählte davon, wie sie eine der seltenen Nene-Gänse Hawaiis hatte vorbeifliegen sehen und was ihr dabei durch den Kopf gegangen war. Der Kreis erhielt seine zweite Linie.

Gespannt wartete Leon ab, wer Zeugnis für das Meer ablegen würde. Wie sich herausstellte, ein junger Mann von etwa Mitte zwanzig. »Heute bin ich beim Surfen unter Wasser gedrückt worden, das Meer hat mich wieder mal spüren lassen, welche gewaltige Kraft in jeder einzelnen Welle steckt. Es ist ein unglaubliches Gefühl, diese Kraft zu nutzen, mit ihr im Einklang zu sein.« Er hob den Stock auf, zeichnete den dritten Kringel.

Das Triskell im Sand war vollendet, und der Kreis der Menschen löste sich langsam auf, wurde zu lockeren Grüppchen, die sich unterhielten. Leon suchte mit den Augen nach Mo und fand ihn nicht; er war genauso lautlos und unbemerkt wieder verschwunden, wie er gekommen war.

»Wunderschön war das«, sagte Carima leise und Leon nickte. Ja, auch ihn hatte es berührt, und einen Moment lang hatte er sich vorhin bei dem Wunsch ertappt, Teil dieses Kreises zu sein. »Es ist anders als alles, was ich kenne«, sagte er.

Carima zeichnete mit dem Finger in den Sand, versuchte das Zeichen der NoComs nachzuahmen. »Du bist gewohnt, mit Wissenschaftlern zusammenzuarbeiten. Die sind meistens nicht so esoterisch drauf, schätze ich.«

»Bis auf Patrick, unseren Hausphilosophen. Aber der ist ja auch kein Wissenschaftler, sondern Tauchboot-Pilot.« Leon spürte einen kurzen Anflug von Heimweh. Doch den Ort, an den er sich zurücksehnte, gab es nicht mehr, Benthos II war zu einer Geisterstadt unter dem Meer geworden. Er konnte auch nicht zurück zu seinem alten Leben, dazu war ihm Lucy zu wichtig. Doch er musste herausfinden, was im Ozean geschah, dieses Rätsel ließ ihm einfach keine Ruhe. Ob es inzwischen weitere seltsame Zwischenfälle gegeben hatte? Er bekam ja hier absolut nichts mit von dem, was in der Welt passierte!

Leon sah, dass Johnny, der Sicherheitchef der NoComs, auf ihn zusteuerte. »Hi«, sagte er und musterte Carima von oben bis unten. »Noch jemand Neues? Auch aus der ARAC?«

Mit einem strahlenden Lächeln blickte Carima zu ihm hoch. »ARAC? Nein, ich komme aus Deutschland.«

Leon dagegen war nicht nach Scherzen zumute. Langsam richtete er sich auf. »Ich gehöre nicht mehr dazu, Johnny, das habe ich dir schon gesagt.«

Johnny erwiderte Carimas Lächeln nicht und wischte Leons Einwand mit einer Handbewegung beiseite. »Mag ja sein, dass du keiner mehr von *denen* bist – aber was ist, wenn sie dich suchen? Wenn sie uns Ärger machen deinetwegen?«

»Ich wüsste nicht, wie sie mich hier finden sollten«, gab Leon so gelassen wie möglich zurück und ergänzte in Gedanken: *Außer, einer von euch verrät mich.* Hatte die ARAC eigentlich ein Kopfgeld auf ihn ausgesetzt? Und einen Finderlohn für Lucy?

»Na, Johnny, mal langsam, du willst ihn doch nicht wirklich heute Nacht noch in den Wald hinausjagen, oder?«, mischte Leah sich ein. »Die Hütte von Wilbur steht leer, da können er und seine Freundin übernachten. Und ich habe schon herumgefragt und ein paar Klamotten für ihn organisiert.«

Er und seine Freundin. Leon und Carima tauschten ein verlegenes Lächeln.

Johnny setzte zu einer Antwort an … und sagte dann doch nichts, sondern wandte sich um. Vielleicht hatte er gespürt, dass jemand herankam. Die blonde Frau, die Leon schon vorher aufgefallen war. Sie beachtete keinen der Umstehenden, sondern ging direkt zu Leon und nahm seine Hände in die ihren.

»Du bist Leon Redway, nicht wahr?«, sagte sie, und in ihrem Gesicht spiegelten sich so viel Trauer und zugleich so viel Freude, dass Leons Kehle wie zugeschnürt war und er nur ein Nicken schaffte. Das musste Ellyn sein … wer auch immer sie war. Woher kannte sie seinen vollen Namen? Und warum zum Teufel hatte sie ihn gerade unbedingt jetzt nennen müssen? Johnny hatte jedes Wort mitbekommen!

»Komm, wir gehen zu meiner Hütte, da können wir reden.« Ellyn winkte ihm, ihr zu folgen. Carima wollte zurückbleiben, vielleicht war sie nicht sicher, ob sie willkommen war – doch Leon nahm ihre Hand, bat sie wortlos, bei ihm zu bleiben. Er wusste selbst nicht, woher er den Mut dazu nahm, aber es fühlte sich gut an, wie ihre Finger sich verwoben. Ihre Hand war warm und trocken, und so klein im Vergleich zu seiner.

Ellyns Hütte lag jenseits der von Big T., dort, wo Reihe um Reihe von Taro-Pflanzen ihre tiefgrünen Blätter ausbreiteten.

»Tut mir leid, dass ich dich so überfallen habe«, sagte Ellyn, als sie auf einem winzigen Holzofen in ihrer Hütte einen Tee zubereitet hatte. »Aber ich wusste schon von Hope, dass du Leon heißt, und du siehst deinem Vater so ähnlich … ich habe mir gleich gedacht, dass du es bist, obwohl ich dich seit fast neun Jahren nicht gesehen habe.«

»Sie kannten meine Eltern?«, brachte Leon heraus.

»Ja, wir haben uns am Scripps Institut in Kalifornien kennengelernt.« Ellyn setzte sich neben sie auf einen der roh gezimmerten Stühle auf der Veranda. »Damals habe ich noch die Ernährung von Walhaien erforscht, aber John und Juliette haben mich überredet, zu ihrem Team bei der ARAC zu kommen, weil dort die ganzen spannenden Sachen passierten. Wir konnten forschen und die Kosten waren kein Thema, es war fantastisch.« Abwesend nippte Ellyn an ihrem Tee. »Juliette war schon ziemlich weit mit der Entwicklung eines Prototypen der OxySkin, damals hieß sie aber noch nicht so, und das Ganze lief unter dem Namen ›Projekt Amphibium‹. Wartet mal.«

Ellyn ging zurück in ihre Hütte, holte eine Kunststofftasche und öffnete sie. Mehrere OxySkins lagen darin und eine von ihnen war schon so alt, dass der Schimmer der Membran verblasst war und münzgroße schwarze Flecken sich auf dem Material ausgebreitet hatten. Die Sauerstoffdruckkontrolle sah unglaublich primitiv aus. Neugierig untersuchte Leon die anderen Skins – manche wirkten sogar noch funktionsfähig.

»Wir wollten Menschen in die Tiefsee schicken und haben mit Freiwilligen experimentiert – erfahrenen Tauchern – aber es klappte nicht besonders gut, wir dachten, es geht nicht, der Mensch ist für so etwas einfach nicht gemacht.«

»Wann seid ihr auf die Idee gekommen, es mit Kindern und Jugendlichen zu probieren?«, fragte Carima fasziniert.

»Einer der Taucher war noch jung, kaum zwanzig, und mit ihm klappte es endlich. Also haben wir mit noch jüngeren Teilnehmern weiter experimentiert. Doch es gab ein großes Problem – die Tiefsee war für die meisten Kinder viel zu furchterregend. Ich kam auf die Idee mit den Tier-Mensch-Teams und wir tauften das ganze Projekt zu OceanPartner um. Mit den Tieren kam ein ganz neuer Schwung ins Projekt, aber natürlich gab es tausend Probleme. Krämpfe unter Wasser durch defekte Sauerstoffregelungen, Entzündungen an den Armkanülen, unsterile Atemflüssigkeit, Pilotwale, die keine Lust zum Mitarbeiten hatten …«

»Das mit den Tieren war eine gute Idee«, sagte Leon und Ellyn starrte ihn an.

»Moment mal«, sagte sie. »Ich habe gehört, dass du eine OxySkin dabeihast – nimmst du etwa am Programm teil? Bist du einer der Taucher?«

Ebenso verwirrt erwiderte Leon ihren Blick. »Ja, natürlich. Seit vier Jahren schon. Ich war bis vor Kurzem auf Benthos II.«

»Aber … deine Eltern haben das nicht erlaubt! Sie wussten, dass dir das Tauchen großen Spaß macht, doch sie wollten, dass du so weit wie möglich eine normale Kindheit und Jugend hast.«

»Was?« Leon verstand nicht mehr, was hier vorging. Beim Gedanken an seine Eltern krampfte sich sein Herz schmerzhaft zusammen.

Ellyn schüttelte den Kopf. »Es tut mir so leid, Leon. Kurz vor dem Tod von John und Juliette bin ich zu einem Forschungsprojekt nach Korea gegangen, ich habe nicht weiterverfolgt, was mit dir passiert ist. Ich weiß nicht, ob du mir das verzeihen kannst. Irgendwie habe ich angenommen, dass Johns Schwester – also deine Tante – dich aufnehmen würde …«

Leon merkte, dass sein Mund offen stand, dass er mechanisch den Kopf schüttelte. Er hatte Verwandte? Nein, nein, nein, was erzählte diese Frau da? Wie aus weiter Ferne nahm er wahr, dass Carima immer noch seine Hand hielt.

Irgendwie schaffte es Leon, sich zusammenzureißen. Er durfte nicht den Faden verlieren, musste noch mehr herausbekommen, viel mehr. »Haben meine Eltern bis zu ihrem Tod an den OxySkins weitergearbeitet?«

»Ja und nein. Wir waren eine verschworene Gruppe damals, doch zum Schluss ist irgendwie alles auseinandergefallen.« Ellyn atmete tief durch. »Es gab einen Toten bei dem Programm, das hat uns alle sehr belastet und danach haben ein paar Mitglieder des Teams aus unterschiedlichen Gründen aufgehört. Außerdem gab es ständig Streit wegen der Strategien der ARAC, und für mich war das alles besonders belastend, weil ich mit einem Mitarbeiter des Projekts zusammen war, James Ellard. Wir haben uns dann schließlich getrennt, obwohl es schwer war für uns beide …«

»James Ellard? Ist das nicht dein Ausbilder?«, flüsterte Carima und Leon nickte. Er hatte sich sein Leben immer ein wenig so vorgestellt wie einen Strom, der von einem Ort zum anderen floss, immer weiter. Doch jetzt erschien es ihm eher wie ein seidenzartes, fast unsichtbares Netz. Hier und da klebten in ihm Ereignisse, Erinnerungen … und dieses Netz verband auch alle Menschen in seinem Leben.

Doch so viele Teile des Netzes waren noch unsichtbar, und Dutzende von Fragen pochten ungeduldig in seinem Kopf, warteten darauf, gestellt zu werden. »Wegen welcher Strategien gab es denn Streit?«

»Ach, bei einer ging es darum, in den Gewässern dieser Gegend Tausende von Kunststoffschläuchen ins Meer zu werfen, die kaltes, nährstoffreiches Wasser aus der Tiefsee nach oben saugen – das sollte die Fischerei-Erträge steigern. Soweit ich mitbekommen habe, ist das mit den Röhren vor ein oder zwei Jahren tatsächlich verwirklicht worden.«

Leon schüttelte den Kopf. Und was genau machten diese Dinger mit den Geschöpfen der Tiefsee, wurden die ebenso angesaugt und hochgespuckt? Er hatte Glück gehabt, dass er keinem dieser Schläuche in die Quere gekommen war.

»Unsinnig und gefährlich fanden deine Eltern auch ein Projekt namens HotPower – geplant war, heiße Quellen am Meeresboden für die Energiegewinnung zu nutzen …«

Es durchfuhr Leon wie ein elektrischer Schlag. Er dachte an die heißen gelblichen Wolken, die ihm über dem Lo'ihi entgegengequollen waren, an die bedrückte Stimmung auf der *Thetys*, an die Entschiedenheit, mit der Fabienne Rogers ihn daran gehindert hatte, selbst nachzusehen, was dort unten vorging … Konnte es wirklich sein, dass die ARAC dermaßen dreist gewesen war, einen unterseeischen *Vulkan* anzubohren?

Irgendjemand schaute ihm ins Gesicht. »Er hat ganz glasige Augen.« Carima, sie klang besorgt.

»Hat er irgendwas genommen?« Ellyns Stimme.

»Drogen, meinen Sie? Dafür ist er nicht der Typ.«

»Ich … ich muss nachdenken«, sagte Leon, stand auf und ging davon.

Carima rannte ihm nach, blieb an seiner Seite. Doch sie merkte schnell, dass Leon »dichtgemacht« hatte, er antwortete nur einsilbig oder gar nicht. Erst später, als sie mit geliehenen Decken und Isomatten auf der Veranda der Hütte nebeneinanderlagen und in den sterngesprenkelten Himmel hochblickten, erzählte er ihr leise, was er vermutete. Carima konnte kaum glauben, was sie hörte. »Du meinst im Ernst, dass sie so was versucht haben? Aber hätte das dann nicht groß in der Zeitung gestanden?«

»Vielleicht haben sie keine Genehmigung für das Projekt bekommen und es heimlich durchgezogen«, flüsterte Leon. »Und anscheinend ist die ganze Sache schiefgegangen. Das Beben neulich … auch das ist vielleicht durch die Bohrung ausgelöst worden. An Land gab es solche Fälle schon.«

»Meinst du? Aber du weißt das alles nicht genau.«

»Nein.« Seine Stimme klang hart. »Und deshalb werde ich mich mit der ARAC in Verbindung setzen. Ich will mir wenigstens anhören, was sie zu sagen haben.«

Ein unangenehmes kaltes Prickeln überlief Carima. Er wollte wirklich wieder Kontakt aufnehmen mit den Leuten, vor denen er geflohen war? »Aber was ist, wenn sie dich dadurch irgendwie finden können? Ein Handy lässt sich orten.« Sie richtete sich kurz auf, obwohl dadurch ein Schwall kühler Luft unter ihre Decke drang, und kramte in der Tasche ihrer Shorts nach dem Handy. Ganz kurz schaltete sie es ein. Uff. Zehn neue Nachrichten! Sie konnte sich denken, von wem die waren. »Wir müssen uns ein öffentliches Telefon suchen – und außerdem der Presse Bescheid geben!«

»Reichen denn unsere Beweise dafür?«

Carima kuschelte sich wieder unter ihre Decke. So heiß es tagsüber gewesen war, so kühl war die Nachtluft. »Keine Ahnung. Immerhin, du hast mit eigenen Augen gesehen, was dort unten vorgeht. Wir müssen es auf jeden Fall probieren, die Medien einzuschalten. Und zwar *bevor* du mit der ARAC Kontakt aufnimmst. Sonst sind die gewarnt und können Beweise verschwinden lassen.«

»Gut. Morgen rufen wir irgendwo an. Die *New York Times* oder so …«

»Hm. Ich weiß nicht.« Carima verzog das Gesicht. »Am Telefon werden die das für einen Schülerscherz halten. Besser, wir fahren selber hin, zur Redaktion irgendeiner Zeitung. Und dann ran an die ARAC.« Beim Gedanken daran, sich mit einem ganzen Konzern anzulegen, war Carima nicht ganz wohl zumute. Es würde schon schlimm genug sein, nach dieser Flucht ihren Eltern gegenüberzutreten. »Wir schaffen das, irgendwie«, sagte sie, mehr zu sich selbst als zu Leon.

»Wir werden viel Glück brauchen.«

»Vielleicht reicht meins für uns beide. Ich war ein Sonntagskind. Bei uns in Deutschland sagt man, für die scheint immer die Sonne.«

»Und, wie hat das bisher geklappt?«

»Na ja«, sagte Carima und dann stockte sie. Genau genommen hatte sie wirklich eine Menge Glück gehabt. Sie war wieder so gut wie gesund, die Schule fiel ihr leicht, sie hatte einen lieben Vater und ein großes Zimmer in einem schönen Haus. Noch nie hatte sie sich Sorgen machen müssen, ob ihre Eltern die Miete oder das Essen bezahlen konnten, und ihre Zukunft war so gut wie gesichert, sie würde sich aussuchen können, was sie mal machen wollte. Plötzlich kam es ihr albern vor, ausgerechnet im Urlaub auf einer traumhaft schönen Insel über ihr Leben zu meckern. Wenn jemand Grund zum Jammern hatte, dann Leon, aber der dachte gar nicht daran, sich zu beklagen.

»Eigentlich hat es schon ganz gut geklappt«, sagte Carima und merkte plötzlich, dass sie sich so ausgeglichen, so zufrieden fühlte wie selten zuvor. Lag das daran, dass sie ihrer Mutter entkommen war … oder etwa an Leon? Zu Anfang war er ihr so seltsam vorgekommen, und jetzt lagen sie in der Dunkelheit nebeneinander und redeten darüber, wie sie die Welt aus den Angeln heben wollten. Plötzlich fiel Carima wieder ein, was diese Ellyn über Leons Vergangenheit erzählt hatte. »Ziemlich seltsam, dass nicht diese Tante dich adoptiert hat, sondern Tim.«

Seine Stimme klang gequält. »Ja. Mir geht das auch nicht mehr aus dem Kopf. Noch ein Grund, weshalb ich dringend mit Tim sprechen muss. Ich weiß nicht mehr … verdammt, ich weiß gar nicht mehr, was ich denken soll … und ich komme mir so furchtbar naiv vor …«

Carima tastete in der Dunkelheit nach seiner Hand, fühlte, wie ihre Finger sich verwoben. So wie damals im Lager der Benthos II.

Sie rückte näher an ihn heran und merkte, dass er das Gleiche tat. Jetzt rollte er sich auf die Seite, wandte ihr das Gesicht zu. Sie konnte Leon in der Dunkelheit kaum erkennen, aber spüren wollte sie ihn. Ganz vorsichtig ließ sie ihre Hand über seinen Arm gleiten, über seine Seite. Leon legte den Arm um sie, jetzt lagen sie eng aneinandergeschmiegt nebeneinander. Sein Atem streifte ihre Wange, ihre Nasen berührten sich und dann fanden sich auch ihre Lippen. Vorsichtig, tastend. Carima fühlte sich so glücklich, dass es fast wehtat. Wie gut, dass sie hierhergekommen war, wie gut, wie gut. Sie flüsterte seinen Namen, und er antwortete, indem er sie noch einmal küsste.

Kalt und prachtvoll wölbte sich der Himmel über ihnen.

Tiefenrausch

Thomas Clairwood Vensen, genannt Toto, hatte einen schlechten Tag. Genauer gesagt, einen sehr schlechten. Gestern beim Surfen hatte ihn eine Welle übel erwischt, er hatte sich gefühlt wie ein Pullover, der gerade durch den Vollwaschgang geschickt wird, und dann hatte ihn auch noch sein Brett am Kopf getroffen. Eigentlich wäre es Zeit für ein Aspirin gewesen – wieso zum Geier hatte er eine leere Packung in seinem Medikamentenschrank aufgehoben? Und dann auch noch die Sache mit Katie. Wieso wollte sie einfach nicht verstehen, dass Treue etwas durch und durch Altmodisches war? Dass er zwar nur sie liebte, aber sie nicht von ihm erwarten konnte, dass er auf sämtlichen Spaß im Leben verzichtete?

Grimmig schaute Toto seine Mails durch, las das, was hier auf Big Island unter Neuigkeiten durchging – eine Pressemitteilung langweiliger als die andere –, und fragte sich, wie in aller Welt er aus diesem Schrott den *Hawaii Tribune Herald* machen sollte. Ein Gemeindetreffen hier in Hilo, bei dem irgendein amerikanischer Prediger zu Gast gewesen war. Gähn. Ein Einbruch in einem Geschäftsgebäude, bei dem ein 3-D-Drucker abhandengekommen war. Wie spannend. Im Meer passierte ausnahmsweise auch gerade nichts, was meldungswürdig gewesen wäre, die Quallen waren inzwischen in eine andere Richtung gedriftet.

»Toootooo? Hast du Sardinen in den Ohren?«

»Sehr witzig, Loulou«, sagte Toto und drehte seinen Stuhl zu seiner Redaktionssekretärin herum. »Was gibt's?«

»Zwei Besucher für dich. Sie behaupten, sie hätten 'ne Geschichte für uns.«

»Kommt genau richtig. Hoffentlich was für die Titelseite. Schick sie rein.« Warum kicherte Loulou so dämlich?

Gleich darauf wusste er, warum. Ein blondes Touristenmädel und ein schlaksiger, dunkelhaariger Junge mit Sonnenbrand auf den Armen und dreckigen Jeans. Na wunderbar.

»Was gibt's? Ist euch ein Hund entlaufen oder so was?«, knurrte Toto und überlegte, ob Loulou für ihn zur Apotheke gehen würde, Aspirin holen. Vielleicht, wenn er ganz nett Bitte sagte. Die Wahrscheinlichkeit, dass sie ihn stattdessen auslachte und blöde Bemerkungen über Sauferei an einem Wochentag machte, war allerdings groß.

Der dunkelhaarige Junge erzählte zögernd von etwas, das er angeblich über seinen Arbeitgeber herausgefunden habe. Arbeitgeber? Der Junge war doch höchstens siebzehn, eher noch jünger! Wieso war der an einem gewöhnlichen Wochentag eigentlich nicht in der Schule?

»Was machst du noch mal? Beruflich?«, fragte Toto sarkastisch.

»Ich bin Taucher, spezialisiert auf große Tiefen.« Die Stimme des Jungen klang nüchtern. »Bisher habe ich in einem Projekt mitgearbeitet, in dem wir mit Flüssigkeitsatmung bis auf tausend Meter …«

Ungläubig hörte Toto zu. »Sag mal, willst du mich verarschen?«

»Nein – er ist wirklich Taucher«, blaffte die kleine Blon-

312

de ihn an, »und wenn Sie ihn ausreden lassen, werden Sie erfahren, warum im Meer im Moment so komische Dinge passieren. Also hören Sie uns doch einfach mal zu!«

Dieses Mädel war ja bissig wie ein Terrier! Amüsiert winkte Toto dem Jungen zu, weiterzureden. Doch der sagte gar nichts mehr – und öffnete stattdessen einen Seesack, den er mitgebracht hatte. Mit hochgezogenen Augenbrauen betrachtete Toto den dünnen, dunkel schimmernden Anzug, den er daraus hervorholte.

»Faschingskostüm?«, fragte Toto.

»OxySkin«, sagte der Junge.

Als Toto den Anzug befühlte, wurde er neugierig. Kein Zweifel, dieses Zeug war Hightech und es sah nach einer Maßanfertigung aus. Also ließ Toto den Jungen seine Geschichte erzählen, hörte immerhin mit halbem Ohr zu und kritzelte ein paar Notizen auf seinen Telefonblock. Mann, tat sein Kopf weh. Vielleicht ging er besser mal zum Arzt, womöglich war es was Ernstes – Gerinnsel? Gehirntumor? –, und was behauptete der Junge gerade über die ARAC und den Lo'ihi?

Als die beiden wieder draußen auf der Kinoole Street standen, war Toto immerhin interessiert genug, um bei der Niederlassung der ARAC in Hawaii anzurufen und um eine Stellungnahme zu bitten. Er wurde sofort an die Zentrale in San Francisco verwiesen, zu so etwas könne man keine Auskünfte geben.

»Ich geh zum Lunch«, kündigte Loulou an und fragte nicht mal, ob sie ihm was mitbringen solle. Totos Laune verfinsterte sich zusehends. Trotzdem unternahm er noch einen letzten Anlauf und rief in San Francisco an. »Experimente mit Schwarzen Rauchern auf einem unterseeischen

Vulkan – wie hieß der noch mal? Das ist vollkommen lächerlich«, giftete die Pressesprecherin. »Und noch dazu eine ausgesprochen unverschämte Unterstellung. Woher haben Sie die Information, etwa aus dem Internet?«

»Geht Sie gar nichts an«, brummte Toto, knallte den Hörer auf und machte sich auf den Weg zur Apotheke.

»Meinst du, alle Journalisten sind solche Vollidioten?« Carima hörte sich entmutigt an.

»Keine Ahnung, ich kenne nicht gerade viele«, sagte Leon und richtete sich im Beifahrersitz auf. »Stooopp! Du fährst gerade an einem Internetcafé vorbei, in dem kann man vermutlich auch telefonieren.«

Leon versuchte es unter Tims Handynummer, doch er bekam nur die Mailbox. Also wählte er die Hauptrufnummer der *Thetys* und hatte ein paar Minuten später einen der Brückenoffiziere am Apparat. »Was gibt's?«

»Leon Redway hier«, sagte Leon, und am anderen Ende wurde irgendetwas gerufen, er hörte das Geräusch hastiger Schritte, dann knackte es kurz in der Leitung.

Eine andere Stimme, die des Projektleiters für die Region Hawaii. Leon kannte ihn flüchtig, er war ein in England aufgewachsener Inder, der kurz vor der Rente stand. »Leon, wo zum Teufel bist du? Du rufst doch hoffentlich an, um zu sagen, dass du mit Lucy zurückkommen wirst.«

»Nein. Ich will nur hören, was ihr zu ein paar Themen zu sagen habt. Zum Beispiel Projekt HotPower.«

Kurzes Schweigen, dann: »Ja. Gute Idee. Lass uns reden. Aber nicht am Telefon. So was macht man am besten persönlich.«

Also wollten sie ihn zu einem Treffen überreden. Leon

war nicht sicher, was er davon halten sollte. »Per Telefon wäre es mir lieber.«

»Es geht um vertrauliche Informationen. Das machen wir grundsätzlich nicht telefonisch. Soll sich Fabienne Rogers mit dir treffen?«

Vermutlich wäre das nicht schlecht gewesen, denn wenn jemand Bescheid wusste, dann sie. Dennoch wehrte sich etwas in ihm dagegen. Er vertraute der Rogers nicht mehr. Eigentlich gab es nur noch sehr wenige Menschen bei der ARAC, denen er vertraute. Matti Kovaleinen und Ellard? Nein. Sie hatten ihm und seinen Freunden die Zwischenfälle mit den anderen jungen Tauchern verschwiegen. Eigentlich vertraute er nur noch Tim. Er musste ihm unbedingt erzählen, was er herausgefunden hatte, und vielleicht konnte Tim dann irgendwie seinen Einfluss in der ARAC geltend machen. »Nein, nein. Sagen Sie Tim Reuter Bescheid, er soll um ein Uhr nachmittags in Hilo sein. Allein. Ich rufe ihn dann auf dem Handy an und gebe ihm durch, wo das Treffen stattfinden soll.«

Den Rückweg über war Leon in nachdenklicher Stimmung. Diese ganze Sache mit Tim und der ARAC ging ihm nicht aus dem Kopf. Ja, er hatte eine Menge Fragen, auch zu seiner Adoption. Es war eine gute Idee, sich mit Tim zu treffen, und jedes Mal wenn er daran dachte, dann kam es ihm wie ein Rettungsring vor. Doch als er es Carima erzählte, war sie beunruhigt. »Was ist, wenn sie dir dort eine Falle stellen?«

»Das wird Tim nicht zulassen«, sagte Leon. »Vergiss nicht, er ist so was wie mein Vater – würde dein Vater dich etwa verraten?«

»Nein.«

»Also. Siehst du. Zur Sicherheit könntest du ja mit dem Auto am Hinterausgang warten. Wenn wir irgendwas Verdächtiges bemerken …«

»Okay. Das klingt schon besser.«

Endlich wieder am Waipi'o Valley. Carima parkte das Auto und sie machten sich zu Fuß an den Abstieg. Leon sehnte sich nach der Schwerelosigkeit unter Wasser. Schon beim Aufstieg hatte er sich mit den fremden, etwas zu kleinen Schuhen eine Blase gelaufen, und obwohl er die Dinger inzwischen ausgezogen hatte, schmerzte immer noch jeder Schritt. Jetzt hinkten sie beide, Carima und er. Als Carima es merkte, lachte sie auf. »Kennst du das Märchen von der kleinen Meerjungfrau?«

Leon schüttelte den Kopf und Carima erzählte es ihm. Die kleine Meerjungfrau tauscht aus Liebe zu einem Prinzen ihre Fischflosse gegen zwei Beine, nur so kann sie bei ihm sein. Doch fortan fühlt sich jeder Schritt für sie an, als müsse sie über Messerklingen gehen.

Einen Moment lang vergaß Leon seine Schmerzen und er blickte Carima lächelnd von der Seite an. Ja, das war irgendwie ihr Märchen, Carimas und seines, nur in der Variante mit einem Meerjungmann und der Prinzessin. Carima im Arm zu halten, sie zu küssen … hatte er überhaupt jemals etwas Schöneres erlebt?

»Wie geht das Märchen aus?«, fragte er. »Kriegt sie ihren Prinzen?«

»Nein, er heiratet dann doch eine andere. Und die Meerjungfrau gibt sich dem Tod preis, wird zu Schaum auf den Wellen.«

Das verdarb ihm ein wenig die Stimmung. Plötzlich erinnerte sich Leon daran, was Julian behauptet hatte. Blödsinn, völliger Blödsinn, wieso dachte er überhaupt noch an diesen Mist?

»Du bist so still«, sagte Carima, nachdem sie eine Weile schweigend nebeneinander hergegangen waren.

Leon zuckte die Achseln. »Ich habe gerade über unsere Freundschaft nachgedacht.«

»Ja, äh … und?«

»Vielleicht schaffen wir es, uns gegenseitig nicht zu verletzen. Oder nicht allzu sehr.«

Carima hielt an und wandte sich ihm zu, ihre Augen blitzten. »Das ist jetzt nicht dein Ernst, oder? Das ist alles, was dir dazu einfällt?«

Leon zermarterte sich den Kopf nach etwas Schönem, das er ihr sagen konnte. Vergeblich. »Im Moment schon«, meinte er schließlich nur, und diesmal war es Carima, die in Schweigen versank. Oh Mann, jetzt hatte er ihr womöglich wehgetan! Er würde lernen müssen, solche Dinge besser auszudrücken.

Die Sonne stand schon tief, aber es war immer noch heiß und das grüne Tal unter ihnen schien unendlich weit entfernt. Aus der Ferne konnten sie die Hütten der NoComs kaum erkennen, sie schmiegten sich perfekt in die Landschaft ein, waren ein Teil von ihr. Als sie endlich wieder auf dem Versammlungsplatz standen, brodelten im Haupthaus schon wieder die Töpfe, ein Duft nach Kokosmilch und Gemüse durchzog die ganze Siedlung.

»Na ihr beiden?«, begrüßte Hope sie fröhlich und holte ihnen zwei bis zum Rand gefüllte Tonschalen. Mit einem Seufzer ließen sich Leon und Carima auf den Boden sinken. Leon schaufelte das Essen hastig in sich hinein und stellte die Schale wieder weg.

Carima sah ihn immer noch nicht an. Und Leon verzweifelte fast daran, dass sie keine Verbindung von Kopf zu Kopf hatten so wie er und Lucy – Worte, die man aussprechen musste, waren so unvollkommen und so langsam, und ständig gab es die Gefahr, dass man sich falsch verstand.

Es gefiel Leon gar nicht, dass Johnny Chang und Mo die Köpfe zusammenstecken und irgendetwas besprachen – er wettete, dass es dabei um ihn ging und dass es für ihn nichts Gutes bedeutete. Außerdem ließ ihm keine Ruhe, dass er nicht wusste, wie es seiner Partnerin ging. »Ich gehe noch einmal nach Lucy sehen, kommst du mit?«

Insgeheim hoffte er, dass Carima Ja sagen würde. Vielleicht schafften sie es am Strand, noch mal so zu reden wie gestern. Es fühlte sich schrecklich an, dass sie ihn so völlig ignorierte.

Doch Carima stöhnte nur und winkte ab. »Nee, du, ich laufe heute keinen Meter mehr. Geh ruhig zu deiner Lucy …«

Deiner Lucy. Ja, verdammt, seine Lucy verstand ihn wenigstens! Ohne ein weiteres Wort ging Leon allein zum Meer hinunter. Das strudelnde Weißwasser einer Welle umspülte seine Schienbeine und kühlte seine wunden Füße. *Lucy, wo bist du?*

In der Nähe, kam es vergnügt zurück und Lucy sandte ihm ein Bild des Meeresbodens rund um ihre Höhle. *Fein hier. Großviel Beute habe ich schon. Machen wir das, was ihr nennt Urlaub?*

Ja, irgendwie schon. Leon musste lächeln, ließ sich ins Wasser gleiten und bekam ein paar Minuten später achtarmige Gesellschaft. Er berichtete Lucy, was geschehen war, dass sie gerade versuchten, andere Leute darauf aufmerksam

318

zu machen, was die ARAC tat. Doch obwohl er versuchte, es krakengerecht zu erklären, kam nur zurück: *Menschen sind vielgroß seltsam! Die meiste Zeit beschäftigt mit Dingen ohne Sinn!*

Mit einem Seufzer gab er auf. Heute verstand ihn nicht mal seine Partnerin. *Mach's gut, Lucy. Morgen fahre ich los, um Tim zu treffen. Ich komme zurück, sobald ich kann, okay?* Ein wortloser Abschiedsgruß flutete zurück, hüllte seinen Geist ein und wärmte seine Seele. Einen Moment lang blickte Leon noch aufs Meer hinaus und wäre am liebsten losgeschwommen, einfach so, ohne jedes Ziel. Tief sog er die feuchte, salzige Luft ein.

Dann kehrte er um.

Er bekam gerade noch mit, wie Old Joe feierlich die Sonnenbrille abnahm und damit die Abendversammlung eröffnete. Wie am Tag zuvor ließ sich Leon neben Carima nieder, zwei Schritte hinter Leah, Hope und Fränkie, die ihm jetzt den Rücken zuwandten. Gerade nahmen sich die NoComs an den Händen und spontan folgten Leon und Carima ihrem Beispiel. Als die NoComs ihr Bekenntnis wiederholten, schloss Leon die Augen und sprach in Gedanken mit.

We will honor and cherish every living thing

Bewahren. Beschützen. Ja. Dieser Weg war auch der seine, es wurde ihm mit jedem Tag klarer. Es konnte doch nicht seine Lebensaufgabe sein, irgendwelche Bodenschätze zu suchen und damit den Gewinn der ARAC zu maximieren oder wie das die Managertypen nannten! Viel zu lange hatte er mitgemacht dabei.

We will care for the earth with all our tenderness

Vielleicht war es auf irgendeine seltsame Art kein Zufall gewesen, dass er bei den NoComs im Waipi'o Valley gelandet war – an genau dem Ort, der jetzt der richtige für ihn war. Nein, Zufall war es sowieso keiner gewesen, sondern Jonah Simmonds, der vielleicht doch nicht so durchgeknallt war, wie er wirkte.

Wherever we go, whatever we do ...
we will leave nothing but footprints.

Das Gemurmel vieler Stimmen vibrierte durch Leon hindurch wie das Summen in der Luft vor einem Sturm. Und als das Ritual des Triskells begann, überraschte er sich selbst damit, dass er aufstand.

»Ich werde Zeugnis ablegen für das Meer«, sagte er mit fester Stimme. »Wenn ich darf.«

Dreißig verblüffte Augenpaare wandten sich ihm zu, und von einem Moment auf den anderen war es so still auf dem Versammlungsplatz, dass sein eigener Herzschlag Leon in den Ohren dröhnte. Schließlich nickte Old Joe.

Ohne nachzudenken, sprach Leon. »Vor ein paar Tagen bin ich mal wieder runtergetaucht, immer tiefer, dorthin, wo das Meer nicht mehr blau ist, sondern schwarz. Es ist ein Ort, der mir viel bedeutet. Dort zu sein ist wie einzutauchen in die eigene Seele – oder in einen Nachthimmel, in dem die Sterne sich bewegen. Ich werde alles tun, um diesen Ort zu bewahren, und hoffe, dass ich irgendwann, irgendwie dorthin zurückkehren kann.«

Die sandige Erde war kühl unter seinen Füßen, als er an einer Feuerschale vorbei zur Mitte des Versammlungsplatzes ging, den Stock nahm und die erste Linie zum Mittelpunkt des Triskells führte.

Dann setzte er sich wieder – und noch immer sagte niemand ein Wort. Was war los? Hatte er sie auf irgendeine Art schockiert? Auch Carima blickte ihn auf ganz eigenartige

320

Weise an, und einen Moment lang versank er im Anblick ihres Gesichts, ihrer Augen, denen das Licht des Feuers einen warmen Glanz gab …

Nach der Zeremonie schlenderte jemand zu ihnen hinüber – Moment mal, das war doch Big T.! »Hey, was geht ab?«, nuschelte er und ließ sich so ungelenk neben ihm und Carima nieder wie ein Storch, der seine langen Beine irgendwie in seinem Nest unterbringen muss. »Ellyn hat schon erzählt, du bist 'n Taucher. So richtig. Was sagst du da, du kannst nicht zurück ins Meer? Echt uncool, Mann. Irgendwas, was man helfen kann, so ganz nebenbei?«

Als Leon über seine Überraschung hinweg war, frotzelte er: »Na ja, ein Kanister Perfluorcarbon, frisch mit Sauerstoff angereichert, würde schon helfen. Aber das wird vermutlich ein bisschen schwierig.«

»Wieso schwierig?« Big T. wirkte leicht gekränkt. »Ich wette, das kann man im Internet bestellen. Und ich *hab* 'nen Anschluss, weißt du. Ohne Internet könnt ich nicht leben, aber mal so überhaupt nicht.«

»Ich glaube, das Zeug ist nicht billig«, mischte sich Carima ein.

»Macht nichts«, sagte Fränkie bescheiden und kratzte sich den graublonden Bart. »Spendiere ich. Hab 'ne Solarfirma in Österreich, die läuft ganz gut.«

Es war ohne Zweifel der rechte Moment, seine paar Brocken Deutsch zu bemühen. »Vielen Dank für … äh … dein Hilfe«, sagte Leon und bestellte bei Big T. gleich auch noch das Spray, das er brauchte, um den Hustenreflex beim Einatmen der Flüssigkeit zu unterdrücken. Nur für alle Fälle.

Irgendwann gegen Mitternacht, als Fränkie gerade von den Alpen schwärmte, Leah aus dem Gedächtnis eine Sze-

321

ne ihres wirklich schrecklich langweiligen Romans rezitierte und ein Gecko keine Armlänge von Leon entfernt eine fingerlange geflügelte Kakerlake verschlang, stand Leon auf, um sich hinter irgendeinem Baum zu erleichtern. Doch kaum hatte er sich von den anderen entfernt, da trat jemand aus der Dunkelheit auf ihn zu, eine Gestalt, die mit der Nacht verschmolz. Leon schrak zusammen und riss den Arm hoch, um sich zu verteidigen. Doch da flüsterte eine Stimme, Mos Stimme: »Schick Kanaloa meine Grüße, Bruder.« Lautlos entfernte sich die Gestalt.

Leon atmete aus, sein Puls beruhigte sich langsam wieder.

Freak. Taucher. Rebell. Götterbote. Er war so vieles in letzter Zeit, dass er langsam den Überblick verlor.

Ein Fast-Food-Restaurant in Hilo, McGreen, ein grünes M, das sich über dem Eingang wölbte. Vor ein paar Jahren hatten sich reihenweise Unternehmen umgetauft, und so auch dieses, das er aus seiner Kindheit noch ganz anders kannte. Normalerweise hätte Leon jetzt die Menütafel gemustert und sich genüsslich ausgemalt, was von all diesen unglaublichen Dingen er bestellen würde, sobald Tim da war. Doch jetzt … nein, er konnte jetzt nicht ans Essen denken und sowieso auch an nichts anderes als an den Abschied von Carima eben. Noch immer fühlte es sich an, als würde er schweben, und das an *Land*, unglaublich, das kannte er nicht. Wahrscheinlich lächelte er gerade, ohne es zu merken, während die Leute um ihn herum sich in die Schlange vor der Theke einreihten oder ihre Tabletts mit Cheeseburgern und Pommes wegtrugen. Noch einmal holte Leon die kostbare Erinnerung hervor.

»Keine verdächtigen Fahrzeuge in Sicht?« Leon verrenkt sich den Hals, um Ausschau zu halten.

»Werden wir vermutlich eh nicht erkennen«, sagt Carima. »Die werden bestimmt kein Polizeiauto vor dem Haus parken, sondern Zivilfahnder schicken.«

»Aha. Wie sehen die aus?«

»Keine Ahnung. Wahrscheinlich unauffällig, das ist ja der Sinn der Sache. Siehst du Tim schon irgendwo?«

»Nein. Wir sind früh dran, er ist wahrscheinlich erst auf dem Weg hierher.«

Und dann sitzen sie nebeneinander im Auto und das Schweigen lastet auf ihnen wie der Druck von tausend Meter Wasser über ihren Köpfen. Denn jetzt heißt es, sich zu verabschieden. Schließlich steigen sie beide aus, stehen sich gegenüber ... wer hat zuerst die Arme ausgestreckt? Leon weiß es nicht mehr. Es ist egal. Der Streit ist vergessen. Leon pfeift auf das blöde Märchen, in dem das Meeresgeschöpf keine Prinzessin abkriegt, pfeift auf Julian-den-Möchtegern-Romeo. Einen Moment lang ist Carima sein ganzes Universum, fühlt er nichts mehr außer ihrem Atem an seinem Schlüsselbein, den festen Druck, mit dem sie ihn an sich zieht. Sie küssen sich, bis Leons ganzer Körper in Flammen steht. Carima fühlt sich wunderbar an in seinen Armen, und wenn es nach ihm ginge, könnten sie sich jetzt einfach so halten, bis die Welt untergeht.

Aber irgendwann geben sie sich dann doch frei. Verlegen streicht sich Carima eine honigblonde Haarsträhne aus der Stirn. »Ist vielleicht albern, aber ich hab total Angst um dich. Bitte, wenn du irgendwas Komisches siehst, renn los, okay?«

»Okay«, sagt er und dann hebt er noch einmal die Hand und streicht ihr über die Wange. Carima sieht ihm in die Au-

gen, und einen Atemzug lang fühlt es sich so an, als flössen ihre Gedanken ineinander, als berühre sich ihr Geist …

Noch immer fiel es ihm schwer zu glauben, dass ausgerechnet er solches Glück hat. All diese neuen Gefühle sind wie der Rausch, der einen packt, wenn man mit Pressluft zu tief getaucht ist …

Leon verzog das Gesicht. Gut, dass er das nicht ausgesprochen hatte. Wäre doch arg unromantisch gewesen.

Das nächste Mal sage ich ihr, dass ich sie liebe. Der Gedanke war so gewagt, dass Leon die Knie weich wurden. Angeblich auch eine Begleiterscheinung des Tiefenrausches.

Auf dem riesigen Bildschirm, der mehrere Fernsehkanäle und Webcam-Live-Videos von anderen McGreens in aller Welt präsentierte, war auch die Uhrzeit eingeblendet. Gewaltsam rissen sich Leons Gedanken los von der Erinnerung an Carima. Nur noch ein paar Minuten bis zwei Uhr! Leon blickte sich um und seine Nervosität kehrte mit aller Macht zurück.

Tim. Endlich würden sie sich wiedersehen, endlich würde er alles erklären können. Endlich konnte er jemandem, der ihn nicht für einen Schwindler hielt und der etwas vom Meer verstand, anvertrauen, was er gesehen und entdeckt hatte! Aber würde Tim ihm überhaupt glauben? Und was würde er zu dem sagen, was Ellyn erzählt hatte?

Und da schlenderte Tim auch schon herein, er hielt einer dicken Hawaiianerin die Tür auf, dann suchten seine Augen den Raum ab und blieben schließlich an Leon hängen. Sein Gesicht erhellte sich und er hob eine Hand zum Gruß. »Hey, Leon!«

Leon krächzte irgendetwas, was ein Hallo sein sollte, unruhig hielt er Ausschau, versuchte festzustellen, ob irgendwelche anderen ARAC-Leute da waren oder Fahnder, wie auch immer die aussahen. Doch die anderen Besucher des Restaurants wirkten unverdächtig: Ein Grüppchen junger Frauen, die anscheinend gemeinsam Mittagspause machten. Ein einzelner Mann ganz in Schwarz, der eine dieser intelligenten Jacken trug – wahrscheinlich meldete das Ding automatisch an ein paar Hundert Facebook-Freunde, dass ihr Besitzer in diesem Moment die Zähne hingebungsvoll in einen Burger grub. Eine Mutter mit drei Kindern, die gerade versuchte, den Schaden einer umgeworfenen Cola zu begrenzen.

Jetzt erst wagte Leon, sich zu freuen, mit jedem Schritt, den er Tim entgegenging, schien eine Last von ihm abzufallen. Doch diesmal war da kein Strahlen auf Tims Gesicht und sein Lächeln wirkte eher gezwungen.

»Na, du siehst aus, als hättest du ein paar Tage am Strand verbracht«, sagte Tim mit einem Blick auf Leons verbrannte Arme, doch dann bemerkte er den Verband und runzelte die Stirn. »Was ist passiert?«

»Jemand hat mich angegriffen.«

»Einfach so?«

»Nein. Ich war sozusagen in seinem Revier.«

»Schon bitter. Oft benehmen sich Menschen nicht besser als Paviane.« Tim wandte sich wieder von ihm ab, um einen Blick auf die bunten Menütafeln über der Kassentheke zu werfen. »Weißt du schon, was du essen magst?«

Sie suchten sich mit ihren Tabletts einen Tisch in einer Ecke, etwas abseits. Ein riesiger Cheeseburger, eine Portion goldbraune Pommes und ein Vanille-Milchshake standen vor Leon, ein wahr gewordener Wunschtraum – doch Leon stellte fest, dass er nichts davon herunterbrachte. Seine Keh-

325

le fühlte sich so eng an, dass wahrscheinlich nicht mal ein einzelnes Kartoffelstäbchen durchpasste. Er sog an seinem Shake, sein Mund füllte sich mit dem künstlichen Vanillegeschmack, und seine Zunge wurde fast taub von der Kälte, doch er bemerkte es kaum.

Sie blickten sich quer über den Tisch hinweg an, einen endlosen Moment lang. Schließlich seufzte Tim und sagte: »Ich war abwechselnd wild vor Sorge und in der Stimmung, dich zu verprügeln.«

Leon hielt seinem Blick stand. »Tim, ich habe rausgefunden, was passiert sein könnte. Was dort unten los ist – und was möglicherweise dahintersteckt.«

»Na dann, schieß los«, sagte Tim grimmig, auch er rührte sein Essen nicht an.

Schnell erzählte Leon von den unterseeischen Wolken, die er am Lo'ihi gesehen hatte, dort, wo er eigentlich die Schwarzen Raucher erwartet hatte. Von den Schleifspuren auf dem Grund, die menschlichen Ursprungs zu sein schienen. Mit gerunzelter Stirn hörte Tim zu und begann dann, ihm Fragen zu stellen – in der ruhigen, präzisen Art, die er immer hatte, wenn es um wissenschaftliche Themen ging. Doch schließlich zuckte er die Schultern. »Klingt, als sei da eine Menge vulkanische Aktivität im Gange. Das ist in der Nähe von Big Island ja nichts Ungewöhnliches. Wir können einen Lander dort runterschicken und nachforschen. Die Spuren stammen vermutlich von einer früheren Probenentnahme.«

Enttäuscht blickte Leon ihn an. »Ja, vielleicht … aber könnte es nicht auch etwas mit dem ARAC-Projekt Hot Power zu tun haben?«

Jetzt biss Tim doch noch in seinen Burger. »Mit was?«,

sagte er kauend. »Ach so, ich erinnere mich dunkel. Ich bin nicht sicher, ob das jemals umgesetzt worden ist.«

Schon wieder eine Theorie, die in sich zusammenfiel! »Aber es gibt so ein Projekt? Und es ist selbst in der ARAC umstritten?«, bohrte Leon nach. Tim ließ seinen Burger sinken und wischte sich an einer Serviette Ketchup von den Fingern. »Okay, genug geplaudert«, sagte er mit schmalen Lippen. »Jetzt sag mir bitte, was du mit Lucy gemacht hast. Wo ist sie?«

»An einem sicheren Ort«, sagte Leon trotzig. »Und falls es dich interessiert, ich weiß Bescheid über die Stammzellen in ihrem Körper.«

Tim starrte ihn an. »Leon, ich weiß ja nicht, wo du diese Information herhast, aber bist du sicher, dass du das alles richtig kapiert hast? Seit wann verstehst du etwas von Zellkulturen?«

Allmählich wurde Leon nervös. Dieses ganze Gespräch verlief nicht so, wie er es sich erhofft hatte. Klar, aus Sicht der ARAC hatte er Mist gebaut, aber es setzte ihm zu, dass Tim so kühl war und sich kaum dafür zu interessieren schien, warum er überhaupt geflohen war. Er blockte einfach alles ab, und Leon war sich nicht mehr sicher, ob Tim nicht doch Bescheid wusste über geheime Projekte der ARAC. War es ein Fehler gewesen, sich überhaupt mit ihm zu treffen? Wieder einmal ließ Leon unruhig den Blick durch das kleine Restaurant schweifen, sondierte neu hereinkommende Gäste. Mit Carima hatte er ausgemacht, dass sie hupen sollte, wenn sie irgendetwas Verdächtiges bemerkte, doch bisher hatte sie es nicht getan. Er wagte nicht, durch die Glasfenster zu ihrem Wagen hinüberzuschauen, damit Tim nicht ahnte, dass eine Verbündete ganz in der Nähe war.

Leon wandte sich wieder Tim zu, musterte einen Moment lang das gut geschnittene Gesicht seines Adoptivvaters, betrachtete es wie das eines Fremden, und auf einmal waren ihm Schwarze Raucher und Stammzellen gleichgültig. Er musste an Old Joe denken und wusste plötzlich, was er zu tun hatte. »Tim«, flüsterte er, und irritiert beugte sich Tim halb über den Tisch, um ihn über das Gequengel der Kinder vom Nachbartisch überhaupt verstehen zu können. »Wenn ich dir drei Fragen stellen darf und du mir versprichst, mich bei den Antworten kein einziges Mal anzulügen, dann rede ich mit dir darüber, wo Lucy ist.«

Ganz langsam lehnte sich Tim auf seinem Stuhl zurück. Er zögerte lange, doch schließlich nickte er. »Okay. Deal. Frag mich.«

Und Leon holte tief Luft.

Drei Fragen

»Wieso hast *du* mich adoptiert, obwohl ich noch irgendwo eine Tante habe?«, fragte Leon und versuchte, seiner Stimme einen festen Klang zu geben.

Tims Augen weiteten sich; mit dieser Frage hatte er offenbar nicht gerechnet. Er blickte auf die Tischplatte, seine Finger spielten mit der Sonnenbrille, die vor ihm lag. »Wir waren nach dem Unfall alle geschockt, du, ich, wir alle. Ich wusste nicht, ob du noch Verwandte hattest, aber die ARAC hat nachgeforscht und festgestellt, dass das tatsächlich der Fall war, auch wenn dein Vater zu seiner Schwester in Iowa schon seit Jahren keinen Kontakt mehr hatte. Damit wäre der Fall eigentlich erledigt gewesen. Aber dann hat mich Fabienne Rogers zu einem Gespräch gebeten. Sie kannte dich und wusste … sie wusste, dass du ein Talent hattest, wie man es selten findet.« Tim räusperte sich, und es dauerte eine Weile, bis er weitersprach. »Sie hat mir vorgeschlagen, dass ich dich adoptiere, damit du weiter tauchen kannst. Die Behörden müssten ja nichts von dieser Tante erfahren. Sagt dir Iowa was? Der ödeste Staat der USA, weit und breit nur gigantische Maisfelder, alles, was man da machen kann, ist, einen computergesteuerten Traktor …«

»*Sie* hat das vorgeschlagen? Es war gar nicht deine Idee?« Einen Moment lang bekam Leon kaum noch Luft.

»Meine Idee?« Verlegen schüttelte Tim den Kopf. »Aber

ich war mit deinen Eltern befreundet gewesen, ich mochte dich, und nachdem ich einen Tag lang über die ganze Sache nachgedacht hatte …«

Ja, das alles ergab einen Sinn. Jetzt war Leon klar, warum Tim nie wirklich ein Vater gewesen war, eher ein Freund. Vielleicht war es auch der Grund, warum Tim so viel getrunken hatte in der ersten Zeit; er hatte sich den Wünschen der Rogers gebeugt, aber im Grunde hatte er kein Interesse daran gehabt, sein freies Junggesellenleben aufzugeben und plötzlich für einen schüchternen, völlig verstörten Jungen verantwortlich zu sein.

»Es tut mir wirklich leid, Leon«, sagte Tim jetzt und streckte die Hand aus. Leon fühlte sich zu betäubt, um seine eigene Hand wegzuziehen, und ihre Finger berührten sich. Warm, mit leichtem Druck lag Tims Hand auf der seinen.

»Also bin ich auf irgendeine seltsame Art ein Kind der ARAC«, sagte Leon und hätte beinahe gelacht, weil das so irrwitzig klang. Und weil es nicht anders zu ertragen war. »Ich verstehe nicht, warum Fabienne Rogers ausgerechnet mich ausgewählt hat. Was für ein Talent meinte sie – dass ich mich für das Leben im Meer eigne? Gibt es nicht tausend andere Kinder, die ebenso gut …«

»Pass auf, dass du deine drei Fragen nicht verschwendest«, sagte Tim sanft. »In Märchen nimmt so was immer ein schlimmes Ende.«

Schlimmes Ende. Das brachte schlagartig die Erinnerung daran zurück, was die NoCom-Frau Ellyn gesagt hatte. Seine Eltern hatten die ARAC vor ihrem Tod heftig angegriffen, es hatte Streit um verschiedene geheime Projekte gegeben … Plötzlich war es, als habe jemand Leon ohne Tauchanzug in ein Polarmeer geworfen. Der Gedanke, der in ihm wuchs, war so ungeheuerlich, dass er ihn aussprechen musste, einfach, um ihn loszuwerden, so wie man Gift möglichst schnell aus einer Wunde herausspült. »Tim, an dem Tag, als das mit meinen Eltern passiert ist … es waren zwei Leute der ARAC dabei.«

»Ja, und?«

Es kostete Leon unendliche Mühe, den Rest der Frage auszusprechen. »Hätten sie … den Unfall … hätten sie ihn verhindern können?«

Bildete er es sich nur ein oder war Tim blass geworden? Sein Adoptivvater hob beide Hände, als ergebe er sich. »Ich … Leon …«

Noch nie hatte Leon ihn dermaßen außer Fassung erlebt, was bedeutete das? *Was zum Teufel konnte das bedeuten?*

Und dann brach die Hölle los.

Ein Hupen ertönte, nervenzerfetzend laut, und fast im selben Moment flogen die Türen auf beiden Seiten des Restaurants auf und hindurch stürmten je zwei Männer. Männer in T-Shirts und Jeans und Lederjacken, die viel zu warm waren für diesen regnerischen Frühlingstag. Leons Herz gefror zu einem Eisblock. Das waren Leute der ARAC-Abteilung Konzernsicherheit und ein Offizier der *Thetys* war auch dabei! Also war es doch eine Falle gewesen! Sein Stuhl polterte auf den Boden, als er aufsprang – die Typen kamen aus zwei Richtungen, verdammt, wohin jetzt? Losrennen, er musste weg hier!

Schon nach ein paar Schritten fingen sie ihn ab, packten ihn, versuchten ihm den Arm auf den Rücken zu drehen. Leon spannte den ganzen Körper an, warf sich in eine Drehung hinein, versuchte sich loszureißen. Spürte, wie die Hände von ihm abglitten. Anscheinend hatte er sie überrascht, vielleicht wussten sie nicht, wie fit man sein musste, um mit einer OxySkin zu tauchen. Jetzt aber nichts wie weg!

Doch jemand warf sich ihm in den Weg. Einen Moment lang sah Leon das verzerrte Gesicht von Alberto Alvarez, dem Ersten Offizier der *Thetys*, dann raste eine Faust auf ihn zu und Schmerzen explodierten in Leons Kopf. Er taumelte, einen Moment lang schienen seine Füße ihn nicht mehr zu tragen, und aus der Ferne hörte er Tims Stimme, die jemanden anbrüllte, er sollte verdammt noch mal aufhören, *aufhören!* Leon sah Tim verbissen mit Alvarez ringen, ihn zurückdrängen. Trotzdem schaffte es Alberto irgendwie, noch einmal auszuholen, und es fühlte sich an, als bohre sich ein Hammer in Leons Magen. Schmerzen rasten durch seinen ganzen Körper, nahmen ihm den Atem. Der Boden kam ihm entgegen, rammte ihn von der Seite. Kühle schwarz-weiße Fliesen unter seiner Wange und der Geschmack von Blut in seinem Mund. Um ihn herum ein Trümmerfeld von dreckigen Servietten und Pommes, aus der Nähe so groß wie Baumstämme. Rennende Füße überall und ganz nah auch Füße mit Stiefeln daran, die sich jetzt wegbewegen, ausholen zu einem Tritt …

»Stopp! STOPP! Sind Sie wahnsinnig, Alvarez?« Wieder Tims Stimme. Die Stiefel verschwinden, dafür kniet jetzt jemand neben ihm, streicht mit der Hand über seine Schulter, über seine Haare. »Leon, bist du okay? Wir kriegen das hin. Wir kriegen das wieder hin. Es tut mir so leid!«

Tims Gesicht, das über ihm schwebt, es ist furchtbar blass. Dann ist es auch schon wieder verschwunden und streitende Stimmen hämmern gegen Leons Ohren. »Was sollte das überhaupt, wieso seid ihr schon hier?«

332

»Aber Sie haben doch das Signal …«

»Nein, habe ich nicht, verdammt noch mal!«

»Dr. Reuter – besser, wir verschwinden hier, bevor der Restaurantmanager die Cops ruft …«

Carima wartet auf mich! Aufstehen. Ich muss aufstehen. Mühsam kam Leon auf die Füße; er fühlte sich, als sei er beim Surfen auf ein Riff geschleudert worden. Keine zehn Meter von hier entfernt stand Carimas Auto, sah er ihr Gesicht als hellen Fleck durch die Seitenscheibe, wartete die Freiheit!

Als die Männer der Konzernsicherheit ihn wieder packten, wehrte sich Leon einen Moment lang nicht gegen ihren Griff – sollten sie ruhig glauben, er hätte aufgegeben. Doch gleichzeitig sammelte er all seine Kraft, und einen Atemzug später warf er sich nach vorne, fühlte, wie die Nähte seines T-Shirts unter ihren Händen nachgaben.

Einen Moment lang war er frei, doch dann rutschte er auf irgendwas aus – einem verschütteten Milchshake! – und wäre beinahe gestürzt. Als er sein Gleichgewicht wiedergefunden hatte, war seine Chance verstrichen. Alle vier Lederjacken-Männer ergriffen ihn und schleiften ihn aus dem Restaurant heraus.

Carima konnte kaum glauben, was eben geschehen war. Im Rückspiegel sah sie, wie die Männer Leon aus dem Restaurant zerrten, sein Gesicht war blutüberströmt – was hatten die mit ihm angestellt, diese Schweine? Ihre Hand krampfte sich um den Türgriff, sie musste sich zwingen, nicht auszusteigen und auf ihn zuzurennen. Gegen fünf Männer kam sie nicht an, besser, sie hielt sich zurück, bis sie ihm wirklich helfen konnte!

333

Die Kerle zwangen Leon, in einen Geländewagen mit dunklen Scheiben einzusteigen, dann fuhr der Wagen auch schon los. In der Ferne waren Polizeisirenen zu hören, doch hier auf dem Parkplatz war nirgendwo eine Uniform oder ein Streifenwagen in Sicht. Was bedeutete das? Waren diese Leute da etwa keine Zivilfahnder, sondern Leute der ARAC? Oh Mann, die nahmen Leon nicht fest, die entführten ihn!

Mit zitternden Händen drehte Carima den Zündschlüssel, parkte so fahrig aus, dass sie beinahe den roten Ford daneben gestreift hätte. Sie musste noch zwei Autos vorbeilassen, bevor sie den Parkplatz verlassen konnte – der Geländewagen war schon ein ganzes Stück entfernt. Wohin brachten die Leon?

Der Blonde mit der Sonnenbrille, der ein bisschen aussah wie Brad Pitt, hatte als Einziger nicht dabei mitgeholfen, Leon ins Auto zu drängen – wahrscheinlich war das Tim, Leons Adoptivvater. Anscheinend hatte er Leon eiskalt verraten. Wieso nur hatte Leon ihm vertraut, bis es zu spät war?

Carima trat viel zu abrupt aufs Gas, sodass ihr Auto einen Sprung nach vorne machte, bremste zu stark, beinahe wäre ihr ein anderer Wagen hintendrauf gefahren. Eine Hupe blökte empört. Carima kniff die Lippen zusammen. *Ja, ja, schon gut, Blödmann, fahr halt vorbei!*

Der fremde Geländewagen donnerte über eine Kreuzung, deren Ampel gerade auf Gelb schaltete – und natürlich wurde sie genau vor Carima rot. Instinktiv trat Carima nicht auf die Bremse, sondern aufs Gas und huschte unter der roten Ampel hinweg über die Kreuzung. Scheiße – falls sie erwischt wurde, dann bekam sie richtig Ärger! Ein blau-weißes Polizeiauto kam aus einer Seitenstraße hervor und reihte sich in den Verkehr ein. Halb erschrocken, halb hoffnungsvoll

334

sog Carima die Luft ein. Kein Blaulicht – die waren nicht
auf dem Weg zu irgendetwas, sondern hielten anscheinend
nur Ausschau. Sie musste die Polizisten irgendwie auf den
Geländewagen aufmerksam machen! Aber wenn sie hupte
oder aufblendete, dann war erst mal sie selbst dran – Füh-
rerschein und Autopapiere, bitte – und dann war alles aus,
dann würden diese Kerle Leon irgendwo hinbringen und
womöglich ließen sie ihn einfach verschwinden.

Ein kalter Schauder überlief Carima, als ihr einfiel, dass
die Polizisten sie ohnehin anhalten würden, wenn sie sie
bemerkten. Denn todsicher hatte ihre Mutter den Wagen
schon als gestohlen gemeldet.

Zum Glück war der Polizeiwagen ein paar Autos vor
ihr. Von dort aus konnten die Typen ihr Nummernschild
nicht erkennen. Aber den fremden Geländewagen hatten sie
eigentlich gut im Blick, und Carima hoffte inständig, dass
Leons Entführer jetzt irgendeinen Fehler machten, damit
die Bullen sie rauswinkten. Ein Blick auf Leon, auf das Blut,
und die ARAC-Typen waren geliefert!

Ein schrilles Aufheulen ließ sie zusammenzucken – der
Streifenwagen hatte Blaulicht und Sirene eingeschaltet. Na
also! Während sich die anderen Autos an den Rand der
Straße drängten wie verängstigte Schafe, wendete das Polizeiauto in einem scharfen Kreis. Carima stieß einen Fluch
aus. Na toll, hatten die auch schon gemerkt, dass in diesem
McGreen etwas passiert war! Jetzt düsten sie wahrscheinlich genau dorthin, sicherten eifrig Spuren und ahnten nicht,
dass die Entführer in der Zwischenzeit fröhlich an ihnen
vorbeigefahren waren.

Carima wandte den Blick wieder der Straße zu, suchte
den fremden Geländewagen … und erschrak. Oh nein, sie

hatte ihn verloren! Er musste bei der letzten Kreuzung ab-
gebogen sein, und sie hatte es nicht gemerkt, weil sie den
Polizeiwagen angeglotzt hatte.

Carima trat hektisch aufs Gas, suchte nach einer Gelegenheit umzudrehen. Doch selbst wenn sie jetzt sofort zu-
rückfuhr, der andere Wagen würde schon zu weit weg sein,
den fand sie nicht mehr. Aus. Vorbei! Jetzt war Leon diesen
Kerlen ausgeliefert. Carimas Magen krampfte sich zusammen, und sie spürte, wie Tränen über ihre Wangen liefen.
Was war, wenn sie Leon nicht wiedersah? Wenn diese Küsse
auf dem Parkplatz die letzten gewesen waren? Aus den Tränen wurde ein Strom, der alles um sie herum verschwimmen
ließ. Mit letzter Kraft lenkte Carima den Wagen an den Straßenrand, bremste, hielt an. Sackte in sich zusammen und
legte den Kopf aufs Lenkrad, das sich warm anfühlte und
nach Plastik roch. Ließ die Tränen einfach fließen.

Eine Weile schluchzte sie nur. Doch dann schlich sich ein
neuer Gedanke in ihren Kopf. Eigentlich gab es nicht viele
Möglichkeiten, wohin der Geländewagen unterwegs sein
konnte. Wenn das wirklich Leute der ARAC waren, würden
sie Leon todsicher nicht hier in Hilo verhören, sie würden
ihn weiter wegbringen. Vielleicht auf dieses Forschungsschiff, von dem Leon gestern erzählt hatte. Doch dazu
brauchten sie entweder ein Boot oder einen Hubschrauber.
Entweder fuhren sie zum Hafen oder zum Flugplatz!

Carima wischte sich mit dem Unterarm die Tränen ab,
zog die Nase hoch und ließ den Motor des Toyota aufheulen. Mit der einen Hand fischte sie das Handy aus der Tasche ihrer Shorts, mit der anderen knallte sie die Automatik
auf *Drive*.

Pakt mit dem Teufel

Die neuste Ausgabe des *Hawaii Tribune Herald* war fast fertig. Gelangweilt platzierte Thomas Clairwood Vensen, genannt Toto, noch einen Artikel auf der dritten Seite und kürzte ihn um zwei Zeilen, damit er ins Format passte. Seine Kopfschmerzen waren weg – also wohl doch kein tödliches Gerinnsel –, aber stattdessen pochte in seinem Schädel etwas anderes. Dieser eigenartige Junge ging ihm nicht aus dem Sinn. Und dieses Dementi der ARAC … das war eigentlich zu heftig gewesen. Vorwürfe, die sowieso lächerlich waren, brauchte man nicht so vehement abzustreiten. Hatte er etwa doch einen wunden Punkt getroffen?

Das Telefon klingelte und abwesend hob Toto ab. »Hawaii Tribune Herald, Vensen am Apparat.«

»Mr Vensen! Sie müssen uns helfen! Hier ist Carima … wir waren neulich bei Ihnen, Sie wissen schon … Wir brauchen dringend ihre Hilfe!«

»Moment, Moment. Ganz cool, okay? Was ist passiert?«

»Leon ist entführt worden. Aus dem McGreen in der Ululani Street. Sie haben ihn zusammengeschlagen und dann in ein Auto geschleppt – wahrscheinlich bringen sie ihn jetzt mit dem Boot oder dem Hubschrauber weg! Sie müssen die Küstenwache alarmieren!«

Ein ehrfürchtiges »Wow!« entfuhr Toto und Loulou brüllte aus dem Nebenzimmer: »Was ist passiert?!«

Toto beachtete sie nicht. Stattdessen begann er Fragen zu stellen und holte nach und nach aus dem Mädchen heraus, was genau passiert war. Eine Minute später saß er in seinem Ford und düste, so schnell die alte Karre es schaffte, zur Ululani Street. Ja, das Mädchen hatte nicht gelogen, dort wimmelte es von Cops, die gerade Zeugenaussagen aufnahmen.

Und einer von ihnen war »Aloha-Bill« Hamsher, dessen Sohn bei der Küstenwache arbeitete. Wenn das Mädchen recht hatte, konnten sie die Küstenwache womöglich jetzt gebrauchen.

Mit einem breiten Lächeln knallte Toto die Autotür hinter sich ins Schloss und steuerte auf Hamsher zu.

Als Carima den Journalisten noch einmal anrief, sagte er ihr, dass Polizei und Küstenwache jetzt Bescheid wussten und sie einen Hubschrauber und das in Hilo stationierte Patrouillenboot *Kiska* losgeschickt hatten. Doch seine Stimme klang vorsichtig, abwartend. »Die Officers haben gesagt, sie tun, was sie können. Aber wenn die Kerle den Jungen tatsächlich auf dieses Forschungsschiff gebracht haben … dann könnte es sein, dass sie aus der Zwölf-Meilen-Zone draußen sind, aus dem Hoheitsgebiet Hawaiis. Könnte dadurch alles etwas schwierig werden.«

»Okay«, sagte Carima und hörte selbst, dass ihre Stimme erstickt klang. Nichts war okay. Das hieß doch, dass er eigentlich keine Hoffnung sah. Und das, obwohl sie Vensen das Schlimmste verschwiegen hatte: dass bei der Entführung auch sein Adoptivvater dabei gewesen war, sein *Erziehungsberechtigter,* in Gottes Namen, aber auch für die gab's ja wohl Grenzen, was sie legal mit ihren Kindern anstellen durften!

Wohin jetzt? Was jetzt? Sie hielt es nicht aus, einfach hier in Hilo herumzulungern und zu warten, während diese Kerle wer weiß was mit Leon anstellten. Verzweifelt umklammerte Carima das Lenkrad des Toyota und starrte auf die Tankanzeige, die jetzt weniger als halb voll zeigte; fast wie von selbst bewegte sich die schwere Maschine durch die Straßen von Hilo, geradeaus, immer geradeaus. Carima schreckte erst auf, als sie auf einem Wegweiser den Namen *Honokaa* las – he, war das nicht ganz in der Nähe des Waipi'o Valley? Plötzlich kam ihr eine Idee.

Sie würde zurückfahren ins Tal. Das war es! Vielleicht konnten die NoComs ihnen helfen, sicher hatten sie ein Boot. Raus aufs Meer, ja, dorthin musste sie! Dorthin hatten sie Leon gebracht, aus irgendeinem Grund war Carima ganz sicher. Leons Geschichte war so eng mit der des Meeres verwoben. Er würde sterben, wenn sie ihn woanders hinbrachten, und das wussten sie, das mussten sie einfach wissen …

Carima verzog den Mund. *Geht's noch? Was für einen Blödsinn fantasierst du dir da eigentlich zurecht?*

Sie zuckte zusammen, als das Handy in ihrer Hosentasche klingelte. Oh Mann, sie hatte vergessen, das Ding wieder auszuschalten! Schon während sie am Straßenrand hielt und das Handy hervorkramte, ahnte sie, wer da anrief, und das schlechte Gewissen überfiel sie.

»Carima?« Die Stimme ihrer Mutter, ungläubig klang sie.

»Äh, ja«, sagte Carima. »Ich bin's.«

»Sweet Jesus, was hast du die ganze Zeit gemacht? Fährst du etwa immer noch den Toyota? Wieso hast du dich nicht ein einziges Mal gemeldet, du hättest dir doch denken können, dass ich …«

Ja, das alles hatte sie verdient, das und noch viel mehr. »Es tut mir leid«, unterbrach sie Carima. »Wirklich. Es geht mir gut, Ma. Ich musste … ich … Es ist wirklich wichtig.«

»Wichtig? Was denn? Sag mir nur, warum du das alles getan hast!«

»Ein Freund von mir brauchte Hilfe.«

»Ein Freund? Was denn für ein Freund – hier auf den Inseln?« Ihre Mutter klang, als habe Carima gerade etwas von einem Pakt mit dem Teufel erzählt.

»Er heißt Leon«, flüsterte Carima. »Leon Redway.« Und dann konnte sie nicht weitersprechen, weil ihre Kehle eng wurde und ihre Augen brannten. Noch während ihre Mutter »Und wann kommst du endlich zu…« sagte, glitten Carimas Finger zum Aus-Knopf.

Der Himmel war grau wie die Haut eines Riff-Hais, es nieselte und die Scheibenwischer verrieben den Dreck auf der Windschutzscheibe. Fast endlos schien sich die Straße vor ihr zu dehnen, bis sie endlich angekommen war an der oberen Kante des Waipi'o Valley. Von hier aus führte die schwindelerregend steile kleine Straße nach unten, ins Tal. Normalerweise hätte Carima den Wagen jetzt wieder irgendwo im Gebüsch geparkt und wäre zu Fuß gegangen, aber dafür war jetzt keine Zeit. Wo schaltete man noch mal den Vierradantrieb an? Irgendwo war dafür doch ein Knopf – ja, dort war er!

Carima flüsterte »Los geht's«, und nahm den Fuß von der Bremse. Fast senkrecht schien die Schotterstraße nach unten zu führen, und der Wagen neigte die Schnauze in die Tiefe, sein eigenes Gewicht schob ihn voran. *Oh Gott, gleich überschlägt sich das Ding! Jetzt!* Am liebsten hätte Carima geschrien, doch sie bekam sowieso kaum noch Luft vor Angst.

Und dann war sie im Tal angekommen. Carima hielt an, der Motor grummelte im Leerlauf vor sich hin. Ihr T-Shirt war klatschnass geschwitzt und ihre Beine fühlten sich an wie Gummi. Trotzdem versuchte sie auf dem Weg zur Siedlung zu rennen, aber sie schaffte immer nur ein paar Schritte am Stück, ihr linkes Bein tat zu weh.

Auf halbem Weg fing Johnny, der junge Asiate, sie ab. »Hi – na, zurück? Wo ist Leon?«

»Sie haben ihn erwischt«, stieß Carima hervor.

Wenige Minuten später stand sie auf dem Versammlungsplatz, um sich herum ein Dutzend NoComs, und berichtete, was geschehen war. Ernst hörten die jungen Männer und Frauen ihr zu.

»Big T., versuch mal, ob du Jonah Simmonds per Funk erreichst, vielleicht ist er mit der *Lovely Lucy* gerade in der Nähe«, kommandierte Johnny ruhig. »Carima, hol bitte schon mal alles, was du für die Fahrt brauchen könntest – Leons Sachen sind bei Ellyn. Leah, du hast etwa ihre Statur, könntest du ihr deinen Badeanzug leihen? Und Tammo, pack dein größtes Surfbrett aus, jemand muss sie durch die Brandungszone zum Boot bringen.«

Ellyn wartete an der Tür ihrer Hütte, den Seesack mit Leons OxySkin in der Hand. Sie wirkte tief besorgt. »Armer Leon. Er hätte einfach hierbleiben und es sich gut gehen lassen sollen. Wenn er der ARAC sagt, wie er von HotPower erfahren hat, dann bekommen wir hier bald ungebetenen Besuch.«

»Er wird es nicht sagen.« Carima klang überzeugter, als sie war. »Sie werden ihn ja wohl kaum foltern, um es aus ihm rauszuholen, oder? Immerhin reden wir hier von der ARAC, nicht von der Mafia.«

»Große Konzerne haben eine ganz eigene Art, einen fertigzumachen«, sagte Ellyn und die Bitterkeit in ihrer Stimme jagte Carima einen Schauder über den Rücken.

Vor seinen Augen nichts als Schwärze. Doch er fühlte, wie der Seewind durch seine Haare strich. Tief atmete Leon ihn ein und sein Herz zog sich zusammen vor Sehnsucht.

Der salzig frische Geruch blies den Abgas- und Spritgestank des Helikopters aus seiner Nase. Gerade eben war der Heli zum zweiten Mal gelandet, diesmal nicht auf der *Thetys*, die vertrauten Bordgeräusche fehlten völlig. Leon konnte nur die Schreie von Möwen hören und das Klatschen der Wellen an irgendeinem festen Objekt. Ein paar Spritzer Gischt legten sich kühl über sein Gesicht. Wo befanden er und Tim sich jetzt, etwa auf einer Plattform mitten im Meer? Ein dunkles Tuch bedeckte seine Augen, und er konnte es sich nicht abreißen, seine Hände waren noch immer gefesselt.

»Warum habt ihr mich nicht aufs Schiff gebracht?«, fragte er gepresst. »Wolltet ihr vermeiden, dass mich jemand sieht?«

»Ich wische dir erst mal das Blut ab«, murmelte Tim und Leon fühlte ein feuchtes Tuch auf dem Gesicht. Er bedankte sich nicht. Der Gedanke daran, dass Tim ihn ausgeliefert hatte, tat noch immer weh, schmerzte weit schlimmer als seine Prellungen.

»Es tut mir wirklich leid«, wiederholte Tim so ungefähr zum zehnten Mal. »Es war nicht vorgesehen, dass dir etwas passiert.«

»Ach, tatsächlich?«, murmelte Leon verächtlich. Verdammt, wieso hatte er nicht auf Carima gehört? Er hätte

342

mit Tim telefonieren können, dann wäre er jetzt bei Lucy und Carima … ach, Carima … er vermisste sie schon jetzt …

Leon hatte gespürt, dass bei der Landung auf der *Thetys* jemand zugestiegen war, und jetzt hörte er auch, wer es war. »Leon, wie schön, dich wiederzusehen«, sagte eine tiefe, ein wenig raue Stimme – Fabienne Rogers! Er konnte hören, dass sie lächelte. Ohne eine Antwort abzuwarten, fuhr sie fort: »Was ist, gehen wir?«

Jemand löste seine Fesseln, plötzlich waren seine Hände frei. Leon dachte darüber nach, einfach vom Rand dieser seltsamen Plattform aus ins Meer zu springen, sich dem Ozean anzuvertrauen. Aber wer wusste, wie weit er hier vom Land entfernt war. Zehn Meilen schaffte er vielleicht, aber keine zwanzig. Nicht ohne Flossen. Gerade wollte Leon sich das schwarze Tuch vom Gesicht reißen, um sich umzusehen, da fühlte er wieder Tims Berührung.

»Hier ist eine Leiter – halt dich gut fest, es geht ein ganzes Stück nach unten«, sagte Tim leise und legte Leons Hand auf eine der leicht im Seegang schwankenden Leitersprossen. Leon wusste selbst nicht genau, weshalb er der Anweisung folgte und zu klettern begann. An der Art, wie die Geräusche sich veränderten, hörte er, dass er sich auf die Wasseroberfläche zubewegte. Die Wellen klatschten gegen einen stählernen Rumpf …

»So, jetzt geht es durch eine Luke nach unten.«

Leon hörte, wie die Luke sich mit einem Zischen verriegelte – hey, das war ein druckdichtes System, waren sie etwa in einer Unterwasserstation? Es roch auch sehr vertraut, nach Stahl, Gummidichtungen und frischer Farbe.

Die Hand seines Adoptivvaters lag auf seiner Schulter,

dirigierte ihn durch einen Gang nach dem anderen, Stufen hinab. Wenn das hier eine Station war, dann die seltsamste, in der er jemals gewesen war!

Schließlich eine Tür, die sich öffnete und wieder schloss.

»So, du kannst das Tuch jetzt abnehmen«, sagte Tim. »Tut mir leid, das war nur eine Vorsichtsmaßnahme. Es gibt nicht viele Leute, die von diesem Ort wissen, und das soll auch so bleiben.«

Sie standen in einem schlichten Raum, er enthielt nur einen Tisch und einige wenige Stühle. Die kahlen Wände waren aus Metall, der Boden aus blauem Kunststoff.

Fabienne Rogers ließ sich auf einem der Stühle nieder; sie trug einen eleganten seidenen Trainingsanzug und Sneakers. Ihre Frisur saß perfekt. Im Vergleich zu ihr sah Tim mit seinem Dreitagebart und dem einfachen T-Shirt aus wie der Deckschlosser eines Containerfrachters.

»Wo sind wir hier?«, fragte Leon.

»Das tut nichts zur Sache«, sagte Fabienne Rogers – doch in diesem Moment ertönte eine Sirene, und dann spürte Leon eine Abwärtsbewegung, hörte er das Gurgeln von einströmendem Wasser. Auf seinen Armen bildete sich eine Gänsehaut. In einer einzigen schnellen Bewegung war er auf den Füßen, rüttelte an der Tür, hämmerte gegen das Metall.

»Keine Sorge«, sagte Tim. »Wir sinken nicht.«

Schwer atmend lehnte sich Leon mit dem Rücken gegen die Tür. »Wir tauchen? Wohin – wie tief?«

»Nur zwanzig Meter«, sagte Fabienne Rogers und deutete auf einen Stuhl auf der anderen Seite des Tisches. Wie in Trance ging Leon darauf zu, setzte sich. Zwanzig Meter. Das war gerade so tief, dass niemand sie finden würde. Von der Luft aus waren sie jetzt nicht mehr zu entdecken. Ein

344

ziemlich gutes Gefängnis. Eins war klar, so einfach würde die ARAC ihn nicht mehr gehen lassen. Anscheinend hatte er mehr herausgefunden, als in ihrem Interesse lag. Viel mehr.

Fabienne Rogers lächelte noch immer; wahrscheinlich hätte sie ihm am liebsten Tee und Kekse angeboten. Das wäre gar nicht so schlecht gewesen – Leon hatte rasenden Durst, sein Mund fühlte sich pappig und ausgedörrt an. Doch vielleicht kam das auch von der Angst. Würden sie ihn einfach nur verhören? Oder Schlimmeres? Nein, das konnte er sich nicht vorstellen, nicht solange Tim da war. Aber er hatte auch nicht damit gerechnet, dass die ARAC-Leute ihn zusammenschlagen würden.

»Du hast mit einigen deiner Vermutungen richtiggelegen, Leon«, sagte Fabienne Rogers jetzt. »Eins unserer vielen Projekte hat tatsächlich mit den Schwarzen Rauchern zu tun. Das Sonar-Echo, das ihr auf der Benthos II erfasst habt, war eins unserer Tauchboote. Es hat den Fortgang der Bohrung überprüft.«

»Der Bohrung? Ihr habt also tatsächlich …?«, entfuhr es Leon.

»Ja. Und wie du schon erraten hast, ist dabei leider etwas schiefgegangen.« Jetzt war es Tim, der das Wort ergriff. Er lächelte verlegen. »Das war es vermutlich auch, was die Meeresökologie in der ganzen Region durcheinandergebracht hat. Durch die Bohrung sind alle möglichen Stoffe aus dem Erdinneren ausgeströmt, die sich mit den Meeresströmungen verteilt haben – einige davon waren Nährstoffe für Algen. Jetzt kannst du dir denken, wie die Todeszonen entstanden sind.«

Leon nickte langsam. Wenn die Algen mehr Nahrung

fanden, vermehrten sie sich massenhaft – und irgendwann starben sie dann wieder ab und sanken auf den Meeresboden. Bakterien verzehrten sie und brauchten dabei sämtlichen Sauerstoff auf. Doch ohne Sauerstoff war kein Leben möglich und so hatten viele Tiefseebewohner den Tod gefunden – und Leon beinahe auch. »Aber das ist noch nicht alles, oder?«

»Giftstoffe aus der Erdkruste sind auch ausgeströmt, zum Beispiel Schwefelverbindungen«, gestand Tim. »Sicher auch ein Grund, warum so viele Lebewesen aus der Tiefsee an die Oberfläche geflüchtet sind.«

»Wir haben unser Bestes getan, den Schaden zu begrenzen«, hakte Fabienne Rogers ein. »Wir sind sicher, in ein paar Tagen oder Wochen ist das Ganze vergessen und alles kehrt wieder zum Normalzustand zurück. Die Natur hat eine erstaunliche Fähigkeit, sich zu regenerieren. Der nächste Versuch wird gelingen.«

Leon starrte seinen Adoptivvater an und versuchte zu begreifen, was er hörte. Die ganze Zeit über hatte Tim gewusst, was los war. Deshalb also hatten seine Hände bei ihrem Skype-Gespräch nach dem Unfall gezittert – in diesem Moment war ihm klar geworden, was für Folgen der Betriebsunfall der ARAC hatte und dass er beinahe seinen Adoptivsohn getötet hätte.

»Läuft das Projekt immer noch? Macht ihr etwa weiter?«, fragte Leon ungläubig. »Ihr seid ja verrückt. Ist euch immer noch nicht klar, wie gefährlich das ist? Allein diese Seebeben, die das anscheinend auslöst …«

»Leon, ich weiß nicht, ob dir klar ist, was hier auf dem Spiel steht«, sagte Fabienne Rogers ruhig.

»Viel Geld, schätze ich!«

»Nein, Leon. Nicht nur. Längst nicht nur. Die Menschheit braucht Energie. Ohne Energie läuft kein Computer, fährt kein Zug, werden keine Medikamente hergestellt. Aber weißt du, was es anrichtet, dass wir hemmungslos Öl und Kohle verbrennen? Wir verpesten die Luft, verändern das Klima und ziehen uns damit selbst den Boden unter den Füßen weg.« Ihre Stimme war hart und nüchtern. »Außerdem wird es bald vorbei sein mit Kohle und Öl, lange reichen die Vorräte nicht mehr. Und noch ist kein Ausweg in Sicht. Atomenergie? Nein, die ist keine Antwort, mit ihr laden wir uns eine furchtbare Last und Gefahr auf.«

»Wasserkraft, Sonnen- und Windenergie sind ein Teil der Lösung«, hakte Tim nahtlos ein. »Aber es reicht längst nicht. Wir müssen weitersuchen, jede Chance nutzen. Eine Weile dachte jeder, Methanhydrate – verfestigtes Gas vom Meeresboden – könnten die Zukunft sein, doch nach dem schweren Unfall letztes Jahr lassen die meisten Unternehmen die Finger davon. Das Zeug ist einfach zu riskant.«

»Deshalb setzen wir jetzt auf Energie aus dem heißen Erdinneren. In Island, wo sie viele Vulkane haben, ist das längst üblich und auch hier in Hawaii.« Fabienne Rogers wieder. »Und so haben wir uns entschieden, den Versuch zu wagen. Ein Schwarzer Raucher ist nichts anderes als ein Gigawatt-Kraftwerk am Meeresboden! Das heiße Wasser könnte eine Turbine antreiben. So gewinnen wir Strom, und obwohl die ersten Versuche von HotPower tatsächlich ein Fehlschlag waren, haben sie schon viele wertvolle Erkenntnisse gebracht. Ich würde sogar behaupten, das Projekt ist weit weniger gefährlicher, als eine gewöhnliche Bohrinsel zu betreiben – erinnerst du dich noch an den Untergang der

Deepwater Horizon im Jahr 2010, an den furchtbaren Öl-teppich an der Küste von Louisiana?«

»Ja, aber …«, sagte Leon, wollte fragen, warum sie die Bohrung dann überhaupt geheim gehalten hatten, was denn die Geologen des Konzerns zu der ganzen Sache sagten, ob die ARAC zumindest versucht hatte, sich das Projekt von den Behörden genehmigen zu lassen. Doch ihm fehlte plötzlich die Kraft, auch nur eine dieser Fragen zu stellen. Sein ganzer Körper tat weh, ihm war schwindelig und ein bisschen übel, wahrscheinlich von diesem Schlag gegen den Kopf. Er flüsterte: »Könnte ich bitte etwas zu trinken ha-ben?«

»Na klar. Sorry.« Tim sagte leise etwas in ein Funkgerät und eine Minute später kam eine schlanke dunkelhäutige Frau mit einer Karaffe Wasser und ein paar Bechern herein. Gehörte die zur Besatzung dieser seltsamen Anlage? Sie be-trachtete ihn neugierig und mit einer Spur von Mitleid, sagte aber kein Wort und verschwand sofort wieder. Gierig stürz-te Leon das Wasser hinunter.

»So, Leon.« Fabienne Rogers beugte sich über den Tisch. »Jetzt aber mal zu einem ganz anderen Thema. Wo ist Lucy?«

»In Sicherheit«, sagte Leon trotzig. »Ihr habt in Kauf genommen, dass diese Stammzellen-Entnahmen ihr Leben verkürzen, und trotzdem habt ihr es getan.«

»Ich weiß zwar nicht, wie du es herausgefunden hast, aber ja, wir haben tatsächlich Stammzellen in Lucys Körper gefunden – das muss damit zusammenhängen, wie wir ihre Gene verändert haben«, gestand Tim ein. »Es wäre besser gewesen, wir hätten es dir gleich gesagt. Doch war eine so bedeutende Entdeckung, dass wir sie aus patentrechtlichen Gründen erst einmal vertraulich behandelt haben. Mit Stammzellen könnten wir einmal imstande sein, Diabetes zu heilen, Herzkrankheiten, womöglich Alzheimer. Jetzt mal ehrlich, Leon, sind ein paar Lebensjahre eines einzelnen Tieres es wirklich wert, der Menschheit all das vorzuenthalten?«

Leon schwieg. Lucy opfern für das Wohl der Menschheit? Konnte er das tun? Alles in ihm schrie *Nein*, doch es machte ihn fertig, dass allmählich er es war, der als der Böse dastand, als Egoist vom Dienst. Woher sollten sie auch wissen, dass Lucy kein Tier war, wie sie es kannten, dass sie und er sich von Kopf zu Kopf unterhielten – glauben würde ihm das sowieso keiner! Und er konnte nicht mal die Öffentlichkeit auf Lucys Schicksal aufmerksam machen, denn sobald das mit den Stammzellen herauskam, bewirkte seine Enthüllung höchstens, dass der Aktienkurs der ARAC kräftig stieg!

»Wenn du Lucy zurückbringst, dann werden wir uns großzügig zeigen. Du darfst sie weiterhin betreuen, und es gäbe auch keine Einwände dagegen, dass du wieder für uns tauchst«, sagte Fabienne Rogers und lehnte sich über den Tisch, kam ihm so nah, dass Leon unwillkürlich zurückwich. »Wenn du sie nicht zurückbringst, dann bist du bald ein ganz normaler Junge in irgendeiner Highschool an Land. Es ist deine Entscheidung, Leon.«

Ein Schriftstück wurde ihm entgegengeschoben. Wie betäubt überflog Leon es. Es war eine Unterlassungserklärung. Wenn er jemals über das sprach, was er bei seiner Arbeit für die ARAC erfahren hatte, dann hatte der Konzern das Recht, ihn wegen des Verrats von Betriebsgeheimnissen auf mehrere Millionen Dollar Schadenersatz zu verklagen.

Wenn er das unterschrieb, würde er niemals wieder über HotPower sprechen können, er würde den Mund halten müssen wie alle anderen.

»Unterschreib, und du kannst zurückkehren, als wäre nichts geschehen«, sagte Tim leise. »Dann bist du weiterhin einer unserer OxySkin-Taucher. Nein, nicht einer – der beste. Fabienne hat es schon damals in dir gesehen und sie hat recht gehabt. Und niemand kann so mit Lucy umgehen wie du, das ist uns sehr wohl bewusst.«

»In ein oder zwei Wochen können wir vielleicht auch die Benthos II wieder in Betrieb nehmen«, fügte Fabienne Rogers hinzu. »Alles wäre fast wie zuvor.«

Am liebsten hätte Leon sich die Ohren zugehalten, den Kopf in den Armen vergraben. Er sehnte sich nach der kühlen Ruhe der Tiefe. Weit, weit weg von all dem, was in diesem Raum geschah, von diesem Chaos in seinem Kopf und seinem Herzen.

Ein ganz normaler Junge in irgendeiner Highschool an Land …

Weiterhin einer unserer OxySkin-Taucher … nicht einer, der beste …

Die Benthos II wieder in Betrieb nehmen … alles wie zuvor …

Er musste nachdenken. Doch dazu war keine Zeit, jetzt kamen die Fragen Schlag auf Schlag. »Wo ist Lucy?«

»Wie hast du von HotPower erfahren?«

»Wo hast du sie versteckt?«

»Wie …«

»Wo …«

Leon schloss die Augen.

Schlaflos

Ellyn kramte in der großen Segeltuchtasche mit den alten OxySkins. »Vielleicht solltest du noch mehr Ausrüstung mitnehmen. Etwas von dem alten Zeug müsste noch benutzbar sein.« Hastig suchte sie drei verschiedene Anzüge heraus und half Carima, sie in Leons Seesack zu stopfen. »Und schau mal, was heute früh geliefert worden ist!«

Ein Fünf-Liter-Kanister mit einer bläulichen Flüssigkeit landete vor Carimas Füßen. »Der Paketbote hat ganz schön geschwitzt.« Ellyn grinste. »Aber nach den zwanzig Dollar Trinkgeld von Fränkie hat er zum Abschied dann doch nett gegrüßt.«

Anscheinend war Jonah mit seinem Schiff tatsächlich in der Nähe gewesen, denn eine halbe Stunde später hockte Carima auf der vorderen Hälfte eines Surfbretts; hinter ihr paddelte der muskulöse Junge namens Tammo mit beiden Armen. Ihre und Leons Sachen lagen in einem Plastiksack wasserdicht verpackt zwischen ihnen. Hope paddelte auf einem zweiten Board neben ihnen, er transportierte den Kanister mit der Atemflüssigkeit.

Mit bloßen Füßen turnten sie und der NoCom eine Strickleiter an der schwarz gestrichenen Bordwand hoch, und ein kahler älterer Mann mit einer gelben Basecap half ihnen, ihr Gepäck aufs Boot zu holen. Kurz stellte er sich ihr als Jonah Simmonds vor, dann betrachtete er Carima aus

zusammengekniffenen Augen und streichelte den rot ge-
tigerten Kater, der auf der Bordwand balancierte. Carima
lächelte strahlend zurück und war froh, dass Hope angeboten hatte, mitzukommen – und dass er seine Vogelspinne
daheim gelassen hatte.

»Wen sucht ihr denn jetzt?«, brummte Simmonds.

»Sein Name ist Leon«, sagte Hope in seiner sanften Art.
»Ein Freund. Er ist von der ARAC entführt worden.«

Simmonds zog die Augenbrauen hoch. »Leon? So'n Taucher? Kenn ich. Hat mir erst das Deck vollgekotzt und dann
so getan, als hätte er 'ne Botschaft von Lucy. Mochte den
Kerl irgendwie, aber ich lass mich nicht gern für dumm verkaufen, er ist runtergeflogen vom Boot. Und zwar genau da,
wo er hinpasste. Bei euch.«

Carima hörte nicht mehr zu. »Lucy!«, japste sie auf und
stürzte zur Bordwand. »Wenn wir Leon suchen gehen,
müssen wir unbedingt Lucy mitnehmen!«

Alle Anwesenden starrten sie verblüfft an. Hastig erklärte
Carima, wer Lucy war, und der Kapitän des Bootes sah so
aus, als würden ihm jeden Moment die Augäpfel rauspur-
zeln. »'ne Krake? Meinst du das ernst, Mädel?«

»Ja, aber ich weiß nicht, wo sie gerade ist.« Carima starrte
hilflos ins Wasser, das hier schon mindestens zwanzig Meter
tief war – und längst nicht so klar wie an der Kona-Küste,
sie konnte den Meeresgrund nicht sehen. Wie in aller Welt
sollte sie Leons Partnerin dort finden, zwischen all diesen
Lavafelsen? Außerdem kannte Lucy sie nicht, wahrscheinlich würde sie sich ohnehin weigern, sie zu begleiten. Nicht
mal die Handzeichen und Kommandos, auf die sie reagierte,
wusste Carima, wieso hatte sie sich nicht einmal die wich-
tigsten von Leon zeigen lassen?

352

Lucy, wo bist du?, dachte sie hilflos, während sie ins Wasser blickte. *Wir brauchen dich, Leon braucht dich!*

Auf einmal war ihr, als habe sie eine Berührung gespürt, als habe ihr jemand mit den Fingerspitzen über den Arm gestrichen. Doch als sie schnell zur Seite blickte, war dort niemand, Hope stand mehr als zwei Meter entfernt und der Kater thronte inzwischen ganz oben auf dem Ruderhaus.

Auch Hope blickte über die Bordwand – und plötzlich stieß er einen Laut aus, halb verblüfft, halb erschrocken. »Da!«, keuchte er und dann entdeckte Carima es auch.

Ein großer dunkler Körper schwebte im Wasser, und zwischen den Wellen sah Carima Arme mit Saugnäpfen, die sich behutsam am Rumpf nach oben und zur Seite tasteten.

»Ist sie das? Wie hast du das gemacht?«, fragte Hope, doch Carima schüttelte den Kopf, sie wusste es selbst nicht. Egal. Jetzt konnten sie los. Jedenfalls, wenn sich dieser komische Kapitän irgendwann von Lucys Anblick losreißen konnte; sie schien ihn hypnotisiert zu haben.

»In welche Richtung, äh, soll's gehen?«, fragte Simmonds schließlich, er klang ein bisschen durcheinander.

Hope und Carima blickten sich an. Hope hatte ein so offenes, ehrliches Gesicht, man sah jedes Gefühl darauf und im Moment war es die pure Ratlosigkeit. »Du hast auch keine Ahnung, wo sie ihn hingebracht haben könnten, oder?«

Mit einer Grimasse schüttelte Carima den Kopf und versuchte sich daran zu erinnern, was Leon alles erzählt hatte. Von irgendwoher schlich sich ein Gedanke in ihren Kopf, ein einzelnes Wort: *Lo'ihi*. Der unterseeische Vulkan – warum war sie da nicht gleich darauf gekommen? »Am besten, wir fahren erst mal ein Stück weit raus und dann die Küste entlang nach Süden, Richtung Lo'ihi. Dabei können wir ja

353

die Augen offen halten, ob wir irgendwas Verdächtiges sehen.«

»Na denn«, brummte Jonah Simmonds und stapfte los, um die Dieselmotoren auf Touren zu bringen.

Ungefähr gegen zwei Uhr nachts wurde Leon klar, dass sie nicht vorhatten, ihn schlafen zu lassen. Sein Körper fühlte sich noch immer zerschlagen an, und nun waren auch noch seine Augenlider so schwer, dass es ihm kaum mehr gelang, sie offen zu halten. Einmal sank ihm das Kinn auf die Brust und beinahe wäre er vom Stuhl gefallen. Konzentrieren konnte er sich längst nicht mehr, und die Fragen, die ihm gestellt wurden, kamen nicht mehr wirklich in seinem Inneren an.

Nur noch die Rogers war hier, Tim war irgendwann rausgegangen und nicht zurückgekommen. Wahrscheinlich gönnte *er* sich jetzt ein paar Stunden Ruhe! Noch immer konnte Leon nicht fassen, wie sehr ihn Tim verraten hatte, er versuchte, den Gedanken nicht zu nah an sich heranzulassen. Sonst war alles aus, sonst hatte er nicht mehr die Kraft, sich zu wehren. Und warum hatte Tim die Frage nach seinen Eltern nicht beantwortet? Das ging ihm nicht aus dem Kopf.

Leons Blick irrte über Fabienne Rogers' Gesicht – das fahle Licht der Bordbeleuchtung ließ die schlaffe Haut ihrer Wangen unter dem Make-up hervortreten, betonte die Falten ihres Halses, der Leon an eine Galapagos-Schildkröte erinnerte, und schien den letzten Rest Farbe aus ihren blassblauen Augen zu saugen. Ihr Lippenstift war in die winzigen Fältchen rund um ihre Lippen eingesickert und bildete dort feine rote Linien.

354

»Falls ihr keine Koje frei habt, dann geben Sie mir einfach eine Decke und ich schlafe auf dem Boden!«, brüllte Leon sie an. Doch er wusste sowieso schon, wie die Antwort lauten würde. »Tut mir leid, wir sind noch nicht fertig, ich fürchte, es wird ein bisschen spät heute.« Fabienne Rogers' seidener Trainingsanzug raschelte, als sie die Beine übereinanderschlug und die Hände mit den Handflächen nach unten auf die Knie legte. »Hast du inzwischen über die Frage der Energiegewinnung nachgedacht? Wenn du willst, zeigen wir dir die Bohrung – wir haben ein Tauchboot hier. Es ist uns wirklich wichtig, dich von unserem Projekt zu überzeugen.«

»Mrs Rogers«, fragte Leon verzweifelt und versuchte, irgendwie die Augen offen zu halten. »Warum bin ich Ihnen so wichtig, dass Sie mich in all das einweihen? Was haben Sie in mir gesehen, damals?«

Ihre Blicke trafen sich und einen Moment lang zögerte Fabienne Rogers. Als sie antwortete, war ihre Stimme überraschend sanft. »Wahrscheinlich erinnerst du dich nicht, es ist schon mehr als zehn Jahre her. Damals wohntet ihr noch in Kalifornien. Mein Mann und ich, wir waren mit deinen Eltern und dir am Strand, damals haben wir uns hin und wieder auch privat getroffen, weil wir uns gut verstanden. Du warst die ganze Zeit über mit Taucherbrille und Flossen im Wasser, und dann kamst du strahlend zu uns gerannt und sagtest, wir sollen uns deinen Freund ansehen.«

»Meinen Freund?«, wiederholte Leon apathisch.

»Ja. Dort im Flachwasser zwischen den Felsen ringelte sich eine junge Muräne. Deine Eltern haben beinahe einen Herzanfall bekommen, weil sie ganz nah um dich herumgeschwommen ist und du sie einfach gestreichelt hast.« Fabienne Rogers lächelte. »Wenn sie dich gebissen hätte, hätten wir dich direkt ins Krankenhaus bringen müssen. Aber sie hat dich nicht gebissen, und du sahst so aus, als wüsstest du genau, dass sie es nicht tun würde. Ganz sanft hast du sie berührt. Tja, da kam mir zum ersten Mal der Gedanke, dass du eine besondere Verbindung zum Meer und seinen Geschöpfen hast …«

»Sie haben mich ins Projekt OceanPartner aufgenommen, weil ich mit sechs Jahren eine Muräne gestreichelt habe?«, wiederholte Leon ungläubig. Er konnte sich an den ganzen Vorfall nicht im Geringsten erinnern.

»Sag selbst, Leon, hat mich meine Intuition getäuscht?«

Mit zusammengepressten Lippen schüttelte Leon den Kopf. »Aber was ist mit meinen Eltern? Sie wurden euch irgendwann lästig, stimmt's?«

Fabienne Rogers zuckte mit keiner Wimper. »Ich weiß nicht, wovon du sprichst.«

»Haben Ihre Leute meine Mutter vom Boot gestoßen?«

»Du willst nicht akzeptieren, dass es so etwas wie Schicksal gibt. Das verstehe ich gut. Aber es bringt uns jetzt absolut nicht weiter.«

»Kann ich mit den Leuten reden, die an Bord waren?«

Ein schmales Lächeln. »Gerne, wenn du sie ausfindig machen kannst. Wenn ich mich recht entsinne, arbeiten beide nicht mehr für uns.«

Schon wieder eine Sackgasse. Leon blickte auf den Vertrag, der auf dem Tisch lag, auf den Kugelschreiber, der zwischen seinen Fingern steckte und sich dort so fremd anfühlte wie ein Stück Holz. Er musste nur unterschreiben, dann würde er weiterhin mit OxySkins tauchen können, bis in die dunklen Tiefen, bis zum Herzen der Welt.

356

»Nie habe ich dich aus den Augen verloren, in all den Jahren nicht«, sagte Fabienne Rogers leise. »Du hast alle unsere Erwartungen übertroffen, immer wieder. Wirf das nicht weg, Leon. Das Meer ist dein Leben.«

Leons Finger schlossen sich um den Kugelschreiber – doch dann tauchte aus seinem Gedächtnis unerwartet einer von Lucys Sprüchen auf. *Nicht ungeschickt, Zweiarm. Eure Pfoten sind fast so gut wie Saugnäpfe!*

Tränen traten in seine Augen, mit einem schnellen Ruck zerbrach er den Kugelschreiber in den Händen. Und er wusste, dass er seinen letzten Trumpf ausspielen musste. Jetzt, bevor es zu spät war.

»Wecken Sie Tim auf«, sagte Leon. »Ich habe ihm und Ihnen etwas zu sagen. Und besser, Sie beeilen sich, sonst überlege ich es mir vielleicht wieder anders.«

Ein kurzer Funkspruch, und fünf Minuten später tauchte Tim auf, rieb sich die Augen und blickte schuldbewusst drein.

Und dann sagte Leon es ihnen. Sagte ihnen, wie es kam, dass er sich so viel besser mit Lucy verständigen konnte als die anderen Taucher mit ihren Partnern. Er erzählte ihnen, wie alles angefangen hatte – wie er damals, als Lucy noch in seine Handfläche gepasst hatte, Gefühle gespürt hatte, von denen er dachte, sie kämen aus ihm selbst. Wie lange es gedauert hatte, bis er akzeptieren konnte, dass das nicht stimmte und es stattdessen die Empfindungen dieses kleinen, zerbrechlichen, unglaublich fremdartigen Wesens waren. Wie es Monate gedauert hatte, bis diese Gefühle die Form einzelner Worte angenommen hatten, und dass er und Lucy sich erst seit zwei Jahren in ganzen Sätzen unterhalten konnten. Von Kopf zu Kopf.

Tim starrte ihn an. Ohne den Blick von ihm abzuwenden, sagte er zu Fabienne Rogers: »Vor ein paar Jahren hat er mal versucht, mir davon zu erzählen. Ich fürchte, damals habe ich nur gelacht.«

Diesmal lachte niemand. Doch Leon war nicht sicher, ob sie ihm wirklich glaubten.

»Ich kann es beweisen«, sagte er müde. »Seit Jahren warne ich die Benthos II jetzt schon vor Seebeben. Hast du dich nie gewundert, Tim, wie ich das schaffe?«

»Na klar. Aber du hast mir nie eine richtige Antwort gegeben.«

Irgendwie brachte Leon ein Grinsen zustande. »Die bekommst du jetzt. Kraken haben hervorragende Sinne – Lucy spürt solche Beben früher als eure Messinstrumente. Sie sagt mir, dass etwas kommt, und ich brauche es einfach nur an euch weiterzugeben. Ganz schön einfach, was?«

»Hast du … kannst du …«, Tim räusperte sich, »… auch die Gedanken von Menschen lesen?«

»Bisher nicht«, sagte Leon und zuckte die Schultern. »Aber ich hab's auch noch nicht ernsthaft versucht.«

Das gab ihnen den Rest. Eilig zogen sich sein Adoptivvater und die Rogers zurück, um sich zu besprechen, und dann war er endlich, endlich allein.

Er hatte sie angelogen. Beim Abschied von Carima … da waren ihre und seine Gedanken einen Atemzug lang ineinandergeflossen, verschmolzen, sodass es nichts mehr gab, was sie trennte. Doch das ging niemanden etwas an außer Carima und ihn. Dass es dieses Mädchen überhaupt gab, dass sie ihm geholfen hatte, würde die ARAC von ihm nicht erfahren. Carima – was hätte er darum gegeben, jetzt bei ihr sein zu können! Bei ihr und bei Lucy.

Leon streckte sich auf dem nackten Kunststoffboden aus und verschränkte die Hände hinter dem Kopf, damit es nicht so unbequem war. Innerhalb von Sekunden war er eingeschlafen.

Es war erst drei Uhr morgens, doch Carima konnte nicht mehr einschlafen. Den ganzen letzten Nachmittag war die *Lovely Lucy* übers Meer getuckert und bis auf ein paar Angler-Ausflugsboote und Segler hatten sie nichts gefunden, absolut nichts! Wie hatte sie jemals die bescheuerte Hoffnung haben können, Leon hier zu finden, in dieser blauen Unendlichkeit? Die Küstenwache hatte inzwischen bestätigt, dass der Hubschrauber mit Leon an Bord übers Meer geflogen war, Richtung Südosten, doch was hatte das schon zu bedeuten? Wahrscheinlich hatte er den Kurs noch ein paarmal geändert. Und die ARAC verweigerte jede Auskunft.

Hope und der eigenartige Kapitän schliefen in der Kabine, doch dort unten war es Carima zu stickig und sie übernachtete lieber an Deck. Zum Glück hatte es aufgehört zu nieseln und mit einer Plane, einer Decke und ein paar Kissen war es halbwegs bequem. Der Sack mit der OxySkin gab ein ganz passables Kopfkissen ab, die wenigen harten Gegenstände darin waren klein und flach. Der Schiffskater Chili schmiegte sich an sie, machte es sich halb auf ihrem Arm hängend bequem und begann zu schnurren wie ein winziger Außenbordmotor.

Carima verlor sich in Gedanken an Leon, an seine grünen Augen, die so tief waren wie das Meer selbst, an sein verlegenes, fast scheues Lächeln, die Zärtlichkeit, mit der er sie berührte. Wie schnell und entschlossen er gehandelt hatte,

359

dort im Restaurant … Und dann war es doch schiefgegangen. Womit hatte Leon nur verdient, dass ihm das Schicksal eine Ohrfeige nach der anderen verpasste? Ob er jetzt gerade an sie dachte, sich genauso nach ihr sehnte wie sie sich nach ihm?

Erst nach zwei Stunden dämmerte sie wieder weg und unmittelbar darauf – oder so kam es ihr jedenfalls vor – weckte sie schon wieder etwas, ein eigenartiges Schnaufen. Das war entweder ein Nilpferd mit Schnupfen … oder ein Wal! Vielleicht ein Buckelwal, von denen gab es ja angeblich so viele hier in der Gegend.

Aufgeregt schob Carima ihre Decke beiseite, tappte zur Bordwand und versuchte, im ersten Morgenlicht irgendetwas zu erkennen. Sie sah Lucys sich langsam bewegende Arme, die sich wie Schlingpflanzen den Bug des Boots hochrankten … und im Meer einen dunklen Hügel, der sich bewegte. Der gerade wieder prustend eine ziemlich nach Fisch stinkende Atemwolke ausstieß. Hey, das war ein Pottwal, dieser eckige Kopf war unverkennbar! Es war kein besonders großes Tier, aber locker so lang wie das Boot.

Fasziniert beobachtete Carima es … bis ein zweites, leiseres Prusten sie zusammenzucken ließ. Ein Walkalb? Nein, an der Seite des Wals tauchte eine schlanke schwarze Gestalt auf. Ein Mensch … ein Mädchen! Es trug einen Neoprenanzug, Schnorchel, Maske und Flossen. Es hielt sich eng neben dem Pottwal, ließ die Hand über seine Haut gleiten, setzte dann gleichzeitig mit ihm zum Abtauchen an.

Auf einen Schlag wusste Carima, mit wem sie es zu tun hatte. »Billie!«

Bombenalarm

Billie streckte den Kopf aus dem Wasser und sah sich verdutzt um, während neben ihr die riesige Fluke des Wals zwischen den Wellen verschwand. Dann spuckte sie das Mundstück des Schnorchels aus, um sprechen zu können. »Na, da beiß mich doch 'n Hammerhai … Carima?! Was machst *du* denn hier?«

»Kannst du an Bord kommen? Dann erkläre ich dir alles!«, rief Carima und warf eine Strickleiter über die Bordwand. Erst flogen ihr Billies Flossen entgegen, dann turnte die junge Taucherin an Bord, zog sich die Maske vom Kopf und strich sich das triefend nasse Haar aus der Stirn. »Wir trainieren gerade ein paar neue Kommandos«, erklärte sie und deutete mit dem Daumen aufs Meer hinaus. »Da vorne ist mein Begleitboot. Julian ist auch dabei, aber er pennt noch. Tom ist auf der *Thetys*, er soll in den nächsten Tagen ein junges Krakenmännchen als Partner bekommen und ist schon ganz aufgeregt.«

Carima war so erleichtert, dass sie im ersten Moment nur stammeln konnte. »Mann, was für ein Zufall … aber eigentlich ist es doch keiner, Julian hat ja erzählt, dass du in dieser Gegend trainierst … vielleicht schaffen wir es zusammen, Leon zu helfen … dein Wal kann doch Dinge suchen, oder?«

Aber nach einem Blick auf Billies verwirrten Gesichtsausdruck wurde ihr klar, dass die junge Taucherin nichts von alldem mitgekriegt hatte, was in letzter Zeit geschehen war. »Äh, Moment mal, langsam!«, sagte Billie. »Wir meinen denselben Menschen, oder? Leon Redway? Aber woher weißt du überhaupt etwas über ihn?«

Geduld. Sie musste sich zur Geduld zwingen, es brachte gar nichts, wenn sie Billie jetzt verwirrte! »Weil er mich angerufen hat«, sagte Carima und spürte, wie ihr Gesicht heiß wurde.

»Hat er? Nach seiner Flucht? He, ist da was zwischen euch?« Jetzt glänzten Billies Augen vor Neugier.

»Ziemlich private Frage …«, versuchte Carima schwach abzuwehren und gestand schließlich: »Ja, könnte man so sagen.«

»Glückwunsch«, sagte Billie, jetzt lächelte sie breit. »Ich gönn's euch. Und Leon ist ein echter Hauptgewinn. Okay, jetzt erzähl. Was für eine Art von Hilfe braucht er?«

Als Carima berichtete, wie Leon gefangen genommen worden war, wurde Billies Miene ernst. Ohne Carima ein einziges Mal zu unterbrechen, lauschte sie. »Das klingt übel«, meinte sie schließlich. »Auf der *Thetys* ist er nicht, das weiß ich, weil wir gestern Abend noch dort waren. Der Heli hat nur ganz kurz aufgesetzt, um jemanden an Bord zu nehmen, dann ist er wieder abgedüst. Mann, wenn ich gewusst hätte, dass Leon da drin sitzt!«

»Aber wohin ist er weitergeflogen?«, stöhnte Carima und ließ sich langsam aufs Deck der *Lovely Lucy* sinken. Billie setzte sich neben sie, und gemeinsam betrachteten sie den Sonnenaufgang, der die Wellen in geschmolzenes Kupfer verwandelte.

»Vielleicht aufs Festland«, sagte Billie unsicher. »Aber

362

kann sein, dass ihnen das zu heiß ist. An Land kriegen zu viele Leute mit, was abgeht.«

»Haben sie ihn vielleicht in irgendeine Unterwasserstation gebracht? Benthos II?«

Billie schüttelte den Kopf. »Benthos II ist immer noch stillgelegt, und es dauert einen Tag, alle Lebenserhaltungssysteme wieder hochzufahren. Nein, dorthin nicht – aber vielleicht an einen anderen Ort unter Wasser. Shola hat vor ein paar Tagen etwas entdeckt …«

»Was denn? Eine weitere Station?«

»So was Ähnliches«, sagte Billie nachdenklich. »Sie konnte es mir nicht genau beschreiben, aber es könnte so eine Art Driftstation sein, die zu Forschungszwecken halb oder ganz untergetaucht in den Meeresströmungen mittreibt. Anscheinend weiß niemand – oder kaum jemand – davon. Das wäre ein gutes Versteck für einen Gefangenen.«

»Eine Driftstation!« Carima versuchte sie sich vorzustellen, aber es klappte nicht besonders gut. »Wenn er dort tatsächlich ist … wie kommen wir da rein? Und vor allem, wie kriegen wir die ARAC dazu, Leon freizulassen?«

Billie zuckte die Schultern. »Keine Ahnung. Tut mir leid. Julian, Tom und ich, wir könnten natürlich mit Streik drohen, aber ob das was nützt?«

Drohen … das brachte Carima auf eine Idee. Doch zuerst erzählte sie Billie alles, was sie von Leon über die geheimen Projekte der ARAC wusste. Die Stammzellen. HotPower. Als Carima fertig war, schüttelte Billie fassungslos den Kopf. »Das habe ich nicht geahnt … das hat keiner von uns geahnt … oh Mann!«

Carima überließ sie ihren Gedanken, stieg in die Kajüte der *Lovely Lucy* herab und begann die winzige Küche und das ganze Gerümpel in der Kabine zu durchsuchen. Hope, der auf einer Art Sofa lag, schlief noch immer tief und fest, doch das unförmige Bündel auf der anderen Koje rührte sich. Jonah Simmonds hob den Kopf und blinzelte verschlafen. »Was machst du da?«

»Darf ich das haben?«, fragte Carima und zeigte ihm ein paar leere Papprollen, eine Tube Dichtungsmasse, eine gammelige Rolle silbernes Klebeband und eine alte Schnur.

»Nimm nur, nimm«, brummte Simmonds. Gleich darauf schnarchte er wieder.

Zurück an Deck machte sich Carima unter den skeptischen Blicken von Billie und Chili ans Basteln. Sie hob nur kurz den Kopf, als ein Prusten ihr verriet, dass Shola zurückgekehrt war. Sofort hastete Billie zur Bordwand und begann mit ihrem Wal zu sprechen. Fasziniert beobachtete Carima ihre eleganten und energischen Gesten. Das Pottwalweibchen hatte sich auf die Seite gewälzt, um sie mit einem seiner kleinen dunklen Augen anblicken zu können. Schließlich glitt es unter die Wasseroberfläche zurück.

»Ich habe ihr gesagt, sie soll das Objekt noch einmal ausfindig machen, damit sie uns hinführen kann«, meinte Billie. »Sag mal, was machst du da eigentlich?«

»Eine Bombe basteln«, sagte Carima und wand Klebeband um die Rollen, die sie mit der grauen Dichtungsmasse – dem »Plastiksprengstoff« – gefüllt hatte. Chili näherte sich interessiert und schlug mit der Pfote nach dem, was eigentlich die Zündschnur sein sollte.

»Eine Bombe? Spinnst du?«, rief Billie und zehn Sekunden später kamen Hope und Jonah Simmonds hoch aufs Deck gesprintet. Erstaunt musterten sie das fremde Mädchen und Carima stellte erst einmal alle einander vor.

364

»Na – was denkt ihr, was das sein könnte?«, fragte sie dann in die Runde und hielt ihr Werk hoch.

»Drei Familienpackungen Katzen-Leckerlis plus Klebeband«, brummte Simmonds und kratzte sich den kahlen Schädel, bevor er umständlich seine Basecap aufsetzte.

»Kann das explodieren?«, fragte Hope misstrauisch und Carima schüttelte zufrieden den Kopf. Anscheinend wirkte das Ding echt genug, um jemanden zu täuschen, wenn er nicht genau hinsah. Carima erklärte den anderen kurz, dass Leon auf der Driftstation sein könnte und wofür sie die Bombe gebastelt hatte.

»Das ist der bescheuertste Plan, von dem ich je gehört habe«, sagte Billie kopfschüttelnd. »Wenn du den Quatsch durchziehst, dann ohne mich!«

»Wollte ich auch gerade sagen. Das ist mir echt zu krass.« Hope verschränkte die Arme vor der Brust.

»Wie ihr meint.« Carima gab ihrer unechten Bombe den letzten Schliff, richtete sich dann wieder auf. »Aber ihr bleibt in der Nähe, falls ich Hilfe brauche, oder?«

Billie nickte zögernd und begann, ihre Ausrüstung zusammenzusuchen. »Ich glaube, ich schwimme mal wieder zurück. Julian bringt mich um, wenn ich ihm nicht sofort alles erzähle. Vielleicht ist er ja so verrückt und begleitet dich. Wenn Shola zurück ist, dann fahren wir ihr hinterher, und ihr folgt uns, okay? He, ist das, was da an eurer Bordwand klebt, etwa Lucy?« Billie hängte sich halb über die Reling, um ein paar Handzeichen in ihre Richtung schicken zu können. »Anscheinend will sie nicht hochkommen zu uns. Schwer traumatisiert, scheint mir.«

Carimas Lächeln geriet leicht verzerrt. »Mit etwas Glück kann sie ihren Partner bald zurückhaben.«

Kurze Zeit später war Shola zurück und Billie gab ihr vom anderen Boot aus mit schnellen Gesten ihre Anweisungen. Währenddessen winkte Julian Carima zu und formte die Hände zu einem Sprachrohr. »Das geht schief! Lass uns noch mal in Ruhe drüber reden!«, brüllte er.

Carima zögerte kurz, schüttelte dann verbissen den Kopf. Sie würde das schaffen, irgendwie.

Die *Lovely Lucy* war leider ein ganzes Stück langsamer als Billies und Julians Boot *OceanScout*, schwerfällig kämpfte sie sich durch die Wellen. Ungeduldig stand Carima am Bug und versuchte, den Pottwal im Blick zu behalten. Beinahe hätte sie dabei das pulsierende Flappen überhört, das einen Hubschrauber ankündigte. Aufgeregt schauten sie und Hope zum Himmel. Der Hubschrauber flog weit entfernt vorbei, vielleicht hatte die Besatzung sie nicht einmal gesehen. Jetzt ging er niedriger, immer niedriger … und war plötzlich hinter dem Horizont verschwunden. Hatte er irgendwo aufgesetzt? Aber wie sollte das gehen, mitten im Meer? Wenige Minuten später tauchte er wieder auf und flog in die Gegenrichtung davon, bis er zu einem winzigen Punkt geschrumpft war.

Carima starrte ihm nach. War alles vergeblich gewesen? Hatte dieser Hubschrauber Leon an Bord genommen, um ihn zum nächsten Versteck zu schaffen? Vielleicht. Vielleicht war Leon aber auch noch in dieser Driftstation. Vielleicht, vielleicht … sie musste es herausfinden!

»Dort vorne müssen wir hin! Schnell!«, brüllte Carima Simmonds zu, und der Kapitän des Bootes schaffte es irgendwie, aus den beiden Dieselmotoren der *Lovely Lucy* noch ein letztes Quäntchen Geschwindigkeit herauszuholen. Ungläubig sah Carima, wie vor ihnen eine Hubschrauberplattform auftauchte, die mitten aus dem Meer zu ragen schien. Darunter – ein riesiges Objekt, man sah nur die Spitze des Rumpfes unter der Plattform … das Ganze erinnerte sie an einen Eisberg, wahrscheinlich lag der größte Teil unter Wasser.

Und schon sank die Hubschrauberplattform wieder, schickte sich die ganze Station an, im Meer zu verschwinden. Sie kamen zu spät!

»Können Sie nicht schneller fahren?«, schrie Carima und Simmonds' Stimme donnerte über das Deck: »Heiliges Kanonenrohr – nein, kann ich nicht!«

Doch irgendwie schafften sie es. Noch ragte ein Stück der Plattform über die Wasseroberfläche. Hope und Carima beugten sich über die Bordwand, starrten fasziniert das dunkle Objekt unter ihrem Boot an. Durch das klare Wasser konnten sie Stahlplatten glänzen sehen, die gewölbte Seite der Station. »Das Ding ist ja riesig«, flüsterte Hope ehrfürchtig.

»Ich probiere mal, ob ich reinkomme«, sagte Carima, während sich Hope hastig die Lederschnur mit dem Triskell, dem Zeichen der NoComs, abnahm.

»Hier – das wird dir Glück bringen.« Er legte ihr die Schnur um den Hals und der metallene Kreis mit den drei geschwungenen Linien lag kühl auf Carimas Haut.

»Danke, hoffentlich hilft's«, sagte Carima. Was jetzt? Einfach über Bord springen? Die anderen hielten sie ja sowieso für komplett durchgeknallt, also los! Sie schnappte ihre Bomben-Attrappe, kletterte über die Bordwand und ließ sich ins Wasser fallen. Kühl schlug eine Welle über ihrem Kopf zusammen, das Salz brannte in ihren Augen. Carima staunte ein bisschen über sich selbst. Jetzt zog sie diesen

Plan tatsächlich durch ... so was machten doch eigentlich nur Action-Heldinnen im Film!

Ungeschickt, weil sie nur einen Arm frei hatte, paddelte sie auf die langsam absinkende Plattform zu. Darunter führte eine von Stahlbändern gesicherte Leiter zu einer Luke, die sich noch einen knappen Meter oberhalb der Wasseroberfläche befand. Wie sollte sie da reinkommen?

Carima versuchte, sich von unten in den Gittertunnel hineinzuzwängen, schrammte sich die Hüfte an einer scharfen Kante auf und schluckte einen Mund voll Meerwasser. Doch beim zweiten Versuch klappte es. Gerade noch rechtzeitig, die Plattform sank immer schneller. Panisch klammerte Carima sich fest und blickte sich um. Fast durch Zufall glitten ihre Finger dabei über mehrere Erhebungen im Metall, irgendwelche Knöpfe. Versuchsweise drückte sie den einen davon ... und ein Summen ertönte, die Luke öffnete sich. Eine Schleuse!

Carimas Puls beschleunigte sich noch weiter. Konnte sie jetzt rein in die Driftstation? War Leon wirklich da drin, würde sie ihn gleich wiedersehen? Sie konnte noch nicht ganz daran glauben. Sie holte tief Luft und ließ sich in die Schleuse hineingleiten, tastete mit den Füßen nach der Leiter. Über ihr schloss sich die Außenhülle der Station wieder, und einen Moment war es dunkel, bis ein automatisches Licht aufleuchtete. Triefend hangelte Carima sich weiter nach unten. Stimmen drangen an ihre Ohren, wütende Stimmen, dort schrien sich zwei Leute an, eine Frau und ein Mann, Carima verstand nur den Namen »Delilah«. Sie gelangte durch eine zweite Luke und stand plötzlich in einem Raum, der durch ein riesiges Aussichtsfenster den Blick auf das Blau unter der Meeresoberfläche und einen silbernen Fischschwarm freigab. Allerlei Ausrüstung lag herum.

Und dort waren auch drei Menschen, die sie völlig verblüfft anblickten – eine dunkelhäutige junge Frau, ein Asiate mit königsblau gefärbten Haaren und verschlossenem Gesicht sowie ein Mann mit langem Hals, hervortretendem Adamsapfel und Zähnen, die einem Biber Ehre gemacht hätten.

»Sweet Jesus – wer bist *du* denn?«, fragte der Mann mit den Biberzähnen, und es gab Carima einen Stich, dass dieser Kerl den gleichen Ausdruck benutzte wie ihre Mutter. Doch bevor sie antworten konnte, japste die junge Schwarze, die wahrscheinlich Delilah hieß: »Verdammt, die hat eine *Bombe!*«

»Vorsichtig damit! Um Himmels willen vorsichtig!«, brüllte der Mann mit den Biberzähnen und gestikulierte nervös in Carimas Richtung. »Wenn wir hier Wasser reinkriegen, dauert es Monate, bis wir *Lost* wieder flotthaben … ich habe gerade erst alles neu abgedichtet. Scheiße, das darf doch nicht wahr sein!«

Der Asiate mit den blauen Haaren hatte mit vor der Brust verschränkten Armen zugehört. »Was wollen Sie?«, fragte er Carima jetzt schlicht.

»Hier an Bord ist ein Gefangener!«, rief Carima und hielt ihre »Bombe« mit beiden Händen fest, auch, damit niemand dazu kam, sie sich genauer anzusehen. Das Salzwasser war den Leckerli-Rollen nicht sonderlich gut bekommen. »Lassen Sie ihn frei und bringen Sie ihn her! Jetzt sofort!«

Die drei Besatzungsmitglieder blickten sich an. »Sie meint vermutlich diesen Jungen, den die Rogers mitgebracht hat«, sagte Delilah und starrte mit gerunzelter Stirn auf Carimas

Hals. »Dachte mir gleich, dass diese ganze Sache Ärger bedeutet.«

Carimas Herzschlag dröhnte ihr in den Ohren und ein Kribbeln durchlief sie. »Wo ist er? Ich will zu ihm, und zwar sofort, sonst … fliegt hier alles in die Luft!«

»Dann wird wohl alles in die Luft fliegen müssen«, schnauzte Biberzahn sie an. »Du hast ihn um genau zehn Minuten verpasst, Mädchen. Er ist mit einem der Wissenschaftler – Dr. Reuter – runtergetaucht. Du wirst warten müssen, bis sie zurück sind.«

»Runtergetaucht?«, flüsterte Carima und starrte aus dem Panoramafenster. »Sind sie … unterwegs zur Bohrung?«

»Ja, genau«, sagte der blauhaarige Asiate und hielt Carima, ohne die Bombe zu beachten, eine Platte hin, auf der sich wunderschön arrangiertes Sashimi befand. »Bis dahin – bedienen Sie sich. Es würde mich erfreuen.«

Die Bohrung

In jeder anderen Situation hätte es Leon genossen, wieder einmal mit einem Tauchboot in die Tiefe unterwegs zu sein. Und noch dazu mit Tim; nebeneinander saßen sie im Cockpit der *Moray* und beobachteten, wie das Blau langsam in Schwarz überging. Doch diesmal war alles anders. Die Erschöpfung durchdrang seinen Körper und seine Seele, raubte ihm jede Energie, jede Freude.

»Ich verstehe nicht, warum du noch immer nicht unterschreiben willst«, sagte Tim, während er die *Moray* abwärtssteuerte. Er hatte den Funk abgeschaltet, sie waren allein miteinander. »Was wir jetzt über dich und Lucy wissen, ändert alles, da muss das Stammzellen-Programm eben zurückstehen. Du kannst auf Benthos II zurückkehren und alles wird sein wie gewohnt.«

Im schwachen rötlichen Schein der Innenbeleuchtung blickte Leon ihn kurz von der Seite an, dann wandte er den Blick zurück auf die Instrumente. Vierhundert Meter, sie sanken jetzt mit drei Meter pro Sekunde.

Alles wie gewohnt? Wem machte Tim hier eigentlich etwas vor? Glaubte er wirklich, dass Leon nach all dem, was passiert war, einfach wieder für die ARAC arbeiten konnte, als sei nichts geschehen? Nein, das ging nicht, etwas fehlte, etwas war zerbrochen. Und selbst wenn er unterschrieb – wie viel Zeit erkaufte er sich damit überhaupt? Vielleicht verlor er schon in ein oder zwei Jahren die Fähigkeit, mit Flüssigkeit zu tauchen.

»Na ja, schau dir erst mal die Bohrung an, ich bin sicher, die wird dich überzeugen«, fuhr Tim fort. »Ich verstehe nicht, warum du ausgerechnet gegen dieses Projekt etwas einzuwenden hast. Du weißt schließlich längst, dass die ARAC überall in großer Tiefe nach Öl bohrt, Manganknollen und -krusten erntet …«

Ja, das wusste er – und Leon schämte sich dafür, dass er so selten darüber nachgedacht hatte, was das eigentlich bedeutete. Manganknollen zum Beispiel wurden aus drei- bis viertausend Meter Tiefe durch einen Schlauch auf ein Transportschiff gesaugt – danach sah der Meeresboden aus, als hätte man ein schweres Schleppnetz darüber gezogen. Doch das war es nicht, worüber Leon reden wollte. »Ist es ein gutes oder schlechtes Zeichen, dass die Rogers zurückgeflogen ist? Wie lange wollt ihr mich eigentlich noch isolieren?«

»Leon …«, begann Tim, verstummte dann. Ein kleiner Schwarm Tiefseegarnelen kam in Sicht, wimmelte kurz in ihrem Schweinwerferlicht, blieb hinter ihnen zurück. »Du vertraust uns nicht mehr, stimmt's?«

»Wundert dich das?«

»Nein.« Tims Stimme klang belegt und er sah Leon nicht an. Stattdessen drehte er am Funkgerät herum, durch das gerade eine Stimme Messdaten durchgab. Ein freudiger Schreck durchzuckte Leon. Diese Stimme kannte er doch!

»Moment mal«, entfuhr es ihm. »Das ist doch Patrick – Patrick Lawton!«

Tim nickte. »Er steuert die *SeaLink*. Seit wir die Benthos II stillgelegt haben, arbeitet er hier. Ich ahne, was du gerade denkst … Nein, ihm ist nicht klar, was genau wir hier machen. Nur die Techniker, die mit der eigentlichen Bohrung beschäftigt sind, wissen es.«

»Bist du sicher?«, meinte Leon trocken. »Patrick ist kein Idiot, weißt du. Und er hat Augen im Kopf.«

»Falls er es mitgekriegt hat, hat er es jedenfalls nicht weitererzählt.« Tim klang verkniffen. »Im Gegensatz zu dir. Ja, wir wissen von diesem Journalisten; er hat in der Zentrale in San Francisco angerufen. Zum Glück war's nur ein Lokalreporter. Ich glaube nicht, dass er das Ganze weiterverfolgt hat.«

Verlegen schwieg Leon.

Neunhundertfünfzig Meter – sie näherten sich dem Grund. Jetzt sah Leon, was ihm alles entgangen war, als er mit der OxySkin hier in der Nähe gewesen war: Die Lampen des Tauchboots erhellten ein kompliziertes Gebilde aus Metall auf dem Meeresboden, wahrscheinlich eine spezielle Bohrausrüstung, ein Gewirr aus Rohren und Leitungen, gekrönt von einem Gitterturm, der im gelblich-trüben Wasser kaum zu erkennen war. Daneben die Turbine, von der ein dickes Stromkabel in Richtung Land führte.

In der Nähe der Bohröffnung schwebte ein Tauchboot – die *SeaLink,* mit Patrick im Cockpit. Anscheinend waren er und der Techniker an Bord gerade dabei, mit den metallenen Greifarmen des Bootes irgendetwas an der Anlage zu reparieren.

»Wir haben die Schäden der ersten Panne schon fast beseitigt«, sagte Tim.

Grimmig betrachtete Leon, was durch das Projekt Hot-Power aus dem einstigen Schwarzen Raucher auf dem Lo'ihi geworden war. »Tim, du bist Meeresbiologe«, presste er hervor. »Macht dir das gar nichts aus … so etwas hier zu sehen? Weißt du noch, in Galapagos, wie wir über all dieses Leben an den Schloten gestaunt haben?«

»Solche Schlote sind doch sowieso kurzlebig«, wich Tim aus und fuhr sich mit der Hand durch die Haare.

»Mag sein. Aber wie lange wird es dauern, bis die Todeszonen, die wir eurer letzten Panne verdanken, wieder verschwinden – wenn sie das überhaupt jemals tun?« Leon rechnete nicht mit einer Antwort. Es gab auch keine.

Während er das andere Tauchboot beobachtete, merkte er, wie sehr er die Besatzung der Benthos II vermisste. Er konnte sich noch so gut daran erinnern, wie Patrick ihn auf dem Weg hoch zur *Thetys* aufgemuntert hatte.

»Ist es okay, wenn ich Hallo sage?«, fragte er, und ohne eine Antwort abzuwarten, zog er sich das Headset über und klickte die Sprechverbindung auf *Ein*. »Patrick, hier ist Leon. Na, alles klar bei euch?«

»Hey! Wenn das nicht der Octoboy ist!« Die Freude in Patricks Stimme war unverkennbar. »Wie schön, dass du wieder an Bord bist.«

»Ja«, sagte Leon. »Ich weiß noch nicht ganz, ob ich es selbst so gut finde. Dieses HotPower-Projekt …«

Sofort schnitt ihm Tim die Sprechverbindung ab. Doch Patricks Antwort hörten sie beide klar und deutlich. »›Zweifel zu haben ist ein unangenehmer, sich in Sicherheit zu wiegen ein absurder Zustand.‹ Hat vor ein paar Hundert Jahren ein Mann namens Voltaire gesagt. Sollte ich vielleicht mal an ein paar ARAC-Manager mailen.«

In diesem Moment spürte Leon es. Etwas bewegte sich dort draußen, eins der Gerüste bewegte sich ganz leicht. Vibrierte. Ein Seebeben! Und weil er nicht mehr mit Lucy in Kontakt stand, hatte er nichts gemerkt!

374

Tims Kopf fuhr hoch, er murmelte einen Fluch. »Mist. Das hat uns gerade noch gefehlt.« Hastig betätigte er ein paar Schalter, pumpte die Ballasttanks der *Moray* aus und machte sie bereit für den Aufstieg. »Besser, wir verziehen uns.«

Doch als Leon durch die Plexiglaskuppel einen Blick auf die Bohrstelle erhaschte, sackte sein Unterkiefer herab. Und er wusste, dass alles, was sie jetzt noch tun konnten, zu spät kam.

Viel zu spät.

Carima hielt ein Stück Lachs-Sashimi in der einen Hand und die Bomben-Attrappe in der anderen. Sie kam sich unglaublich lächerlich vor.

»Es ist ein Jahrestag«, erklärte ihr der Asiate mit großem Ernst. »Mein Vater wurde vor genau fünfzehn Jahren in Okinawa von einem Tsunami getötet.«

Delilah trat ein paar Schritte näher und warf einen nervösen Seitenblick auf Carima. »Hiroki, es tut uns wirklich furchtbar leid. Arthur und ich, wir haben es einfach vergessen. Und natürlich nehmen wir gerne an Ihrem Essen teil. Aber äh, vielleicht sollten wir erst mal das mit dieser Bombe regeln?«

»Ja, natürlich«, sagte Hiroki und stellte die Platte mit dem Sashimi sorgfältig wieder ab. Carima zuckte zusammen, als der blauhaarige Asiate einfach auf sie zutrat und ihr die Bombe aus der Hand nahm. Ein kurzes Tauziehen, dann war sie ihre Attrappe los.

»He!«, protestierte Carima schwach, doch in diesem Moment packte Arthur sie schon und hielt ihre Handgelenke in eisernem Griff.

»Wir könnten sie in einer der leeren Kabinen unterbringen, die sind abschließbar«, knurrte er. »Mädchen, wie auch immer du heißt, diese ganze Sache war ein übler Fehler. Brandneu ist hier alles, jawohl, brandneu, und wer hier auch nur einen *Fleck* hinterlässt, kriegt Ärger …«

»Reg dich ab, Arthur, sie tut deiner Station schon nichts«, sagte Delilah. Sie hielt die Attrappe in beiden Händen und brach gerade mit einer Grimasse ein Stück durchweichte Pappe davon ab. »Das hier könnte nicht mal eine Hundehütte zerlegen. Ich bringe das Mädel jetzt in eine der Kabinen, da ist sie gut untergebracht, bis ihre Eltern oder die Cops oder wer auch immer sie abholen. Und jetzt sag mal, Arthur, wolltest du nicht Kontakt mit der *SeaLink* halten?«

Beleidigt verschwand der Mann mit den Biberzähnen, und Delilah übernahm es, Carima festzuhalten. Doch sie packte weit weniger grob zu, und sobald die Männer außer Sicht waren, ließ sie ganz los, wandte sich Carima zu und nestelte an ihrem Hals herum. Verblüfft sah Carima, dass die junge Frau ein Triskell hervorzog. »No Compromise!«, flüsterte sie und ließ das Symbol wieder unter dem Stoff verschwinden. »Los, komm, ich lasse die Station auftauchen und bringe dich von Bord, bevor die beiden anderen Idioten kapiert haben, was Sache ist. Ich sage einfach, dass du mich überrumpelt hast. Bist verliebt, was? Kenn ich. Da ist man eine Zeit lang einfach nicht ganz zurechnungsfähig.« Delilah seufzte.

Carima konnte es noch nicht ganz fassen. »Du bist eine NoCom und arbeitest für die ARAC, wie geht denn das?«

Delilah grinste breit. »Du glaubst doch nicht im Ernst, dass wir uns nur ein schönes technikfreies Leben unter Palmen machen, oder? Unser Ziel ist es, sämtliche große Firmen zu unterwandern.«

»Das heißt, du bist so etwas wie eine Undercover-Agentin?«, fragte Carima verblüfft. »Aber … dann wussten die NoComs von HotPower …«

Grimmig schüttelte Delilah den Kopf. »Leider nicht. Bin erst seit zwei Wochen hier und hatte noch keine Zeit, unbemerkt Bericht zu erstatten.«

»Das ist echt der Hammer«, sagte Carima – und genau in diesem Moment schrillten Sirenen durch die Station.

Ungläubig starrte Leon durch das vordere Sichtfenster der *Moray*. Ganz langsam, wie in Zeitlupe, wurde die Bohrausrüstung von ungeheuren Kräften auseinandergerissen, lösten sich Verbindungen, stürzten tonnenschwere Stahlteile um und sanken wie in Zeitlupe auf den Meeresboden. Im Tauchboot hörte Leon dumpfe Schläge, manchmal ein scharfes metallisches Geräusch – und dann kam noch ein Donnern hinzu. Aus dem Boden schoss mit der Gewalt eines Geysirs ein gelblich dunkelgrauer Strahl, der wahrscheinlich aus extrem heißem Wasser bestand und jedes Lebewesen in seiner Nähe augenblicklich tötete. Das andere Tauchboot, in dem Patrick und der Techniker hockten, warf seine Steuerdüsen an, versuchte, dem Inferno zu entkommen. Doch es war zu nah an der Bohrstelle, und Leon sah sofort, dass es keine Chance hatte. Die *SeaLink* wurde von umherwirbelnden Trümmerteilen getroffen, erzitterte unter den Einschlägen und ein Schrei gellte durch die Funkverbindung, Patricks Schrei. Wie silberne Spinnweben breiteten sich Risse im Plexiglas des vorderen Sichtfensters aus und der Druck der Tiefe erledigte den Rest. Einen Moment lang konnte Leon das zerquetschte Wrack der *SeaLink* noch sehen; dann nahm ihm das vor Hitze flimmernde Wasser die Sicht.

Leon spürte, wie ihm Tränen über die Wangen liefen. Jetzt würde Patrick nie wieder eine Universität von innen sehen. Doch für die Trauer um ihn und seinen Kopiloten war keine Zeit; die gelblich schwarzen Wolken wälzten sich auf sie zu, in ein paar Sekunden würde die Druckwelle der unterseeischen Explosion auch die *Moray* treffen.

»Ich werfe die Ballastplatte ab, sonst kommen wir nicht schnell genug hoch!«, brüllte Tim, seine Finger flogen über die Tasten und Hebel auf der Steuerkonsole. Ein Ruck ging durch das Tauchboot, dann fühlte es sich an, als sacke Leons Magen in die Tiefe – es ging aufwärts.

Leon übernahm den Funk. »*Mayday, Mayday*«, rief er ins Mikrofon, gab ihre Position durch und konnte nur hoffen, dass irgendjemand das hörte; Tim hatte auf dieser Fahrt von Anfang an keinen Kontakt zur Basis gehalten.

Schweißtropfen kitzelten auf seiner Schläfe, doch er versuchte nicht einmal, sie wegzuwischen. Er konnte die Augen nicht von diesen Schwaden lösen, die auf sie zuquollen. Nicht schnell genug … die *Moray* stieg einfach nicht schnell genug! Neunhundertfünfzig Meter. Noch immer viel zu tief. Dem Lo'ihi ausgeliefert.

»Wir schaffen es nicht«, flüsterte Tim und dann erfasste sie die Wolke. Einen Moment lang gab es kein Oben und Unten mehr. Leon versuchte vergeblich, irgendeinen Halt zu finden; er wurde gegen eine Steuerkonsole geschleudert und schützte instinktiv den Kopf mit den Armen. Ein harter Ruck schüttelte die *Moray,* anscheinend war sie gegen etwas geprallt, vielleicht einen Felsen oder ein Teil der Bohrausrüstung – und dann ging es auf einmal nicht mehr weiter. Leicht schräg, mit dem vorderen Sichtfenster nach oben gekippt, blieb das Tauchboot, wo es war. Einen Moment lang lichteten sich die dichten Wolken im Wasser und Leon sah das abgerissene Ende eines daumendicken Kabels vor dem Sichtfenster in der Strömung pendeln.

Tim kroch zum Bedienpult, versuchte, die Steuerdüsen zu betätigen. Das elektrische Summen der Düsen ertönte, wurde lauter, steigerte sich zu einem Heulen. »Verdammt, wir hängen irgendwo fest«, sagte Tim und wandte sich Leon zu.

Im schwachen Licht wirkten seine sommerblauen Augen dunkel, sein Gesicht war verschwitzt und ein dünner Faden Blut rann über seine Wange. Einen langen Moment blickten sie sich einfach nur an und Leon war nicht mehr nach irgendwelchen Vorwürfen zumute.

»Weißt du noch, damals an der Nordküste von Oahu?« Tims Stimme klang rau. »Als wir die Wellen unterschätzt haben?«

»Klar weiß ich das noch«, sagte Leon. »Das war echt dämlich von uns.«

Und plötzlich mussten sie beide grinsen, einen kurzen Moment lang. Ihre Arme verschränkten sich, ganz kurz nur.

Dann begann Tim im Chaos des Cockpits nach seinem Headset zu suchen und Leon schob sich hinüber zur Steuerung der Greifer.

»Ein Unfall? Was für ein Unfall?«, schrie Carima.

»Wissen wir noch nicht«, gab Delilah ungeduldig zurück und schob sie voran, Richtung Schleuse. »Aber sieht so aus, als sei da unten die Hölle los. Muss mich an den Funk hängen. Los, raus mit dir!«

Ein paar Minuten später war Carima draußen aus der Driftstation und die Schleusenluke klappte unter ihr zu. Es

379

blieb ihr nichts anderes übrig, als zu den beiden Booten zurückzuschwimmen. Sie kehrte gar nicht erst auf die *Lovely Lucy* zurück, sondern kletterte an der Heckleiter der *OceanScout* herauf, die Seite an Seite mit Simmonds' Boot auf den Wellen schaukelte. Julian reichte ihr eine Hand, um sie hochzuziehen. »Wo ist Leon? Was ist passiert?«

Carima schüttelte den Kopf, und die Angst um Leon raste durch ihren ganzen Körper, schien sich über ihre Gedanken zu legen wie ein roter Nebel. »Er ist mit einem Tauchboot unten und irgendwas stimmt da nicht!«

Eine Minute später kauerten sie alle drei vor dem Funkgerät, Carima immer noch tropfnass, und lauschten hilflos. Es durchfuhr Carima wie ein elektrischer Schlag, als sie Leons Stimme erkannte. »Er ruft Mayday – das ist das Gleiche wie SOS, oder?«, flüsterte sie.

Billie nickte, ohne sie anzusehen. Sie drückte auf die Ruftaste des Mikros, versuchte das Tauchboot zu erreichen.

Doch es kam keine Antwort.

»Noch mal … ja, ich glaube, du hast es – Shit!« Leon wischte sich den Schweiß von der Stirn. Im Schein der immer schwächer werdenden Scheinwerfer, die von einer kleinen Notbatterie gespeist wurden, steuerten er und Tim abwechselnd die Greifarme und versuchten das Tauchboot damit aus den Stahlkabeln zu befreien. Doch selbst wenn die Greifer eins der Kabel packen konnten, ließ es sich meist nur ein paar Zentimeter zur Seite ziehen. Auch das Gewirr zu durchtrennen klappte nicht – das Tauchboot verfügte zwar über Werkzeuge, die dazu dienten, es unter Wasser aus Fischernetzen freizuschneiden, doch sie waren nicht dafür gemacht, Stahlkabel zu kappen.

Auf Socken kroch Leon nach ganz vorne in die gewölbte Plexiglaskuppel, legte den Kopf in den Nacken, um zu erkennen, wo und wie genau die *Moray* festhing. Als wieder einmal einen Moment lang eine Strömung das Wasser klärte, erhaschte er einen kurzen Blick auf die Umgebung. Und was er sah, war weitaus schlimmer, als er befürchtet hatte. Geknickte Metallstreben, keine fünf Meter über ihnen. »Tim … da oben …«

»Was?« Tim zog sich neben ihn und kniff die Augen zusammen. »Nein! Nicht das auch noch. Das sieht so aus wie ein Teil der Bohrstation. Hängt genau über uns.«

Leon nickte. »Wenn es ein Nachbeben gibt, dann macht uns das platt.«

»Das geht wenigstens schnell«, sagte Tim bitter. Leon wusste, was er meinte. Schon jetzt kam ihm die Luft im Inneren der *Moray* stickig und warm vor.

»Wie lange reichen die Sauerstoffvorräte?«

Schnell checkte Tim eine Anzeige auf der Steuerkonsole; danach klang seine Stimme ruhiger. »Sieht gar nicht so schlecht aus – noch etwa zwanzig Stunden. Sollte reichen, um uns rauszuholen.«

»Fragt sich nur, wie …«

»Die *Thetys* ist auf Position nicht weit von hier und sie hat die *Marlin* an Bord. Die kann uns entweder freischleppen oder an uns andocken und uns mit hochnehmen. Finden werden sie uns mit Leichtigkeit, ich habe die Notboje hochgeschickt.«

Noch einmal gab Leon einen Hilferuf durch – und diesmal kamen gleich zwei Antworten.

»Driftstation DX-56E ruft *Moray*. Alles in Ordnung bei euch?«

»Nein«, sagte Leon grimmig, beschrieb kurz die Katastrophe an der HotPower-Bohrstation und schilderte ihre Lage. »Aber immerhin geht's uns noch besser als der *SeaLink*, die ist zerstört worden.«

Jemand unterbrach ihn. »Hier ist die *OceanScout*«, sagte eine atemlose Stimme, Billies Stimme! »Meinst du, ihr kriegt das Ding noch mal flott?«

»Sieht nicht so aus, aber wir probieren es weiter«, sagte Leon – und spürte plötzlich Wasser an seinen Zehen. Wasser von draußen. »Tim, wir haben ein Leck!«

»Ja«, sagte Tim tonlos. »Ich glaube, das Wasser kommt irgendwo am Heck rein. Das Loch kann nicht sehr groß sein, sonst hätten wir es früher gemerkt.«

»Billie, wir …«, begann Leon, doch auf einen Schlag erloschen sämtliche Lichter im Cockpit der *Moray*. Völlige Dunkelheit hüllte sie ein und die Sprechverbindung war tot. Anscheinend war die Elektrik zusammengebrochen.

»Wahrscheinlich ein Kurzschluss, weil Wasser eingedrungen ist«, sagte Tims Stimme irgendwo neben Leons Ohr. »Die Notbatterie hätte sowieso nicht mehr lange durchgehalten.«

Ein Leck. Die *Moray* hatte ein Leck! Leon fühlte, wie Verzweiflung in ihm hochkroch. Hatte er seinen Vorrat an Glück aufgebraucht? Selbst eine winzige undichte Stelle konnte ihnen den Rest geben, wenn sie hier unten festsaßen. Langsam und unaufhaltsam würde sich das Tauchboot mit Wasser füllen – und er hatte keine seiner OxySkins dabei! Er würde ertrinken, so wie jeder andere Mensch in dieser Situation. Ganz glauben konnte er es nicht; es kam ihm so lächerlich vor, dämlich und sinnlos.

Das Ende der Welt

Nach einigem Herumkramen fand Tim eine Taschenlampe, und sie versuchten herauszufinden, woher das Wasser kam und ob sie das Leck abdichten konnten. Tim fluchte ausgiebig in Deutsch, während er mit dem Werkzeug hantierte; Leon verstand immerhin die Hälfte, und am Ton von Tims Stimme hörte er, dass seinem Adoptivvater ebenso die Angst im Nacken saß wie ihm selbst.

»Die *Thetys* ist sicher bald hier«, versuchte Leon ihn und sich selbst aufzumuntern. »Bestimmt klopft gleich jemand an die Luke und will wissen, ob wir es waren, die die Pizza bestellt haben.«

»Wäre gut, wenn sie sich damit beeilen könnten«, presste Tim hervor. »Gibt auch ein Extra-Trinkgeld.«

Leons Socken waren schon durchtränkt, und er zog die Beine an den Körper, umschlang die Knie mit den Armen. »Immerhin, das Wasser steigt nicht sonderlich schnell. Was meinst du, wie lange …?«

»Eine halbe Stunde vielleicht. Eine Stunde, wenn wir Glück haben.«

»So schnell wird die *Thetys* es nicht schaffen, oder?«

Von Tim kam keine Antwort, er tastete nur nach Leons Hand, nahm sie, hielt sie fest.

Nein, so schnell würde die *Thetys* sie nicht erreichen können. Dieses Leck war ihr Todesurteil.

Verzweifelt starrte Leon in die Dunkelheit, versuchte zu begreifen, dass er sehr wahrscheinlich weder Lucy noch Carima wiedersehen würde.

»Leon …« Tims Stimme schwebte durch die Dunkelheit. »Ich wünschte, du könntest jetzt meine Gedanken lesen. Das würde vieles einfacher machen. Aber ich kann es auch einfach so sagen.«

»Was denn?«, flüsterte Leon.

»So etwa ein halbes Jahr nachdem ich dich adoptiert hatte … da war ich entsetzlich betrunken. Ich habe die Nummer deiner Tante in Iowa rausgesucht, weil ich das Gefühl hatte, ich schaffe es nicht. Weil es so verdammt schwer war, dich alleine großzuziehen, und ich nicht mehr sicher war, ob ich das will und hinkriege.«

Sein eigener Herzschlag kam Leon sehr laut vor in der Stille. »Und, hast du sie angerufen?«

»Nein. Ich habe ihre Nummer gewählt, aber als sie sich dann gemeldet hat, habe ich aufgelegt. Weil ich merkte, es zerreißt gerade was in mir. Ich wollte dich nicht mehr verlieren.« Tim zögerte und seine Stimme wurde noch leiser. »Und gerade deswegen schäme ich mich jetzt so entsetzlich. Die ARAC hat dich behandelt wie einen Kriegsgefangenen und ich habe mitgemacht.«

Es war warm im Cockpit der *Moray*, wahrscheinlich durch die Ströme heißen Wassers dort draußen, und doch zitterte Leon, er konnte es nicht verhindern. Er schlang die Arme enger um den Körper. »Tim, als du rausgegangen bist gestern Nacht, während die Rogers mich weiter verhört hat … konntest du da schlafen?«

»Nein.« Ein tiefer Seufzer. »Das konnte ich nicht. Aber ich hatte auch nicht den Mut, zurückzugehen und ihr zu sagen, dass sie dich verdammt noch mal jetzt in Ruhe lassen soll. Dass das Folter ist und ich das nicht mehr mitmache.«

Seine Stimme schwankte. Und obwohl Tim nicht um Vergebung gebeten hatte, spürte Leon in diesem Moment, dass er ihm verzieh. Vielleicht hatte Tim einfach zu lange geglaubt, er tue das Richtige, wenn er dabei helfe, seinen rebellischen Adoptivsohn wieder unter Kontrolle zu bekommen.

»Bitte, Tim, sag mir, was mit meinen Eltern los war. Du hast so komisch reagiert dort im McGreen …«

»Weil auch ich so einen Verdacht hatte. Es war schon sehr seltsam, dass die Besatzung der *Xanthia* deine Eltern angeblich nicht bergen konnte. Aber ich konnte nie etwas beweisen und so habe ich es verdrängt.«

Leon biss die Zähne zusammen. Der Gedanke, dass seine Eltern im Meer um ihr Leben gekämpft hatten, ohne Hilfe zu bekommen, war schwer zu ertragen. »Aber du hast weiter für die ARAC gearbeitet.«

»Habe ich. Damals ergab das irgendwie Sinn. Und ich glaube noch immer, dass es das Richtige war, dass ich dir erlaubt habe, mit den OxySkins zu tauchen. Du hättest dich früher oder später sowieso gegen deine Eltern aufgelehnt und dich für das Programm beworben, ob es ihnen gepasst hätte oder nicht. Aber dann wärst du wahrscheinlich schon zu alt gewesen, um noch Flüssigkeit zu atmen.«

Leon starrte in die Dunkelheit und dachte an die Wunder und die Schönheit, die er in den letzten Jahren erlebt hatte. Daran, wie es gewesen war, Seite an Seite mit Lucy hinauszuschwimmen in die dunkle Unendlichkeit, die letzte unerforschte Wildnis der Erde. »Ja, es war das Richtige, Tim«, sagte er langsam und spürte, wie etwas in ihm zur Ruhe kam, wie die quälenden Zweifel sich auflösten. »Mag sein, dass die ARAC mich benutzt hat. Aber ich bereue trotzdem nicht, dass ich mitgemacht habe. Weißt du, ich war wirklich glücklich auf der Benthos II.«

»Gibt es denn etwas, das du bereust?«

»Nur eins. Dass ich Carima noch nicht gesagt habe, dass ich sie liebe.«

»Das Mädchen, das zu Besuch in der Station war?« Tim klang neugierig.

»Ja. Irgendwann … war es nicht mehr irgendein Mädchen. Wenn du weißt, was ich meine.«

Leon konnte Tims langsame Atemzüge hören und das Fallen eines einzelnen Tropfens. Jetzt, wo die Lüftung nicht mehr funktionierte, schlug sich im Inneren des Cockpits Feuchtigkeit an den Wänden nieder. »Ja, ich weiß, was du meinst«, sagte Tim. »Ich kann mich noch genau daran erinnern, als ich zum ersten Mal verliebt war. Sie hieß Anna und trug eine Zahnspange, die in der Sonne blitzte, wenn sie lachte. Einmal saßen wir abends an der Küste, die damals so ein bisschen meine zweite Heimat war, und ich wollte sie küssen, aber ich war viel zu nervös.«

»Du, nervös?«

»Ja, Mann, ob du's glaubst oder nicht, ich war nicht immer der Typ, der die Frauen reihenweise abschleppt. Also, jedenfalls saßen wir da, und sie sagte ›Schau mal, so ein hübscher Seestern, und da diese niedlichen gestreiften Garnelen‹, und ich weiß nicht, was in mich gefahren ist, jedenfalls habe ich ihr verraten, was gleich zwischen diesen putzigen Tieren passieren würde. Tja, danach war die romantische Stimmung irgendwie weg.«

Leon musste grinsen. Wenn Harlekin-Garnelen einen Seestern fanden, drehten sie ihn um, sodass er nicht mehr auf seinen winzigen Füßchen flüchten konnte, und dann fraßen sie ihn ganz langsam von den Armspitzen bis zur Mitte auf. Dadurch, dass das Opfer noch lebte, blieb das Fleisch bis zum Schluss schön frisch. »Wahrscheinlich dachte sie, sie ist in einen Horrorfilm geraten. Gut, dass du Anna nicht auch noch gesagt hast, dass Seesterne Muscheln aufhebeln, ihren Magen durch die Lücke zwängen und die Muschel in ihrer eigenen Schale verdauen. Dann wäre ihr bestimmt schlecht geworden.«

»Wahrscheinlich. Also – falls wir doch noch hier rauskommen, dann weißt du jetzt, was für Sprüche du in solchen Situationen auf keinen Fall bringen solltest.«

Leon nickte schweigend. Das Wasser hatte die Kante seines Sitzes noch nicht erreicht, doch er wusste, dass es da war, und er konnte spüren, wie es lautlos stieg.

Weiter und weiter.

»Das mit dem Leck klingt übel«, sagte Julian und hieb die Faust auf das Holz der Sitzbank. »Und sie liegen so tief, dass man sie mit Panzertauchanzügen nicht mehr erreichen kann. Mit den OxySkins könnten wir es schaffen, aber die sind auf der *Thetys*!«

»Wie genau hättest du den beiden helfen wollen?«, gab Billie heftig zurück, ohne Carima zu beachten, die eingeschüchtert neben ihr hockte. »Wenn die *Moray* stark beschädigt ist, dann hätten wir die beiden ohnehin nicht rausgekriegt!«

»Nein, aber wir hätten zumindest versuchen können, das Tauchboot zu befreien.«

»Das kann auch jemand anders an unserer Stelle versuchen.« Billie rannte zum Heck des Bootes, tauchte das Ding an ihrem Handgelenk, das wie ein kleiner Computer aussah, ins Wasser und drückte auf einen Knopf. Keine Minute später tauchte Shola direkt neben dem Boot auf und Billie gab ihr mit wenigen schnellen Handbewegungen ihre Instruktionen. Senkrecht tauchte das junge Pottwalweibchen ab, einen Moment lang zog ihre Schwanzflosse noch einen eleganten Bogen durch die Luft, dann verschwand auch sie.

Währenddessen hängte sich Julian wieder an den Funk und nahm Kontakt mit der *Thetys* auf. »Sie haben Alarmstufe Rot, das Rettungskommando kommt so schnell wie möglich – aber bis es da ist, kann es noch dauern«, berichtete er danach.

»Können sie uns die OxySkins nicht mit dem Heli vorausschicken?« Billie nagte an ihrer Unterlippe.

Verzweifelt schüttelte Julian den Kopf. »Der Hubschrauber ist gerade in Honolulu, weil Madame dort irgendwas zu erledigen hatte.«

»Äh, übrigens, ich habe Leons OxySkin dabei«, wagte sich Carima einzumischen. »Und einen Fünf-Liter-Kanister Per… na ja, diese Atemflüssigkeit eben.«

Billie fuhr herum, ihre Augen blitzten. »Du hast …? Oh, Gott sei Dank! Carima, du bist ein Schatz! Aber warum hast du das nicht gleich gesagt? Dann hätte Shola sie gerade mitnehmen können nach unten, um sie ihm zu bringen.«

Carima zuckte verlegen die Schultern, daran hatte sie nicht gedacht.

Rastlos ging Julian auf dem Deck hin und her. »Mach dir nichts vor, Billie«, sagte er. »Shola ist nicht sonderlich gut darin, Sachen zu transportieren, und ich glaube nicht, dass sie es schaffen könnte, eine Tasche und einen Kanister direkt in der Schleuse der *Moray* abzuliefern. Anders kommen Leon und Tim nicht dran, wenn ihr Tauchboot festhängt.«

Widerstrebend nickte Billie. »Du hast recht. Und wenn Shola einen Fehler macht, ist die OxySkin verloren und Leons letzte Chance dahin. Besser wäre, einer von uns könnte das Zeug hinbringen – fragt sich nur, wie …«

»Ich habe noch ein paar Anzüge mitgebracht«, sagte Carima aufgeregt und war froh, dass sie sich die Mühe gemacht hatte, das Zeug mitzuschleifen. »Aber es sind ziemlich alte und außerdem sind sie für jemand anders gemacht worden.«

»Zeig her!«, kommandierte Julian, und Carima bat Hope, ihnen die Tasche und den Kanister von der *Lovely Lucy* aus rüberzuwerfen. Kurz darauf zog Julian eine alte OxySkin nach der anderen hervor und reichte sie an Billie weiter, die sie staunend hochhielt wie ein Mädchen, das gerade Abendkleider für seinen ersten Ball aussucht.

»Die hier könnte mir halbwegs passen«, sagte Julian schließlich und begann, sich das T-Shirt vom Leib zu zerren. »Ich gehe runter. Wird schon irgendwie klappen. Sieht so aus, als wäre das Leons einzige Chance.«

Billie nahm den Anzug, den Julian ausgewählt hatte, betrachtete ihn und schleuderte ihn aufs Deck zurück. »Das meinst du nicht ernst, DiMarco! Das Ding gehört in ein Museum! Du würdest spätestens in hundert Meter Tiefe ersticken oder Krämpfe kriegen, weil die automatische Steuerung dir zu viel Sauerstoff liefert!«

»Egal, ich muss es versuchen!«, brüllte Julian, und erschrocken sah Carima, dass er Tränen in den Augen hatte. »Es ist meine Schuld, dass all das passiert ist, es ist meine Schuld, dass Leon auf die *Thetys* gebracht worden ist und fliehen musste …«

389

»He, mal langsam«, mischte sich Carima irritiert ein. »Wovon redest du? Ich kapiere gar nichts.«

»Ich auch nicht!« Wütend stemmte Billie die Hände gegen die Hüften.

Julian wandte sich ihnen zu. In seinen Augen stand wilde Verzweiflung und in diesem Moment war in seinem Gesicht nichts Kindliches mehr. »Unten auf der Station, da habe ich Leon Mist erzählt, ich habe gesagt, ich hätte dich geküsst, Carima. Ja, es war gelogen! Es war eine verdammte Lüge! Aber in diesem Moment wollte ich ihm wehtun.« Fahrig wischte er sich mit dem Handrücken die Tränen aus dem Gesicht. »Ich kann nicht mal sagen, wieso, vielleicht weil er in allem, was er macht, so viel besser ist als ich und sich nicht mal anstrengen muss dafür, weil das mit meinem Rochen Carag ein Fehlschlag war und er mit seinem achtarmigen Vieh ein Herz und eine Seele …«

»Du hast behauptet, du hättest mich geküsst?«, wiederholte Carima ungläubig.

»Ja, hab ich! Und Leon ist vollkommen durchgedreht, noch nie habe ich ihn so gesehen, er ist rausgestürmt und mit der OxySkin ins Meer gegangen, hat sich einfach nicht um das Tauchverbot gekümmert. Kovaleinen hat ihn wegen dieser Sache aus der Station verbannt und nach oben geschickt.« Julian sackte auf einer Bank an der Reling zusammen und stützte den Kopf in die Hände. »Es ist alles meine Schuld. Und deswegen bin ich derjenige, der jetzt da runtergehen wird.«

Eine Minute lang herrschte Schweigen auf dem Deck der *OceanScout*. Erschrocken blickten Jonah Simmonds, Hope und Chili von der *Lovely Lucy* herüber.

Carima atmete tief. Ja, klar, das Ganze war eine miese Aktion von Julian gewesen, und noch vor ein paar Tagen wäre sie ausgerastet, wenn sie davon erfahren hätte. Doch jetzt zählte nur noch, Leon lebend aus der Tiefe hochzubringen.

Schließlich war es Jonah Simmonds, der die Stille brach. »Äh, Leute, wo habt ihr eigentlich den Kanister mit diesem blauen Zeug hingetan? Und die Tasche mit dieser … äh, Skin?«

»Wieso, wir haben doch –«, begann Carima und blickte sich um. Einige der alten OxySkins lagen noch an Deck, aber Simmonds hatte recht, der Kanister war verschwunden und auch die Tasche mit Leons eigenem Anzug. Eine feuchte Spur führte von dem Platz, an dem sie sich befunden hatten, bis ins Wasser.

»Lucy!«, schrie Billie auf und sie stürzten alle zur Reling. Doch dort war schon längst nichts mehr zu sehen, nur das durchscheinende Blau des Pazifiks und die kleinen Wellen, die sich an der Bordwand der *OceanScout* brachen.

»Sie wird das nicht überleben«, sagte Julian dumpf. »Das Wasser um den Lo'ihi herum ist voller Kohlenwasserstoffe und Schwermetalle, reines Gift für Kraken. Aber wenn sie tatsächlich bis nach unten kommt …«

Und dann schwiegen sie. Saßen nebeneinander, so dicht, dass sich ihre Arme berührten. Warteten. Hofften.

Als dann schließlich etwas geschah, war es nicht das, was Carima erwartet hatte. Ein Schiff tauchte am Horizont auf und hielt auf sie zu. »Gott sei Dank, endlich, das ist die *Thetys*, oder?«, jubelte Carima und sprang auf, doch Billie schüttelte den Kopf. »Quatsch, die *Thetys* ist dreimal so groß wie das da. Sieht eher nach der *Kiska* aus, einem Kutter der Küstenwache, der in Hilo stationiert ist. Wie haben denn die mitgekriegt, was hier los ist?«

391

»Ich habe einen Journalisten gebeten, die Behörden zu alarmieren«, gestand Carima und Billie verzog das Gesicht. »Na, hoffentlich erzählt denen niemand etwas von deiner Pseudo-Bombe.«

Mit schäumender Bugwelle näherte sich das andere Schiff und stoppte schließlich einen Steinwurf von ihnen entfernt. Tatsächlich, auf dem weißen Rumpf standen *U.S. Coast Guard* und *Kiska*. Carima spähte hinüber ... und ihr wurde abwechselnd heiß und kalt. Auf dem Schiff liefen nicht nur eine Menge Besatzungsmitglieder herum, mit denen Billie gerade per Funk Kontakt aufnahm – dort an der Reling standen auch zwei Menschen, die sie sofort erkannte.

Ihre Mutter ... und ihr Vater!

»Ach du Schande«, sagte Carima schwach. »Das sind meine Eltern.«

Sie hätte es sich eigentlich denken können. Ihre Mutter hatte sicher die Polizei benachrichtigt und ihr Verschwinden gemeldet ... und als dieser Journalist dann die Behörden alarmiert hatte, hatte er wahrscheinlich nicht nur etwas über Leon, sondern auch etwas von einem blonden deutschen Mädchen erzählt. Die Beamten hatten nur noch zwei und zwei zusammenzählen müssen.

In einem Schlauchboot mit Außenbordmotor wurden ihre Eltern hinübergefahren zur *OceanScout*, dann kletterten sie an Bord. Carima fragte sich, ob sie überhaupt noch Worte füreinander finden konnten. Ob es alles noch schlimmer machen würde, dass diese beiden Menschen, Nathalie und Wolfgang Willberg, jetzt hier waren.

Als Erstes umarmte Carima ihren Vater – und merkte, dass sie sich wirklich freute, ihn zu sehen. »Du bist hergeflogen! Aber ... was macht Hannah jetzt ohne dich?«

392

»Rudert und klettert eben ein bisschen alleine«, sagte ihr Vater, lächelte und drückte sie an sich. »Ich bin so froh, dass du in Ordnung bist. Als deine Mutter mich angerufen hat, habe ich das Schlimmste befürchtet.«

Die verkniffene Miene ihrer Mutter ließ nichts Gutes erwarten. »Carima, kannst du mir bitte mal erklären, was du …«

Kälte durchzog Carimas ganzen Körper, lähmte ihre Lippen. Dort in der Tiefe kämpfte Leon um sein Leben, keine Sekunde lang konnte sie das vergessen, und sie hatte nicht die Kraft, sich jetzt auch noch mit ihrer Mutter zu streiten. Aber sie musste alles, was geschehen war, irgendwie erklären, es zumindest versuchen.

Aus den Augenwinkeln bemerkte sie, dass Billie und Julian sich taktvoll in die Kajüte der *OceanScout* zurückzogen.

Als ihre Mutter ausgeredet hatte, atmete Carima tief durch und blickte ihr in die Augen. »Es tut mir leid, dass ich den Wagen nehmen musste. Aber es ging nicht anders. Erinnerst du dich noch an Leon Redway? Wir haben ihn unten auf der Station kennengelernt. Einer der jungen Taucher.«

Ihre Mutter öffnete den Mund, schloss ihn wieder, nickte einfach nur.

Kurz und nüchtern erklärte Carima, weswegen Leon geflohen war und was er über die ARAC herausgefunden hatte. »Ich habe ihm bei der Flucht geholfen, weil ich ihn auf keinen Fall im Stich lassen wollte. Bestraft mich meinetwegen deswegen, wenn ihr es für richtig haltet. Aber fragt euch vielleicht vorher einmal, was ihr in dieser Situation getan hättet.«

Schweigend blickten Carima und ihre Mutter sich an, und Carima kam es so vor, als habe ihre Mutter sie noch nie zuvor so angesehen. Ohne Ärger, ohne Urteil. Ein bisschen staunend. Wie eine Erwachsene, die sie eben erst kennengelernt hatte.

»Ich glaube, ich hätte das Gleiche getan wie du«, sagte Nathalie Willberg schließlich ruhig. »Zumindest hoffe ich, dass ich den Mut dazu gehabt hätte.«

Carima erwiderte ihren Blick gerade und offen – und spürte, wie die Wut aus ihr wich, diese Wut, die schon so lange in ihr nagte und fraß. Auf einmal war es leicht, sie loszulassen. Jetzt und vielleicht für immer.

Es gab so viele Dinge, die wichtiger waren.

»Wenigstens ist das Wasser lauwarm, sonst hätten wir jetzt schon ein paar erfrorene Zehen«, sagte Tim und Leon nickte. Er ließ den Lichtstrahl der Taschenlampe über das tote Bedienpult an den Seiten des Cockpits spielen, richtete ihn dann nach unten, auf das Wasser, das um ihre Knie schwappte. Es schimmerte grau-gelblich im Licht; die typische Schwermetallsuppe der hawaiianischen Schwarzen Raucher – durch glühend flüssiges Gestein tief unter dem Meeresboden erhitzt, durch die Schlote aufgestiegen, dann verdünnt durch das eisige Wasser der Tiefsee.

Kleine Wellen bildeten sich darauf, als die *Moray* erzitterte. Noch ein Nachbeben – schon das zweite innerhalb kurzer Zeit. Keiner von ihnen wagte zu atmen und Leon schielte unwillkürlich durch die Kuppel nach oben. Das Trümmerstück, das über ihnen hing, hatte sich verschoben. Es sackte ein Stück tiefer … noch ein Stück … und kam zum Stillstand. Ein großer, dunkler Körper hatte sich daruntergeschoben, hebelte das schwere Metallteil beiseite wie einen Zahnstocher. Ungläubig starrten Leon und Tim nach draußen und lauschten auf die Geräusche, die ihnen verrieten, wer da draußen war. Was wie ein Zungenschnalzen klang, waren die Laute eines Pottwals, der sich in der Tiefe orientierte.

»Das ist Shola!«, rief Leon und jetzt sah er auch das schmale, weiß geränderte Maul des Pottwals, nur wenige Meter von ihnen entfernt. Sholas Kopf näherte sich ihnen, schien kaum eine Armlänge entfernt, dann bebte die *Moray* wieder. Doch diesmal war es nicht die Erde selbst, die sie durchschüttelte. Shola hatte sie seitlich gerammt, schob sie mit der breiten, eckigen Stirn an.

»Sie versucht uns irgendwie freizukriegen«, murmelte Tim und beobachtete konzentriert, was das junge Pottwal-weibchen tat. »Vielleicht schafft sie es, sie ist schließlich schon fast ausgewachsen und stärker, als wir uns vorstellen können.«

Angespannt starrte Leon nach draußen. »Hoffentlich verwickelt sie sich nicht selbst in diese Stahlseile!«

»Kannst du ihr sagen, dass sie vorsichtig sein soll?«

»Ja. Wenn sie gerade hinschaut.« Leon klopfte gegen die Scheibe, um Sholas Aufmerksamkeit zu erregen, und ließ seine Hände sprechen, während Tim die Taschenlampe auf sie gerichtet hielt; die Dolslan-Zeichen, die Billie benutzte, waren die gleichen, mit denen Leon und Lucy sich offiziell verständigten.

Shola entfernte sich ein Stück, als habe die Botschaft sie verunsichert; dann wurde das Knacken lauter und folgte schneller aufeinander – sie kehrte zurück, um es noch ein-mal zu versuchen.

Doch auch diesmal hatte Shola keinen Erfolg und schließ-lich verschwand das junge Pottwalweibchen, kehrte wohl zur Oberfläche zurück.

395

»Vielleicht sollten wir …«, begann Leon – und verstummte. Er hatte etwas gespürt. Etwas, das so wunderbar vertraut war, dass seine Knie weich wurden. Eine Berührung in seinem Geist, sanft wie Fingerspitzen, die über seine Haut strichen.

»Was ist?« Tim packte ihn am Arm. »Hast du etwas gehört?«

»Lucy«, flüsterte Leon, und noch während er es sagte, strömten Worte in seinen Kopf. *Mein Freund, wo bist du? Ich hab etwas gebracht, aber schwer ist es, dich zu finden! Scheußlich riechschmeckt das Wasser hier, großviel scheußlich!*

Jubel stieg in Leon auf. Er wusste zwar nicht, wie sie es angestellt hatte, aber sie war hier, seine Partnerin war hier! *Wir sitzen in einem Gewirr von Stahlkabeln fest. Ich versuche, dir ein Signal zu geben!*

Er begann, wie wild gegen die Innenseite der Plexiglaskuppel zu klopfen. Vielleicht war Lucy noch zu weit weg, um die Vibrationen zu spüren, doch wenn sie sich näher herantastete, würde sie ihn und Tim so leichter finden.

»Was sagt sie?«, drängte Tim nervös. »Ist sie mit jemandem zusammen – einem Rettungsteam?«

Leon stellte eine lautlose Frage und sofort wehte eine Antwort zu ihm herüber. *Allein bin ich. Helfen wollen alle, aber keiner kann. Mein Freund, Augen auf und Licht an!*

Leon schnappte sich die Taschenlampe und richtete sie auf die Plexiglaskuppel, sodass der Schein nach draußen fiel … auf Arme mit Saugnäpfen, die an der Scheibe klebten, auf unirdische Augen mit balkenförmigen Pupillen. Spontan legte Leon die Hände auf die Innenseite der Kuppel, ein Gruß durchs Glas hindurch, und ihm war nach Lachen

396

und Weinen gleichzeitig zumute. *Wieso hast du das getan? Weißt du nicht, dass das Wasser der Schwarzen Raucher giftig für dich ist? Du musst hier wieder weg, so schnell wie möglich!*

Ja ja. Aufs Boot lege ich deine Schwimmhaut! Dort, wo man reinkriechen kann, kündigte Lucy an, und nachdem Leon es Tim übersetzt hatte, kletterten sie sofort nach hinten zur Schleuse – eine schmale, von zwei Seiten verschließbare Röhre, die ins Tauchboot hineinführte. Diesmal war es Tim, der leuchtete, während Leon mit aller Kraft an dem Handrad drehte, das die obere Luke der Schleuse schloss und verriegelte. Normalerweise kostete das nur einen Knopfdruck. Sie konnten froh sein, dass es für den Notfall eine Möglichkeit gab, die Schleuse per Hand zu bedienen.

Schließlich hielten sie in der Hand, was Lucy mitgebracht hatte: einen Kanister mit einer bläulichen Flüssigkeit – das Etikett war im Wasser abgegangen – und einen Seesack. Leons Puls raste, als er ihn öffnete und die OxySkin hervorzog, mit der er geflohen war. Per Hand repariert, aber wahrscheinlich funktionstüchtig.

Leon stieß einen tiefen Seufzer aus und Tim legte ihm den Arm um die Schultern. »Was ist mit den Augenlinsen? Die sehen beschädigt aus. Funktioniert die Auftriebskontrolle noch?«

Doch Leon brachte kein Wort heraus, er konnte Tim einfach nur ansehen. Die OxySkin bedeutete nur Rettung für ihn selbst – für seinen Adoptivvater änderte sich nichts. Der Gedanke schnitt durch Leon hindurch wie ein Messer.

»Schnell, zieh das Ding an«, sagte Tim grob, zog den Werkzeuggürtel aus der Kunststofftasche und begann, ihn durchzuchecken. »Warum trödelst du noch herum? Es

397

wird nicht leichter werden, wenn das Wasser steigt. Ich helfe dir, den Anzug mit dem Perfluorcarbon zu fluten, das muss diesmal ohne Pumpe gehen – wir leiten es über einen Schlauch ein, ich stemme den Kanister hoch.«

In diesem Moment bemerkte Leon, dass sich noch etwas in dem Sack befand. Seine Hände griffen in hauchdünnen, weichen Kunststoff; verblüfft zog er einen zweiten Anzug hervor. Es war einer von denen, die er bei Ellyn gesehen hatte; primitiv, aber benutzbar. »Moment mal – der sieht aus, als könnte er dir passen!« Leon schrie es fast. »Du musst es versuchen, vielleicht klappt es!«

»Leon …«

»Wir sind zwar sehr tief, aber Lucy und ich, vielleicht könnten wir dich mitziehen, und dann –«

»Leon! Stopp. Hör auf.« Auf einmal wirkte Tim unendlich erschöpft. Er ließ sich auf den überfluteten Pilotensitz der *Moray* nieder und wischte sich den Schweiß von der Stirn. »Ich bin zu alt. Sosehr ich es mir auch gerade wünsche, ich kann keine Flüssigkeit mehr atmen. Und außerdem reicht das Fluo in dem Kanister da nicht für zwei Leute.«

Sie blickten sich an, und Leon wusste, dass er recht hatte. Für Tim war dies das Ende.

»Leon, hör zu: In meiner Wohnung in San Francisco, ganz oben im rechten Wandschrank, findest du etwas, das ich dir längst hätte geben sollen.« Tims Stimme klang gepresst. »Dein Vater hat auf seinem Laptop so eine Art privates Tagebuch über seine Arbeit geführt und dabei auch seine Auseinandersetzungen mit der ARAC dokumentiert. Darin findest du genügend Material, um gegen den Konzern vorzugehen.«

Leon nickte, er brachte kein Wort heraus.

398

»Los, mach dich bereit«, sagte Tim sanft, und blind vor Tränen tastete Leon nach seiner OxySkin, drückte, so gut es ging, das Wasser heraus, schlüpfte hinein und versiegelte die Naht. Mit zitternden Fingern schloss er den Werkzeuggürtel um seine Hüfte, befestigte das halb kaputte DivePad an seinem Handgelenk, verabreichte sich das Spray. Als er endlich mit allen Vorbereitungen fertig war, ging ihnen das Wasser schon bis zur Brust.

Lange umarmten sie sich. Dann sagte Tim: »Los jetzt, Löwenjunge. Zeig's allen, dass du es schaffen kannst, im Wasser und an Land, okay? Und versprich mir, dass du deinem Mädchen sagst, was sie dir bedeutet.«

»Okay«, flüsterte Leon, dann schloss er den Anzug über seinem Gesicht, fühlte, wie das Perfluorcarbon ihn umströmte. Nahm seinen ersten Atemzug. Kletterte hoch in die schmale Taucherschleuse der *Moray*.

Tim schloss die untere Klappe der Schleuse nicht, und Leon ahnte, warum. So würde es schneller gehen.

Mit voller Wucht drängte sich der Ozean in die Schleuse des Tauchboots, strömte hinunter ins Cockpit. Und obwohl es sich anfühlte wie das Ende der Welt, schwamm Leon mit Lucy an seiner Seite, so schnell er konnte, nach oben, immer weiter nach oben, dem endlosen Blau des Himmels entgegen.

Epilog

Die kleine Shelley wollte eine Kette aus Blumen flechten, aber das war ganz schön schwierig, und die Kette fiel immer wieder auseinander. Mist!

Sie warf sich ins Gras und legte sich ganz platt hin, sodass die Grashalme sie in der Nase kitzelten und ein Käfer, der gerade einen Halm hochkletterte, so groß aussah wie ein Gürteltier.

»Shelley, dein Besuch ist da!«, rief ihre Mutter von der Veranda. »Es ist dieser Junge aus der Zeitung und aus dem Fernsehen, der gestern angerufen hat!«

Neugierig sprang Shelley auf. Der Junge war groß, sogar größer als Jamie von nebenan, der den ganzen Tag Basketball spielte und ständig durch Papas Blumenbeete trampelte, um seinen Ball zurückzuholen. Doch dieser Junge sah viel netter aus als Jamie.

»Wollt ihr Limo? Oder einen Eistee? Wartet, ich hole euch ein paar Kekse«, sagte ihre Mama und ging eilig zum Haus zurück. Erstaunt und begeistert schaute Shelley ihr hinterher. Kekse? An einem ganz gewöhnlichen Tag?

Der Junge setzte sich auf den Boden neben sie, streckte eine Hand aus und ließ den Käfer von dem Grashalm auf seinen Zeigefinger krabbeln. »Geht's dir wieder gut? Ich habe gehört, du warst ziemlich lange im Krankenhaus, weil du fast ertrunken wärst.«

»Ja, ich hatte eine Lungenentzündung dadurch, aber jetzt bin ich wieder gesund und darf bald zurück in den Kindergarten, hat Mama gesagt«, meinte Shelley stolz. Sie wunderte sich ein bisschen, woher der Junge das alles wusste, aber eigentlich war ihr das nicht so wichtig, weil sie jetzt dringend das Holzkästchen mit den Muscheln durchwühlen musste, das er ihr mitgebracht hatte. Es waren vor allem weiße und braune darin, aber auch ein paar in Rosa. »Die sind toll! Wo hast du die her?«

»Beim Tauchen gesammelt«, sagte er. »Normalerweise nehme ich nichts aus dem Meer mit, aber für dich habe ich eine Ausnahme gemacht. Ein paar hat auch meine Krake Lucy gefunden.«

»Iiih, ich mag keine Kraken!«, quiekte Shelley. »Die haben so viele Arme.«

Der Junge lächelte. »Andersrum. Wir haben so wenige. Übrigens war Lucy auch ziemlich krank, so wie du; sie ist in giftigem Wasser geschwommen, um mir zu helfen. Zum Glück ist sie inzwischen wieder gesund.«

Ihre Mutter brachte Limo und Kekse und strich sich ständig über ihre Haare, obwohl die gar nicht unordentlich waren, und dann fing sie auch noch an, eine ganze Menge Fotos von ihr und dem Jungen zu machen. Das störte ein bisschen, und Shelley war froh, als ihre Mutter endlich wieder ins Haus zurückging.

Sie teilten die Kekse auf, damit jeder gleich viele bekam, dann sagte der Junge: »Ich bin hergekommen, weil ich dir erzählen wollte, was überhaupt passiert ist – warum diese Riesenfische aus der Tiefe hochgekommen sind. Es lag daran, dass jemand ihre Welt durcheinandergebracht hat. Die Leute, für die ich früher gearbeitet habe.« Er zögerte. »Die

Fische wussten nicht mehr, wo sie hinsollten, sie sind nach oben gekommen. Und du hast dich vor ihnen erschreckt.«

»Ach so«, sagte Shelley. »Ich habe mich schon gewundert. Zuerst dachte ich, es sind Haie. Oder Monster.«

»Hergekommen bin ich auch, weil ich mich bei dir entschuldigen wollte. Dafür, dass das Meer dir so geschadet hat. Eigentlich 'ne komische Idee, oder? Aber ich wollte es gerne tun.«

Shelley biss in ihren Keks und blinzelte in die Sonne. Grüne Augen hatte der Junge. Aber nicht grün wie Gras, sondern dunkler, eher wie ein Baumblatt im Sommer. »Ist es denn irgendwie dein Meer?«

Jetzt lächelte er. »Das hat mich Lucy auch schon gefragt. Ja, irgendwie schon. Hast du Angst vor dem Wasser?«

»Ein bisschen.«

Er nickte ernsthaft. »Okay. Ein bisschen Angst ist gut, dann bleibst du vorsichtig.«

»Und du?«

»Nein. Gestern, nach der Trauerfeier für Tim – er war so etwas wie mein Vater – habe ich mit einer Frau geredet, einer Psychologin. Sie hat mir angeboten, in eine ganz normale Schule an Land zu gehen. Aber ich habe ihr gesagt, ich werde immer tauchen. Was auch passiert. Bald gehe ich mit Lucy zurück in die San Diego School of the Sea, um dort meinen Highschool-Abschluss zu machen.«

Sein Vater war gestorben? Erschrocken blickte Shelley den Jungen an, doch der hatte gerade den Kopf abgewandt. Shelley wusste nicht genau, was sie sagen sollte, aber dann erinnerte sie sich an etwas, das ihre Mutter erwähnt hatte. »Warst du wirklich im Fernsehen?«

Der Junge atmete einmal tief und wischte sich über die

402

Augen. »Ja«, sagte er dann. »Zusammen mit ein paar Freunden von mir. Es hat nicht besonders viel Spaß gemacht, aber es hat was genutzt. Seither versuchen die Leute, für die ich gearbeitet habe, nicht mehr, meine Krake zurückzubekommen. Und sie haben mit ein paar blöden Experimenten aufgehört, weil sie merkten, sie kriegen jetzt richtig Ärger deswegen. Einer ihrer Leute ist sogar verhaftet worden, allerdings eher, weil er mich angegriffen hat.«

»Ich wäre gerne mal im Fernsehen!« Shelley seufzte. »Und deine Freunde, hat es denen Spaß gemacht?«

Sie lagen jetzt nebeneinander im Gras und blickten zum Himmel hoch. Ein Käfer kroch in Shelleys T-Shirt, und sie lag ganz still, damit er von selber den Weg zurück fand.

»Teils, teils«, erzählte der Junge. »Eine Freundin von mir – Billie – hat gar nicht mitgemacht. Es geht ihr gerade ziemlich schlecht. Sie hat gemerkt, dass sie keine Flüssigkeit mehr atmen kann.«

»Flüssigkeit atmen? Ist das so ähnlich wie Limo trinken?«, fragte Shelley, verschluckte sich an ihrer Cola und musste husten.

»Nur, wenn man es falsch macht«, sagte der Junge und lächelte noch einmal, ganz kurz und irgendwie traurig. Dann stand er auf und sagte, er müsse jetzt leider gehen.

Ein blondes Mädchen war gekommen und wartete am Gartentor auf ihn. Der Junge winkte zum Abschied, dann legten er und das Mädchen die Arme umeinander, bis nicht mal mehr ein Grashalm zwischen sie gepasst hätte. Neugierig schaute Shelley zu, wie der Junge das Mädchen küsste. Oder das Mädchen den Jungen.

So genau konnte man das gerade gar nicht sagen.

Nachwort
Was ist Wirklichkeit, was ist Fiktion?

Der Ruf der Tiefe spielt im Jahr 2018. Manches von dem, was in unserem Roman schon Realität ist, wird in Wirklichkeit sicher noch eine Weile auf sich warten lassen. Das Flüssigkeitstauchen beispielsweise steht derzeit noch ganz am Anfang.

Schon 1961 ließ ein Forscher namens Johannes Kylstra Mäuse eine mit Sauerstoff angereicherte Salzlösung atmen, sie überlebten. Später stiegen die Wissenschaftler auf Perfluorcarbone um, Flüssigkeiten, die deutlich mehr Sauerstoff enthalten können als gewöhnliches Wasser. Weitere Tierversuche folgten – im Jahr 1983 beatmeten Forscher mehrere Hunde mit Flüssigkeit und simulierten dabei den Druck von tausend Meter Meerestiefe. Das Experiment gelang, und es stellte sich heraus, dass das Perfluorcarbon sich restlos wieder aus der Lunge entfernen ließ. Auch beim Menschen ist die Methode angewandt worden: In den USA sind schon einige Hundert Patienten mit schweren Lungenverletzungen und zu früh geborene Babys durch die Flüssigkeit in der Lunge stabilisiert worden. Davon haben die Betroffenen selbst nicht viel mitbekommen, eingesetzt wird die Methode bislang unter Narkose. In Deutschland wurde im Jahr 2000 zum ersten Mal ein Patient, dessen Lungen versagten, in der Berliner Klinik Charité durch Flüssigkeitsbeatmung gerettet.

Natürlich spitzten sämtliche Taucher bei solchen Neuigkeiten die Ohren. Seit James Camerons faszinierender Film *The Abyss* aus dem Jahr 1989 die Flüssigkeitsatmung im Meer berühmt gemacht hat, verfolgen Taucher gespannt alle Entwicklungen in dieser Richtung. Hoffnung macht ihnen und uns, dass sich auch die amerikanische Marine (Navy) schon seit Jahren für die Flüssigkeitsatmung interessiert. Aus Rechenschaftsberichten der Navy geht hervor, dass sie jedes Jahr bis zu 1,6 Millionen Dollar ausgibt, um unter anderem den Einsatz von Perfluorcarbonen bei der Rettung von U-Boot-Besatzungen zu erforschen. Es wird aber noch lange Zeit dauern, bis Menschen so frei wie Leon in der Tiefsee leben können. Dass nur Jugendliche unter Wasser Flüssigkeit atmen können, ist übrigens unserer Fantasie entsprungen.

Schon heute werden bisher unheilbare Krankheiten mit Stammzellen behandelt. Vielversprechend erscheinen dabei tatsächlich die Stammzellen von Meeresorganismen – an der Universität Lübeck arbeitet eine Forschergruppe an diesem Thema. Gentechnisch veränderte Kraken gibt es heute noch nicht, doch auch so sind alle Kopffüßer, zu denen auch die Kraken zählen, nachweislich hochintelligent. Sie lösen Probleme, entwickeln neue und ungewöhnliche Strategien für die Jagd, interessieren sich für alles Neue und verblüffen immer wieder durch ihre Gewitztheit. Fleißig sind sie auch, wenn es ihnen Spaß macht. Wenn im Aquarium des Stuttgarter Zoos der Tierpfleger anrückt, um die Becken sauber zu machen, bringt er immer zwei Bürsten mit – eine für sich selbst und eine für den Kraken!

Sich durch Handzeichen mit Meerestieren zu verständigen ist schon heute möglich. Eine Forschergruppe der Universität Hawaii unter der Leitung von Dr. Lou Herman hat in den 1980er und 90er Jahren vier Delfinen eine künstliche Zeichensprache beigebracht; eines der Tiere verstand fünfzig Zeichen, sogar in Form von ganzen Sätzen. Höchstwahrscheinlich könnten auch die sehr intelligenten Pottwale solche Handzeichen erlernen, doch das scheitert momentan an dem Aufwand, einen so großen Wal in Menschenobhut zu betreuen.

Sicher werden manche Erfindungen, die wir dem fiktiven Konzern ARAC angedichtet haben, irgendwann tatsächlich patentiert – zum Beispiel die »BioLumis«-Lampen, die auf die gleiche Weise funktionieren wie die Leuchtorgane der Tiefseetiere. Solche Lampen würden nur sehr wenig Strom verbrauchen. Nicht ausgedacht haben wir uns die Ultraschall-Sprechverbindung.

Die Ausbeutung von Bodenschätzen in der Tiefsee ist heute schon Realität. Es gibt eine eigene Behörde, die Lizenzen für den Abbau von Manganknollen und anderen Metallvorkommen in den Ozeanen vergibt. Wenn wir an Land vorhandene Rohstoffe verbraucht haben, werden wir in die Tiefsee vordringen müssen – dort lagern große Mengen der begehrtesten Stoffe. Es wird überlebenswichtig für alle Organismen der Tiefsee sein, dass man einen Weg findet, solche Lagerstätten naturverträglich abzubauen. Welche Rolle in Zukunft große Konzerne bei der Ausbeutung der Natur haben werden, können wir in unserem Roman nur andeuten.

Es ist bedrückend, wie sehr der Mensch den Meeren schon geschadet hat. Den Großen Pazifischen Müllstrudel beispielsweise gibt es wirklich, wir haben ihn uns nicht ausgedacht. Auch Todeszonen in den Ozeanen – zum Beispiel vor Namibia und Peru – gibt es, und es werden immer mehr. Einen Grund dafür kennt man noch nicht, deshalb haben wir uns erlaubt, darüber ein wenig zu spekulieren.

Die Tiefsee und die Ozeane gehören allen Lebewesen auf dem Planeten Erde. Hoffen wir mit den (von uns erfundenen) NoComs, dass die Tierart Mensch dieses kostbare Erbe nicht zerstört!

Glossar der Fachbegriffe

DNA: Im Zellkern jeder Zelle eines Lebewesens befindet sich DNA (Abkürzung für Desoxyribonukleinsäure). In diesem komplizierten Molekül ist die Information gespeichert, wie das gesamte Lebewesen aussieht und wie es funktioniert. Die DNA eines Organismus wird auch als dessen »Erbgut« bezeichnet.

Dolslan: Eine künstliche Sprache, durch die sich Menschen mit Meerestieren verständigen können. Sie besteht aus Gesten, Tonsignalen und (in der Tiefsee) Lichtsignalen. Ein Handgelenks-Computer, das Dolcom, erzeugt auf Tastendruck die nötigen Signale und übersetzt umgekehrt die Äußerungen des Wals oder Delfins. In unserem Roman ist das Dolcom bereits in die DivePads integriert. Entwickelt hat Katja Brandis Dolslan für ihre *Delfin Team*-Romane.

Echolot: Ein auf Schiffen eingesetztes Gerät, das durch Sonar-Technologie (→ »Sonar«) die Tiefe des Wassers bestimmen, Gegenstände unter Wasser sichtbar machen und die Struktur des Meeresbodens abbilden kann.

Geocaching: eine elektronische Schnitzeljagd. Dinge oder Orte werden durch bestimmte Koordinaten verschlüsselt und im Internet veröffentlicht. Immer mehr Menschen gehen dann auf die Suche nach diesen »Caches« genannten Verstecken.

Kraken, Kalmare und Sepien (Tintenfische) gehören zu den sogenannten Kopffüßern. Ihre »Arme« setzen scheinbar direkt am Kopf an. Die lateinische Bezeichnung für Kopffüßer lautet »Cephalopode«. Alle Cephalopoden gehören zu der Gruppe der Weichtiere, zu der beispielsweise auch die Schnecken, Muscheln und Seesterne gehören. Kraken und Kalmare unterscheiden sich in der Zahl der Arme: Kraken (die meist am Meeresboden leben) haben acht Arme, Kalmare (die meist im offenen Wasser leben) mindestens zwei weitere Arme. Dass es in diesem Roman meist *die* Krake heißt, ist Lucys weiblichem Charakter geschuldet. Grammatisch korrekt ist *der* Krake.

Leuchtorgane: Organismen der Tiefsee können »biologisch« Licht erzeugen (der Fachbegriff dafür ist »Biolumineszenz«). Sie nutzen den Stoff Luziferin, der in einer chemischen Reaktion wie ein Lichtschalter an- oder ausgeschaltet werden kann. Manche Tiefseewesen nutzen diesen Stoff auch nicht selbst, sondern beherbergen in ihrem Körper Leuchtbakterien.

Mangan / Manganknollen: ein chemisches Element, das für viele technische Geräte oder Produktionsvorgänge in der Industrie benötigt wird. Viele Mangan-Vorkommen an Land sind schon ausgebeutet. Die runden bis kartoffelförmigen Manganknollen bilden sich im Laufe vieler Millionen Jahre durch chemische Reaktionen am Meeresboden. Sie enthalten verschiedene Metalle – darunter Mangan, Kobalt, Nickel und Platin – und sind etwa fünf bis zwanzig Zentimeter groß. In der Tiefsee in etwa dreitausend bis fünftausend Meter Tiefe liegen sie auf dem Meeresgrund.

409

Methanhydrat: In der Tiefsee können Gase und Wasser unter hohem Druck und niedrigen Temperaturen zu einer Art Eis werden. Häufig handelt es sich bei dem Gas um das energiereiche Methan, das sich auf natürliche Weise an den unterseeischen Rändern der Kontinente bildet. Könnten wir die riesigen Mengen an Methanhydrat im Meer gezielt ausbeuten, hätte die Menschheit eine große Energiereserve gefunden. Doch Gashydrate abzubauen ist riskant – wenn man das »Eis« aus der Tiefe nach oben bringt, löst es sich von selbst auf und wird wieder zu Gas. Geschieht das unkontrolliert (»Blowout«), kann sich ein gefährliches Wasser-Gas-Gemisch bilden – im schlimmsten Fall versinken Schiffe in der Nähe, weil das Wasser sie nicht mehr trägt.

Oktopus: andere Bezeichnung für → Krake.

Plankton: alle Organismen im Süß- und im Seewasser, die durch Strömungen, Wind und Wellen hin und her getrieben werden, ohne das aktiv beeinflussen zu können. Meist sind diese Tiere und Pflanzen mikroskopisch klein.

Prototyp: Bevor ein Gerät in die Serienproduktion geht, werden erste Geräte – die Prototypen – zum Ausprobieren zusammengebaut. So sollen Fehler schon frühzeitig erkannt werden.

ROV (Remotely Operated Vehicle): Roboter im Dienst der Meeresforschung. Sie bleiben durch ein Kabel mit dem Schiff verbunden und werden über Kameras und Joysticks von Menschen gesteuert. Für die Steuerung eines größeren ROVs werden bis zu vier Menschen benötigt; sie befinden sich dabei auf einem

Forschungsschiff an der Meeresoberfläche. Roboter, die – wie die wirklich existierenden »Gleiter« im Roman – nicht an einem Kabel hängen, sondern selbstständig manövrieren, werden AUVs (Autonomous Underwater Vehicle) genannt.

Sonar: Alle Geräusche werden durch die Luft oder durch das Wasser »weitergereicht«. An festen Gegenständen prallen diese Geräusche ab und wandern zurück zum Ausgangsort. Sonargeräte auf Schiffen erzeugen bestimmte Geräusche und errechnen aus den Echos ein Bild, machen also feste Gegenstände unter Wasser sichtbar. Fledermäuse, Delfine und manche Wale orientieren sich nach der gleichen Methode. Zwischen den Begriffen »Echolot« und »Sonar« gibt es nur geringe Unterschiede; umgangssprachlich werden einfache Geräte, die vor allem die Wassertiefe anzeigen, als Echolot bezeichnet und Geräte, die ein genaueres Bild erzeugen, als Sonare.

Stammzellen: Alle Pflanzen und Tiere sind aus Zellen aufgebaut. Viele dieser Zellen, zum Beispiel Nervenzellen, sind hochspezialisiert und können nur eine Aufgabe erfüllen. Es gibt aber auch Zellen, die sich zu jedem anderen Zelltyp entwickeln können: die Stammzellen. Mit ihrer Hilfe hofft man in der Medizin kaputte spezialisierte Zellen ersetzen zu können. So könnten bisher nur schwer heilbare Krankheiten, zum Beispiel verschiedene Krebsformen, besser behandelt werden. Dass bestimmte Meeresorganismen für die medizinische Forschung besonders gut geeignete Stammzellen liefern können, wird aktuell auch an deutschen Universitäten untersucht.

Tauchboot / U-Boot: Seit etwa hundertfünfzig Jahren gibt es funktionierende Boote für den Unterwassereinsatz. Sie wurden zuerst als Unterseeboote oder »U-Boote« für den militärischen Einsatz entwickelt. U-Boote können unter Wasser lange Strecken zurücklegen, erreichen aber nur geringe Tiefen. Im Gegensatz dazu sollen die sogenannten »Tauchboote« unter Wasser keine langen Strecken zurücklegen, sie sollen vielmehr möglichst tief tauchen können.

Tiefenrausch: Kann auftreten, wenn man mit gewöhnlicher Pressluft tiefer als dreißig Meter taucht. Eigentlich eine Art Narkose durch den Stickstoff in der Atemluft. Sehr gefährlich, weil man sich unter Einfluss des Tiefenrauschs unter Wasser so benimmt, als wäre man betrunken. Je tiefer man taucht, desto berauschter fühlt man sich.

Tsunami: Wenn am Meeresboden Verschiebungen eintreten, kommt es zu einem Seebeben. Diese Erschütterung setzt sich durch den Ozean hindurch fort und kann zu riesigen Wellenbergen führen. Wenn solche riesigen Wellen auf Land treffen, richten sie meist katastrophale Zerstörungen an.

Weitere Infos, Hintergründe, Kartenmaterial etc. findet ihr auf der Homepage www.rufdertiefe.de

Danksagung

Wenn eine Autorin und ein Biologe gemeinsam ein Jugendbuch aushecken, dann ist das eine Herausforderung für beide ... doch wir hatten sehr viel Spaß bei diesem Projekt und denken gerne an die lustigen Brainstormings zurück. Deshalb möchten wir als Allererstes uns gegenseitig für die gute Zusammenarbeit danken!

Wenn man ein komplexes Thema wie die Tiefsee anpackt, dann ist es gut, wenn man Verbündete hat – und ganz hervorragende Verbündete fanden wir im IFM-GEOMAR, dem Leibniz-Institut für Meereswissenschaften an der Universität Kiel.

Dr. Andreas Villwock vom IFM-GEOMAR, und seine Kollegin Friederike Balzereit vom Kieler Exzellenzcluster »Ozean der Zukunft« nahmen sich viel Zeit für uns, gaben uns die Gelegenheit, das Tauchboot des Instituts in Augenschein zu nehmen, und organisierten Interviewtermine mit den hochkarätigen Experten des Instituts: Prof. Dr. Uwe Piatkowski, einem Tintenfisch-Experten, der uns wichtige Infos zu Lucy und ihren Verwandten gab; Dr. Peter Linke, Biologe in der Forschungseinheit »Marine Geosysteme« des IFM-GEOMAR, der schon mit dem berühmten Tauchboot *Alvin* die Tiefsee erforscht hat, sowie die Geologen Prof. Dr. Colin Devey und Dr. Sven Petersen, mit denen wir über

Manganknollen und Schwarze Raucher diskutieren konnten. Sie alle kannten sich nach vielen Expeditionen mit dem Leben auf Forschungsschiffen bestens aus und hatten faszinierende Geschichten zu erzählen.

Prof. Dr. Andreas Oschlies gab uns wertvolle Informationen über sauerstoffarme Zonen und brainstormte mit uns gemeinsam, wie man ein Sonar austricksen könnte. Und Jan-Peter Lass – Kapitän des institutseigenen Forschungsschiffs *Alkor* – erzählte uns interessante Dinge über den Alltag an Bord, die Aufgaben der Offiziere und mit welchen Kommandos genau ein Tiefsee-Lander ins Meer befördert wird.

Ein besonders großes Dankeschön sagen wir natürlich dem Direktor des IFM-GEOMAR, Prof. Dr. Peter Herzig, der unserem Projekt von Anfang an aufgeschlossen gegenüberstand.

Doch natürlich unterstützten uns auch noch andere Fachleute: Wir danken Dr. Götz-Bodo Reinicke vom Deutschen Meeresmuseum / Ozeaneum Stralsund für das Interview und die Gelegenheit, beim Ozeaneum hinter die Kulissen zu blicken. Prof. Dr. Jochen D. Schipke vom Universitätsklinikum Düsseldorf (Abteilung Experimentelle Chirurgie), der nicht nur als Mediziner, sondern auch als Tauchlehrer schon viel erlebt hat, half uns sehr mit Informationen zum Stand der Dinge beim Flüssigkeitstauchen und hatte ebenso wie wir Spaß daran, das Tauchen mit einer OxySkin mal als Gedankenexperiment durchzuspielen. Seinem Artikel in der Zeitschrift *Caisson*, dem Fachblatt der Gesellschaft für Tauch- und Überdruckmedizin, verdanken wir die Informationen über »Respirozyten«, die vielleicht irgendwann einmal das Tauchen ohne Atemgerät möglich machen werden.

Wertvolle Hinweise zum Perfluorcarbon bekamen wir von Prof. Martin Gröger und seiner Arbeitsgruppe von der Universität Siegen.

Sehr hilfreich waren natürlich auch unsere Testleser, die uns Feedback zur ersten Fassung des Manuskripts gaben: Beatrix Mannel, meine Fischeschwester Isabel Abedi, Daniel Westermayr, Jana Henck, Nina Kunze, Isabella Bönisch, Sonja Englert, Prof. Dr. Christian Münker, Steffi Schreiter, Christian Matz und Rica Günther. Ein besonderer Dank von Lucy geht an Wiebke Assenmacher.

Die Inhalte des Romans wurden von den Mitarbeiterinnen im Institut des Koautors (Institut für Biologiedidaktik an der Justus-Liebig-Universität Gießen) heftig diskutiert. Besonders viele anregende Diskussionen und Hinweise verdanken wir dabei den Diplom-Biologinnen Ulrike Steinweg und Svenja Tillmann, der Studienrätin im Hochschuldienst Dr. Gundula Zubke und der wissenschaftlichen Mitarbeiterin Anna Herold.

Hans-Peter Ziemeks Kindern Jannis und Judith danken wir ganz besonders. Judith hat als unbestechliche Testleserin den Roman vorangebracht und Jannis ist als profunder Kenner jeglicher Science-Fiction gnadenloser Rezensent und Antreiber gewesen.

Außerdem danken wir unserer wunderbaren Lektorin Julia Röhlig, die uns von Anfang an mit Begeisterung, Humor und vielen guten Vorschlägen unterstützt hat.

www.beltz.de
© 2011 Beltz & Gelberg
in der Verlagsgruppe Beltz · Weinheim Basel
Die Autoren wurden vertreten durch die
Autoren- und Projektagentur Gerd F. Rumler, München
Lektorat: Julia Röhlig
Einbandgestaltung: Hilden Design, München
Karte im Vor- und Nachsatz: © Peter Palm, Berlin
Satz und Bindung: Druckhaus »Thomas Müntzer«,
Bad Langensalza
Druck: Beltz Druckpartner, Hemsbach
Printed in Germany
ISBN 978-3-407-81082-3
2 3 4 5   15 14 13 12 11

North Kaua'i
Slide

KAUAI

NIIHAU

KAULA

Kauai Channel

South Kaua'i
Slide

OAHU

Honolulu

Wa
Diamond
Head

Wai'anae
Slump

H a w a i i a n   A r c h

*P a z i f i s c h e r
O z e a n*

0 20 40 60 km